Três Semanas
para se casar

ELLA QUINN

Três Semanas para se casar

Os Worthingtons – livro 1

Tradução: A C Reis

pausa ;

Copyright © 2016 Ella Quinn
Published by arrangement with Bookcase Literary Agency

Todos os direitos reservados.
Nenhuma parte deste livro pode ser usada ou reproduzida de
qualquer maneira, incluindo o uso na Internet, sem a permissão
por escrito do autor.
Esta é uma obra de ficção. Nomes, lugares, personagens e eventos
são fictícios em todos os aspectos. Quaisquer semelhanças com
eventos e pessoas reais, vivas ou mortas, são mera coincidência.
Quaisquer marcas registradas, nomes de produtos ou recursos
nomeados são usados apenas como referência e são considerados
propriedade de seus respectivos proprietários.

EDITORA
Silvia Tocci Masini

REVISÃO
Lígia Alves

CAPA
Larissa Carvalho Mazzoni
(sobre imagem de Alena Gan/Shutterstock)

DIAGRAMAÇÃO
Larissa Carvalho Mazzoni

Dados Internacionais de Catalogação na Publicação (CIP)
(Câmara Brasileira do Livro, SP, Brasil)

Quinn, Ella
Três semanas para se casar / Ella Quinn ; tradução A C Reis. -- São
Paulo : Editora Pausa, 2020. -- (Os Worthingtons ; 1)

Título original: Three weeks to wed
ISBN 978-65-5070-033-1

1. Romance norte-americano I. Títul. II. Série.

20-37014   CDD-813

Índices para catálogo sistemático:
1. Romances : Literatura norte-americana   813

Cibele Maria Dias - Bibliotecária - CRB-8/9427

O calor de Worthington, e seu aroma, pareceram flutuar por cima da escrivaninha até ela, lembrando-a de como era bom ficar nos braços dele. Que os céus a ajudassem, tudo o que ela queria era que ele a tocasse. A próxima coisa que ela percebeu foram os braços fortes de Worthington tirando-a de sua cadeira e puxando-a para ele.

– Grace, eu sei que você acha que não quero mais me casar com você, mas eu quero. – Os lábios dele roçaram sua testa. – Não consigo viver sem você. Eu gosto de seus irmãos e irmãs. Quero cuidar de todos vocês. Por favor, me permita.

– Você não... – O sangue rugia nos ouvidos dela, dificultando o raciocínio – ... você não sabe o que está dizendo. Eu tenho sete, *sete* irmãos e irmãs. A mais nova tem apenas cinco anos.

Ele sorriu enquanto seus lábios desciam até o queixo dela.

– Mary vai fazer seis no verão.

Grace queria afundar nele, e que ele afundasse nela. Mas lutou contra o impulso de inclinar o pescoço, facilitando-lhe o acesso.

Aquilo não estava certo!

Massageando as têmporas, ela fitou os hipnotizantes olhos azuis.

– Não entendo você. Por que quer nos assumir?

– Para fazer você feliz. Para fazer de nós uma família.

Ele estendeu a mão e enrolou uma das madeixas dela em seu dedo. Grace fitou seus olhos. As profundezas azuis misturavam humor e esperança. Ele fazia com que ela quisesse ter esperança. Embora Worthington não a estivesse tocando, ela se sentia atraída em sua direção.

Ele baixou a cabeça.

– Deixe-me amar você.

Grace caiu nos braços de Worthington novamente. De algum modo, suas mãos seguravam sua nuca. E os lábios se encontraram num beijo.

*Ao meu marido, meu herói há mais de trinta anos,
que fica no leme enquanto eu escrevo.*

Capítulo 1

Fim de fevereiro de 1815. Leicestershire, Inglaterra.

O céu tinha escurecido e o vento sacudiu a carruagem, fazendo pelo menos uma roda levantar da estrada. Granizo misturado à chuva castigava as janelas. Lady Grace Carpenter bateu no teto do veículo, tentando se fazer ouvir acima da tempestade.

– Estamos longe da Corvo e Cão?

– Não muito, minha lady – berrou o cocheiro por cima do vento. – Eu acho que devíamos parar.

– Com certeza. Pode parar. – Ela fechou mais a capa quente de zibeline. Quando partiram, pela manhã, o tempo estava seco e ensolarado, sem qualquer indício de que uma tempestade daquela magnitude viria.

Ela estava a cerca de uma hora de Stanwood Hall, sua casa, mas não podiam prosseguir. Era melhor confiar na discrição do estalajadeiro da Corvo e Cão a arriscar seus criados e animais naquele temporal.

Alguns minutos mais tarde eles saíram da estrada e o cocheiro gritou, chamando um cavalariço. Momentos depois, a porta da carruagem foi aberta e os degraus, baixados. Seu criado, Neep, levou-a do veículo até a entrada aberta da estalagem.

O proprietário, Sr. Brown, estava lá para recebê-la. Loiro de olhos azuis, de meia-idade e estatura mediana, ele fechou a pesada porta de madeira, forçando-a contra o vento.

– Minha lady – ele disse, em tom de surpresa –, não esperávamos recebê-la esta noite.

– Por um bom motivo. – Grace tirou a capa molhada e a sacudiu. – Eu não esperava estar aqui. Fui visitar uma prima idosa e a tempestade nos surpreendeu na volta.

– É como dizem, minha lady – ele falou, concordando. – Nenhuma boa ação fica sem punição.

– Bem – ela soltou um suspiro exasperado –, às vezes parece que é assim mesmo. Graças a Deus estávamos perto daqui. Estou com meu cocheiro, meu criado e dois cavalariços – Grace fez uma careta –, mas não com minha criada. – Ela rezou para que ninguém descobrisse que estava ali sem sua criada pessoal, Bolton, que certamente a olharia com aquele ar de "eu lhe disse" quando Grace enfim chegasse a casa. – Vou precisar de uma das suas jovens. Não preciso dizer que você não me viu aqui.

– Claro, minha lady. – Ele aquiesceu, cruzando os dedos indicadores à frente da boca. – A senhorita nunca esteve aqui. Não espero receber mais ninguém nesta tempestade. Milady e seus criados vão dormir quentes e secos esta noite. – Ele apontou para uma porta ao lado da escada e perto do salão. – Vou acomodar milady naquela sala para o jantar.

– Obrigada. – Ela lhe deu um sorriso agradecido. – É perfeita.

Susan, uma das filhas de Brown, levou Grace a um grande cômodo no primeiro andar, nos fundos da estalagem. Ela entregou a capa para a garota secar, depois sacudiu as saias.

– Vou chamá-la quando estiver pronta para dormir.

– Sim, milady. Se precisar de qualquer coisa, é só puxar a campainha. – Susan fez uma mesura e saiu.

Grace olhou ao redor. Embora tivesse parado ali várias vezes em viagens com a família, nunca pernoitara. A estalagem estava na família Brown havia várias gerações. A construção era antiga, mas as instalações eram limpas e bem cuidadas.

Ela pegou um livro, retirou o xale Norwich do grande cesto e desceu a escada até a sala. Embora fosse cedo, pouco depois das duas da tarde, o Sr. Brown tinha fechado as cortinas e acendido a lareira, bem como acendido velas suficientes para clarear o ambiente. Uma hora depois, aquecida e seca, ela estava envolvida com *Madelina*, o romance mais recente da Minerva Editora. Por cima da tempestade, podiam ser ouvidos os sons de outra carruagem se aproximando. Grace baixou o livro, perguntando-se quem poderia ser o recém-chegado.

A porta da estalagem foi aberta com estrondo. Momentos depois, a voz agitada do Sr. Brown se fez ouvir, bem como a de outro homem, um cavalheiro, pelo modo de falar.

O coração dela falhou uma batida. Worthington? Poderia mesmo ser ele? Grace não ouvia sua voz fazia quatro anos, mas nunca a esqueceria. Abrindo uma fresta na porta, ela espiou. Era ele. O homem com quem quisera se casar durante sua primeira temporada inteira e que nunca mais viu. O cabelo castanho-escuro, quase preto, estava molhado nas pontas, onde o chapéu de castor não conseguiu protegê-lo. Grace sabia que, se ele se virasse, ela veria seus surpreendentes olhos azuis e longos cílios.

– Você não poderia perguntar ao viajante na sala de estar se eu poderia dividi-la com ele? – Worthington perguntou ao estalajadeiro, a voz tensa mas ainda educada. Ele devia estar molhado, com frio, e o salão estava, na melhor das hipóteses, gelado.

Uma ideia começou a se formar. Engolindo o receio, Grace, corajosa, saiu para o salão.

– Sr. Brown, sua senhoria é bem-vinda para jantar comigo.

– Se tem certeza, mi...

Grace lhe deu um olhar de repreensão. Se ele dissesse "milady", haveria perguntas demais de Worthington. O que quer que acontecesse, ele não podia saber sua identidade.

– Madame – o Sr. Brown disse, e anuiu.

– Sim. – Ela tentou não demonstrar seu alívio. – Você pode nos servir depois que sua senhoria tiver se trocado. – Fez uma mesura para Worthington e voltou à sala de estar.

Fechando a porta, Grace apoiou as costas nela. Essa era sua oportunidade, talvez a única, e Grace iria aproveitá-la.

O que está fazendo, garota? Perdeu o juízo?, sua consciência a repreendeu.

Ninguém vai saber. Brown vai negar que estive aqui.

Como pode pregar decoro às crianças quando você...

– Oh, fique quieta – Grace murmurou. – Quando é que vou ter outra chance? Responda-me. Tudo o que desejo é passar algum tempo com ele. O que há de mal nisso?

A água escorria do sobretudo de Mattheus, Conde de Worthington, do mesmo modo que antes tinha escorrido de seu chapéu.

Uma poça devia estar se formando aos seus pés. Ele não estava impressionado com a pequena estalagem. Embora passasse por ela toda vez que viajava a Londres, nunca tinha parado ali. Se não fosse pela tempestade, não teria entrado hoje.

– Eu posso colocar mais lenha na lareira do salão, milorde – disse o estalajadeiro. – Mas a sala de estar já tem um hóspede.

Worthington olhou para o extenso salão. Mesmo com as venezianas fechadas, as janelas chacoalhavam. O espaço era frio e tinha correntes de ar.

– Você pode perguntar ao seu hóspede se poderia dividir a sala de estar comigo por pouco tempo?

– Não será possível, milorde. – O outro meneou a cabeça. – Eu posso mandar servir sua refeição no quarto, mas não tenho uma mesa extra. Depois que o salão esquentar, milorde vai se sentir bem confortável aqui.

Worthington duvidou de que isso fosse verdade.

– Sr. Brown...

Matt virou-se ao som da voz baixa feminina, racional, bem-educada. Ele imaginou que pertenceria a uma senhora mais velha, talvez uma governanta, mas com certeza não àquela visão encantadora que encontrou. Antes mesmo que pudesse agradecer-lhe, ela fez um gesto com a cabeça e fechou a porta.

– Vou mostrar seu quarto, milorde. – O estalajadeiro resmungou enquanto pegava a mala de Matt.

– Obrigado. Vai ser bom estar seco outra vez. – No meio da escada, ele parou quando uma lembrança veio chamá-lo para brincar de esconde-esconde. Matt a conhecia, mas de onde? Londres. Durante a temporada. Ele sacudiu a cabeça, tentando destravar a lembrança, mas não lhe ocorreu mais nada.

– Por aqui, milorde.

– Estou indo. – Era o cabelo dela que atiçava sua memória. Brilhava como uma moeda de ouro.

O estalajadeiro abriu uma porta no fim do corredor.

– Obrigado – Matt agradeceu.

– Vou mandar um dos meus rapazes trazer água quente.

– Fico muito agradecido.

O Sr. Brown começou a acender o fogo.

Matt não conhecia muitas ladies que concordariam em compartilhar sua sala de estar com um completo estranho. A sensação de que já se conheciam ficou mais forte. Quem diabos ela era?

— Aí está, milorde.

Depois que o Sr. Brown fechou a porta, Matt começou a tirar a roupa molhada. Quanto antes ele voltasse ao térreo, mais cedo descobriria quem era aquela mulher misteriosa.

Menos de meia hora depois, Matt desceu a escada e bateu na porta da sala de estar antes de entrar. Fez uma reverência.

— Obrigado por concordar em dividir sua sala e sua refeição. Permita-me que me apresente. Worthington, ao seu dispor.

Nada como parecer pomposo.

Ele quase se surpreendeu quando ela sorriu e se levantou em vez de empinar o belo nariz para ele.

— Como poderia me recusar a ajudar um viajante como eu, e ainda num tempo horrível como o que estamos enfrentando?

Encantadora.

Essa foi a primeira palavra que lhe ocorreu enquanto a observava flutuar até a corda da campainha. Quando ele entrou na sala de estar, a mesa já estava posta para o chá. Ela se sentou, gesticulando para a cadeira à frente.

— Por favor. Não há necessidade de cerimônia.

Ela lhe passou um prato e logo entrou uma jovem, trazendo uma chaleira coberta por um pano colorido, que colocou sobre a mesa e depois saiu.

— Aceita açúcar? — perguntou, encarando-o por baixo dos longos cílios dourados.

Era evidente que a lady — pois ela certamente tinha berço — não pretendia dizer seu nome a Matt.

— Aceito, Srta...

— Leite ou creme? — ela respondeu, apressada.

— Dois cubos de açúcar e um pouco de leite, por gentileza.

Os cantos dos lábios carnudos dela se elevaram ligeiramente.

Ele passou os olhos pela sala, como se procurasse algo.

— Está viajando sozinha?

Um tom de rosa subiu na face dela. Em razão das circunstâncias, não era de surpreender.

– Às vezes não conseguimos que o clima atenda às nossas necessidades. – Sua voz soou tensa, como se não aprovasse o clima nem a pergunta dele.

Os dedos longos e esguios dela não mostravam qualquer indício de uma aliança de casamento. A lembrança fugaz de já a ter visto antes o incomodou mais uma vez. Como um homem com sangue nas veias poderia se esquecer daquele magnífico cabelo dourado com mechas de cobre à luz das velas? Por outro lado, do cabelo Matt se lembrava. Era o nome dela que tinha esquecido. As sobrancelhas, um pouco mais escuras que as madeixas douradas, arqueavam-se com perfeição sobre olhos que se elevavam com delicadeza nos cantos. Ele nunca tinha visto mulher mais bonita. Ele queria distinguir a cor exata daqueles olhos expressivos, mas a iluminação estava fraca demais.

Azul. O que era encorajador. Se ele apenas conseguisse se lembrar do resto. Maldição. Ele a tinha visto antes, mas onde e quando, e por que não se lembrava? Seu olhar foi atraído para a boca rosada, um pouco maior do que era considerado ideal. Como seria saboreá-la, sentir seus lábios macios, e de onde tinha brotado esse desejo?

Grace sentiu o coração na garganta quando Worthington se juntou a ela. No curto período em que ele foi se arrumar, ela mudou de ideia uma dúzia de vezes quanto a convidá-lo para tomar o chá consigo. *Mattheus, Conde de Worthington.*

Grace permitiu que seus olhos deslizassem pelas formas perfeitas dele, esquentando suas lembranças ainda vivas. Ele era alto, de ombros largos, com o paletó caindo-lhe perfeitamente. O nó da gravata estava perfeito. Ele sempre se vestia tão bem. Ela pensou que nunca mais o veria, ou, se o visse, estaria casado, com vários filhos. Pensando bem, ainda que não estivesse usando aliança, ele podia estar casado... Oh, ele falava algo.

– Senhorita?

Como ela não lhe dissesse o nome, ele a encarou com curiosidade. Grace foi até a corda da campainha e deu um suspiro de alívio quando, alguns momentos depois, a filha do Sr. Brown entrou na sala.

Ela teria que se esforçar mais se quisesse que ele... bem... Ela tentou dominar a cor que se espalhava em sua face.

– Por favor, sente-se. A companhia vai me fazer bem.

Pronto, assim é muito melhor. Lembre-se que você tem vinte e cinco anos, não dezoito.

Aquilo não iria ser tão fácil quanto Grace pensou que seria.

Worthington tomou um gole e suas sobrancelhas quase pretas se juntaram.

– Este chá é bom demais para uma estalagem.

– O chá é meu. Eu viajo com ele. – Grace só tinha trazido o chá dessa vez; um agrado para uma prima mais velha que dizia amar sua bebida, mas que não aceitou ficar com toda a lata.

Agora o que ela podia dizer? Com exceção do vigário, fazia tanto tempo que não falava com um homem que não fosse da família – e aquelas conversas não tinham sido agradáveis.

– Sua família não vai ficar preocupada com a demora?

– Só tenho minhas irmãs e minha madrasta, e elas não sabem quando pretendo voltar para casa. – Ele tomou outro gole do chá. – Imagino que sua família deva estar preocupada.

A família de Grace deveria estar desesperada. Ela já devia estar em casa havia muito tempo, mas sua prima vivia sozinha e estava precisando de companhia.

– Um pouco.

– Você ainda tem muito para viajar?

Grace o estudou por sobre a borda da xícara. Ela tinha pensado que haveria uma fagulha de reconhecimento nos olhos dele, mas era evidente que Worthington não se lembrava dela. Não era de surpreender. Fazia anos que tinham se visto. Era provável que ele tivesse dançado com milhares de ladies desde a única vez em que dançou com ela. De qualquer modo, Grace não queria que ele soubesse quem ela era. Isso só complicaria sua vida já extremamente complexa.

– Menos de um dia – ela respondeu, afinal. O que era verdade, mas falacioso. Ela precisava mudar a conversa para um assunto mais seguro. – O que acha do progresso do tratado de paz?

Um pequeno sorriso se formou nos lábios bem moldados dele.

– Acho que o processo já se estendeu demais e que o novo governo francês não é tão forte quanto precisaria ser.

O Sr. Brown bateu na porta e em seguida entrou com outra de suas muitas filhas.

– Vim tirar o chá, se já terminaram.

Grace despregou o olhar da boca de Worthington. Minha nossa. Se ela o achava encantador antes, não era nada comparado com o que ele estava provocando nela agora. Grace precisava se recompor.

– Sim, por favor. Vamos jantar às seis.

O Sr. Brown fez uma reverência.

– Muito bem, minha...

Ela deu um olhar duro para o estalajadeiro.

– Madame – ele concluiu.

Só estar perto de Worthington era o bastante para transformar a cabeça dela em uma tigela de gelatina. O estalajadeiro e sua filha saíram, deixando a porta entreaberta. Ela encontrou o olhar firme de Worthington. Era provável que nunca mais o visse, de modo que poderia conversar a respeito do que quisesse.

– Não tenho problema em discutir política – ela disse. – Mas é bom você saber que sou uma Liberal.

Capítulo 2

Essa era uma provocação e tanto. Matt teve a sensação de que aquela seria uma conversa bem interessante. Se pelo menos ele conseguisse se lembrar dela, ou descobrir quem era. Seria ainda melhor.

– É o meu partido, também. A esquerda.

Os olhos dela se acenderam de alegria.

– Então vamos ter muito do que falar...

Durante a refeição e depois, a conversa passou por política, filosofia e administração de propriedades. Na verdade, qualquer tópico que lhes vinha à mente, exceto o clima. Horas mais tarde eles ainda não estavam sem assunto. Fazia meses, talvez anos, que ele não participava de uma conversa tão interessante, ainda mais com uma mulher. Ela era tão bem informada quanto qualquer homem que ele conhecia – ou melhor. Ele nunca tinha ficado tão encantado com uma mulher. De repente, Matt queria saber tudo sobre ela.

– Você concorda com Wollstonecraft? – ela perguntou.

Matt se inclinou para a frente, apoiando os cotovelos na mesa.

– Totalmente. Acho muito interessante a visão dela sobre os direitos das mulheres, e fico feliz por ver que o número de seguidores de Wollstonecraft e Bentham tem crescido nos círculos políticos.

Uma expressão distante passou pelo rosto da jovem.

– Não tenho passado muito tempo em Londres ultimamente, mas mantenho uma correspondência animada com minhas amigas.

Talvez aquela fosse sua oportunidade.

– Suas amigas têm as mesmas ideias que você?

– A maioria delas. – Um tom cuidadoso manifestou-se na voz dela.

– Pode ser que conheçamos algumas pessoas em comum.

– Você ingressou no grupo que tenta ajudar os veteranos de guerra? – ela perguntou.

Maldição. Não deu certo.

– Ingressei.

Eles debateram algumas das propostas que tinham sido ventiladas. Era evidente que ela era culta. Matt olhou para a poltrona perto da lareira. Um livro com capa de tecido com estampa de mármore jazia sobre o assento.

– Aquele é um dos romances de Minerva?

– É sim. – Ela ergueu um pouco o queixo. – Acho-os bem divertidos.

Baseado na conversa até então, ninguém poderia acusá-la de embotar o pensamento com romances. Ela era tão bem informada quanto qualquer intelectual, mas não tinha a característica atitude azeda.

– Minha madrasta lê esses livros. Mas ela tenta escondê-los das minhas irmãs. – Matt sorriu. – Não sei se ela consegue.

Um sorriso brincou nos lábios dela, e a jovem inclinou a cabeça um pouco para o lado. Como um pássaro curioso.

– E você, meu lorde?

Ele imaginou, e não pela primeira vez nessa noite, como seria beijar aqueles lábios. Puxar de leve com os dentes o carnudo lábio inferior. Ela era linda, inteligente, e ele precisava responder à pergunta. Diabos. Ele desejou ter lido os livros.

– Ainda não.

– Pode ser que você goste. Alguns cavalheiros apreciam a leitura.

– Com sua recomendação, com certeza vou ler pelo menos um.

Ela corou, como se satisfeita por, talvez, tê-lo convertido.

O relógio anunciou que eram cinco e meia, para surpresa dele. Matt ficou em pé quando ela se levantou.

– Preciso me arrumar para o jantar – ela anunciou.

– Claro. Encontramo-nos em breve.

Ela saiu da sala e Matt se serviu de conhaque da garrafa que havia sobre o aparador. Nunca, em toda a sua vida, ele tinha se sentido tão atraído por uma mulher como por aquela lady misteriosa. Os dois concordavam em quase tudo, e, quando discordavam, ela expunha suas opiniões de modo claro e inteligente.

Mas como ele faria para descobrir o nome dela e para onde estava indo? A única ideia que lhe ocorreu foi se oferecer para acompanhá-la até sua casa no dia seguinte, desde que o tempo melhorasse. Mas e se ela recusasse? Ele poderia segui-la. Matt jogou o conhaque fora. De algum modo, de qualquer modo, ele estava decidido a cortejá-la.

Grace fechou a porta de seu quarto atrás de si e se encostou nela. Durante anos, Matt Worthington não fora nada além de um capricho, mas agora estava rapidamente se tornando muito mais. Fazia anos que ela não se permitia sentir raiva da sorte que o destino lhe tinha concedido. Mas agora... agora ela podia fazer algo por si mesma. Não iria embora dali, não iria se afastar dele sem saber como era se divertir com um homem.

E se alguém descobrir? Tudo pelo que você se esforçou terá sido por nada? Sua consciência pipocou, quando Grace pensou que ela tinha desistido.

Mesmo quando estava com a família, havia momentos em que Grace se sentia tão solitária que pensava que iria morrer dessa aflição. Não ter se casado era a única coisa que não conseguia superar.

– Eu não posso ter nenhuma alegria? Só quero uma noite. Uma noite para durar o resto da minha vida. É tudo o que estou pedindo. *Libertina!*

– Que seja. – Suas mãos tremiam e seu estômago dava cambalhotas. Se pelo menos ela não fosse tão ignorante no assunto.

Que grandes planos os seus, a consciência escarneceu. *Você não tem a menor ideia do que fazer.*

– Estou certa de que ele vai me ajudar. Não pode ser tão difícil, afinal.

Ele vai reconhecê-la. Então, como você vai ficar?

– Não vai. Além daquela única vez em que Lady Belamny fez com que ele me tirasse para dançar, estou certa de que nunca mais olhou para mim. Sou apenas uma das muitas garotas que debutaram naquele ano. – Com certeza, no presente ele não se lembrava dela.

É o que você pensa. E se ficar grávida?

– Quer parar? Só pode ser o destino. Afinal, quais as chances de estarmos os dois aqui, ao mesmo tempo, sem ninguém mais na estalagem?

Desejando ter algo bonito para vestir, Grace desistiu de discutir consigo mesma e lavou as mãos. Ao voltar para a sala de estar, pediu vinho. Quando Worthington chegou, ela tinha acalmado os nervos e sua consciência tinha decidido deixá-la se entregar à perdição como quisesse.

Ele tinha trocado de camisa, mas não de terno.

– Peço desculpas por jantar de botas.

– Isso não me incomoda. Nem um pouco. – Ela lhe entregou uma taça de clarete. – Como pode ver, eu também não trouxe outra roupa. Esta era para ser uma viagem de um dia.

– Eu também esperava já estar em casa. Mandei meu criado na frente com o resto da bagagem. – Ele deu um sorriso pesaroso. – É para eu aprender a sempre manter uma mala comigo. – Ele tomou um gole do vinho. – Este clarete é excelente.

– É mesmo. O Sr. Brown tem uma adega bem abastecida.

Ela queria fazer confidências a Worthington. Dizer-lhe que o pai dela costumava trazer a família ali por causa da qualidade do vinho. Queria confidenciar-lhe as dificuldades por que estava passando no momento. Felizmente, antes que ela revelasse demais, a porta foi aberta e o Sr. Brown entrou seguido por um de seus filhos, ambos carregando travessas cobertas.

O aroma apetitoso fez o estômago de Matt roncar.

– Minhas jovens acharam que vocês gostariam de começar com uma bela sopa-creme de cogumelos – disse o Sr. Brown. – Depois serviremos carne de cervo com vagens à francesa... – Quando o Sr. Brown terminou, as travessas cobriam a mesa e o aparador. – E aqui está um pavê para a sobremesa.

Matt serviu Grace antes de fazer seu prato. Eles ficaram em silêncio durante alguns minutos, enquanto comiam. Ele, porque estava faminto. Ela parecia apenas um pouco tímida. Não era de admirar. Provavelmente, até então nunca tinha feito uma refeição sozinha com um homem.

– Devo dizer que, a princípio, este lugar não me impressionou, mas a comida e o vinho compensam o fato de ser um pouco maltratado.

– Eu sempre achei esta hospedaria aconchegante.

Ele a observou, hipnotizado pelo modo gracioso como ela lambia o creme do pavê que escorria da colher.

– Acho que concordo – ele disse.

Matt perguntou o que ela achava da fazenda experimental em Norfolk e ficou surpreso ao constatar que ela sabia tanto quanto ele a respeito. As horas voaram do mesmo modo que antes. Logo o relógio bateu dez horas e ela se levantou. Matt também ficou em pé, imaginando que ela fosse se retirar rapidamente. Mas, em vez de fazer uma mesura e ir na direção da porta, ela ficou parada diante dele, estudando seu rosto, esperando. Esse era o convite de que ele precisava.

Hesitante, ele estendeu o braço e, com o dorso da mão, acariciou a face dela. Matt nunca tinha desejado tanto uma mulher quanto aquela. *O que ela faria se ele a beijasse?* De repente, quem ela era, ou de onde vinha, não importava mais. Ela era dele. Ele sabia em seu íntimo. O destino tinha criado uma tempestade e a colocado ali para que Matt a encontrasse e a tomasse para si.

Ela deu um pequeno passo na direção dele enquanto Matt deslizava o dedo pela linha do maxilar dela. Grace novamente encurtou a distância entre os dois.

É como acariciar uma truta, mas com uma recompensa muito maior.

Worthington tinha provado ser tudo o que Grace pensava, e agora... agora, mesmo que ela lhe quisesse resistir, não conseguiria. Ela abafou sua ansiedade crescente. Seu plano estava dando certo, e esse não era o momento para ter medo. Afinal, que bem lhe faria sua virgindade quando fosse uma solteirona?

Os olhos dele a encantavam e, Grace o desejava. Queria sentir sua boca na dele, os braços fortes ao seu redor. O que mais aconteceria ela não sabia muito bem, mas queria que ele lhe mostrasse. Então Worthington passou um braço pela sua cintura, puxando-a para si. Ele colocou a mão no rosto dela e passou o polegar levemente calejado por seus lábios. Aquilo estava acontecendo do jeito que ela queria. Essa seria a noite mais perfeita de sua vida.

– Você é maravilhosa – a voz dele ecoou, baixa e sensual.

Um arrepio de prazer desceu pela coluna dela. Grace nunca tinha pensado que ouviria isso de um homem. Ela ou o destino tinha escolhido bem.

Ele baixou a cabeça e encostou os lábios com suavidade nos dela.

Grace apoiou a mão de leve no ombro dele, e Worthington pegou-lhe a outra mão, encorajando-a a passar os braços ao redor de seu pescoço. Quando ele passou a língua por sua boca, ela não soube o que fazer, então formou um bico. Ele sorriu de encontro a seus lábios. Será que tinha feito algo errado? Grace não podia permitir que ele parasse.

Com a ousadia que tinha demonstrado ao convidá-lo para se juntar a ela na sala de estar, e durante a conversa, Matt esperava que ela fosse experiente. Não era, e, por algum motivo que não conseguia compreender, ele queria se vangloriar. Era como se ela estivesse esperando por ele.

Matt levantou a cabeça e a olhou.

– Você nunca foi beijada antes?

A face dela ficou corada.

– É assim... tão óbvio?

– Não. – Era, mas ele não lhe diria isso.

Ela baixou os longos cílios, e a timidez inesperada o cativou.

– Você é perfeita.

Mais uma vez, ela levantou o rosto para ele. Matt se inclinou, inspirando o aroma levemente picante da jovem. Tão diferente dos perfumes florais que outras mulheres usavam. Segurando o rosto dela com ambas as mãos, ele a beijou de novo, mordiscando o lábio inferior carnudo, ensinando-a, instando-a a abrir a boca para ele.

A hesitação dela cedeu, e Grace o segurou com mais força, correspondendo aos beijos com mais vigor. Ao lhe acariciar as costas, ele desejou desfazer os laços sobre os quais seus dedos passavam, mas hesitou um instante. Era cedo demais. Aquela era a mulher mais extraordinária que já tinha conhecido, e ele precisava ter cuidado para não assustá-la.

Ela suspirou, derretendo-se nele.

Dois de seus melhores amigos tinham se casado havia pouco, e estava na hora de ele fazer o mesmo. Matt não tinha acreditado em

Marcus quando o amigo afirmara, anos antes, ter se apaixonado por Phoebe à primeira vista. Agora Matt acreditava.

Ele não tinha irmãos e já havia passado da hora de se casar. A ideia de procurar por uma esposa o atormentava cada vez mais nos últimos meses. Matt quis rir. Nunca tinha lhe ocorrido que encontraria sua futura esposa quando os dois ficassem presos, juntos, numa pequena estalagem. Ele a puxou para mais perto. Quem quer que fosse, ela era dele. Se pelo menos ela lhe dissesse seu nome. Matt pensou em esquecer suas boas maneiras e perguntar a ela. Mas teve medo de que isso a espantasse. De que importava, afinal, quando ele iria passar o resto de sua vida conhecendo-a?

Matt imaginou que deveria esperar até o dia seguinte para pedi-la em casamento ou perguntar a quem ele deveria pedir permissão para falar. Mas as feições dela, seu modo de conversar e as curvas maduras de seu corpo lhe diziam que não era uma moça jovem. Seria tão melhor se ela pudesse responder por si mesma.

Uma batida ecoou na porta. Ele interrompeu o beijo e a afastou.

– Pois não? – Matt disse.

Brown abriu a porta e enfiou a cabeça.

– Meu lorde, minha... digo, madame. Seus quartos estão prontos. Pedi para uma das minhas garotas passar um ferro quente nos lençóis e colocar tijolos quentes neles.

Quando Matt a soltou, ela deu as costas para a porta, virando-se para a lareira, deixando que ele lidasse com o estalajadeiro.

– Obrigado, Brown.

– Por favor, toquem a campainha se precisarem de algo e alguém responderá no mesmo instante.

– Mais uma vez, obrigado. – Matt fechou a porta.

Com dois passos, aproximou-se dela outra vez. Ele colocou um dedo debaixo do queixo dela, erguendo sua cabeça.

– Vou acompanhá-la até seu quarto.

Ela anuiu com a cabeça. Mesmo à luz das velas, ele podia ver o desejo à espreita nos olhos dela. Matt desejou levá-la para seu quarto, mas haveria tempo suficiente para isso depois que ficassem noivos.

Deixando-a na porta dos aposentos dela, Matt foi até o quarto que lhe tinha sido designado, na outra extremidade do corredor. Ele gostou de encontrar uma garrafa de conhaque sobre a mesa de cabeceira. Tirou as roupas e vestiu um robe verde de lã que o estalajadeiro tinha deixado no quarto. Ele ficou encarando o fogo, girando o copo e tentando decidir o que diria quando a pedisse em casamento. Descobrir o nome dela também seria uma boa ideia.

Grace não podia acreditar que ele a tinha beijado daquele modo e depois a deixado na porta do quarto. Céus, ela tinha praticamente se atirado sobre ele.

Está vendo? Ele não quis você, sua consciência debochou.

– Mas ele queria. Eu... deu para ver pelo... pelo beijo dele.

Por que Worthington tinha que ser tão *cavalheiro?* Não foi a melhor coisa que ele podia ter feito nesse momento. Ele poderia ter facilitado para ela. Depois do que disse, e pelo modo como a beijou, como conseguiu simplesmente largá-la ali? Era óbvio que, se ela quisesse ter sua noite, teria que fazer algo. Não havia escolha. Grace precisaria ir até ele.

Ela chamou a criada e se despiu. Grace precisou de outro copo de vinho e vários minutos para ganhar coragem. Então, jogou o cobertor sobre os ombros e saiu para o corredor, disposta a encontrá-lo.

Felizmente, uma luz brilhava por baixo da porta no fim do corredor. Devia ser ele. A não ser pelos criados, dormindo no piso acima e no estábulo, ela e Worthington eram os únicos hóspedes da estalagem.

Grace sentiu o frio das tábuas velhas e gastas enquanto percorria a curta distância até o quarto dele. Inspirando fundo, enfrentou o medo que ameaçava dominá-la. Com certeza Worthington não a rejeitaria. Ela bateu na porta e entrou.

A expressão satisfeita no rosto dele dizia que ela não tinha se enganado. Ele a queria. Tanto quanto ela esperava que a quisesse.

Capítulo 3

Uma corrente de ar anunciou a abertura da porta. Matt virou-se e seu coração se encheu de alegria enquanto ele dava graças aos deuses. O branco imaculado da roupa íntima da misteriosa lady aparecia por baixo do cobertor de lã com que ela tinha envolvido seu corpo. O cabelo longo espalhava-se, solto, caindo-lhe sobre os ombros e a cintura. Havia um pequeno sorriso tímido nos lábios dela. Embora o nervosismo fosse evidente, ela tinha ido até ele. Matt pensou em tudo o que seus amigos enfrentaram para se casar e sorriu. Aquela devia ser a corte mais fácil da história. Tudo que ele teve que fazer foi se refugiar de uma tempestade.

Ela corou.

– Posso... eu posso entrar?

Três passos longos levaram-no até ela.

– Pode. – *Na minha vida, na minha casa, no meu coração.* Parte dele não conseguia acreditar que ela estivesse realmente ali. – Sim, você pode entrar.

Quando ele a pegou nos braços, o cobertor caiu no chão. Matt a beijou e fitou seus olhos antes de ir até a cama grande, onde a colocou delicadamente de pés no chão. Os dedos dele pairaram sobre as fitas da *chemise* dela, formigando de expectativa.

– Posso?

Sua lady levantou os olhos para ele.

– Sim.

Ele soltou os laços e a musselina finamente tecida desceu até os quadris dela. Matt perdeu o fôlego. O cabelo cobria tudo, exceto a ponta rosada dos generosos seios de marfim. Eles o chamavam, implorando para serem saboreados e venerados. Existiria mulher mais perfeita? Ele capturou os lábios dela nos seus enquanto empurrava a *chemise* para baixo. Ele recuou um passo; os quadris dela se abriam com delicadeza, e um triângulo de ouro cobria seu púbis.

Minha, esta noite e para sempre.

Abrindo os lençóis, ele a ergueu, colocando-a no meio da cama. Matt tirou o robe e subiu na cama a seu lado. Ele faria com que essa noite, a primeira vez em que ela faria amor com ele, fosse perfeita para sua lady. Matt hesitou. Talvez devesse pedi-la em casamento antes que fizessem amor. Não... seria melhor pedi-la amanhã. Ela devia saber quais eram as intenções dele, do contrário nunca teria ido até seu quarto. Sua lady permanecia imóvel, observando-o, os olhos bem abertos e profundos enquanto ele deslizava as palmas pelo corpo dela. Matt precisava tocá-la toda, para ter certeza de que ela estava mesmo ali. *Com o meu corpo, eu a venero.*

– Você é a mulher mais linda que eu já vi.

Ela deu um sorriso contido e estremeceu.

– Não tenha medo. Vou ser delicado. – Ele se deitou ao lado dela, encorajando-a a tocá-lo antes de desenhar uma trilha de beijos do pescoço até os montes perfeitos que formavam seus seios. Tocando os mamilos, que desabrocharam em botões tesos para ele, Matt tomou um em sua boca, provocando-o com a língua e chupando-o. Ela estremeceu e apertou o peito contra ele, suspirando enquanto Matt seguia beijando-a até os pelos claros entre suas pernas. Triunfante, ele a encontrou já quente e molhada à sua espera.

Um gemido abafado escapou dos lábios de sua lady, mas ela não ficou tensa.

Quando a língua dele fez uma passada lenta e demorada no centro dela, a jovem gritou e arqueou as costas. O corpo dele tremeu de prazer quando sorveu seu sabor delicado. Ele nunca tinha ficado tão satisfeito dando prazer a uma mulher. Talvez fosse porque aquela seria a única a quem ele daria prazer pelo resto de sua vida.

Grace admirou o peito musculoso com a penugem. Era ainda mais impressionante sem roupas. Ela lutou contra o próprio constrangimento quando ele removeu sua *chemise*, mas não havia espaço para pudores de virgem. Se era para ter apenas uma noite de paixão, ela queria tudo a que tinha direito, mesmo se não soubesse o que era *tudo*. Grace teria que confiar nele para que a ensinasse. Então ele a chamou de maravilhosa, e seu coração derreteu.

Ele riu e a fitou.

– Pode me tocar, se quiser.

Ela estendeu a mão, colocando-a sobre o peito dele, e não resistiu a brincar com os pelos escuros, enrolados, que o cobriam. Embora os pelos fossem macios, o peito era duro, muito mais que o dela. Grace já tinha visto homens sem camisa trabalhando nos campos, mas nenhum deles era como Worthington.

Ele a beijou com ternura enquanto a acariciava toda. As mãos dele, que não eram macias como as suas, mas ásperas, aqueceram sua pele com as carícias. Ela não sabia como podia ser bom o toque de outra pessoa. O toque de um homem. A respiração dela ficou suspensa quando Worthington pregou beijos delicados onde suas mãos tinham tocado.

– Minha lady – ele suspirou. – Meu amor.

Meu amor? Lágrimas tentaram tomar os olhos dela, mas Grace piscou para afastá-las, recusando-se a deixar que aflorassem. Se pelo menos isso fosse verdade. Mesmo que pensasse em ficar com ele, Worthington não iria querer assumir essa responsabilidade. Ela não pensaria nisso essa noite. Era, provavelmente, apenas algo que os homens diziam quando estavam com uma mulher. E de que isso importava? Aquilo era tudo o que ela queria.

Permitindo que ele capturasse seus sentidos, Grace gemia conforme a tensão fluía e refluía enquanto ele tomava posse dela. Uma necessidade floresceu em seu âmago. Desejo a inundou, sobrepujando seus sentidos. Os seios estavam pesados, e os mamilos, tão duros que doíam. Worthington tocou-os, circundando-os de leve com os polegares. Quando ele ergueu a cabeça, Grace tentou impedi-lo de interromper o beijo. Então ele tomou um mamilo na boca e o chupou. Ela foi parar no céu. Ele se dedicou ao outro seio e, depois, foi descendo pelo corpo dela com beijos até chegar ao ponto sensível entre suas pernas. Quando ele a lambeu de leve, Grace gritou, implorando mais.

Worthington a manteve no lugar quando os quadris dela se lançaram contra ele. Assim como Grace, seu corpo parecia não ter ideia do que fazer.

– Ainda não, minha querida. Você vai ter sua chance – a voz dele era profunda, inebriante.

Grace sacudia a cabeça. Seu corpo foi ficando cada vez mais tenso, até ela achar que não aguentaria mais, então, de repente, ela foi inundada por onda após onda de deleite. Seu coração batia tão forte que ela podia ouvi-lo.

Ele soltou um grunhido e, com uma elegância fluida, estendeu-se novamente ao lado dela, tomando-lhe os lábios. O sabor dele estava diferente. Havia uma camada pungente extra em seu gosto excitante.

Worthington alcançou um copo e tomou um gole, oferecendo em seguida para ela.

– É conhaque.

– Obrigada.

Ele a pegou nos braços e Grace tomou um gole. A bebida queimou sua garganta. *Coragem de tolo.*

Worthington a observava. O lugar entre suas pernas latejava.

– Tem certeza de que deseja continuar, meu amor?

Como ela podia não querer? Uma parte indefinida dela continuava vazia, e essa noite teria que durar pelo resto da sua vida.

– Sim, tenho certeza.

A voz grave dele a acariciou.

– Diga se quiser que eu pare.

Parar? *Nunca.* Não agora que ela tinha ido tão longe. Grace anuiu.

– Eu direi.

Lábios firmes provocaram os seus, e a língua dele roçou seus dentes. Gemendo, ela correspondeu às carícias de Worthington. A mão dele tocou o ponto em que as coxas dela se encontravam, e ele colocou um dedo dentro dela. Um fogo queimou fundo no seu centro, e Worthington a segurou com um beijo quando ela gritou. Nada, jamais, tinha parecido tão certo ou bom para ela.

Ele riu de leve, como se estivesse tendo tanto prazer quanto ela. Grace estava molhada onde ele a tinha tocado, e ela se perguntou por quê. Worthington colocou o corpo sobre o dela, entrando lentamente, preenchendo-a. Então ele deu uma estocada e uma dor aguda a sacudiu. Ele parou. Os lábios de Worthington encostaram nos dela e devastaram sua boca, jogando-a num redemoinho escaldante que estraçalhou sua razão.

O calor era tão intenso que Grace só podia tentar corresponder a ele, tentar aplacar a necessidade de Worthington bem como a sua própria. Ele apertou seus seios e ela gritou em meio ao beijo, querendo mais.

Quando ergueu os quadris, ele estava inteiro dentro dela, fazendo um vaivém suave.

– Como está se sentindo? Você está bem? – ele murmurou.

– Estou... Eu me sinto... – Grace não conseguiu encontrar as palavras. A dor tinha cedido, e ele, o corpo dele, a possuía por inteiro. E Grace nunca tinha conhecido alegria tão grande.

– Bem... amor, espero. Você vai se sentir ainda mais, eu prometo. Passe as pernas ao meu redor.

Ela fez como ele pediu, e Worthington a possuiu ainda mais plenamente. Chamas dançavam e ela fervia. Grace se sentia no meio da tempestade que rugia lá fora, mas, de algum modo, sentia-se quente, esperando por uma explosão. De repente, fagulhas a atravessaram.

Vou lhe dar prazer pelo resto da sua vida, ela pensou tê-lo ouvido falar.

Matt engoliu o grito dela com um beijo. As pernas dela apertaram-no como um torno, e o seu núcleo ficou tenso ao redor dele, que não teria como se retirar. Indo mais fundo, ele derramou sua semente. Sua lady estava agarrada a ele e começava lentamente a relaxar. Ele deu beijos suaves no cabelo dela. Aquela mulher maravilhosa era dele.

Antes mesmo de os dois subirem a escada para os quartos, ele tinha se decidido casar com ela, porque precisava de uma esposa e ela era tudo o que ele estava procurando. Agora Matt sabia que ela seria necessária ao seu futuro bem-estar. Ele precisava ficar com ela pelo resto da vida. Eles se casariam assim que Matt pudesse tomar todas as providências, e nada poderia separá-los.

Matt aconchegou-a a seu lado no lugar que seria dela pelo resto de suas vidas.

– Durma, meu amor.

Ela engasgou com lágrimas. Grace queria dizer algo para Worthington, mas não conseguiu. Ele tinha feito tudo com perfeição. Melhor do que ela poderia ter sonhado. Grace tinha sido uma tola por pensar que poderia se entregar a ele sem consequências. De qualquer modo, ela não sabia que iria se apaixonar. E pior: ele a chamava de seu amor como se falasse a sério. A dor no peito dela cresceu quando seu coração se desfez em pedaços. Mesmo que ele a amasse, nada poderia acontecer; ela tinha feito um juramento e não podia se casar.

Horas mais tarde, um raio de luz branca atravessou a janela, acordando Grace. O ar estava parado. Estrelas cintilavam no céu da madrugada. A tempestade tinha passado e ela estava aninhada ao lado de Worthington, quente e protegida. Queria ficar ali pelo resto da vida. Mas precisava partir. Escapulir da cama foi mais difícil do que ela pensou que seria. Worthington era tão maior do que ela que precisou escalar o colchão para sair do afundado que o corpo dele causava. Quando Matt estendeu o braço em sua direção, Grace pensou que ele tivesse acordado. Detendo-se, ela esperou até ele voltar a roncar suavemente.

Com rapidez, ela vestiu a *chemise* e se envolveu com o cobertor. Ela olhou para a cama, memorizando as feições fortes de Worthington, desejando poder arriscar beijá-lo ou tocá-lo uma última vez. Grace moveu-se o mais silenciosamente que podia para retornar a seu quarto. Avaliou que deviam ser quatro da manhã. Lavando-se, ela se vestiu o melhor que pôde antes de puxar a campainha para chamar a criada.

Uma batida suave na porta e Susan entrou, esfregando o sono dos olhos.

– Pois não, milady.

Grace deu um olhar pesaroso para a garota e desejou estar com um vestido que tivesse botões na frente.

– Por favor, apenas amarre meus laços nas costas e pode voltar para a cama. Desculpe incomodar tão cedo, mas preciso ir embora. Por favor, diga a seu pai que estou indo.

Alguns minutos depois, Grace chegou ao térreo. O Sr. Brown lhe entregou uma xícara de chá.

– Milady, ficaríamos felizes se tomasse o café da manhã conosco.

Grace pegou a xícara e sorriu, mas negou com a cabeça.

– Obrigada, mas preciso voltar para casa. Minha família vai ficar preocupada.

– Espere um pouco, vou providenciar pão e queijo. Milady pode comer no caminho.

Considerando o tanto que tinha comido no jantar, a fome que ela sentia era surpreendente.

– Obrigada.

Pouco depois, Grace saiu pela porta da frente para a paisagem congelada e chegou à carruagem. Gelo cobria o solo e neve decorava os parapeitos da estalagem. Por sorte, a lua brilhava o bastante para iluminar o caminho. Seu criado a ajudou a entrar na carruagem, e alguns minutos depois estavam em movimento.

– Vamos chegar ao Solar bem antes de o dia amanhecer, milady.

Puxando a capa ao seu redor, Grace se voltou para Neep.

– Que bom. Vocês comeram algo?

– Um pouco de pão com presunto. O suficiente até chegarmos.

Grace anuiu e se recostou no assento macio mas gelado, grata por sua capa e pelos tijolos quentes debaixo dos pés. Com a carruagem em movimento, ela olhou a janela do primeiro andar, do quarto onde Worthington dormia. O único homem que ela quisera que a amasse, e, quando ele a amara, era tarde demais. Desejando ainda estar nos braços fortes dele, tentou segurar as lágrimas, mas elas escorreram silenciosamente por sua face enquanto Grace chorava pelo que poderia ter sido mas nunca poderia ser. Pouco mais de uma hora depois, eles viraram na entrada do Solar Stanwood. Ela limpou do rosto todos os vestígios de tristeza e vestiu um sorriso alegre para esconder sua amargura.

Ao entrar no grande e arejado saguão georgiano, Grace foi recebida pelo preocupado mordomo, Royston, que pegou sua capa. Um momento depois, houve uma explosão de barulho quando seis crianças, com idades entre cinco e dezoito anos, correram até ela. O pandemônio reinou enquanto todas despejavam suas preocupações e temores sobre Grace. Ela deveria saber que todos entrariam em pânico com seu atraso.

– O que vocês estão fazendo de pé tão cedo? Esperem, eu nem tomei meu café da manhã ainda. Deixem-me comer, e, se todos ficarem quietos, posso contar para vocês o que aconteceu para me atrasar.

Eles a acompanharam até a sala do café da manhã. Charlote, de dezoito anos, entregou-lhe uma xícara de chá, enquanto Walter, de catorze, empilhou comida num prato que levou até ela. Alice e Eleanor, gêmeas de doze anos, e Philip, de oito, sentaram-se ao redor da mesa e a encararam, aguardando. Mary, a mais nova, de cinco anos, subiu no colo de Grace. O único que faltava era Charlie, atual Conde de Stanwood, que estava na escola Eton.

– Pensei que você tivesse ido embora, como a mamãe – Mary disse, com o lábio inferior tremendo.

Grace abraçou com força a irmãzinha.

– Não precisa ter medo de nada. Estou aqui agora.

Após engolir um pedaço de torrada e um gole de chá, Grace se preparou para ficar calma enquanto respondia às perguntas deles. Ninguém podia saber de Worthington nem desconfiar de que algo estava errado.

– Eu estava voltando para casa após visitar a prima Anne quando veio a tempestade. Felizmente eu estava perto da estalagem, onde consegui me abrigar. Não aconteceu nada além disso. No geral, foi uma viagem bem desinteressante. – *Nada além de encontrar Worthington e passar a noite mais maravilhosa da minha vida nos braços dele.* – Agora, temos três semanas antes de voltarmos para Londres. Espero que todos vocês se comportem de modo que possamos partir no momento oportuno. Roynston... – Ela se voltou para o mordomo. – O correio me trouxe algo?

– Sim, milady. Eu coloquei no escritório.

Grace passou os olhos pela mesa.

– Charlotte, vamos nos encontrar no escritório dentro de uma hora. Se já terminou de comer, por favor, pratique canto ou piano até eu mandar chamá-la. O restante de vocês tem suas lições.

Todos se levantaram ao mesmo tempo e a sala de repente ficou em silêncio, restando apenas a prima Jane, que atuava como acompanhante de Grace nos últimos quatro anos. Jane olhou com preocupação para Grace.

– Prima, você parece cansada. Não dormiu bem?

– Até que bem, considerando a tempestade. Imagino que vá estar mais apresentável depois que tomar banho e me trocar.

– Mas é claro. – A prima deu um sorriso gentil. – Deve ser isso. Você já pensou em voltar à sociedade? Deve ser ruim, para você, perder toda a diversão.

Grace apertou os lábios. Ela não passava a temporada em Londres desde que sua mãe morrera no parto junto com o bebê.

– De que adiantaria? Eu não posso me casar até Charlie fazer vinte e um anos e poder assumir a guarda das crianças. Ainda faltam cinco anos. Até lá, ele precisa que eu cuide delas. – Grace meneou a cabeça. – Quando Mary estiver pronta para debutar, se algum cavalheiro estiver procurando uma solteirona, então vou pensar no caso. Até lá irei a chás e a reuniões desse tipo, mas não a bailes. Você e a tia Herndon podem se divertir. Ela é a madrinha de Charlotte e tem mesmo que a acompanhar.

Jane bufou.

– Mas com certeza você vai à reunião de Lady Thornhill.

Lady Thornhill fazia as reuniões mais interessantes da sociedade, com artistas, escritores e filósofos entre seus convidados. Grace pegou o bule e se serviu de mais chá.

– Sim, talvez eu vá a essa e a reuniões dos partidos políticos.

– Vou deixá-la agora. – A prima se levantou. – Sei que você tem muito que fazer.

Jane era tão gentil quanto pouco exigente. Com quase quarenta anos, seu cabelo loiro começava a mostrar traços grisalhos. Ela tinha perdido seu amor no mar e nunca mais tentara se casar de novo. Talvez encontrasse alguém na próxima temporada, embora isso deixasse Grace precisando de outra acompanhante.

Um latido grave ecoou no corredor, e uma cadela dinamarquesa de um ano de idade, rebocando um criado, irrompeu na sala de café da manhã. Encontrando sua dona, o animal foi até Grace e colocou a cabeçorra no braço dela.

– Bom dia, Daisy. Ficou com saudade de mim? – Ela olhou para o criado. – Eu quero saber como está indo o treinamento de caminhada.

Ele fez uma careta.

– Nós estávamos melhorando, milady, até ela ouvir sua voz.

Grace acariciou as orelhas macias da cachorra.

– Você vai ser deixada para trás se não aprender a andar com a guia.

Daisy lhe deu um olhar de lado e voltou sua atenção para a carne no prato de Grace. Esta fez uma careta. Era provável que fosse branda demais com a cachorra.

– Não, não vou permitir que você peça comida da mesa.

Daisy a encarou com olhos arregalados e esperançosos.

– Você é incorrigível. – Grace comeu o restante do ovo e depois deu o pequeno pedaço de carne para Daisy. – Vá encontrar algo para fazer que não seja bagunça. Preciso me trocar.

Abanando o rabo, Daisy seguiu sua dona até o quarto, arrastando o criado com ela. Grace suspirou, resignada.

– George, pode deixá-la comigo um pouco.

O criado fez uma reverência.

– Obrigado, milady. Vamos tentar a caminhada de novo mais tarde.

Ela olhou para Daisy e franziu a testa.

– Muito bem, você pode vir comigo, mas precisa se comportar.

Após repetir a história de sua ausência para Bolton, sua criada, a banheira estava pronta.

Afundando na água quente, Grace descobriu dores em músculos que não sabia ter até fazer amor com Worthington. Ela sentiu a garganta apertar, mas de novo se impediu de chorar. Tinha conseguido o que queria e mais, muito mais do que esperava. Teria apenas que se lembrar dele com felicidade e afeto. Era só assim que conseguia pensar nele.

Worthington era perfeito de todas as maneiras. Se ela pudesse se casar, seria com ele. Mas, se ela se casasse, perderia a guarda das crianças – pela qual tinha lutado tanto – e ficariam separadas. Ela apertou os dentes ao lembrar do escárnio de tios e tias duvidando de que ela pudesse criar as crianças. A guerra nos tribunais, que custara tanto dinheiro e tanta ansiedade. De qualquer modo, tinha prometido à mãe que manteria os irmãos juntos. Contudo, mesmo que não tivesse prometido, ela teria lutado para manter a família unida. Eles já tinham perdido tanto. Não sobreviveriam se tivessem que ficar separados. Como ela poderia ser feliz se tivesse abandonado os irmãos? Seu avô, enfim, ficara do seu lado e terminara o embate a seu favor.

Quando Grace entrou no escritório, Daisy estava deitada em frente à lareira e Charlotte estava sentada à escrivaninha fazendo a contabilidade da casa.

– Pensei que você iria praticar música.

Charlotte apertou os lábios.

– Eu queria ver quanto conseguia fazer sem a sua ajuda. Afinal, depois que me casar vou ter que fazer tudo isto sozinha.

– *Humpf.* Bem, acho que faz sentido. Você já tem músicas prontas, que sabe tocar e cantar sem a partitura?

Charlotte começou a revirar os olhos, mas Grace olhou feio e ela parou.

– Desculpe. Sim, tenho algumas, e Dotty e eu estamos ensaiando um dueto que podemos tocar juntas.

Grace sentou e abriu a carta de cima da pilha. Durante vários minutos, o único som foi a pena de Charlotte arranhando o papel. Depois que Grace terminou com a correspondência comercial, começou a ler as cartas pessoais.

– Charlotte, ouça isto. Minha amiga Phoebe, Lady Evesham, está grávida. Ela virá para Londres, mas não vai sair muito. Ela nos deu uma carta de apresentação para Madame Lisette, que, saiba você, é a modista mais exclusiva da cidade. Se a procurarmos algumas semanas antes da temporada, Phoebe conseguiu que madame faça todos os seus vestidos. – Grace largou a carta e olhou para a irmã. – Não é uma boa notícia?

– É, claro. – O rosto de Charlotte era um grande sorriso. – Dotty me contou que a Srta. Smithton quis fazer vestidos com Madame Lisette ano passado, mas não foi recebida.

Grace segurou o sorriso. Dotty, melhor amiga de Charlotte, também iria debutar nessa temporada. A Srta. Smithton, um ano mais velha que Charlotte e Dotty, considerava-se a rainha da beleza até as duas amigas começarem a frequentar reuniões locais e festas particulares. A Srta. Smithton era de fato linda e sabia disso, o que afastava muitos dos jovens. O cabelo claro de Charlotte contrastava com as madeixas pretas de Dotty e as duas formavam uma dupla deslumbrante, fazendo muitos rapazes se reunirem à volta delas. Grace estava feliz que as duas fossem debutar juntas.

A irmã pegou um peso de papel de vidro, levantando-o e baixando-o por alguns momentos.

– Grace, você acha que Dotty pode ir conosco à Madame Lisette?

– Minha querida, tenho certeza de que Lady Sterne já resolveu o guarda-roupa de Dotty. – Grace pensou que não deveria lembrar Charlotte de que os Sterne não tinham a bolsa tão recheada quanto os Carpenter. – Você pode ir às compras com ela no Bazar Pantheon. – Grace pegou seu calendário. – Nós precisamos adiantar a viagem em uma semana.

Charlotte olhou para ela, pensativa.

– Grace, não seria bom se você e eu partíssemos antes, e as crianças viajassem conforme planejado?

Recostando-se, Grace brincou com a parte de trás da pena, passando-a pelo rosto e pelos lábios até se lembrar dos beijos de Worthington. Então, largou a pena.

– Eu adoraria fazer esse agrado para você. Vou conversar com Jane e os outros. Se acharem que conseguem cuidar das crianças sem mim, nós vamos antes.

Pulando de modo pouco típico para uma lady, Charlotte correu para Grace, abraçando e beijando a irmã.

– Oh, obrigada, obrigada, obrigada! Eu amo todos eles, mas às vezes...

Grace retribuiu o abraço da irmã, prendendo uma mecha solta atrás da orelha de Charlotte.

– Eu entendo, querida. Ninguém vai pensar mal de você por querer algum tempo sem todos à sua volta e escutando atrás das portas.

Charlotte recuou e franziu o rosto.

– Você também deseja isso às vezes?

Sorrindo, Grace pegou a mão dela.

– É claro que sim. Mas eu não trocaria nenhum de vocês por isso. Nem por nada. – *Nem mesmo por Lorde Worthington.* – E nós temos muita sorte. Ao contrário de muitos, nós temos dinheiro para viver como desejamos. Todas vocês, garotas, têm bons dotes, e os garotos terão boas rendas. Na verdade, eu não poderia desejar outra coisa.

– Temos muita sorte por ter você. – Charlotte sorriu e apertou a mão de Grace. – Terminei a contabilidade e está tudo certo. Posso cavalgar até a casa de Dotty?

Não haveria cavalgadas para a irmã em Londres. Grace olhou para ela e anuiu.

– Pode, desde que vista uma roupa quente e leve seu cavalariço.

Charlotte beijou Grace de novo e saiu correndo, esquecendo-se de andar como uma lady.

Grace levou as mãos à cabeça, e foi assim que Jane a encontrou.

– Grace, minha querida, você *vai* me dizer o que a está aborrecendo? Você tem estado tão absorta, o dia todo.

– Não é nada, mesmo – Grace respondeu, olhando para Jane. – É só que há tanta coisa para fazer, e agora preciso levar Charlotte para Londres uma semana antes do planejado, a fim de fazer o guarda-roupa dela. Acha que você, a aia, Srta. Tallerton e o Sr. Winters conseguem dar conta do restante das crianças por uma semana?

– Não vejo por que não. – Jane franziu o rosto. – Os garotos obedecem ao Sr. Winters e as garotas adoram a Srta. Tallerton. Onde você vai ficar? Claro que não vai ficar sozinha com Charlotte na Casa Stanwood.

Grace negou com a cabeça.

– Não, isso não seria decoroso. Vou escrever para a tia Herndon e perguntar se podemos ficar com ela uma semana. Vai ser bom para ela e Charlotte se conhecerem melhor. Minha irmã é uma boa garota, mas não se pode dizer que é dócil.

Os olhos de Jane brilharam quando ela riu.

– Nenhuma das garotas pode ser chamada de dócil, querida, incluindo você.

– Não, acho que está no sangue. – Grace sorriu e pegou outra carta. – Oh, veja, é de Charlie. – Ela leu a missiva rabiscada às pressas. – Ele está bem e acha que ficarei feliz com suas notas neste semestre. Pergunta se pode ir a Londres durante o feriado. Ora, que cabeça de vento. Aonde mais ele iria?

A prima deu uma risada, meneou a cabeça e deixou Grace com sua correspondência. Além de ler algumas cartas de amigas com quem mantinha correspondência, Grace não conseguiu fazer mais nada. Ela se virou na cadeira e olhou pela janela para as roseiras. Muitas continuavam cobertas de gelo e brilhavam sob o sol do meio-dia.

Ela não deveria ter feito aquilo. Grace pensou que, se experimentasse pelo menos uma vez, ficaria satisfeita e poderia viver como uma solteirona. No momento, não estava nem um pouco satisfeita. Sempre que pensava nele, seu corpo formigava e ela imaginava aquelas mãos tocando-a e provocando-a. E não era apenas o ato do amor, nem o modo como ele fizera seu corpo sentir. Ela também tinha gostado de conversar com ele durante o dia e a noite. Eles concordavam em quase tudo. Quando discordaram, ele escutou respeitosamente seu ponto de vista e até mesmo comentou que ela tinha um bom motivo para pensar de outro modo. Ela sentiria mais falta disso do que do toque dele.

Precisava parar de pensar nele. Voltar para Londres mais cedo seria uma boa mudança. Poderia se concentrar no guarda-roupa de Charlotte e esquecer Worthington.

Grace pegou uma folha do elegante papel passado a ferro e mergulhou a pena no tinteiro.

Minha querida tia Almeria,

Charlotte e eu gostaríamos de visitá-la. Surgiu uma oportunidade de fazermos com Madame Lisette todo o guarda-roupa de Charlotte para a temporada. Portanto, espero sinceramente que você não se incomode se chegarmos um pouco antes...

Contudo, mesmo escrevendo para a tia contando seus planos para a visita, o vazio dentro dela não diminuía.

Capítulo 4

O dia ainda não tinha raiado quando Matt acordou. Ele sorriu para si mesmo. Em breve estaria noivo. Ele, enfim, conseguia entender a expressão de amor e pertencimento que via no rosto dos amigos quando estes olhavam para as esposas. Era exatamente o que desejava com sua lady. Mais tarde, depois que o sol fizesse sua entrada, ele descobriria o nome dela e quão breve poderiam se casar. Estendendo a mão para ela, não encontrou nada além do lençol frio. Prestando atenção a qualquer ruído no quarto, Matt não ouviu nada. Hum, ela devia ter voltado para seu quarto, mas por quê? Não havia ninguém na estalagem além deles. Talvez estivesse preocupada com os criados. Embora nenhum deles fosse aparecer até ser chamado.

Levantando-se, vestiu o robe, percorreu o corredor até o quarto dela e abriu a porta. Vazio. Nada que sequer sugerisse ela ter estado ali.

O relógio sobre a cornija da lareira anunciava cinco horas. Ele voltou para o quarto e puxou a corda da campainha. Em alguns minutos trouxeram-lhe água quente para se barbear.

Matt esperou até a água ser despejada na bacia.

– A lady que estava aqui, noite passada, está lá embaixo?

– Não sei, milorde. Não vi nenhuma lady – o rapaz balbuciou e saiu.

Matt terminou de se vestir e desceu. Seu cavalariço estava comendo no salão.

– Onde estão os outros?

Mac terminou de mastigar e engoliu.

– Já foram, milorde. A carruagem deles não está no pátio.

Algo não estava certo. Por que ela iria embora sem falar com ele?

– Prepare-se para sair em meia hora.

Ele procurou pelo estalajadeiro e, não o encontrando, entrou na sala de estar. Havia pratos cobertos sobre a mesa, com um lugar posto. Ele desejava fazer outra refeição com ela, para conversar como tinham feito na noite anterior. *Diabos*. Queria estar numa cama quente com ela ao seu lado.

O Sr. Brown bateu na porta antes de entrar.

– Milorde, soube que desejava me ver.

Agora Matt conseguiria algumas respostas.

– Sim, eu quero saber o nome daquela lady.

O estalajadeiro arregalou os olhos.

– Que lady, milorde?

Matt mordeu o lábio inferior e se esforçou para não perder a calma.

– A lady que estava aqui na noite passada. A lady com quem eu jantei.

O estalajadeiro saiu de costas da sala, sacudindo a cabeça.

– Não havia nenhuma lady aqui, milorde.

Matt engoliu uma resposta malcriada. Ficar furioso não lhe adiantaria de nada. Ele precisava tentar argumentar com o homem.

– Entendo ela não querer que soubessem que estava aqui sozinha, sem acompanhante. Mas você pode me dizer quem ela é. Pretendo me casar com ela e preciso saber como encontrá-la.

– Gostaria de poder ajudá-lo, milorde, mas não posso. – O homem fechou a porta.

Matt se levantou tão rápido que sua cadeira caiu no chão. Mas quando chegou ao salão, o estalajadeiro já tinha prudentemente sumido.

– Você aí.

A moça virou os olhos arregalados para Matt.

– Sim, meu senhor?

– Onde está Brown?

– Meu pai teve de ir para a fazenda.

– Quando ele vai voltar?

Ela franziu a testa.

– Não sei dizer quanto tempo ele demora.

– Você conhece a lady que estava aqui?

– Acabei de chegar. Só trabalho durante o dia e não estava aqui ontem.

Matt se afastou.

– Maldito homem.

Ele saiu e encontrou seu cabriolé pronto, com Mac parado ao lado do veículo.

– Algum dos criados da lady mencionou onde moram?

– Não, meu lorde. Um dos rapazes mais novos falou algo de um solar, mas os outros o fizeram ficar quieto.

Matt crispou os punhos.

– *Solar!* Isso não me ajuda em nada. Metade das porcarias de casas da Inglaterra são chamadas de Solar. Como diabos vou encontrá-la?

Mac fechou um olho e olhou para Matt.

– Tem certeza de que ela não era casada?

Ele se voltou para o cavalariço.

– Tenho certeza absoluta.

– Só estava perguntando. – Mac deu de ombros. – Acho que podemos parar no caminho e perguntar.

Matt esfregou o rosto. Por que não tinha pensado nisso?

– Boa ideia, Mac. Vamos tentar encontrá-la.

Pelas próximas horas, eles pararam em todas as estalagens e todos os estábulos do caminho. Mas, quando pararam para almoçar, Matt não sabia mais do que quando tinha acordado. Ninguém se lembrava de ter visto uma carruagem com uma lady de cabelos dourados. Aonde ela tinha ido, e por que o tinha abandonado? A ideia de simplesmente esquecê-la foi imediatamente deixada de lado. Não, ele era o primeiro homem a tocá-la, e ela era dele. E se estivesse grávida? Do *seu filho?* Matt rilhou os dentes. De algum modo, ele a encontraria.

No meio da tarde ele chegou a casa, e estava com o pior humor de sua vida. Matt desceu do cabriolé com um pulo.

– Por que você está com cara de diarreia?

Ele apertou os olhos para Theodora, sua irmã de oito anos.

– O que eu lhe disse sobre ficar falando como um papagaio? Se não consegue parar de repetir tudo o que os criados dizem, vou ter que descobrir quem lhe ensinou isso e demiti-lo.

Os olhos tão azuis quanto os dele foram arregalados.

– Você não teria coragem de mandar o Curry embora!

Ele encarou sua irmãzinha. *Provavelmente não.*

– Eu teria, e você ficaria com esse peso na consciência. É o que você quer?

A longa trança castanha de Theodora voou de um lado para outro quando ela sacudiu a cabeça.

– Não.

Curry era o criado pessoal dela, e Theo gostava muito dele.

– Então, cuidado com a língua.

Ela concordou com um movimento enfático de cabeça.

– Está certo, Matt. Mas você não respondeu à minha pergunta.

Ele a pegou no colo.

– E não pretendo responder. Onde está sua mãe?

Theo contorceu o rosto, pensativa.

– Ela estava na sala matinal da última vez que a vi. Mas isso faz muito tempo.

Ele parou e franziu o cenho.

– Você não tem lição para fazer?

Ela olhou para o céu e apertou a boca.

– Foi o que eu pensei.

Colocando-a sobre os ombros, ele a carregou até a casa, onde a colocou nos degraus.

– Agora vá.

– Thorton – ele disse, dirigindo-se ao mordomo. – Onde está sua senhoria?

O mordomo fez uma reverência.

– Estamos muito felizes por vê-lo em casa, milorde. Sua senhoria está em na sala íntima.

– Obrigado. – Subindo dois degraus de cada vez, ele rapidamente alcançou Theodora. Matt a jogou sobre o ombro e terminou a subida com ela rindo junto à sua orelha. Ele a baixou junto à escada para a sala de estudos.

– Aqui está, pequenina. Agora vá fazer sua lição.

Matt a observou até ela chegar ao topo, então se virou para os aposentos de sua madrasta. Após bater na porta, ele entrou.

Seu pai casou com Patience pouco mais de um ano após sua mãe morrer em trabalho de parto. Matt ficou sabendo do casamento por um de seus colegas. A princípio estava inclinado a ficar ressentido, mas, quando voltou para casa nas férias de verão, descobriu que a esposa do pai era uma jovem de dezessete anos, tímida e assustada. Apenas cinco anos mais velha que ele e já grávida.

Seu pai ficou tempo suficiente para apresentar um ao outro, depois partiu para Bath, onde passou o resto do verão, antes ir a Londres para a Pequena Temporada. A nova Lady Worthington só veria Londres de novo um ano após seu marido morrer. Embora Matt a tivesse encorajado a se casar outra vez, ela não quis. Patience amava as filhas, e, como Matt era o guardião das irmãs, um casamento significaria, para Patience, ter que deixar as meninas na Casa Worthington.

Ela levantou os olhos para ele, colocou o bordado de lado e sorriu.

– Worthington, que bom que está em casa. As garotas sentiram muito sua falta.

Ele lhe deu um beijo no rosto.

– Como você está?

– Bem. Estamos animadas com o debutar de Louisa. Você precisa de algo?

Ele sabia que ela perguntaria.

– Sim, eu me apaixonei. O único problema é que não consigo encontrá-la.

Patience soltou uma risada leve.

– Mattheus Worthington, você sempre consegue me surpreender. Isso não é meio repentino? Você a conheceu em Londres?

– Pode ser repentino, mas é verdadeiro, e eu não seria o primeiro homem a se apaixonar à primeira vista. Eu a conheci numa estalagem durante a tempestade. Ela partiu antes que eu pudesse descobrir seu nome. Preciso que me ajude a encontrá-la. – Ele descreveu em detalhes precisos as características mais importantes do seu amor.

Patience apertou os lábios como se fosse argumentar, então suas feições se suavizaram e ela aquiesceu.

– Muito bem, mas, querido, por que não a desenha para mim?

– Boa ideia. – Por que ele não tinha pensado nisso? Desde que descobriu que ela o tinha deixado, seu cérebro tinha parado de funcionar. Matt saiu e foi imediatamente para seu escritório.

Usando um lápis, ele desenhou o rosto e o cabelo da lady, tomando cuidado para retratar o penteado que ela usava quando estava arrumado, e depois o coloriu. Quando ficou satisfeito, levou o retrato para Patience.

– O que você acha? Consegue reconhecê-la?

Patience olhou fixamente para o desenho e levou o dedo à face.

– Eu já a vi. Só não sei quando. Deve ter sido alguns anos atrás, porque as bochechas dela eram mais cheias. Como numa mulher mais jovem. – Ela virou o desenho para a luz. – Mas tenho certeza de que é ela.

Matt estava tão perto. Ele se esforçou para não dançar de alegria. A respiração dele ficou presa.

– Quem? Quem é ela?

– Esse é o problema. – Patience juntou as sobrancelhas. – Não lembro o nome dela. Posso ficar com isto? Quando voltarmos para Londres, vou perguntar para algumas amigas discretas.

– Sim, é claro. Mas não quero o nome dela correndo por aí.

Os olhos da madrasta brilharam de diversão.

– Vou tomar muito cuidado. Dentro de duas semanas irei para Londres com as garotas, para comprar as roupas de Louisa. Quando você irá se juntar a nós?

– Estou indo caçar em Leicestershire, mas devo chegar à cidade quase ao mesmo tempo que vocês. – Ele fez uma pausa. – Se precisar contratar mais uma criada, para manter Theodora sob controle, tem minha permissão.

– É o vocabulário de novo? – Patience perguntou, com uma careta.

– Isso mesmo. – Ele franziu o cenho. – Espero tê-la convencido de que, se ela não consegue controlar a língua, vou ter que despedir o criado. Também vou pedir a Mac para falar com o rapaz. Não faço objeção a ela aprender as palavras, mas ela precisa aprender a não usá-las na hora errada.

– Como você é avançado – Patience respondeu, sarcástica. – Você pode não ligar para o fato de ela aprender linguagem vulgar, mas eu ligo. O que acha que vai acontecer quando ela debutar?

A boca de Matt se torceu numa careta.

– Vamos cuidar das outras três antes de nos preocuparmos com Theo. Vejo você no jantar.

Matt voltou para seu escritório e se sentou à mesa de desenho. De novo levando o lápis ao papel, ele desenhou o perfeito rosto oval e longo de seu amor, o cabelo ondulado, o pescoço elegante e os ombros levemente inclinados. Após permitir que sua memória lhe devolvesse a sensação dos seios dela, seu lápis, reverente, fez com que eles apareçessem. Quando terminou, com o cuidado de deixar o rosto em branco, sem feições faciais, tinha desenhado sua lady nua, do modo como se lembrava dela esperando para se entregar a ele. Matt teria adorado desenhar a paixão nos lindos olhos azuis, e o sorriso de deleite em seus lábios quando ele os beijou. Mas se alguém encontrasse o desenho, isso a arruinaria, e ela era dele, e Matt precisava protegê-la.

A empolgação com o debute de Louisa transformou o jantar numa bagunça, o que fez Matt ameaçar as crianças de deixá-las em casa com um exército de criados para cuidar delas.

— Não vou permitir que minhas irmãs se comportem como uma turba de bagunceiras. Em dois dias vou sair em uma viagem de caça. — Ele olhou com firmeza para as três garotas mais novas. — Se o comportamento de vocês não melhorar enquanto eu estiver fora, apenas Louisa irá para Londres.

Com o canto do olho, ele viu os lábios de Patience se torcerem e teve que apertar os seus com firmeza.

— Louisa, você pode sair da mesa e levar suas irmãs com você.

Louisa abriu a boca, fechou-a e olhou para as outras meninas.

— Vamos. Nós podemos jogar pega-varetas até a hora de dormir.

Depois que elas saíram, Matt olhou para Patience.

— Aonde você vai levar Louisa para fazer os vestidos?

— Oh, eu pensei na Srta. Lilly.

— Não, ela não é elegante o suficiente. Vou escrever para uma amiga minha e pedir uma apresentação para Madame Lisette.

Patience ficou boquiaberta.

— Worthington, eu... por que não me disse que podia... Madame Lisette. Quase ninguém consegue falar com ela. Mas você acha que consegue? — Ela o encarou. — Sua amiga é respeitável?

Ele se endireitou na cadeira, ultrajado.

— Claro que ela é respeitável. Trata-se de Lady Rutherford, que compra todos os seus vestidos com Madame. Lady Evesham também.

– Mas elas são duas das mais...

– Isso mesmo, as mais bem-vestidas jovens mães da capital. Não sou tão frívolo quanto você possa pensar, minha senhora.

– Nunca pensei isso de você. – Patience levantou o queixo. – Eu só não sabia que tinha tanto interesse em moda feminina.

Sem compreendê-la, ele juntou as sobrancelhas. Que homem não ficaria fascinado pelas roupas que permitem às mulheres serem tão sedutoras?

– Muitos homens têm. Por que eu seria diferente?

Patience deu de ombros.

– Eu apenas nunca pensei que você se interessasse por anáguas e saias. Mas muito obrigada. Que mãe não gostaria que sua filha estivesse na última moda?

Ele sorriu.

– É uma questão de orgulho familiar. Afinal, Louisa é minha irmã. – O sorriso de Matt ficou maior. – Quem se casar com ela vai ter que me agradecer muito.

Os olhos da madrasta brilharam.

– Madame Lisette é bem cara. Você é um bom irmão.

Matt sinalizou para o criado colocar o vinho do Porto sobre a mesa.

– Agora que cuidamos disso, você pode me ajudar a encontrar minha noiva.

Ele se levantou quando Patience saiu, depois voltou a sentar e se serviu de uma taça de Porto. Quem mais era discreta o bastante para ele pedir ajuda? Anna era, mas, se sua lady não frequentava Londres havia algum tempo, ela seria jovem demais para conhecê-la. Era provável que Phoebe a conhecesse. Matt conversaria com ela quando voltasse para a capital.

Ele agitou a taça. Se tivesse que sair de Londres para encontrá-la, Matt pediria aos amigos que ficassem de olho em sua irmã. Harry Marsh estaria na cidade para a sessão legislativa. Ele e Emma o ajudariam, e também Rutherford. Nenhum caçador de fortuna poderia pensar que Matt não levava a sério seu papel de guardião.

Ele voltou os pensamentos para sua lady e fez uma careta. Quem quer que a estivesse protegendo não fazia um bom trabalho. Ela não era casada: não usava aliança na mão esquerda nem havia qualquer indício de que já tivesse usado. Além do mais, até se deitar com Matt, ela era virgem. O que faria uma lady bem educada procurar um estranho? Mas ele não era um estranho para ela, que se dirigira a Matt como "meu lorde". De onde ele a conhecia? Será que a lady pensou que ele era o tipo de homem que tomaria sua inocência e a deixaria? Isso trouxe de novo a questão do motivo de ela se entregar a ele. Matt jogou a cabeça para trás, contra o encosto da cadeira. Por que diabos ela tinha desaparecido?

Maldição. Havia muitas perguntas e respostas insuficientes.

Capítulo 5

Duas semanas depois, Grace abraçou e beijou cada uma das crianças mais novas.

– Comportem-se que vamos nos reencontrar dentro de uma semana. É melhor eu não ficar sabendo que vocês tentaram aprontar.

– Sim, Grace – as crianças fizeram em coro, parecendo anjinhos. Ela lhes deu um olhar severo.

– Vamos, Grace. Vamos logo! – Charlotte a chamou da carruagem.

– Ela já vai, querida. – Jane abraçou Grace. – Nós vamos ficar bem. Aproveitem as compras.

As crianças foram levadas de volta à casa. Seria a primeira vez que Grace ficaria tanto tempo fora desde a morte da mãe. Bem, não adiantava ficar em dúvida agora. Ela pôs o pé no degrau da carruagem e olhou para trás.

– Escreva para mim.

Jane sorriu.

– Todos os dias. Queira você saber deles ou não.

– Obrigada.

Antes que mudasse de ideia, Grace se acomodou no seu lugar e deu a ordem de partirem.

– Pense só, Grace. – Charlotte praticamente pulava em seu lugar, à frente da irmã. – Uma semana inteira para fazermos compras e ficarmos sozinhas.

Recostando-se no assento macio de veludo, ela tirou um livro de sua bolsa. Imagens de crianças doentes e ossos quebrados passaram por sua cabeça.

– Sim, pense só nisso.

Em vez de se esforçarem para chegar a Londres em um dia, Grace tinha decidido passar uma noite na estrada. Seriam dois dias de uma viagem tranquila em vez de um dia puxado. Ela tinha encomendado um guia de viagem informando todos os pontos históricos mais interessantes na rota em que viajariam. Sem nunca ter estado em uma cidade maior que Bedford, Charlotte concordava com tudo o que Grace sugeria. Elas passaram um dia agradável visitando locais históricos e almoçando em uma taverna muito boa.

Várias horas depois, a carruagem entrou no pátio da estalagem King's Head, em Hunton Bridge. O criado dela, Neep, ajudou Grace a descer primeiro. Ela estava alisando as saias quando Charlotte chegou ao seu lado.

– Grace, é tão empolgante. Uma estalagem de verdade.

Grace resistiu ao impulso de dizer à irmã que elas não poderiam ficar numa estalagem imaginária.

– Sim. Disseram-me que os quartos são confortáveis e que a cozinheira daqui é boa.

– Os quartos têm que ser bons. Veja como o prédio é lindo.

Grace conteve o sorriso, imaginando se algum dia tinha ficado tão impressionada por uma estalagem.

– Ahn, sim. Muito bem, vamos entrar?

O estalajadeiro saiu para recebê-las.

– Minha lady, suas criadas chegaram há algum tempo. Vou pedir a uma das minhas filhas para acompanhá-las até seus quartos.

– Obrigada pela informação – Grace disse, inclinando a cabeça. – Quando chegaram ao alto da escadaria, ela apertou o braço da irmã. – Charlotte, vamos nos encontrar na sala de estar depois que trocarmos de roupa.

A porta do quarto de Charlotte foi aberta por May, sua criada.

– Oh, Lady Charlotte, venha ver. É tão bonito.

Charlotte se virou para Grace e sorriu.

– Depois encontro você lá embaixo.

No quarto em frente, Bolton, criada pessoal de Grace, abriu a porta para ela e meneou a cabeça.

– Essa May só tem pena no lugar do cérebro.

Grace riu.

– Mas eu entendo. Nenhuma delas já tinha se hospedado em uma estalagem. Vão ficar mais calmas dentro de alguns dias.

Bolton apertou os lábios.

– Espero que sim, milady, ou vou precisar ter uma conversinha com ela. May não vai poder se comportar como uma cabeça de vento em Londres.

Grace não teve dúvida de que May se daria mal nessa conversa.

– Vamos, eu preciso me lavar e me trocar.

– Vou pedir sua água quente.

Quando ficou sozinha, Grace se lembrou da última vez que passou a noite numa estalagem e olhou, nostálgica, para a cama com dossel. Uma imagem vívida demais de Worthington deitado ao seu lado, tocando-a e beijando-a, passou por sua cabeça. Seu corpo reagiu à lembrança, e uma dor entre as pernas a fez desejá-lo ainda mais. Se pelos menos ele pudesse abraçá-la só mais uma vez. Se ela pudesse observá-lo dormir sem ter que partir.

Ela suspirou.

– Se quiser descansar, eu digo para adiarem o jantar.

Nossa! Grace nem tinha ouvido a criada voltar. Ela precisava parar com aqueles devaneios. Isso não lhe faria nenhum bem.

– Não, estou apenas um pouco cansada da viagem. Só preciso ficar fora de uma carruagem até amanhã.

Isso e parar de pensar em Worthington.

– O que há de errado com você?

Matt olhou para o lado enquanto se dirigia ao estábulo. Um grande cavalo baio empinava-se ao lado dele. Montado no animal estava o Marquês de Kenilworth.

– Bom dia, Kenilworth.

– Você não vai caçar hoje?

Por algum motivo, perseguir uma raposinha não tinha o mesmo apelo de sempre.

– Não. Na verdade, estou de partida para Londres.

— Por que diabos você vai fazer isso? — O marquês olhou para o grupo que começava a se formar ao redor do Mestre da Caçada. — Nesta época do ano Londres só tem mães aprontando suas filhas para o debute. É melhor ficar por aqui. — Kenilworth arqueou a sobrancelha e falou, arrastado: — Quero dizer, a menos que você esteja no mercado.

Mac estava tirando o cabriolé do estábulo e Matt tinha pressa. Não estava até ele ter chegado e perceber que estava em companhia exclusivamente masculina. Se as ladies do seu anfitrião estavam em Londres, era possível que sua lady também estivesse. Mas de modo algum ele deixaria Kenilworth saber qualquer coisa a respeito dela. Deu um olhar pesaroso para o marquês.

— Minha irmã vai debutar.

— Não invejo você nisso. — Kenilworth estremeceu. — Lembro de ouvir o que minha mãe teve que aturar com minhas irmãs. Nunca fui mais feliz por ser o caçula. Fiz o possível para não voltar de Oxford durante todas as temporadas delas.

Matt sorriu.

— Espero vê-lo dentro de algumas semanas.

— Ah, não, não vai me ver, não. — Kenilworth olhou para Matt como se este tivesse perdido o juízo. — Irei apenas ao parlamento e a outras diversões. Você não vai me encontrar perto do tipo de festa que vai frequentar. — O marquês tocou o chapéu enquanto se afastava. — Mas pode ser que eu o veja no Brooks.

Matt subiu no cabriolé e foi cumprimentando os caçadores enquanto se dirigia à estrada principal. Ele não tinha ideia se sua lady frequentaria a temporada ou não, mas alguém lá devia saber quem ela era. Assim que tivesse certeza de que suas irmãs estavam acomodadas, ele visitaria Marcus e Phoebe.

Charlotte e Grace finalmente chegaram a Mayfair. Grace bateu no teto da carruagem.

— Por favor, leve-nos à Casa Stanwood.

— Vamos ficar lá, milady?

— Não, só quero mostrar a Lady Charlotte onde é.

Desde que chegaram aos limites de Londres, Charlotte estava apontando, entusiasmada, para pessoas, veículos e edificações.

– Aqui é bem diferente de algumas áreas pelas quais passamos.

– É mesmo – Grace concordou, desejando haver algum modo de ajudar os menos afortunados. – Quem tem qualquer pretensão de fazer parte da boa sociedade mora em Mayfair. Esta é a Praça Berkeley. Nossa casa é a quarta do fim para cá.

Charlotte bateu palmas, encantada.

– Mal posso esperar para morar lá. Aquele andar parece ser todo de janelas. É o salão de estudos?

– É sim. – Grace esticou o pescoço para conseguir ver. – Estou muito orgulhosa de como ficou.

Alguns minutos mais tarde elas chegaram à Casa Herndon, na Praça Grosvenor. A carruagem estava parando quando o mordomo do tio delas abriu a porta, e logo foram conduzidas por um longo corredor até os fundos da casa, onde foram anunciadas.

– Minhas queridas. – A tia Herndon se levantou de sua escrivaninha e se aproximou delas, uma expressão aflita no rosto. – Eu não esperava vocês antes da hora do jantar. Não que isso importe, pois minha governanta aprontou seus quartos há dias. – Ela abraçou Grace. – Minha querida Charlotte, como você cresceu. Deixe-me olhar para você. – Ela segurou o queixo de Charlotte com dois dedos, virando o rosto da moça de um lado para outro. – Perfeita. – Tia Herndon baixou a mão e sorriu para Grace. – Eu não poderia querer nada melhor.

Charlotte endureceu o rosto e Grace abafou um suspiro. Essa não era hora de sua irmã ficar aborrecida. Por sorte elas iriam passar apenas uma semana na casa da tia.

– Charlotte? – Grace disse.

Sua irmã respondeu fazendo uma mesura graciosa.

– Como estou contente por encontrá-la de novo, tia Herndon.

A tia sorriu de novo e olhou para Grace.

– Apesar do que todos disseram, prevendo um mau resultado, você fez um trabalho maravilhoso, minha querida. Pode se orgulhar de si mesma.

Grace sentiu um aperto na garganta.

– Obrigada por isso e por todo o seu apoio.

Grace não tinha percebido como estava preocupada com o debute de Charlotte até receber a aprovação da tia. Além do seu avô materno, Lorde Timothy, nenhum de seus parentes pensou que ela seria capaz de criar os irmãos e irmãs. Seu coração se contraiu à lembrança do pânico e dos pesadelos que seus irmãos e irmãs mais novos tiveram quando, por um curto período, pareceu que seriam divididos entre os familiares. Se não fosse o apoio de Lorde Timothy, primeiro, e depois da tia Herndon, Grace não teria conseguido a guarda dos irmãos.

Tia Herndon voltou-se outra vez para Charlotte.

– Pode me chamar de tia Almeria, minha filha. Acredito que você vá ter uma temporada maravilhosa, com muitas propostas.

Alguns momentos depois, Charlotte e Grace foram levadas a seus quartos, aconselhadas a descansar e informadas de que o chá seria servido às quatro horas na sala de estar dos fundos. Grace tirou chapéu e luvas, entregando tudo para Bolton. Não tinha conseguido se livrar do desânimo que a afetava desde seu encontro com Worthington, mas as palavras de sua tia reforçaram sua determinação. Sua vida era mais do que sentir-se satisfeita e amada nos braços dele. Por mais difícil que fosse, ela devia se concentrar em Charlotte e nas crianças. Não em Worthington ou no modo como ele a fazia rir ou concordava com as questões políticas que lhe eram importantes para o coração. E, que os céus a ajudassem, não no modo como ele a tocava, beijava e a chamava de meu amor.

Contudo, sempre que pensava nele, seu corpo ardia com a lembrança do prazer. Isso não podia continuar acontecendo. Toda essa questão tinha se tornado muito mais complicada do que ela esperava. Droga de homem. Por que ele não a deixava em paz?

Bolton ajudou-a a se trocar pouco antes de Charlotte entrar, agitada, no quarto de Grace.

– Não consigo acreditar que ela fez aquilo. – Charlotte fervia de indignação. – Como se eu fosse algum tipo de cavalo premiado. Eu devia ter mostrado os dentes para ela.

Grace passou a mão pela testa, depois encarou a irmã.

– É melhor se acalmar. Não é a última vez que algo do tipo vai acontecer.

Charlotte franziu o cenho e projetou o lábio inferior.

– Você teve que passar por isso?

Puxando Charlotte para o pequeno sofá diante da lareira de mármore, Grace passou o braço ao redor da irmã ao se lembrar de sua primeira temporada.

– Mas é claro. Não vai durar muito, e lutar contra só vai fazer você parecer indelicada. É por esse motivo que nós praticamos bons modos. Para que, não importa a provocação, a pessoa saiba reagir com o controle apropriado.

Ela devia ter se lembrado disso na estalagem, com Worthington. Charlotte pegou a mão de Grace e a apertou em seu rosto.

– Oh, Grace, me desculpe. Você deve achar que sou a criatura mais mimada que existe. Eu não queria aborrecê-la. Vou fazer tudo que me ensinar, prometo.

Grace abraçou a irmã.

– Obrigada. Apenas lembre-se que logo vai passar. – Ela tentou sorrir. – Vou enviar uma carta para Lady Evesham. Se ela puder nos receber, vamos visitá-la.

Charlotte ficou animada.

– Eu adoraria agradecer a Lady Evesham por nos recomendar para Madame Lisette.

– Muito bem, agora volte para seu quarto e vista-se para o chá.

Charlotte abraçou e beijou Grace, depois saiu apressada do quarto. Era difícil imaginar que Grace algum dia tivesse sido assim despreocupada. Inclinando a cabeça para um lado e para outro, Grace tentou soltar os nós em seu pescoço.

Bolton massageou-lhe os ombros, pressionando com perícia os pontos de tensão.

– Pelo andar da carruagem, milady, ainda vai ter muitas preocupações com Lady Charlotte.

Grace fechou os olhos por um instante.

– Proíbo-a de ter esses pensamentos horríveis. – Ela deu um sorriso cansado. – Preciso conversar com minha tia. Se ela esperava uma jovem lady tímida, melindrosa, vai ficar terrivelmente decepcionada.

Ela começou a se levantar, mas Bolton fez com que ficasse sentada enquanto continuava a massagear seus ombros.

– O que precisa fazer, milady, é melhorar o ânimo. Faz semanas que tem parecido deprimida. Quando for comprar os vestidos de Lady

Charlotte, devia aproveitar para comprar alguns para si. Não há nada como um vestido novo e um belo chapéu para animá-la.

Um pouco da tensão de Grace diminuiu sob as mãos de Bolton.

– Sim, você tem razão. Vou falar com Madame Lisette.

Após mais alguns minutos, Bolton foi para o quarto de vestir.

Grace foi até a bela escrivaninha em marchetaria à procura de papel, pena, tinta e cera. Depois de reunir todos os itens, escreveu uma carta para Phoebe. Ela a lacrou, depois tocou a campainha para chamar um criado.

– Por favor, leve isto à Casa Dunwood e espere a resposta.

– Sim, milady.

Ele voltou cerca de vinte minutos depois.

– Milady, Lady Evesham ficará honrada de recebê-la após o chá, ou para tomar chá com ela. O que for melhor para milady.

– Por favor, diga-lhe que, como acabamos de chegar, preciso tomar o chá com minha tia, mas que vou me dar a honra de ir vê-la logo após.

– Sim, milady.

Grace pegou a capa, desceu a escadaria e saiu para uma das varandas para admirar o jardim nos fundos da casa. Um caminho de pedra circulava a fonte, uma versão muito menor do caminho de Versailles, e levava até as rosas do outro lado da fonte. O jardim era cercado nos três lados por árvores e um muro alto de pedra. Roseiras subiam em treliças e nas duas pérgolas com assentos em seu interior. Grace observou atentamente as partes verdes brotando das hastes amarronzadas. Tudo isso ficaria lindo quando a primavera chegasse. Talvez ela devesse plantar mais rosas na Casa Stanwood. Ela consultou o relógio preso ao seu vestido. Eram quase quatro da tarde. Refazendo seus passos, Grace chegou à sala de estar dos fundos quando o chá estava sendo servido.

Ao término da refeição, presa entre a preocupação opressiva da tia diante da situação de Grace e a defesa animada de sua irmã, Grace começava a sentir dor de cabeça e não queria outra coisa além de ficar sozinha.

– Grace, minha filha, estou muito orgulhosa de você. Mas tenho certeza de que ninguém a culparia se enviasse as crianças mais velhas para a escola interna. Muitos pais fazem isso, sabe? Então só lhe restaria a mais nova... como é o nome dela? Oh, não importa...

– O nome dela é Mary – Charlotte disse, com uma doçura de doer.

A tia piscou.

– Isso, minha querida. Tenho certeza de que é isso mesmo. Como eu dizia, se você mandar todos para o internato e permitir que seu administrador cuide da propriedade...

– Mas, tia Almeria – Charlotte interveio mais uma vez –, você deve saber que nosso pai sempre disse que a pessoa deve cuidar da sua propriedade. Não seria correto Grace ignorar esse conselho.

– Minha cara Charlotte. – A tia piscou várias vezes. – Você gosta de argumentar. Eu estava apenas sugerindo que, se Grace se livrasse de tantos fardos, poderia ter tempo para encontrar um marido.

Dessa vez, quando Charlotte abriu a boca para responder, Grace a silenciou com um olhar severo e se virou para a tia com um sorriso.

– Está enganada, tia. Não estou tão sobrecarregada. Depois de lutar tanto para conseguir a guarda dos meus irmãos, não consigo entender como você pode pensar que eu desistiria. Eu não dividiria meus irmãos e irmãs entre vários internatos, do mesmo modo que não os dividi entre membros da família. Até chegar o momento em que todos estejam prontos para deixar o ninho, vamos ficar juntos. – Grace foi até a tia e a abraçou, amenizando o tom. – Por favor, compreenda que isso é realmente tudo o que desejo. Agora, se nos dá licença, Lady Evesham quer que eu leve Charlotte até lá para apresentá-la.

A tia retribuiu o abraço.

– Mas é claro. Muito gentil da parte dela se oferecer para levá-la a Madame Lisette.

Grace beijou a tia no rosto e sinalizou para Charlotte fazer o mesmo.

– Estaremos de volta antes do jantar.

Quando chegaram à porta do quarto de Grace, esta puxou a irmã para dentro e passou a mão sobre os olhos.

– Charlotte, meu amor, obrigada por tentar me defender. Mesmo assim, pelo amor aos meus nervos, não me defenda mais. Se eu tiver que passar por isso de novo, vou ter um ataque histérico.

– Mas você não tem ataques histéricos – Charlotte observou.

– Charlotte – Grace disse em tom de aviso.

A irmã baixou a cabeça.

– Pode deixar, Grace, não faço mais. É só que...

– Obrigada. Sou perfeitamente capaz de me defender. Agora coloque um vestido de passear e uma peliça e volte. Estou quase com medo de sair. Tenho muito medo de que pareçamos verdadeiras caipiras.

Não mais do que quinze minutos depois, Grace e Charlotte foram levadas até uma sala com vista para os jardins dos fundos da Casa Dunwood. Phoebe, Condessa de Evesham, levantou-se para recebê-las.

– Grace, como estou feliz por vê-la de novo. Faz uma eternidade. – Phoebe abraçou Grace apertado e a beijou antes de cumprimentar a irmã. – Esta deve ser Charlotte. Como você é linda. Parecida com sua irmã quando ela debutou. Venham se sentar e poderão me contar como têm passado.

Grace observou a amiga por um momento. Phoebe tinha mudado pouco ao longo dos anos. Ela continuava uma mulher pequena com cabelo loiro avermelhado e olhos azuis-celestes.

– Phoebe, você está maravilhosa. Vejo que a vida de casada lhe fez bem.

Phoebe sorriu.

– Obrigada. Estou muito feliz.

– O bebê vai nascer no verão?

A amiga levou a mão à barriga.

– Vai, em julho. Não vamos receber em grande estilo nesta temporada, e prometi a Marcus que controlaria minha participação em eventos. Mas vamos comparecer a algumas reuniões políticas e oferecer alguns coquetéis. Você, por outro lado, vai estar muito ocupada.

Ocupada nem começava a descrever como estaria. Com as atividades das crianças e de Charlotte, não seria surpresa se Grace tivesse um colapso ao fim da temporada.

– Sim, meus irmãos e irmãs, exceto Charlie, que está na escola, virão para Londres. Minha tia Herndon vai ser a madrinha de Charlotte. Quero agradecer-lhe por nos apresentar para Madame Lisette. Marcamos um atendimento amanhã pela manhã.

Um criado entrou em silêncio e Phoebe gesticulou para que o chá fosse servido diante dela.

– Que ótimo. Todas as mulheres da minha família se vestem com ela. Eu sei que sua mãe admirava Madame Fanchette.

– Sim, mas ela se aposentou ano passado. De qualquer modo, estou feliz com a mudança. Você e suas irmãs estão sempre tão bem-vestidas.

Phoebe apontou para a chaleira e Grace anuiu.

– Permitam que Madame Lisette guie vocês e prometo que vão ficar encantadas com o resultado. Você está providenciando seu transporte?

Os olhos de Charlotte se iluminaram.

– Estou. Vão trazer meu cavalo favorito e Grace me ensinou a conduzir. – Ela juntou as mãos. – Vou ter minha própria carruagem e cavalos.

Phoebe entregou uma xícara para Grace.

– Magnífico. Quem irá ajudá-las a comprar os cavalos?

Grace juntou as sobrancelhas.

– Acho que meu tio Herndon pode ajudar, mas ainda não tive a oportunidade de pedir a ele.

– Se confiar em mim, eu cuido disso para você. – Phoebe olhou para Charlotte, incluindo-a na conversa. – Acontece que eu sei de um par de cinzentos que vão ser colocados à venda. Marcus e eu podemos acompanhar vocês ao fabricante de carruagens.

A pressão nos ombros de Grace e sua dor de cabeça melhoraram.

– Claro que confiamos, muito obrigada. Vai ser ótimo para nós. Concorda, Charlotte?

– Concordo. Vou adorar ter um par de cavalos combinando. E cinzentos são tão elegantes.

Phoebe estreitou um pouco os olhos e, após uma pausa, dirigiu-se a Charlotte.

– Você gostaria de dar uma olhada no último número da revista *La Belle Assemblée*? Está na sala ao lado desta. É só seguir pelo corredor.

Charlotte olhou de lado para Grace.

– Sim, minha querida. Pode ir se quiser.

– Bem, se você não se importa – Charlotte disse, tímida. – Eu gostaria de ver. A nossa já tem alguns meses.

Phoebe apontou para o canto.

– Puxe a corda da campainha e o criado virá para mostrar onde é.

Depois que Charlotte saiu, Phoebe se virou para Grace, a preocupação evidente em seus olhos, e pegou a mão da amiga.

– Agora diga-me o que está errado.

Capítulo 6

Lágrimas começaram a brotar nos olhos de Grace e sua voz tremeu.

– Não sei se devia contar para alguém. Eu... eu não sei o que você vai pensar de mim. Na verdade, não vou culpá-la se romper a amizade comigo. Oh, Phoebe, eu fiz algo tão estúpido e terrivelmente imprudente.

Phoebe apertou as mãos de Grace, segurando-as com firmeza.

– Minha querida, tão querida amiga. Nós nos conhecemos desde crianças. Mesmo que possa não concordar com o que você fez, eu não lhe daria as costas.

Grace observou a amiga. Seu segredo pesava muito mais do que ela pensou que pesaria. E ela não tinha mais ninguém a quem consideraria contar.

– Estou apaixonada.

A risada de Phoebe foi um acorde musical.

– Grace, apaixonar-se não é o fim do mundo. Complica as coisas para você, claro, mas deve haver algo que possa ser feito.

Tirando as mãos das de Phoebe, Grace escondeu o rosto nelas por um momento, antes de encarar o olhar firme de Phoebe.

– Você não entende. Ele não sabe quem sou.

Phoebe inclinou a cabeça, intrigada.

– Acho melhor você começar do começo.

Grace aquiesceu. Senão por outro motivo, talvez se sentisse melhor por desabafar. Ela contou para a amiga da noite na estalagem, e, quando irrompeu em lágrimas, Phoebe a abraçou até ela se acalmar o bastante para continuar.

– Pensei que, se tivesse pelo menos uma noite, eu saberia do que se trata, e não poder me casar não me incomodaria tanto.

– Grace, você está...?

Essa era a única bênção. Ela não estava grávida.

– Não.

Phoebe soltou um suspiro de alívio.

– Bem, já é alguma coisa. – Ela esfregou a testa. – Tudo faz mais sentido agora. Minha querida, não há um modo fácil de lhe dizer isto... Worthington está à sua procura.

Grace se endireitou no assento com o susto. Por que ele faria isso e o que aconteceria se as pessoas ficassem sabendo?

– *Oh, não.* Ele não pode fazer isso. É terrível. Phoebe, do que você está sabendo?

Phoebe serviu outra xícara de chá para a amiga.

– Ele veio falar com Marcus numa manhã em que eu estava fora e descreveu você. É claro que Marcus, que nunca a viu, não pôde ajudá-lo. Depois Marcus me passou a descrição de Worthington. Eu logo soube quem era. Worthington é um artista muito bom, com muita atenção aos detalhes. Eu só não consegui, de jeito nenhum, entender por que ele a estava procurando.

Grace sentiu um aperto no peito e teve dificuldade para respirar. A ideia de que ele a queria como amante era horrível demais para se considerar.

– Por que... por que ele está me procurando?

Phoebe arqueou as sobrancelhas.

– Ele quer se casar com você.

Todo o ar deixou o corpo de Grace de uma só vez. *Casar comigo?* Oh, não. Isso não podia estar acontecendo.

– Eu... eu tenho que encontrar um modo de evitá-lo. – Esfregando as têmporas, Grace tentou raciocinar. Infelizmente, seu cérebro parecia não querer cooperar. – Não pretendo sair muito. Pelo menos não irei às reuniões em que os cavalheiros costumam estar.

Phoebe a encarou, cética.

Grace estava à beira de um ataque de nervos.

– O quê?

Phoebe pegou outra vez as mãos da amiga.

– A experiência me ensinou que cavalheiros apaixonados costumam aparecer bem onde não esperamos.

Ela estava certa, claro. Homens eram tão imprevisíveis. Eles nunca se comportavam do modo desejado. Por que ele não podia apenas tê-la esquecido?

– Phoebe, isso é horrível. O que eu faço?

Apesar da barriga imensa, Phoebe se levantou com elegância e pareceu flutuar até uma mesa lateral com uma garrafa e copos. Ela serviu dois copos e entregou um para Grace.

– Xerez. Não tão forte quanto conhaque, mas é eficaz. – Phoebe voltou a sentar ao lado de Grace. – É melhor você estar preparada para explicar para Worthington que não pretende desistir da guarda das crianças. A lei é muito injusta com as mulheres em vários aspectos, mas esse é, provavelmente, o pior exemplo. – Phoebe franziu o cenho, pensativa. – Imagino que você não tenha considerado que, como seu marido, Worthington poderia ser guardião delas?

Grace engoliu meio copo num gole. Não ajudou.

– Não consigo imaginar algum homem disposto a assumir sete crianças. – Ela tomou um gole pequeno. – Mesmo se ele pensar que está disposto, e se algo acontecer e o fizer mudar de ideia? Eu seria incapaz de fazer qualquer coisa a respeito. Se ele quiser mandar os garotos para a escola antes que estejam prontos, ou as meninas a qualquer momento. Não tenho boa opinião das escolas para garotas e quero que continuem em casa. – Grace parou de falar, sua voz interrompida pelas lágrimas. Ela pôs o copo numa mesa lateral e baixou a cabeça até as mãos.

Phoebe se levantou, completou o copo de Grace e o entregou à amiga.

– Eu entendo. Na sua posição, é provável que sentisse o mesmo.

– Obrigada – Grace tomou um gole de xerez.

– Por quê? – Os lábios de Phoebe se curvaram num sorriso. – Por ser sua amiga? Deixe-me lembrá-la, amiga, de que você me apoiou quando eu me recusei a casar.

Mas aquilo não era nem de perto tão ruim quanto o que Grace tinha feito.

– Não, por não pensar em mim como uma mulher arruinada.

– Bobagem. – Phoebe deu um olhar pesaroso para Grace. – Há anos que você é meio apaixonada por Worthington. Eu me lembro das propostas que você recusou na esperança de que ele a pedisse.

Ela soltou um suspiro sofrido.

– Ele nem mesmo reparou em mim.

– Não, é provável que não. Os homens quando novos são assim. Mas, minha querida, como você pensou que poderia fazer amor com ele e não se apaixonar?

Bem, essa era uma pergunta que fazia sentido. Ainda assim, ela só o tinha visto naquela temporada. Grace enxugou os olhos.

– Eu poderia não ter me apaixonado, se ele não tivesse sido tão maravilhoso.

Phoebe sorriu.

– Pelo jeito ele também ficou bem encantado por você.

Grace tomou um grande gole de xerez, que era de fato muito bom, e começava a se sentir um pouco melhor. Por que tinha sido tão estúpida? Ela se endireitou.

– Isso, infelizmente, não é bom para nenhum de nós dois. Não posso me casar. Nem com ele nem com ninguém.

– É uma pena ele não ter percebido que estava apaixonado por você antes de seus pais morrerem. Mas na verdade os homens podem ser tão tontos.

Grace esvaziou a taça, levantou-se e começou a andar de um lado para outro.

– Preciso evitá-lo. Não existe como, de jeito nenhum, eu dizer para ele que só queria uma noite.

– Não, imagino que Worthington não aceitaria isso muito bem. – Phoebe colocou uma almofada pequena apoiando as costas. – Mas, Grace, eu ficaria surpresa se você *conseguir* não o encontrar. É melhor você pensar no que dizer quando o encontrar.

Grace chegou ao fim da sala e voltou. Nunca conseguira entender. Os homens podiam fazer o que quisessem, mas as mulheres, pelo menos as solteiras, não.

– Sim, você tem razão, é claro.

Charlotte bateu à porta e entrou trazendo uma revista bem grande.

Grace rapidamente se recompôs e sorriu.

– Bem, meu amor, você encontrou algo?

– Encontrei vários vestidos maravilhosos – a irmã respondeu, com um sorriso maroto. – Se pelo menos você me deixasse ter diamantes costurados nos corpetes e usar seda.

Grace pegou a revista *La Belle Assemblée* para ver os desenhos que tinham deslumbrado Charlotte. O vestido de baile retratado era lilás claro com uma saia mais escura por baixo. O texto recomendava pequenos diamantes ou outras pedras preciosas. Grace assumiu um ar afetado.

– Se quer se vestir com diamantes, Charlotte, vai ter que arrumar um cavalheiro muito rico que concorde em lhe dar uma mesada bem generosa.

– Oh, *pff*. Não ligo para isso... – Charlotte estalou os dedos. – ... para essas extravagâncias. Mas achei a ideia bem curiosa.

Grace riu. Não, ela nunca desistiria dos irmãos e das irmãs.

– Bem, nós precisamos ir. Tia Almeria pretende servir o jantar cedo até nos acostumarmos com os horários de Londres. – Ela estendeu as mãos para Phoebe. – Obrigada pela atenção. Você vai conosco amanhã?

Phoebe sorriu e olhou para a própria barriga.

– É, acho que vou sim. Muito em breve vou precisar de novos vestidos, de novo.

Enquanto Grace e a irmã atravessavam a praça de braços dados a caminho da casa da tia, ela pensou (e rejeitou) maneiras de dizer a Worthington que não podia se casar. Encontraria algum modo de convencê-lo se não conseguisse evitá-lo totalmente – este sim um plano muito melhor.

Matt se sentou na grande cadeira de couro atrás da escrivaninha, em seu escritório, e ficou olhando pela janela que dava para o jardim ainda vazio. Dentro de mais um mês ficaria verde outra vez, e suas irmãs estariam brincando lá fora em vez de ficarem correndo para um lado e para outro no corredor sobre sua cabeça. Ele ficou feliz por elas serem apenas quatro e desejou que sua lady gostasse de crianças.

Uma batida leve ecoou na porta, que foi aberta, revelando Patience com uma pequena cesta.

– O que é isso? – ele perguntou.

Ela a colocou sobre a escrivaninha.

– Convites. Todos os que me pediu para aceitar por você. É sério, Worthington, está na hora de você contratar uma secretária.

Ele tinha pedido a Patience que aceitasse qualquer convite para eventos a que ela avaliasse que sua lady poderia comparecer.

Matt engoliu em seco.

– Quantos são? – ele perguntou.

Ela bufou, exasperada.

– Se você comparecer a quatro eventos por noite, exceto aos domingos, não conseguirá cumprir todos os compromissos.

Ele olhou para ela, esperançoso.

– Imagino que você não esteja disposta a...?

– Não. – Ela firmou os lábios e projetou o queixo um pouco para a frente. – *Eu* não estou querendo ser levada para Bedlam. Louisa e eu iremos apenas aos compromissos mais adequados para encontrar um marido para ela.

Frustrado, Matt franziu o cenho. Não fora isso que ele e Patience tinham discutido. Louisa deveria ter tempo para amadurecer antes de se casar.

– Patience, você quer mesmo que ela se case este ano?

Ela se sentou na cadeira em frente à escrivaninha e suspirou.

– Se Louisa encontrar alguém que ame, e que corresponda ao seu amor, não farei qualquer objeção. É claro que eu gostaria que ela esperasse mais um ou dois anos, mas, ao contrário de mim quando tinha a idade dela, Louisa tem suas próprias opiniões. – Os olhos de Patience brilharam com ternura. – Eu sei que você não vai obrigá-la a se casar.

Ele sacudiu a cabeça, lembrando da história que Patience lhe tinha contado, sobre como fora obrigada a se casar antes de estar pronta.

– Não vou mesmo.

O corre-corre e as batidas soaram acima de novo.

– Eu gostaria que elas não escolhessem o corredor em cima de mim para brincar.

Ela olhou para cima.

– Oh, querido, elas não estão em cima da sua cabeça, mas no quarto de estudos.

Dois andares acima? Matt passou a mão pelo rosto. Como elas conseguiam fazer tanto barulho a essa distância?

– Diga para elas pegarem suas capas, toucas e luvas. Vou levá-las ao parque. Quero dois... não, três criados. E o Duque também pode vir.

A imensa montanha marrom-claro que estava dormindo no tapete, em frente à lareira, levantou a cabeça.

– Quer passear, meu garoto?

O grande dinamarquês bateu o rabo preguiçosamente no chão.

– Eu vou dizer para elas. – Patience se levantou. – Você vai usar a carruagem?

Que os céus não permitissem.

– Não, elas vão caminhando. Quero que estejam cansadas quando nós voltarmos.

Um sorriso brilhou nos olhos de Patience.

– De fato.

Depois que ela saiu, Matt se voltou outra vez para o jardim, depois puxou a corda da campainha e pediu casaco, chapéu, luvas e a guia de Duque.

Quando Matt chegou ao saguão, suas irmãs estavam impacientes à sua espera. Ele as encarou com olhar severo.

– No caminho até o parque, cada uma de vocês vai ficar junto de um criado. Louisa, você vai andar comigo.

Sorrindo, todas aquiesceram. Coisinhas dissimuladas, as irmãs. Tentariam escapar depois do primeiro quarteirão. Mas Matt estava preparado para elas.

Pouco depois de saírem da Praça Berkeley, Theodora e Madeline decidiram apostar uma corrida. Matt se parabenizou por ser precavido. Os dois criados designados para as garotas olharam para ele, esperando instruções.

– Detenham-nas. Não vou deixar que minhas irmãs virem o assunto de Londres. Elas podem correr quando chegarem à área de brincar, não antes.

Quando ele e Louisa alcançaram as criaturas, as mãos das garotas estavam seguras firmemente pelos criados. Quando chegaram à borda do parque, Matt fez um sinal.

– Podem soltá-las, mas fiquem com elas.

As garotas saíram em disparada, rindo.

– Não me diga que só as duas estavam fazendo todo aquele barulho em casa. – Matt se dirigiu a Augusta, que corou.

– Não, eu estava correndo com elas – a menina respondeu.

– Bem, você também pode correr agora. Muito melhor correr aqui do que *em cima da minha cabeça.*

– Oh, Matt. – O rosto dela ficou retorcido de preocupação. – Me desculpe. Nós atrapalhamos muito você?

– Não, não muito. – Ele sorriu para a irmã e fez um agrado em seu queixo. *Só o bastante para eu precisar trazê-las aqui.* – Vá brincar.

Augusta sorriu.

– O Duque pode vir comigo?

– Se ele quiser – Matt respondeu e soltou o dinamarquês.

– Vamos, Duque, vamos. – Augusta bateu palmas e saiu correndo com o cão saltitando atrás.

Louisa apertou o braço do irmão.

– Esta ideia foi ótima, Matt.

Ele olhou para a irmã. Era uma jovem linda. A temporada ia ser um inferno. Ele entendeu, enfim, pelo que seu amigo Harry Marsh tinha passado quando Anna debutou.

– Ora, obrigado. Eu tenho algumas boas, às vezes.

Ela sorriu para ele, evidentemente encantada.

– Nós vamos ver você mais, agora que estamos todos na cidade?

Ele começou a andar na direção das outras garotas.

– Claro. Eu vou ficar na Casa Worthington esta temporada, e vou frequentar as mesmas festas que você. – Ele tocou o nariz dela do modo como fazia desde que Louisa era bebê. – Nem que seja apenas para fazer todos os cavalheiros se comportarem.

Louisa inspirou fundo e, de repente, pareceu muito jovem.

– Você acha que eu farei sucesso?

Matt pegou seu monóculo e fingiu estudá-la. Ela era mais alta que a média, com cabelo castanho brilhante e olhos azuis. O nariz era reto e a pele, ótima. A boca generosa dela curvou-se para cima.

– Acredito que você será um diamante de primeira.

– Sério? – Ela sorriu em êxtase.

– Sem dúvida. – O sorriso dele sumiu. – Louisa, você precisa prometer que vai me contar se algum homem tentar algo com você, ou fazê-la se sentir constrangida. Se algum deles quiser falar com você, precisa me procurar primeiro.

– Claro, Matt – ela anuiu. – Eu prometo.

Ele iria apresentar a irmã a Phoebe e Anna. As duas tinham esperado até encontrar o cavalheiro certo com que se casar.

– E não se preocupe em casar nesta temporada, a menos que encontre alguém que você ame de verdade. E que ame você.

Louisa passou o braço pelo dele.

– Vou obedecer a tudo que você me disser.

Ele não acreditou nisso nem por um instante. Não que ela fosse fazer, de propósito, algo que ele não aprovasse, mas algum cavalheiro poderia nublar o bom senso dela, e Louisa tendia a ser independente. Ele tocou a mão dela em seu braço.

– Boa menina. Então vamos passar por tudo sem problemas.

Ele orou, silenciosa e fervorosamente, para encontrar logo sua lady, para que pudesse ficar de olho na irmã e mantê-la a salvo dos libertinos, mulherengos e caçadores de fortuna que espreitavam jovens inocentes na esperança de tirar vantagem.

Quando Matt voltou para casa, encontrou um bilhete de Anna perguntando se a madrasta e a irmã dele gostariam de acompanhá-la ao ateliê de Madame Lisette no dia seguinte. Ele olhou para Thorton, seu mordomo.

– Por favor, peça a Lady Worthington para me encontrar no escritório.

– Pois não, milorde.

Alguns minutos depois, Patience bateu a sua porta.

– O que foi? Nada com as crianças, espero.

Matt sorriu e lhe entregou o bilhete.

– Apenas uma delas. Anna Rutherford pergunta se você e Louisa poderiam ir até Madame Lisette pela manhã.

Capítulo 7

Na manhã seguinte, a sineta na porta do ateliê de Madame Lisette tilintou quando Grace, Phoebe e Charlotte entraram.

– *Ah, bonjour, miladies.* Lady Eves... ah, bá. *Excusez-moi.*

Os olhos de Phoebe brilharam, bem-humorados.

– Madame, pode me chamar de Lady Phoebe.

– *Non, non,* não é correto. Preciso praticar. – Ela se virou para Grace e Charlotte. – São estas as ladies de que me falou?

– Sim, Madame. Lady Grace Carpenter e Lady Charlotte, permitam-me que lhes apresente Madame Lisette. – Ela se voltou para a modista. – Madame Lisette, estas são Lady Grace Carpenter e sua irmã, Lady Charlotte.

Madame fez uma mesura graciosa. Ela era uma mulher pequena e cheia de vida. Seu cabelo preto tinha mechas grisalhas. Ela estudou as novas clientes com seu olhar experiente.

– Vocês duas vão precisar de tudo, *non?*

– Eu não vou comparecer a muitos bailes – Grace respondeu. Ainda mais com Worthington à sua procura. Esse encontro, se algum dia acontecesse, seria nos termos dela. – Minha tia será a madrinha da minha irmã. Então, por favor, concentre-se primeiro em Lady Charlotte.

– *Ah, oui?* – Madame disse. – Muito bem, Lady Charlotte, venha comigo.

Charlotte olhou para Grace, que fez um gesto para ela acompanhar a Madame.

– Vá, querida. Espero por você aqui.

– Vamos nos sentar – Phoebe disse, acomodando-se num sofá de veludo.

Um criado apareceu oferecendo xícaras de café, que as duas aceitaram.

– Diga, a quais eventos você planeja ir? – ela perguntou a Grace.

Grace tomou um gole do café, que estava muito bom.

– Eu gostaria muito de ir a pelo menos uma das reuniões de Lady Thornhill, e gostaria de retomar o contato com amigas que não tenho visto. É provável que eu vá à maioria dos chás. Talvez alguma vesperal.

Remexendo-se no sofá, Phoebe franziu o cenho.

– Espero que você esteja se programando para ir às reuniões que eu organizar.

Embora fosse um risco, seria impossível para Grace dizer não à amiga.

– Claro, eu não as perderia por nada. – Ela olhou pela vitrine. Carruagens, criados, vendedores, ladies e outras mulheres ocupavam a rua. Ela tinha se esquecido de como Londres podia ser empolgante. Não importava o que acontecesse, Grace jurou para si mesma que se divertiria nessa temporada. – Phoebe, gosto tanto de estar de volta a Londres.

– Eu gosto de ficar aqui alguns meses. – Phoebe massageou sua lombar. – Depois de algum tempo, fico feliz de voltar para o interior.

Tomando outro gole, Grace imaginou onde Madame conseguia seu café.

– Você costuma ir a Brighton?

– Não. – Phoebe semicerrou os olhos. – Não há muito o que admirar lá desde que certas pessoas resolveram mudar de lado.

Ah, sim. A mudança de lado do príncipe regente tinha sido um baque.

– Foi uma grande decepção. – Grace tomou mais um gole de café e resolveu descobrir onde Madame o comprava. – Eu esperava que nosso próximo soberano fosse mais progressista.

– Minha querida, você já decidiu o que vai fazer quando *o vir* de novo?

Vou me esconder. Grace meneou a cabeça.

– Acho que tenho apenas rezado para que isso não aconteça. Eu... eu não sei o que *poderia* dizer. – Ela suspirou de novo. Parecia que era só o que fazia atualmente. – Talvez eu deva levar as outras crianças para casa e deixar Charlotte com minha tia.

– É claro – Phoebe respondeu, em tom seco. – Mas depois você vai gastar a estrada entre Bedfordshire e Londres para ver como Charlotte está, ou vai morrer de preocupação.

Grace massageou a têmpora.

– Você tem razão. Não daria certo. Como eu pude ter sido tão estúpida?

Phoebe bateu de leve no joelho de Grace.

– Nenhuma de nós é muito inteligente quando se trata de amor. É uma forma de insanidade.

– Mas você foi muito inteligente. Dá para perceber que seu marido a ama muito.

– Sim, mas nós também tivemos nossos problemas – Phoebe disse com um sorriso vago. Ela olhou para Grace, preocupada. – E, preciso dizer, depois que se experimenta o lado físico do amor, é muito difícil resistir.

Por mais que Grace tentasse não pensar naquilo, de algum modo a lembrança da sensação da mão de Worthington em sua pele emergiu, e ela precisou se esforçar para não gemer. Mas aquela lembrança teria que bastar. Ela nunca mais faria aquilo.

– É verdade. – Ela precisava mudar o tópico da conversa. – Phoebe, eu não sabia que você bebia café.

– Adquiri o hábito durante minha lua de mel em Paris. Fora da França, o café de Madame Lisette é o único de que eu gosto.

Algum tempo depois, Charlotte voltou, o rosto transformado num grande sorriso.

– Grace, ela disse que já tem alguns vestidos prontos. Como é possível?

– Eu já tinha enviado suas medidas.

– É claro. Não pensei nisso.

Uma das alegrias da vida de Grace, no momento, era ver a felicidade de Charlotte por estar em Londres se preparando para a temporada.

– Bobinha. Achou que fosse mágica?

Charlotte corou.

– Acho que fui boba, mesmo.

Madame se aproximou delas com um bloco de desenhos.

– Milady Grace, acho que estes vestidos são obrigatórios para a *jeune fille.*

Grace folheou o bloco. Cada vestido parecia perfeito para Charlotte.

– Concordo. São excelentes. E parece que você já tem alguns vestidos prontos?

Madame apertou os lábios.

– Precisam de alguns ajustes. Vou enviá-los esta tarde, a menos que precise de algo antes?

– Não, à tarde está ótimo. Se puder me dar amostras de tecidos e recomendações para chapéus e acessórios, podemos começar a providenciar as outras coisas de que ela vai precisar.

Madame inclinou a cabeça.

– *Naturellement,* milady. Mas agora é sua vez.

Phoebe cutucou Grace.

– Como dizem, nada como viver o momento.

Grace se levantou e acompanhou Madame até atrás da cortina preta, onde foi colocada sobre uma plataforma elevada para que lhe tirassem as medidas. Então, baseada nas medidas que Grace tinha enviado antes, Madame trouxe-lhe diversos vestidos, spencers e casacos com peles. Era tudo encantador. Grace não tinha vestidos tão lindos desde a última vez em que estivera em Londres. Não havia motivo para ela não se vestir com elegância. Até mesmo intelectuais como Lady Thornhill e as Srtas. Berry se vestiam bem. Bolton tinha razão: um vestido novo era o que ela precisava para se sentir melhor.

– Vou levar todos, incluindo os dos desenhos.

Depois que Madame mostrou alguns croquis para Phoebe, e tirou novamente suas medidas, elas se prepararam para ir embora. Grace colocou seu chapéu, tomando cuidado para esconder o cabelo. Essa sempre fora sua característica mais reconhecível. Elas saíram providas de amostras e descrições.

Quando chegaram à calçada, Phoebe foi chamada por uma bela senhora de cabelo escuro, que vinha acompanhada de duas outras mulheres, a mais velha de cabelo loiro e a mais nova com um belíssimo cabelo castanho brilhante, que por algum motivo lembrou Grace de Worthington.

– Phoebe, depois vá nos encontrar no armarinho mais adiante. – Grace agarrou o braço de Charlotte e a puxou antes que as outras se aproximassem.

Phoebe aquiesceu.

– Não vou demorar. – Ela virou-se para as ladies que se aproximaram. – Anna, minha querida...

Charlotte, apesar de olhar confusa para Grace, não hesitou. Grace, por sua vez, arfava de alívio. Se ela jogasse, não apostaria um centavo contra a possibilidade de a mulher mais nova ser irmã de Worthington. Seu coração batia com força. Enfim, conseguiu inspirar, ainda que trêmula.

– Você está com as amostras?

Charlotte estreitou os olhos.

– Estou. Grace, o que foi?

– O que foi o quê? Nada, ora. Não podemos perder tempo. Somos esperadas na residência em Grosnover para o almoço.

– A tia Almeria disse que almoçaríamos sozinhas.

– É mesmo? Acho que me esqueci. – Grace olhou ao redor, desesperada para encontrar outro assunto. – Aí está o vendedor para nos atender.

Ela deu um pequeno empurrão em Charlotte.

– Nós precisamos de chapéus para a temporada.

Phoebe entrou alguns minutos depois, enquanto Charlotte estava com o vendedor.

– Bela fuga, a sua.

Olhando pela janela, Grace apertou os lábios.

– Eu simplesmente soube. É a irmã de Worthington. Tão parecida com ele.

– E é mesmo.

Charlotte virou-se para ela.

– Grace, o que acha deste?

Era um chapéu de palha de seda, decorado com fitas e flores artificiais. Ficaria perfeito com um dos vestidos de dia.

– É ótimo, querida. – Grace olhou para Phoebe. – Você está tão mais por dentro da moda. Pode ajudá-la?

– É claro – Phoebe sorriu. – Mas Madame tem uma espécie de parceria com esta loja, e acredita que eles saibam complementar os desenhos dela. – Phoebe se aproximou mais da amiga. – Acalme-se. Eles vão ficar no ateliê da Madame por algum tempo.

Grace mordeu o lábio e tentou se concentrar nos chapéus.

– Que ótimo que ela possa oferecer essa facilidade às clientes.

– Concordo. – Phoebe anuiu. – Economiza bastante tempo.

O resto do dia foi usado para comprar outros artigos de vestuário e acessórios de que uma lady elegante precisava. Elas almoçaram com Phoebe antes de voltarem às compras naquela tarde.

Preocupada com o estado de Phoebe e o ritmo com que a amiga as levava pela cidade, Grace insistiu que ela descansasse.

– Minha querida, logo você vai estar exausta.

Phoebe apenas riu.

– Eu tenho muita energia. Mas me disseram que o último trimestre costuma ser mais pesado, que vou cansar com maior facilidade.

– Bem, você sabe o que é melhor. Mas não exagere, sim? – Grace franziu o cenho quando percebeu o que estava fazendo. Senhor amado, ela estava ficando igualzinha às mulheres mais velhas, bancando a mãe dos outros.

– Você está se tornando uma mãezona – Phoebe disse, sorrindo.

Grace lhe deu um sorriso forçado.

– Eu estava pensando a mesma coisa. Acho que estou assumindo mesmo o papel.

De volta à Casa Herndon, ela pegou um pacote que tinha decidido levar para o quarto. Abrindo a caixa, tirou um chapéu de palha com a aba longa, que a fazia parecer mais alta, e a pala com detalhe em palha de seda, que escondia seu rosto pelos lados.

Grace colocou o chapéu e estudou seu reflexo no espelho. A menos que a pessoa viesse pela frente, não conseguiria reconhecê-la. O único problema era que ela só conseguia ver o que estava bem diante do rosto. Aquilo teria que servir. Pelo menos Grace poderia ir às compras sem medo de ser pega desprevenida.

Bolton saiu do quarto de vestir e parou de repente.

– Então essa é a nova moda?

Grace encontrou o olhar de sua camareira no espelho e mentiu.

– Sim. Você gosta? Acho bem elegante.

– Se não quer ver o que está à sua volta... – Bolton meneou a cabeça. – Vários dos seus vestidos chegaram. Deles eu gostei. Como eu disse várias vezes nos últimos quatro anos, não há motivo para milady não se vestir com elegância só porque mora no interior.

Era verdade. Havia coisas que Grace não precisava se negar. Afinal, ninguém iria tirar as crianças dela porque estava bem-vestida.

– Sim, acredito que você tenha razão. Só porque não estou na capital, não significa que preciso parecer provinciana.

Bolton guardou os acessórios.

– Milady ainda precisa comprar meias, *chemises* e mais luvas.

– Vou cuidar disso amanhã. Pegue uma lista com May para Charlotte. – Grace tirou o chapéu, entregando-o com cuidado para a criada. Até que ela conseguisse algo melhor, aquela era sua única forma de disfarce.

A semana passou rapidamente. Ela comprou uma carruagem para Charlotte e um cabriolé para si, bem como uma carruagem grande para andar na cidade e uma menor. Também cedeu ao desejo de comprar um landau, ainda que *certas pessoas* acreditassem que se tratava de uma carruagem de velha.

– É sério, Phoebe, vai ser muito prático com todas as crianças.

– Se você acha... – Phoebe revirou os olhos.

Grace circulou o veículo amarelo-claro.

– Sim. Cabem seis pessoas nele, talvez sete. A capota levanta e baixa, de modo que pode ser usado com qualquer tempo. Pode acreditar, é do que eu preciso. E de mais cavalos, também.

– Você tem sorte por meu tio Henry estar em Londres, pois ele tem o olho muito bom. Faça uma lista do que precisa e eu peço para ele comprar para você.

– Obrigada. Não sei o que eu faria sem a sua ajuda.

A amiga riu.

– Não, não... é um prazer para mim. Estou me divertindo muito.

Grace se encostou no landau.

– Também vou precisar de mais cavalariços.

– Sam, meu cavalariço, vai ajudar você. Depois eu o mando para a Casa Herndon.

Certa manhã, quando Charlotte e tia Almeria saíram em visitas, Grace foi à Casa Stanwood para falar com a governanta de Londres,

Sra. Penny, uma antiga empregada que Grace não conseguiu dispensar. Afinal, ela preferia que a casa permanecesse ocupada quando a família não estivesse em Londres.

A não ser quando esteve em Londres para inspecionar as reformas, no último outono, Grace não ficava na Casa Stanwood desde que sua mãe tinha morrido. A Sra. Penny fazia o melhor possível com uma equipe mínima. Embora fossem precisar de pelo menos doze criados a mais para a temporada, meses antes Grace tinha concordado em contratar a criadagem de que Penny precisava para reabrir a casa.

Dois dias antes da data prevista para a chegada de seus irmãos e irmãs, Grace inspecionou a casa e ficou satisfeita por ver Royston, seu mordomo, já na residência.

A Sra. Penny fez uma mesura.

– Está tudo como deveria, milady. A casa está limpa e arejada. Espero que as empregadas que contratei contem com sua aprovação.

– Obrigada, Penny. Eu estava preocupada que não conseguiríamos preparar tudo antes de as crianças chegarem. Deus sabe que seria impossível terminar com elas aqui. – Grace se virou para o mordomo. – Por favor, contrate mais criados se achar necessário. Neep está orientando os novos cavalariços e ajudantes. Como a cozinheira ficou no interior, contratei um *chef* francês para a temporada. Ele virá esta tarde. Peça para ele aprontar os menus até amanhã, para minha aprovação.

Penny se iluminou.

– Se acha melhor assim, milady.

Grace arqueou uma sobrancelha. Penny talvez não gostasse dos franceses – com bom motivo, talvez, considerando que um dos sobrinhos dela tinha morrido na guerra –, mas insolência era algo que Grace não iria tolerar.

– Estou certa de que é melhor assim. Ele é parente do *chef* de Lady Evesham e sabemos que tem bom temperamento. Vou até a Casa Herndon providenciar que nossa bagagem seja enviada para cá.

Após uma rápida inspeção na casa, Grace saiu a pé, acompanhada de Harold, seu criado. Resistindo à tentação de caminhar pela trilha arborizada do parque, que era linda, mas mais longa, ela virou à esquerda na Rua Davies. Ela tinha passado por apenas duas casas quando um cavalheiro, várias garotas e um grande cão dinamarquês saíram de uma das residências na calçada em frente à Casa Stanwood.

Ah, não. Ela precisou de apenas um segundo para reconhecer o homem.

Worthington. Ele e a irmã caminhavam na mesma direção que Grace. Seu coração disparou e ela desviou o rosto. Grata pelo chapéu, apertou o passo na esperança de sair da praça e entrar na Rua Mount antes de Worthington chegar à esquina.

Mas a aba do chapéu não a deixava ver onde ele estava. E seu criado estava muito para trás para que ela perguntasse onde os outros estavam. E, de qualquer modo, o que ela diria? *Estou longe do outro grupo? Estou fugindo do homem que quer se casar comigo?*

Grace mordeu o lábio. Se corresse pela viela atrás das casas, Worthington a veria. Ela sentiu a boca secar e não conseguiu engolir. Rezando ardorosamente para que chegasse à esquina das ruas Davies e Mount antes deles, ela segurou a bolsa com mais força e foi mais para dentro da calçada.

Foi aí que tudo deu muito errado. Grace tropeçou numa pata imensa e começou a cair, mas uma mão forte a segurou pelo braço. Pareceu que calor irradiava dele, atraindo-a.

– Duque, levante. Eu sinto muito, madame, ele não estava prestando atenção no caminho.

A voz grave de Worthington a acariciou. Grace precisou de toda a sua força para não se virar para ele. Sentiu o braço formigar com o toque dele, e o resto do seu corpo queria cair nos braços de Worthington. Então o medo, seu conhecido companheiro nos últimos dias, afastou o desejo que ela sentia. Grace perderia tudo o que era importante. Se falasse algo, ele reconheceria sua voz. Tudo o que Grace pôde fazer foi acenar com a cabeça e balbuciar, tomando cuidado para que a aba do chapéu ficasse entre eles. Ela fez um movimento para se despedir.

Worthington não a deixou, a preocupação tingindo sua voz.

– Tem certeza de que não precisa de ajuda?

Oh, céus, por que ele não ia embora? O coração dela disparou e Grace teve certeza de que iria desmaiar. Inspirando profundamente, meneou a cabeça e tentou soltar seu braço.

– Eu vou ajudar sua senhoria – disse Harold, o criado.

– Muito bem. Desejo-lhe um bom dia. – Parecendo confuso, Worthington soltou o braço dela e se virou na direção do parque.

– Milady está bem? – Harold perguntou.

Levando a mão ao peito, Grace aquiesceu.

– Estou bem. Vamos andando, sim?

Seguindo em frente, ela atravessou a Rua Mount e não parou até chegar à Casa Herndon. Suas mãos tremiam enquanto ela tentava desfazer o laço do chapéu. Enfim as fitas se soltaram. Tirando-o, ela o jogou na cômoda e se atirou na cama antes que desmaiasse. Ela lembrou tarde demais que ele morava na Praça Berkeley.

Matt e as irmãs estavam na Rua Mount, a meio caminho do parque, e ele continuava tentando entender o que havia de tão incomum naquela lady.

Louisa franziu o cenho.

– Foi muito estranho. Ela não olhou para nós nem falou nada.

– Pode ser que ela seja horrivelmente desfigurada e não queira que vejam seu rosto – Madeline sugeriu.

– Não seja ridícula – disse Augusta, com sua voz de sabichona. – Se fosse desfigurada, ela usaria um véu.

– Bem, qualquer que seja o motivo – Louisa olhou com superioridade para as irmãs mais novas –, ainda acho estranho.

Matt baixou as sobrancelhas.

– De fato, muito estranho.

E muito familiar. Olhando para a mão que a tinha tocado, ele percebeu que seus dedos continuavam quentes. Então uma ideia o atingiu como um soco. *Ela é o meu amor.* Tinha que ser. Ele nunca teve aquele tipo de reação com outra mulher. Virando-se com rapidez, ele vasculhou a rua, mas ela não estava à vista. Então ele começou a andar na direção da Praça Berkeley.

– Matt, aonde você vai? – Louisa o puxou pelo braço. – Se quer voltar, nós também precisamos ir.

Maldição. A irmã tinha razão. Ele não podia deixá-las, principalmente Louisa. E Matt não iria levar as irmãs em uma perseguição por Mayfair para encontrar seu amor. Ainda assim, ela tinha estado na Praça Berkeley. Quem morava ali? Algum dia ele soube? Matt tinha seu próprio lugar havia tanto tempo que não fazia ideia de quem eram seus vizinhos. Patience saberia. Do contrário, ele bateria em cada uma das portas, se fosse necessário.

– Onde está sua mãe?

Louisa deu de ombros.

– Acho que foi a alguma reunião ou está visitando uma amiga. – Então os olhos dela brilharam. – Matt, amanhã à noite nós vamos a uma *soirée* na casa de Lady Bellamny. Vai ser minha primeira festa em Londres.

Ele forçou um sorriso.

– Tenho certeza de que vai se divertir.

– Você vai?

– Duvido. Vou jantar com amigos no meu clube. – Ele conversaria com a madrasta à noite.

Matt estava tão perto de encontrar sua lady e, quando a encontrasse, descobriria por que ela tinha fugido dele.

O coração de Grace tinha, finalmente, parado de bater tão forte a ponto de ela acreditar que saltaria para fora do peito quando tia Almeria bateu na porta do quarto.

– Querida, você gostaria de ir visitar Lady Featherton, comigo e Charlotte?

– Sinto muito, mas não posso. – Grace se levantou. – As crianças vão chegar amanhã. Preciso cuidar de alguns detalhes na Casa Stanwood. Esta noite Charlotte e eu vamos nos vestir lá e depois viremos pegar você para o jantar. – Ela consultou o relógio. – Se eu tiver tempo, preciso ir à Rua Bond para trocar parte das fitas, que vieram erradas.

– Se tem certeza, querida.

– Tenho. – Grace deu um beijo no rosto da tia. – Divirtam-se, você e Charlotte.

Os olhos da tia Almeria ficaram sonhadores.

– Acredito que iremos nos divertir, sim. Oh, Grace, ela é tão linda. É o retrato da sua mãe nessa idade.

De repente, Grace sentiu um aperto na garganta. Havia um retrato de sua mãe, não muito mais velha do que Charlotte no momento, pendurado na galeria da casa de campo.

– Sim, eu sei.

Charlotte entrou no quarto.

– Tia Almeria, está pronta para ir?

A tia piscou algumas vezes.

– Sim, meu amor. Grace, nos vemos à noite.

Grace tinha muito que fazer antes do jantar para permitir que Worthington a perturbasse tanto. Ela se sacudiu. Com certeza aquele encontro tinha sido uma aberração.

Cerca de meia hora mais tarde, ela, Bolton e May foram de carruagem à Casa Stanwood. Depois que se instalaram e ela falou com o *chef*, Grace foi até a Rua Bond, acompanhada por Harold, para trocar a fita. Ela saiu do armarinho e parou. Worthington estava do outro lado da rua, conversando com um cavalheiro. Por um instante ela ficou congelada, presa à calçada.

Ele parou de falar, como se pudesse sentir a presença dela, e se virou. Em seguida ele começou a atravessar, determinado, a rua movimentada. Um condutor de carruagem gritou, fazendo seu veículo parar, e bloqueou a visão dela. Isso não podia estar acontecendo. Ela não estava preparada para falar com ele. Ainda não. Talvez nunca.

– Harold, minha nossa, olhe a hora. Precisamos voltar para casa agora mesmo.

Às pressas, ela virou numa viela pouco usada que dava na Rua Bruton.

O criado veio apressado, tentando alcançá-la.

– Milady, por que estamos vindo por aqui?

Grace continuou olhando em frente.

– Este é o atalho, não? Ah, veja, aí está a Rua Bruton. Muito mais rápido que pelo outro caminho.

Ela continuou, sem diminuir de passo para ver se Worthington a seguia.

Após caminhar a passos largos e rápidos, e passar um grupo de mulheres, ela diminuiu o ritmo e continuou calmamente pela rua até chegar ao cruzamento que levava de volta à Praça Berkeley.

Assim que chegou ao seu quarto, Grace tirou o chapéu e desabou numa cadeira. Seu coração estava batendo forte de novo. Desse modo ela acabaria tendo uma apoplexia. Como faria para evitá-lo pelo resto da temporada?

Matt e seu amigo Rutherford tinham saído do Salão de Boxe Jackson's e estavam conversando na Rua Bond quando ele sentiu o pescoço formigar. Matt se virou e viu uma lady com touca e fitas azuis, da mesma cor de seus olhos. Como ele sabia disso? Era o mesmo azul na pala da touca que ele tinha visto antes. Ele desejou ter visto sua lady à luz do dia. Ainda assim, a altura daquela mulher parecia a mesma. Ele não a deixaria escapar dessa vez.

– Rutherford, preciso ir. Vejo você esta noite.

– Sim, é claro. – Rutherford arqueou as sobrancelhas. – Nós nos vemos mais tarde.

Desviando de carruagens e carroças, Matt atravessou a rua com rapidez, mas, quando chegou do outro lado, ela tinha sumido.

Aonde diabos teria ido? Era como tentar encontrar um fantasma.

Capítulo 8

Grace sorriu, orgulhosa, quando Charlotte deu uma pirueta para mostrar o vestido.

– Muito bonito, mesmo.

Charlotte exultava.

– Estou tão feliz por termos ido à Madame. Este vestido e todos os outros são tão lindos. Você está linda – ela disse para Grace.

– Esta noite é sua, querida. Eu sou apenas a acompanhante.

– Mas...

– Não, não. – Grace meneou a cabeça. – Sem discutir.

Essa era a noite da *soirée* de Lady Belamny, para as moças que estavam debutando. Charlotte ia ser uma das jovens mais lindas da temporada. Seu vestido de noite, em musselina amarelo-claro, bordado com pequenas borboletas em verde, azul e dourado, era perfeito.

Grace colocou um colar de pérolas no pescoço da irmã e entregou a ela um par de brincos de pequenas pérolas suspensas em fios de ouro. Era difícil acreditar que ela já estava debutando. Se pelo menos o pai e a mãe delas estivessem lá para ver. Ficariam tão orgulhosos de Charlotte. Lágrimas arderam nos olhos de Grace. *Boba*. Ela não iria chorar. Um xale de lantejoulas, um leque delicado e uma bolsa completavam o conjunto de Charlotte.

– Venha, não é bom nos atrasarmos. Nós temos que buscar a tia Almeria antes do jantar com Lady Evesham.

Um percurso curto com a carruagem as levou até a Casa Herndon, onde encontraram a tia na sala de estar.

Ela observou Charlotte e aprovou o que via com um movimento de cabeça.

– Ora, vocês duas me deixam orgulhosa.

Era Charlotte que dava orgulho. Grace queria que a tia desistisse de incluí-la na busca por um marido.

– Obrigada, tia. Vamos caminhando ou pegamos a carruagem?

Tia Almeria franziu o cenho, pensativa.

– É sempre tentador caminhar. A Casa Dunwood não é tão longe, mas não é bom atravessar a praça com sapatos de festa. Eles estragam tão fácil. – Ela fez uma pausa. – Sinto muito, minhas queridas, mas decidi não ir com vocês.

Grace ficou surpresa.

– Algo errado?

– Não, não. – Tia Almeria sorriu com doçura. – Não há nada de errado. É só que seu tio vai chegar esta noite, e eu sempre estou aqui para recebê-lo quando ele volta. Você tem tudo sob controle, e Lady Evesham vai estar com você. Não é necessário que eu vá. Já enviei uma mensagem a Lady Belamny, explicando. Não tenha medo. Quando a temporada estiver acontecendo, ajudarei vocês a decidir quais os melhores eventos para ir, e acompanharei Charlotte a todos eles.

Que amor a tia Almeria querer estar em casa para receber o marido. Pelo menos nessa noite não havia perigo de Worthington aparecer. A *soirée* era só para mulheres.

– Vou cobrar isso de você, tia. Vamos Charlotte, precisamos ir.

– Eu gostaria de caminhar. Podemos? – Charlotte perguntou.

– Não, querida, quando eu fiz a sugestão não tinha pensado direito. Tia Almeria tem razão. Se molharmos os sapatos, eles vão se estragar. Vamos de carruagem.

– Sim, claro. – Charlotte endireitou os ombros, a imagem da jovem dama perfeita. – Que boba eu sou. Vai haver dança na *soirée*?

– Não numa *soirée* – disse a tia Almeria. – Esta é uma festa para conhecer as pessoas.

Grace beijou a tia e pegou o braço de Charlotte quando saíram pela porta da frente.

– Além do quê, dançar não é o objetivo. É só para vocês garotas se conhecerem. Desse modo, quando os bailes começarem, depois da Páscoa, você terá amigas. – As *soirées* também serviam para as mães avaliarem a concorrência, mas sua irmã não precisava saber disso. – Você tem que se comportar o melhor possível. As patronesses do Almack's também estarão presentes.

O rosto de Charlotte ficou sério.

– Isso não é só para praticar. É algo importante mesmo.

– É sim. – Grace apertou os dedos da irmã. – Mas não precisa se preocupar. Você vai se sair bem.

Quando chegaram à Casa Dunwood, Grace e Phoebe decidiram ir em duas carruagens. Uma voltaria para a Praça Grosvenor e outra para a Praça Berkeley. Contudo, quando elas foram anunciadas, Grace ficou surpresa de ver apenas Phoebe na sala de espera, antes do jantar.

– Como cavalheiros não são esperados na casa de Lady Bellamny, mandei Marcus jantar com os amigos – explicou Phoebe ao ir recebê-las. – Xerez?

– Para mim, sim, por favor – Grace respondeu. – Charlotte vai tomar limonada.

Depois que estavam servidas, Phoebe as levou até os sofás diante da lareira.

– Um brinde ao debute de Charlotte.

Após tomar um gole de limonada, Charlotte se virou para Phoebe.

– Por que não são esperados cavalheiros?

– Talvez haja alguns. – Phoebe sorriu. – Mas só mais tarde, e apenas para acompanhar as ladies de volta a suas casas. Depois que a temporada começar, você vai conhecer muitos cavalheiros. Neste momento, vai conhecer melhor as ladies da sua idade e outras que já tiveram uma ou duas temporadas.

Charlotte inclinou a cabeça para o lado, refletindo.

– Sim, acho que você tem razão. Há tanto o que aprender.

De repente Grace desejou poder estar com a irmã em todos os eventos. Talvez Worthington desistisse de tentar encontrá-la e ela pudesse acompanhar Charlotte a todas as festas e reuniões.

Matt não tinha conseguido falar com a madrasta na noite anterior. Então, deixou um bilhete para ser entregue quando ela chegasse em casa, pedindo uma reunião assim que fosse conveniente para ela. Na tarde seguinte, ela enviou uma mensagem a Matt pedindo que a encontrasse na sala de estar antes do jantar.

Quando ele entrou na sala, Patience colocou sua taça na mesinha ao seu lado.

– O que o deixou tão agitado?

Matt começou a andar de um lado para outro.

– Eu a vi de novo hoje, e ela se escondeu de mim.

Patience franziu o cenho.

– O que aconteceu?

Matt parou e fez uma careta.

– Ela estava usando uma droga de... um desses chapéus que escondem o rosto da mulher.

– Ora, Matt – Patience deu uma risada leve –, esses chapéus estão na moda.

Esfregando o rosto com a mão, ele tentou controlar a frustração. Não adiantaria nada descontar na madrasta.

– Ela percebeu que era eu e fingiu que não me viu.

– Parece que você está fazendo um monte de suposições. – Patience pareceu estudá-lo por um momento. – Diga, por favor, como você sabe que ela o está evitando.

Quando Matt abriu a boca para falar, ela o deteve.

– Não, não, comece do começo.

Matt contou que a lady tinha tropeçado na pata de Duque ao tentar se aproximar do muro de uma casa.

– Sério, Worthington? – Patience deu um olhar exasperado para o teto. – Que mulher não iria querer se esconder depois de um incidente tão constrangedor? Desconfio que você vá descobrir que isso não é o que parece.

Ele franziu a testa.

– Eu também a vi mais cedo na Rua Bond.

Patience arregalou os olhos.

– Você viu o rosto dela?

– Não, mas vi o chapéu. – Ele começou a andar de novo. – Tinha as mesmas fitas azuis.

– Azul é uma das cores da moda nesta temporada. Podia ser qualquer mulher. Além disso, você me disse que faz tempo que ela não vem a Londres. Por que tem tanta certeza de que ela está aqui agora?

Ele abriu a boca para falar e a fechou. Não adiantava argumentar algo que ele apenas sentia. Patience podia não acreditar nele, mas Matt sabia que sua lady estava na cidade.

– O que você vai fazer esta noite? – ela perguntou.

– Vou jantar com Evesham e Rutherford. – Ele parou e olhou para ela. – Mais tarde vou encontrar vocês duas na *soirée*, para acompanhá-las na volta para casa.

– Você sabe que não deve aparecer antes do jantar. – Patience levantou o queixo. – Você sabe a regra de Lady Bellamny: nada de cavalheiros antes do jantar.

– Pode deixar. – Ele sorriu e lhe deu um beijo fraterno na bochecha. – Evesham e Rutherford vão estar sujeitos à mesma regra.

– Divirta-se no clube. Louisa e eu vamos jantar com Lady Rutherford.

A porta foi aberta e Louisa entrou na sala.

– Mamãe? Matt?

Matt olhou para sua irmã mais nova. O vestido azul-claro de musselina com bordados em prata e azul-escuro era perfeito. E não a fazia parecer mais velha. Ele teria que vigiá-la de perto nesta temporada. Matt pegou a mão dela e a beijou.

– Louisa, você está linda. Vou ter que contratar mais criados. Dos grandes, para que protejam você. Divirta-se esta noite.

– Pode deixar. – Ela sorriu, radiante. – Obrigada por tudo.

Ele saiu da sala de estar e, após colocar chapéu e luvas, foi andando até o clube Brooks. Matt ainda não tinha tido a oportunidade de perguntar a Rutherford a respeito de sua lady misteriosa. Talvez o amigo soubesse quem ela era.

Atrás de Phoebe, Grace e Charlotte avançaram lentamente pela fila da recepção.

A formidável Lady Bellamny estava ainda maior do que antes. Agora ela possuía três queixos, em vez de dois. Os olhos dela se iluminaram quando estendeu a mão para Grace.

– Lady Grace, faz tantos anos que não a vejo. Como está, minha querida?

Grace fez uma mesura.

– Muito bem, minha lady. Posso lhe apresentar minha irmã, Lady Charlotte?

Charlotte fez uma mesura graciosa.

Lady Bellamny inclinou a cabeça para o lado.

– Muito bonita. Muito bonita, mesmo. Os cavalheiros terão dificuldade em resistir a você. – Ela se virou para Grace. – Qual o dote?

Grace deixou um sorriso discreto brincar em seus lábios antes de responder.

– Trinta mil.

Lady Bellamny anuiu, refletindo, e olhou para Charlotte.

– Fique longe dos caçadores de fortuna e dos mulherengos.

Charlotte sorriu com educação.

– Pode deixar, milady.

– Boas maneiras. – Lady Bellamny voltou-se para Grace. – Você fez um bom trabalho. Ela nem piscou.

Aquiescendo, Lady Bellamny tocou no ombro de Charlotte.

– Você vai conseguir, minha querida. Siga as orientações da sua irmã.

– Pode deixar, milady. – Os lábios da jovem acentuaram o sorriso.

Grace a pegou pelo braço e as duas foram procurar Phoebe.

– Grace? – Charlotte sussurrou.

– Agora não. – Grace sorriu, educada, e cumprimentou conhecidas com um movimento de cabeça. – Vamos conversar sobre tudo quando voltarmos para casa.

Era típico de Lady Bellamny testar as jovens logo na entrada. Ao fim da noite ela saberia quem era quem. Grace e Charlotte foram anunciadas e desceram para o salão de baile já lotado, onde Phoebe as aguardava com uma interrogação no rosto. Orgulhosa da irmã, Grace sorriu. Embora Charlotte estivesse arredia no começo, Grace sabia que a irmã estava pronta para debutar.

– Ela se saiu bem – disse Grace.

– Ótimo. – Phoebe deu um sorriso caloroso para Charlotte.

– Obrigada.

Elas acompanharam Phoebe, que foi conhecer novas ladies e rever velhas conhecidas, incluindo a sogra de Phoebe, Lady Dunwood, e sua tia, Lady St. Eth. A jovem mãe de cabelos escuros que

Grace tinha visto do lado de fora do ateliê de Madame Lisette se aproximou delas.

Phoebe pegou a mão de Grace e se virou para a recém-chegada.

— Anna, esta é minha amiga, Lady Grace Carpenter, e a irmã, Lady Charlotte. Ladies, esta é Lady Rutherford, minha grande amiga.

Anna beijou de leve o rosto de Phoebe e estendeu a mão para Grace.

— Prazer. Posso lhe apresentar Lady Louisa Vivers? Ela também está debutando.

A irmã de Worthington? Oh, nossa. Isso significava que Worthington apareceria lá mais tarde? Grace manteve a expressão calma enquanto Lady Louisa fazia uma mesura para ela.

— É um prazer conhecê-la.

— O mesmo — disse Grace, que se virou para Charlotte. — Garotas, vão conhecer as outras jovens que estão debutando nesta temporada.

— Boa ideia — concordou Phoebe.

— Procurem-nos mais tarde — Anna acrescentou e se virou para Grace e Phoebe. — Ela e a mãe jantaram comigo esta noite, mas recebemos uma mensagem de que uma das outras filhas de Lady Worthington estava reclamando de dores no estômago. Assim, eu me ofereci para acompanhá-la.

Grace soltou o ar que estava prendendo. Graças ao Senhor ela teria mais tempo para decidir o que fazer com Worthington. Refletindo, ela se lembrou que tinha conhecido a segunda Lady Worthington durante sua primeira temporada. Embora Grace imaginasse que a outra não fosse se lembrar dela, não queria se arriscar, e ficou feliz por ela não estar presente. As três chegaram a um pequeno sofá com duas poltronas confortáveis dos lados. Ela encorajou Phoebe e Anna, que também estava grávida, a se sentarem.

— Parece que temos um número notável de garotas bonitas aqui.

— Sim — Phoebe concordou, acomodando-se no sofá —, mas não vi nenhuma mais linda do que as duas que estavam conosco. E elas não são apenas lindas, mas são muito educadas, também.

Grace corou.

— Fico feliz que pense assim.

Logo elas estavam numa conversa animada. Velhas amigas e algumas com quem mantinha correspondência pararam e a cumprimentaram. Grace tinha esquecido como havia ficado isolada no Solar

Stanwood, no interior, e desejou poder ir a mais festas nesta temporada. Mas com Worthington à sua procura, seria perigoso demais. Como ela tinha sido inconsequente com ele. De qualquer modo, não conseguia se arrepender daquela noite, apenas das consequências.

Antes que Grace percebesse, chegou a hora do jantar. Olhando ao redor, ela viu Charlotte e Lady Louisa com um grupo de garotas.

– Vamos para a sala de jantar? – Phoebe perguntou.

– Vamos. – Anna se levantou da poltrona. – Estou faminta. É incrível como meu apetite cresceu junto com a barriga.

Vários momentos depois, Grace saboreava uma lagosta e tomava um gole de champanhe quando Phoebe exclamou:

– Oh, Marcus e Rutherford chegaram.

Mas quando Grace levantou os olhos, Lorde Worthington a encarava fixamente. Sua mão tremeu tanto que o champanhe se agitou dentro da taça. Ele a tirou de sua mão e a colocou sobre a mesa. Preocupação nublava os olhos dele.

Ele fez uma reverência.

– Milady. Não consigo dizer como estou feliz por vê-la outra vez.

A sala começou a girar. Era cedo demais. Cedo demais. De repente, ela não conseguia respirar.

– Eu... eu acho que preciso de ar.

Grace se levantou e andou rapidamente na direção das portas do terraço.

– Grace – Phoebe começou a se levantar –, quer que eu...

Worthington deteve Phoebe colocando a mão em seu ombro.

– Eu acompanho Lady Grace.

Oh, não. Ele não pode vir atrás de mim. Ela abriu a porta e saiu em disparada pelo terraço, procurando um caminho para voltar para a casa e sair pela porta da frente. Ela precisava fugir. Sua cabeça rodopiava enquanto seu corpo ficava tenso e formigava. Sentidos traidores. Não era hora. Uma luz fraca tremeluzia através de uma porta de entrada. Se pelo menos ela conseguisse chegar lá antes que ele a encontrasse.

Um braço forte a pegou pela cintura e a puxou de encontro a um corpo firme e másculo. O coração dela batia tão depressa que Grace pensou que fosse desmaiar. Ela não conseguiu se mexer. Um arrepio de desejo começou em suas costas e se espalhou por todo o corpo.

– Lady Grace – a voz grave de Worthington a acariciou.

Ela fez força para respirar quando se encostou no peito dele. Um desejo intenso a atravessou. Os seios dela formigaram de expectativa, e o lugar entre suas pernas ficou quente e úmido de carência. O calor dele irradiava por toda ela. Lágrimas rolaram por suas faces e ela anuiu. Que humilhante ser descoberta. Ter sua fraqueza exposta.

A voz dele soou delicada mas firme.

– Nós precisamos conversar sobre algumas coisinhas. Como o motivo de você ter ido embora tão cedo naquela manhã. – Ele fez uma pausa. – Você pode olhar para mim?

Sem conseguir formular uma resposta coerente nem se mexer, Grace fechou os olhos. Worthington se debruçou sobre ela, seus lábios próximos da orelha. Grace estremeceu e meneou a cabeça. Com o polegar, ele acariciou o rosto dela, mas parou.

– Por que você está chorando? – ele perguntou, a voz carregada de preocupação.

Ela não conseguiu responder. O que diria? Que tinha sido uma horrível libertina, fazendo amor com ele mesmo sabendo que não poderia se casar? Que o amava, mas não poderia se casar com ele? Que precisava desesperadamente senti-lo dentro dela, mas que a obrigação para com as crianças tinha prioridade sobre ele? Nada que ela fizesse ou dissesse tornaria mais palatável o que havia feito. Ele ficaria tão bravo. Que homem não ficaria?

– Venha comigo. – Sem esperar por resposta, ele a pegou nos braços e a carregou até a sala vazia pela qual Grace imaginava fugir. Worthington a colocou no chão, trancou a porta e fechou as cortinas.

Grace olhou para as mãos trêmulas. Tudo o que podia ver dele eram suas botas. Puxando-a para seus braços, ele inclinou a cabeça e a beijou. Fogo a devastou por dentro e ela se agarrou a ele, retribuindo desesperadamente os beijos. É o último, ela jurou. Quando ele aprofundou o beijo e fez sua língua brincar com a dela, Grace o envolveu com os braços, moldando toda a sua extensão ao corpo muscular dele. Trocando hálito com ele, Grace se apertou em Matt e um suspiro trêmulo escapou de seus lábios. Oh, como ela queria isso. Estar nos braços dele, deixar que a possuísse, e possuí-lo.

Só mais uma vez. Só isto, um beijo, e nada mais. Ela precisava dele do mesmo modo que precisava respirar. Seus seios, seus mamilos endureceram e doíam. Ele gemeu. As mãos grandes passearam pelas costas dela, depois sobre os seios, acariciando-os. Grace apertou o corpo contra o dele.

Bem, talvez um pouco mais que um beijo. As mãos dela se moveram, vorazes, pelas costas fortes dele, e a dor entre suas pernas ficou mais intensa. Seus sonhos e suas lembranças não eram nada comparados a estar ali com ele. Grace apertou os quadris no corpo de Worthington e pôs uma mão sobre a nádega firme dele, puxando-o para mais perto. Ela tentou se concentrar no beijo, acariciando freneticamente a língua dele com a sua, tentando ignorar a lembrança da vara dura de Worthington dentro dela.

Talvez só mais uma vez. Então ela se explicaria.

Capítulo 9

Grace. O nome combinava com ela, tão graciosa. Matt deleitou-se com o beijo. Sentir o corpo macio em seus braços o deixou louco de desejo. Essa mulher, Grace, seu amor, era a única mulher que ele iria querer, de que ia precisar. Por que ela tinha fugido dele, ou chorado, ou se recusado a falar com ele, Matt não compreendia. Mas aquela necessidade que tinham um do outro, isso ele entendia. Desde o encontro na estalagem, ele tinha relembrado sem parar a noite de amor que tiveram. Ele nem pensou em outra mulher desde então. Matt não queria ninguém a não ser ela, e precisava tê-la. Dessa vez ele faria Grace saber que era dele. Dessa vez ele não a deixaria escapar.

Quando a mão dela pegou seu membro latejante, ele a fez recuar até a *chaise* perto da lareira e a deitou com delicadeza. Sem interromper o beijo, ele levantou as saias, tentando não amarrotar a seda, e desabotoou sua calça. As pernas de Grace se abriram quando ele ficou sobre ela, que envolveu sua cintura com as pernas.

Graças aos céus ela queria aquilo tanto quanto ele. *Licença especial de casamento. Amanhã.*

Ele mergulhou no calor molhado dela. Seda, era a sensação. A seda mais macia. Grunhindo ao possuí-la com intensidade, ele se sentiu como um cavaleiro medieval cobrando seu prêmio. Colada nele, Grace gemia e suspirava suavemente, uma sinfonia para entusiasmá-lo. Dando estocadas longas e lentas para aumentar o prazer dela, Matt deleitou-se com a respiração ofegante de Grace, e com as mãos dela que o apertavam conforme seu núcleo convulsionava ao redor dele, levando-o ao clímax junto.

Matt dava beijos suaves no pescoço, mas Grace estava quieta, quieta demais. Talvez eles não devessem ter feito amor ali, mas ela parecia querê-lo tanto quanto ele precisava dela. Levantando-se, ele pôs a camisa para dentro da calça e abotoou o fecho. Depois, ajudou Grace a se levantar, alisar as saias e endireitar o corpete. Durante todo esse tempo, ela não disse nada. Enfim, ele sentou e a colocou no colo. Abraçando-a, ele fez chover beijos nas bochechas e nos lábios dela, e encostou o nariz em seu cabelo, inspirando o aroma de Grace. Nunca, nunca mais ele a deixaria partir.

– Vou comprar a licença amanhã. Vamos nos casar assim que você quiser.

– Não posso. – Grace soluçou e explodiu em lágrimas.

Essa não era a resposta que ele esperava. Matt acariciou as costas dela. O que ela tinha contra uma licença especial? Talvez ela quisesse um casamento grande.

– Então vamos mandar ler as proclamas. Desde que nos casemos, o modo não me importa.

Ele beijou as lágrimas dela e tirou o lenço para enxugar o rosto de Grace.

– Irei visitar você pela manhã, para fazermos tudo direito. Eu a amo e quero me casar com você. Mas neste momento você deve ir para casa. Sua carruagem está aqui?

Ainda sem conseguir falar, Grace anuiu. Por que ela tinha feito aquilo? De novo? Deveria ter sido só um beijo, e ela deixou que Matt a possuísse. Não, isso não era justo, ela o encorajou e desejou tanto quanto ele parecia tê-la desejado. Mas agora tudo era muito pior. E ele pensava que era apenas uma questão de como o casamento aconteceria. Ela teria de que explicar tudo a ele amanhã, quando pudesse pensar racionalmente. Grace deixou que ele alisasse suas saias mais uma vez e a levasse de volta ao salão de baile.

Ele mantinha o braço ao redor dela, como se Grace estivesse doente. Abaixando-se, ele tocou sua orelha com os lábios.

– Vou dizer aos outros que você não estava se sentindo bem e foi para casa. Melhor ainda, vou chamar Phoebe.

Quando a carruagem de Grace e de Phoebe chegaram, Grace sentia-se ao menos um pouco mais controlada. Bem, talvez dizer isso fosse um exagero; pelo menos ela não estava mais chorando.

Phoebe passou o braço em volta nela.

– Eu a acompanho até em casa. Worthington, volte e peça a Anna para cuidar de Lady Charlotte e levá-la para casa.

– Primeiro vou ajudar vocês a entrar na carruagem. Ela está muito pálida. – Ele começou a pegar Grace.

– Worthington, pare – Phoebe sibilou com aspereza. – Você não pode pegá-la assim. Já é ruim o bastante que as pessoas tenham visto você sair correndo atrás dela. – Phoebe acompanhou Grace até a porta do veículo e bufou. – Ela vai ficar bem.

Aparentemente, ele não se convenceu. Matt continuou com elas, acompanhando-as até a carruagem e ajudando Grace e depois Phoebe a subirem antes de fechar a porta.

A carruagem sacolejou de leve quando começou a se movimentar. Phoebe massageou as mãos de Grace, tentando entender o que tinha acontecido com ela nessa noite. Como ela iria se explicar? E se estivesse grávida? No momento, ela não conseguia lembrar nem quando tinha sido sua última menstruação.

Elas logo chegaram à Casa Stanwood.

Royston abriu a porta e fez uma reverência.

– Está tudo bem, milady?

Grace reprimiu uma risada histérica e mentiu:

– Só um pouco zonza. Vou ficar bem.

Phoebe ficou com ela ao subir a escada e entrar na sala de estar.

Oh, céus. Phoebe iria pensar que Grace tinha perdido o juízo, e estaria certa.

– Xerez ou leite quente? – a amiga perguntou enquanto puxava a campainha.

– Xerez. – Grace suspirou. – Está no aparador. Isto vai muito além de leite quente.

Entregando-lhe uma taça, Phoebe sentou ao lado dela.

– Agora, o que aconteceu? Ele pareceu mais preocupado do que bravo. Você contou para ele que não pode se casar?

Grace meneou a cabeça. Seu coração estava se partindo outra vez.

– Não... não tive chance. Nós... e depois eu... eu tentei. Mas ele disse que compraria uma licença especial, e eu respondi que não podia, então ele achou que eu queria que as proclamas fossem lidas...

Phoebe pôs o braço ao redor dos ombros da amiga.

– Grace, aconteceu de novo?

Lágrimas rolaram pela face dela.

– Aconteceu. E ele virá pela manhã para me pedir em casamento do modo correto.

A amiga suspirou.

– E você ainda pretende dizer para ele que não pode se casar?

Soluçando de novo, Grace aquiesceu.

– Eu preciso. Não tenho nenhuma outra escolha.

Uma batida ecoou na porta. Ela não podia encarar mais ninguém nesse momento.

– Entre.

Royston entreabriu a porta.

– Milady, o Conde de Evesham está à espera de Lady Evesham. Ele disse que não precisa ter pressa.

Grace se endireitou e pegou a mão da amiga. Aquilo precisava parar. Ela tinha que se recompor. As crianças chegariam no dia seguinte e perceberiam que havia algo errado, se não se controlasse.

– Eu vou ficar bem. Uma boa noite de sono vai me ajudar.

Juntando as sobrancelhas, Phoebe olhou em dúvida para Grace.

– Tem certeza?

Ela tentou sorrir, mas não conseguiu.

– Vá com seu marido. Pelo menos uma de nós pode ter um.

Ela irrompeu em lágrimas de novo.

– Vou ficar um pouco mais. Marcus não vai se importar. – Phoebe virou-se para a porta. – Nós vamos precisar de uma caneca de leite quente com mel e a criada de sua senhoria. Por favor, diga a Lorde Evesham que ainda preciso de alguns minutos.

– Sim, milady. Também chegou um Lorde Worthington perguntando por sua senhoria.

Grace engoliu em seco e tentou respirar normalmente. *Esta noite, não. Não posso vê-lo agora.*

Meneando a cabeça, Phoebe olhou para Grace.

– Diga-lhe para ir para casa.

Royston fez uma reverência e saiu, voltando depois de alguns minutos.

– Lorde Worthington disse que terá a honra de visitar sua senhoria pela manhã – anunciou o mordomo.

Pelo menos Grace não teria que lidar com ele essa noite. Amanhã ela lhe diria.

Phoebe ficou até Grace terminar o leite e a colocou na cama.

– Obrigada, Phoebe.

– Você vai estar se sentindo melhor pela manhã. – A amiga beijou Grace na testa e então saiu.

Grace teve um sono agitado entremeado por ataques de choro. Nunca tinha pensado que era uma manteiga derretida, mas estava fazendo um ótimo trabalho agindo como uma. Ela tentou, mas não conseguiu encontrar as palavras que precisava dizer para Worthington.

Quando acordou, o sol brilhava em suas janelas. Que horas seriam? Ela nunca dormia muito além da aurora. Esse era o motivo pelo qual suas cortinas ficavam abertas. Ela se ergueu nos cotovelos e deixou-se cair de novo. *Worthington.* O simples ato de pensar nele fazia seu corpo formigar. O que ela iria lhe dizer?

Vozes abafadas passaram por sua porta. *As crianças estão aqui?* Não era possível que ela tivesse passado o dia dormindo. Grace estendeu o braço e puxou a corda da campainha.

No instante seguinte, sua irmã Mary abriu a porta.

– Você está bem? Bolton disse para fazermos silêncio porque você não estava se sentindo bem.

Grace estendeu o braço e Mary subiu na cama. Uma das sete razões pelas quais Grace não podia casar. A irmã a abraçou e lhe deu um beijo babado. Worthington teria que compreender. Mary se aninhou ao lado de Grace. Ela massageou o cabelo da irmã, e o movimento familiar a acalmou.

– Quando vocês chegaram?

– Noite passada. Nós paramos para jantar e o Sr. Winters disse que teria sido uma bênção se tivesse conseguido manter todos nós em uma estalagem durante a noite.

Grace conteve o riso, mas os cantos de sua boca subiram.

– Oh, querida. Quem estava envolvido?

— Alice, Eleanor e Walter. Eles só queriam levar Daisy para andar. Então apareceu um gato que Daisy quis ver, e cavalos presos numa carruagem.

Grace fez força para não rir. A cachorra nunca entenderia por que os gatos não gostavam imediatamente dela.

— Entendo. O estrago foi grande?

— Não sei. Teve muita gritaria. — Mary se concentrou em amarrar um laço do seu vestido que tinha se soltado. — Eu não consegui ver muita coisa. O Sr. Winters e a Srta. Tallerton nos fizeram voltar para as carruagens na hora, e aí nós fomos embora. Eu nem tive tempo de terminar meu leite.

— Sei. Vou dar os parabéns a eles por pensarem com rapidez. — Grace sentou na cama. — Hora de você sair. Preciso me lavar e tomar meu café.

Mary se arrastou para fora cama quando Bolton entrou no quarto. A empregada esperou a porta ser fechada e sorriu.

— Eu preciso não rir, mas que história o Sr. Winters e a Srta. Tallerton tinham para contar, noite passada. Por sorte os cavalos já tinham sido trocados e estavam prontos para partir quando a Srta. Tallerton deu a ordem. Não houve nenhum prejuízo. Só um jovem bravo que saiu correndo atrás deles. John, o cocheiro, disse que os cavalos do homem se assustaram, mas nenhum se machucou.

— Que alívio. Eu não fugiria às minhas responsabilidades se os cavalos do homem tivessem se machucado.

— Não, milady. Eles chegaram pouco depois que vossa senhoria foi para a cama. Eu não quis acordá-la.

Sorrindo, Grace se levantou da cama.

— Estou feliz que estejam aqui. É uma coisa a menos para me preocupar.

Jane enfiou a cabeça no quarto.

— Como você está se sentindo agora? Ouvi dizer que estava doente.

— Não exatamente doente. — Grace vestiu o robe, então foi até o lavatório. — Estou ansiosa para ouvir o que aconteceu a noite passada do ponto de vista de um adulto.

Um sorriso largo apareceu no rosto de Jane.

— Foi uma história bem interessante.

Como as crianças tinham tomado café mais cedo, Grace comeu em seu escritório. Ali, pelo menos, ela poderia se manter ocupada e tentar não pensar em Worthington. Mordiscou uma torrada e bebericou chá enquanto revisava as contas da casa que tinham sido trazidas na carruagem de bagagens, na noite anterior.

Uma hora depois, Grace se recostou na cadeira e suspirou. Aquilo não estava funcionando. Ela não conseguia se concentrar em nada. Ele viria visitá-la hoje. Por um instante Grace pensou em se recusar a recebê-lo, mas ele merecia saber a verdade. Prometendo a si mesma que se manteria calma, ela olhou para a coluna de números e resistiu à vontade crescente de jogar algo longe. Pela milésima vez, desejou que seus pais não tivessem morrido. Mas dessa vez era por uma razão absolutamente egoísta. Ela queria se casar com Worthington e não podia.

Royston bateu na porta e enfiou a cabeça para dentro.

– Sim, Royston, o que foi?

– Milady, Lorde Worthington apresenta seus cumprimentos e pede para falar com milady em particular.

Não era possível evitá-lo. Grace mordeu o lábio. Talvez não fosse tão difícil como ela pensava. Depois que ela lhe falasse das suas responsabilidades, ele ficaria feliz por precisar rejeitá-la.

– Muito bem, diga-lhe que já desço.

Matt compareceu à Casa Stanwood no fim da manhã seguinte e entregou seu cartão ao mordomo. Não podia acreditar que esse tempo todo ela estava bem à sua frente, na praça.

– Sua senhoria está se sentindo melhor?

O homem fez uma reverência daquele modo grandioso que os mordomos têm.

– Pelo que eu saiba sim, milorde.

Deus sabia que Matt nunca conseguiria fazer esse mordomo descer ao nível de um mero mortal.

– Eu gostaria de conversar em particular com ela.

– Se me acompanhar, milorde. – O mordomo fez nova reverência e conduziu Matt a uma sala com vista da rua. – Avisarei sua senhoria de que milorde está esperando.

Matt juntou as mãos às costas e ficou olhando pela janela. Sons que o lembraram de uma manada de elefantes, ou mais precisamente suas irmãs, vieram do corredor. Então ele ouviu uma voz mais velha, mais firme, e a manada se moveu em massa escada acima. Ele se virou quando a porta foi aberta.

Lady Grace entrou, fechou a porta atrás de si e fez uma mesura.

— Milorde, como posso ajudá-lo?

Ela continuava um pouco pálida, porém, mais linda que nunca. Grace juntou as mãos à sua frente. Fazendo uma reverência, ele sorriu quando ela se aproximou.

— Você pode me ajudar se casando comigo. Eu pretendia pedir sua mão naquela primeira manhã, mas você esqueceu de me dizer que ia sair tão cedo.

Um leve rubor subiu do pescoço esguio de Grace para suas faces. Ela se recusava a encará-lo.

— Não é necessário uma proposta. Foi apenas um encontro prazeroso, milorde. Nada mais.

Ele ficou boquiaberto e se pegou crispando os punhos. Após a noite passada, essa *não* era a resposta que ele esperava. O que estava acontecendo ali? Nenhuma mulher do nível óbvio dela, para não mencionar o fato de que era virgem até recentemente, faria amor com um homem e tentaria fazer pouco-caso disso. Matt tentou relaxar o estômago revirado e manter uma aparência impassível. Ele se aproximou devagar e parou a poucos passos dela.

— Para você, talvez, mas não para mim. — Ele arqueou uma sobrancelha. — Mesmo que eu acreditasse que está falando a verdade sobre a primeira vez, a noite passada não foi "apenas" nada.

O rubor se intensificou, e o olhar de Grace voou para o rosto dele.

— Eu... não entendo.

Satisfeito por pegá-la com a guarda baixa, ele notou sua respiração apressada e a confusão nos belos olhos azuis de Grace. Pegando-a nos braços, ele a beijou. Os lábios dela se abriram como ele – *ele* – tinha lhe ensinado. Nenhum outro homem a tocaria. Lady Grace Carpenter era dele. Matt levantou a cabeça.

— "Apenas" nada. Nada de "apenas um encontro". Acho que está na hora de me contar qual é o seu jogo, milady.

Grace não conseguia acreditar que Worthington a estava beijando em sua sala. E, o que era muito pior, ela também o estava beijando. Que tipo de poder ele possuía sobre ela? Era como se Grace não tivesse nenhum controle. Seus braços passaram por sobre os ombros dele e suas mãos seguraram na nuca de Matt como se sua vida dependesse disso. De novo. A porta foi aberta e pés entraram. *Ele*, não ela, interrompeu o beijo. Por que ela não tinha vontade própria quando se tratava dele?

— Por que está beijando Grace, milorde? — Mary perguntou.

— Essa é uma resposta que eu também gostaria de ouvir — Walter acrescentou.

Worthington a mantinha tão perto que o ronco de sua risada grave vibrou dentro dela.

— Estou tentando convencer Grace a se casar comigo.

Ela sacudiu a cabeça, tentando clarear os pensamentos.

Philip franziu o cenho.

— Bem, se é preciso beijar uma mulher para se casar com ela, acho que não vou me casar.

A última coisa de que ela precisava era envolver seus irmãos e irmãs naquilo.

— Todos vocês, saiam agora e não abram mais essa porta até receberem permissão para entrar.

Eles saíram da sala com Alice e Eleanor puxando Mary. A porta foi fechada. Grace engoliu em seco. Talvez agora ele entendesse.

— Meu lorde... — A boca de Matt capturou a dela outra vez. Suas línguas se entrelaçaram, e ela saboreou o gosto dele e as carícias delicadas. Mais uma vez, as mãos hábeis dele acenderam fogueiras em sua pele.

Ele levantou a cabeça, e os lábios dela foram atrás dos dele.

— Você me dará a honra de ser minha esposa?

Grace lutou para soltá-lo e recuar um passo, mas ele se recusou a largar as mãos dela.

— Meu lorde, obrigada pela oferta tão gentil, mas não posso aceitar.

A expressão dele mudou rapidamente de bem-humorada para confusa e depois severa.

— Por quê?

Ela fechou os olhos e se esforçou para firmar a voz.

— Todas essas crianças são meus irmãos e irmãs.

Franzindo a testa, ele sacudiu a cabeça, como se tentasse entender o que ela tinha dito.

– Muito bem. Muitas famílias têm várias crianças. Mas o que isso tem a ver com qualquer coisa? Eu também tenho irmãs. Eu tinha esperança de que você gostasse de crianças.

Lágrimas arderam nos olhos de Grace e ela mordeu o lábio. Essa seria a coisa mais difícil que teria que fazer, mas era preciso. Ela sentiu a garganta apertar, quase sufocando.

– Eu sou... eu sou a guardiã deles. E nunca vou desistir dessa missão.

Arrancando suas mãos das dele, ela fugiu da sala, fechando a porta atrás de si com um estrondo.

Matt olhou para as mãos vazias e depois para a porta fechada. Encontrou uma poltrona e se sentou. Um torpor tomou conta dele. *Quantas* crianças havia? Worthington deveria ter contado, mas nunca tinha lhe ocorrido que ela... apoiou os cotovelos nos joelhos e deitou a cabeça nas mãos. *Guardiã? Então ela é a guardiã deles? Como era possível?* Ele tinha perdido a noção de quanto tempo estava ali, tentando pensar, quando a porta foi aberta.

A garota mais nova entrou, com a boca contorcida. O queixo determinado tremia um pouco.

– Você fez Grace chorar.

Era justo. Ele também sentia vontade de chorar.

– Não era minha intenção. Eu queria fazê-la feliz.

A criança franziu a testa e meneou a cabeça.

– Você se atrapalhou todo, né?

Apesar dele e de Grace, e daquela situação desgraçada, Matt percebeu que seus lábios tremiam, querendo rir.

– É acho que dá para dizer isso. Qual é o seu nome?

Fitando-o, ela se aproximou.

– Mary. E o seu?

– Worthington, mas eu ficaria honrado se você me chamasse de Matt.

Ela se aproximou com cuidado. Seu cabelo loiro estava dividido em duas tranças, com alguns fios escapando das amarras e se curvando ao redor do rosto e do pescoço. Seus olhos azuis, como os da irmã, o encararam.

– E agora, o que você vai fazer? Grace disse para nossa prima Jane que não pode se casar com ninguém. Não até Charlie ficar mais velho.

Tentando não franzir o rosto, Matt massageou o queixo.

– Charlie, eu imagino, é seu irmão mais velho?

Mary anuiu com entusiasmo, o que fez suas tranças voarem. Matt estendeu a mão. Mary a pegou e subiu no colo dele.

– Quantos anos você tem?

– Cinco. – Ela sorriu, mostrando que lhe faltava um dente. – Mas vou fazer seis no verão.

– Cinco é uma boa idade. – Ele precisava saber, então era melhor perguntar logo. – Em quantos vocês são?

Contando nos dedos, ela respondeu:

– Ao todo somos sete. Charlotte tem dezoito anos. É por causa dela que estamos em Londres. Charles tem dezesseis. Ele está em Eton. Walter tem catorze. Alice e Eleanor têm doze. Elas são gêmeas. E Philip tem oito.

Matt sentiu-se zonzo.

– Além de Grace, quem cuida de vocês?

– A Srta. Tallerton, que é a aia, o Sr. Winters e a prima Jane, mas nós temos que obedecer à Sra. Penny, a Royston e qualquer pessoa que Grace mandar.

Algo não estava certo.

– Vocês não têm um tio que também seja responsável?

Mary negou com a cabeça.

– Não. Uma vez ouvi minha tia dizer que é bom que o irmão dela, que é o nosso tio, não esteja aqui, porque ele é um salafrário imprestável.

Matt riu.

– Nesse caso, concordo com ela, mas aposto minhas botas que você não deveria estar repetindo o que ela disse.

Mary olhou para ele com olhos que o lembraram de um filhotinho, embora azuis, não castanhos.

– Você vai contar que eu disse isso?

Matt assumiu a expressão mais séria que pôde.

– Não, nunca. Minha palavra é para sempre.

Ele foi recompensado com um sorriso cheio de confiança.

– Gosto de você.

– Eu também gosto de você.

A porta foi aberta e duas gêmeas com o mesmo cabelo loiro e os mesmo olhos azuis entraram.

– Alice de amarelo e Eleanor de verde – Mary sussurrou.

– Obrigado.

Olhares idênticos de desaprovação voltaram-se para Mary.

– Aí está você. Sabe muito bem que não deveria estar aqui. – Alice estendeu a mão. – Venha.

Mary se aproximou mais dele.

– Mas ele é meu amigo.

Eleanor deu um suspiro dramático e Alice lhe deu um olhar de sofrimento.

– Matt quer casar com Grace. – O queixo determinado fez outra aparição.

Alice revirou os olhos.

– E ela recusou.

– Como você sabe? – Mary arregalou os olhos. – Oooh, vocês estavam escutando atrás da porta.

Batendo o pé, Eleanor apertou os lábios.

– Estávamos, agora venha conosco.

– Vocês todas ficam de ouvido na conversa dos outros? – Matt perguntou, fascinado.

Alice se voltou para ele.

– Bem, de que outra maneira nós vamos saber o que está acontecendo? Ninguém conta *nada* para nós, crianças. Mary, venha *agora*.

Antes que Mary pudesse obedecer, a porta foi aberta mais uma vez para que entrassem, ele contou, mais três, incluindo a garota mais velha... Ah, sim, ainda havia o garoto mais velho, que estava na escola.

– O que você continua fazendo aqui, senhor? – um garoto perguntou. Matt o identificou como Walter. – Pensei que minha irmã o tivesse rejeitado. Embora eu não saiba o porquê, pois isso a deixou muito infeliz.

O único par de olhos que não o encarava era o de Mary. Interessante. Assim devia ser a vida de uma atração de circo. Ele imaginou como seria viver com um grupo de crianças tão sincero e constrangedor. Matt não teve dúvida de que, se casasse com a irmã deles, todos os outros viriam junto.

– Se querem saber a minha opinião, acho que Grace quer *sim* se casar com ele. – Esse era Philip. – Só que nós somos muita coisa para engolir.

Essa foi a deixa de Matt. Ele podia ir embora agora e perdê-la para sempre, ou tentar ganhar os irmãos de Grace para ajudá-lo a convencer a irmã mais velha a se casar com ele.

Walter franziu as sobrancelhas.

– Se quiser o meu conselho, senhor, vai pensar no caso. Pode nos mandar uma mensagem dizendo depois se ainda quer se casar com Grace.

– E, por favor, diga como ele vai fazer isso. – Lady Charlotte deu um olhar exasperado para o irmão. – Grace ficaria sabendo no instante em que um bilhete chegasse. Não, nós temos que ser mais inteligentes que isso. – Ela apertou os lábios, pensativa.

Ocorreu a Matt que todos compartilhavam não apenas as características cores do cabelo e dos olhos, mas também o queixo determinado.

Charlotte olhou para ele.

– Uma das suas irmãs não está debutando este ano?

– Sim. Lady Louisa Vivers. – O que isso tinha a ver com o caso?

Ela sorriu, satisfeita consigo mesma.

– Foi o que pensei. Vocês são parecidos. Eu a conheci a noite passada. Pode mandar uma mensagem por ela. – Charlotte olhou para a porta. – Agora você precisa ir antes que alguém nos encontre aqui e conte para Grace.

– Ela é muito severa?

Colocando as crianças menores para fora, Charlotte voltou-se para ele.

– Irmã melhor é impossível. Se não fosse por ela, nós não estaríamos juntos.

Quem sabe agora ele conseguiria descobrir qual era o problema.

– Por quê? – ele perguntou.

Charlotte o observou por alguns momentos.

– Quando a mamãe morreu, nenhum dos nossos parentes queria ficar com todos nós. Seríamos divididos entre os tios e tias. Grace prometeu para mamãe que não deixaria isso acontecer e lutou para nos manter unidos. – Ela olhou para a porta de novo. – Você realmente precisa ir.

– Vou mandar notícias.

Um sorriso triste apareceu nos lábios dela.

– Na verdade, não esperamos que você mande. E não o julgaremos mal por isso. Grace disse que nenhum homem aceitaria ser sobrecarregado com sete crianças. – Charlotte mordeu o lábio. – Acho que é muito triste, porque ela desistiu de tudo por nós.

Cobrindo a boca com a mão, Charlotte se virou e saiu, rapidamente, da sala.

Ele não conseguia imaginar a vida sem Grace. Contudo, incluindo suas quatro irmãs, ele ficaria responsável por onze crianças. Não era uma decisão para tomar sem muita reflexão. Mas ele precisaria tomá-la em breve.

Capítulo 10

Grace correu para seu quarto e se jogou na cama. Pelo menos estava dito. Agora Worthington sabia por que ela não podia se casar e tinha visto as crianças. Seria fácil esquecê-la depois de saber que ela era a guardiã dos irmãos, o que provaria que o rapaz não a queria de fato. Ou, pelo menos, que não a queria com os irmãos e as irmãs.

Era provável que ele estivesse aliviado por Grace tê-lo rejeitado. Agora ela podia voltar a viver como vivia, antes de eles fazerem amor. Ela tocou os lábios, ainda inchados dos beijos, e lágrimas escorreram por sua face. Algo murchou dentro dela quando se deu conta de que Worthington nunca mais a abraçaria ou beijaria. Ela secou os olhos e se virou, olhando para a cobertura da cama.

A única vez em que ela se sentiu pior foi quando seus pais morreram. Ela estremeceu ao pensar no que a mãe ou o pai diriam a respeito de seu comportamento com Worthington. Mas podia ser que, sob suas circunstâncias, eles entendessem, pelo menos um pouco. Eles se amavam tanto, e amavam Grace e às outras crianças. Ela sempre pôde conversar com seus pais sobre qualquer coisa. Eles teriam conseguido aconselhá-la. Mas, por outro lado, se não tivessem morrido, Grace não estaria naquela situação.

Uma lágrima solitária escapou do canto do olho. De certo modo, o que ela seria obrigada a enfrentar com Worthington era pior. Muito pior. Pois ela o encontraria em todos os lugares e nunca o teria em sua vida.

Matt atravessou a Praça Berkeley tentando lidar com a ideia de ter onze crianças. Ele não sabia se queria envolver suas irmãs nisso, e estava um pouco ofendido por Charlotte e Walter o terem dispensado como marido em potencial de Grace. Afinal, como eles saberiam o que Matt podia ou não aceitar?

Além do mais, Matt tinha tomado a inocência dela. Se tivesse sido cavalheiro o bastante para rejeitá-la, Grace continuaria virgem. Ele passou a mão pelo rosto ao entrar na praça e olhou para trás por cima do ombro.

Olhando para ele estava o rosto de Mary, apertado contra o vidro de uma janela do primeiro andar. Ao lado dela, Philip. As outras crianças também o observavam com expressão solene enquanto ele atravessava a praça. Quando chegou ao outro lado, dispensou o criado com um gesto de mão e abriu ele mesmo a porta da casa.

No escritório, serviu-se de uma dose grande de conhaque e tomou um gole. Apreciou a queimação familiar que lhe clareou a cabeça. Sete mais quatro: onze crianças. Não importava quantas vezes ele somasse, o resultado seria sempre o mesmo. Se conseguisse convencê-la a se casar com ele, começariam a vida com onze crianças. Se ela fosse fértil como a mãe... a única decisão para ser tomada seria a data do casamento.

Matt conseguia entender por que ela tinha dificuldade para confiar seus irmãos e irmãs a qualquer um. Ela conseguiria aprender a confiar nele com as crianças? Ele conseguiria viver sem ela? Maldição. Ele jogou o copo na lareira. O cristal se espatifou e as chamas se avivaram com o conhaque. A sensação não foi boa como ele esperava.

Matt só foi para a cama após a meia-noite, e ainda assim não conseguiu dormir. Toda vez que fechava os olhos, imagens de Grace fazendo amor com ele eram substituídas por centenas de crianças. Desistindo do sono, ele se vestiu e voltou para o escritório.

Algum tempo depois, Thorton trouxe seu café da manhã. O rosbife mal passado tinha gosto de cinza na boca de Matt, que mandou retirar o prato. Baixando a cabeça nas mãos, ele grunhiu. Por que não conseguia pensar? Ele se levantou e serviu um copo de conhaque. Por algum motivo que não conseguia entender, sempre que chegava à ideia de não compartilhar a vida com Grace, sua mente parava de funcionar e se recusava a continuar. Viver sem ela não era uma opção. Ela teria que aprender a confiar nele com as crianças. Mas como faria para convencê-la?

Uma batida na porta e Patience entrou. Ela o observou por vários momentos antes de arquear as sobrancelhas.

– Não é um pouco cedo para isso?

– Diante das circunstâncias, não. – Ele ergueu o copo.

– Matt, eu nunca vi você bebendo tão cedo. Quer me contar o que o está aborrecendo?

Por um breve momento, ele pensou em dizer para ela ir embora, mas Matt não podia negar que precisava de ajuda e ela era mãe. Ele virou a cadeira para ficar de frente para Patience.

– Quero. Por favor, sente-se.

Sentando na cadeira em frente à escrivaninha, ela o encarou, aguardando.

– Tem algo a ver com a sua lady? – ela perguntou quando ele não disse nada.

Ele não fazia ideia, mesmo, do quão perspicaz Patience era.

– Tem. – Matt não conseguiu evitar um suspiro. – O nome dela é Lady Grace Carpenter.

– Ah. – Ela balançou a cabeça. – Entendo.

Era bom que pelo menos um dos dois entendesse.

– Entende? Como?

– Deveria ser óbvio. Não é segredo que ela ganhou uma batalha árdua pela guarda dos irmãos e irmãs. Demorou mais de um ano até, enfim, o avô materno ficar a favor dela. Ele concordou em compartilhar a guarda com ela, embora tenha deixado claro que as crianças viveriam com Lady Grace. Ele morreu há alguns meses. Não sei como ou se isso vai afetar a questão.

Para começar, isso faria Grace pensar que ela não poderia se casar. Se Lorde Timothy ainda estivesse vivo, ela não teria de desistir da guarda das crianças. Matt massageou a testa.

– Não entendo por que ninguém a ajudou.

– Os tios e tias do lado Carpenter estavam dispostos a ficar com uma ou duas crianças... – ela disse e Matt fez uma careta. Charlotte tinha contado a mesma coisa. Patience continuou: – Ela tem sido, de fato, ainda que não de direito, a única guardiã deles há cerca de três anos.

Tanto tempo. Sem ninguém além de criados e professores para ajudá-la? Ele franziu a testa.

– Quantos anos tem o irmão dela?

Dando de ombros, Patience olhou ao redor.

– Onde está seu *Debrett's*?

Matt foi até a estante e pegou o guia da aristocracia. Após alguns minutos, ele levantou os olhos.

– Dezesseis. Faltam cinco anos para que ele possa atuar como guardião.

– Ainda assim, ele seria jovem demais para criar os irmãos e irmãs. – Patience meneou a cabeça. – E você nunca vai tirar as outras crianças dela.

Ele devolveu o livro à estante e voltou a se sentar. O que ele estava para dizer afetaria também sua madrasta.

– Eu não tenho nenhuma vontade de tirar os irmãos e irmãs dela. Tenho plena consciência de que preciso estar pronto para assumir a ninhada toda. Eles também sabem disso.

Patience apertou os lábios.

– Além das crianças que você já tem.

Ele sabia que essa questão surgiria mais cedo ou mais tarde. Era melhor tranquilizá-la agora.

– Você acha que eu não pensei nisso? Nenhum de nós conseguiria morar numa casa com onze crianças brigando.

– Claro que não. – As rugas no rosto dela se suavizaram. – Mas, mesmo *se* ela amar você e *todas* as crianças se derem bem, você ainda precisará convencer Lady Grace de que merece ser o guardião das crianças. É aí que está seu desafio.

Ele passou as mãos pelo rosto.

– Um dos muitos desafios – Matt disse. – Imagino que ela seja muito desconfiada no que diz respeito aos irmãos e irmãs.

– Ela tem seus motivos. Lady Grace precisou enfrentar os tios paternos pela guarda. Eles não acreditavam que ela pudesse criar os irmãos e, claro, pensaram que Grace devia fazer o que uma mulher bem-nascida normalmente faz e se casar. Foi o fato de quererem dividir as crianças entre eles que ela não quis aceitar. Pelo menos você tem algo a seu favor. Você sabe que os tribunais preferem que um tio materno fique com a guarda. Felizmente, o único irmão vivo da mãe dela continua no exterior e não poderá lhe causar nenhum problema.

Matt estreitou os olhos.

– O que você sabe dele?

– Um vagabundo. Pode ser bem encantador até ser contrariado. Dá para chamá-lo de adulto mimado. Se ele acreditar que pode se beneficiar de algum modo, pode tentar obter a guarda.

– Vagabundo, mamãe? – ele a provocou. – Aposto que você pegou isso de Theodora. Vou ter uma palavrinha com ela sobre como estar corrompendo a mãe inocente.

Patience riu, então se levantou e alisou as saias.

– Vou deixar você com seus pensamentos. Worthington, você precisa saber o que está fazendo.

– Eu sei. E é isso que dificulta tudo. Eu me caso com Lady Grace amanhã, se ela me quiser. – Ele se virou para o jardim depois que a madrasta fechou a porta.

A hora do almoço chegou e ele comeu sem prestar atenção à comida. Seu coração se partiu, remendou e despedaçou de novo. Ele começou a desejar que se partisse de uma vez, como o de seu amigo Robert Beaumont. Mas Matt não tinha a sorte de querer evitar amor e casamento. Ele nunca tinha se apaixonado antes. Esse não era o problema, porém. Ele sabia que ela o amava. E ele também a amava. O problema eram as outras coisas que vinham com o amor. Precisamente sete coisas, ou o temor que Grace tinha por elas.

Um lamento suave tirou sua atenção da janela. Ele olhou para o lado e viu seu cão dinamarquês concentrado num pedaço de carne. Estendendo a mão, ele pegou a carne e a deu para Duque.

– E então, garoto, o que você acha? Nós devemos trazer mais sete crianças para nossa casa?

Duque abanou o rabo.

– Mas é claro que você iria achar divertido. Mais gente para fazer carinho em você. Imagino que não tenha considerado o que aconteceria se eles não gostassem de você. E se tivessem medo? – O cachorro olhou para ele com uma expressão de preocupação. – É, eu sabia que você não tinha pensado nisso.

O barulho de correria no andar de cima atrapalhou os pensamentos de Matt.

– Acho que está na hora do nosso passeio.

A porta foi escancarada e Theo apareceu, olhando ansiosa para ele.

– Matt, você está pronto?

Ela era a alegria de sua vida. Todas as outras já tinham passado da idade da inocência infantil.

– Estou, puxe a campainha. – Seus pensamentos se voltaram para Mary, e para o modo tão confiante como ela subiu em seu colo. Será que ela se lembrava do pai? Pelo menos Theo tinha a ele.

Todos estavam a meio caminho do parque quando uma fêmea de dinamarquês passou correndo por eles arrastando a guia no chão, seguida de perto por um criado. Gritos agudos seguiam a fugitiva. Ele olhou para Duque, alerta pela primeira vez em séculos.

– Duque, pega! – Matt soltou a guia e chamou um dos criados. – Um de vocês, me dê a garota e vá atrás do Duque.

Madeline deu a mão para ele. Com as bochechas coradas, ela estava com um grande sorriso no rosto.

– O que está acontecendo?

– Animal fugindo.

– Ele é bem bonitinho.

Matt sorriu.

– Bem, querida. Acho que você acertou no adjetivo, mas não no gênero. É uma fêmea.

– Mesmo? – ela se espantou.

– Mesmo.

A um quarteirão do parque, eles alcançaram a fugitiva.

– Nós a pegamos, milorde. Ela escapou deste pobre colega. – O criado que ele tinha mandado atrás do Duque apontou para outro que estava curvado, com as mãos nos joelhos, tentando recuperar o fôlego. – Mas Duque a fez parar.

Matt olhou para Duque, que estava claramente em processo de se apaixonar ou flertar para valer.

– Duque, aqui.

O cão olhou para sua amiga e se arrastou até Matt. A cachorra o acompanhou.

– Pelo menos um de nós tem sorte no amor.

– Daisy, Daisy. Cachorra má. – Lady Charlotte veio correndo. – Como você pôde fugir assim?

Alice abanou o dedo.

– Você sabe que Grace vai ficar brava.

Oferecendo a mão, Walter se curvou.

– Obrigado, milorde, por pegá-la.

Virando-se e arregalando os olhos, Lady Charlotte pareceu enfim reparar nele.

– Lorde Worthington.

Louisa esticou a cabeça do outro lado de Matt.

– Charlotte, essa cachorra é sua?

Segurando-se para não revirar os olhos, ela fitou Daisy.

– É, e infelizmente não é nem um pouco tão bem comportada quanto o seu.

– Bem, Matt, quero dizer, meu irmão, Lorde Worthington (mas acho que você pode chamá-lo de Matt), treinou Duque. Matt sabe fazer de tudo.

Charlotte pareceu impressionada.

– Sabe mesmo? Bem que eu gostaria que ele treinasse Daisy. Você não imagina a confusão que ela causou quando as crianças estavam vindo para Londres. Olhe elas aí.

Antes que Matt pudesse perceber, estava rodeado por um mar de crianças.

– Matt?

Ele baixou os olhos e encontrou Mary.

– Que prazer ver você de novo.

Ela colocou a mão confiante na dele.

Theodora disparou faíscas pelos olhos em Mary.

– Quem é ela?

Worthington tentou não grunhir.

– Theodora, esta é Mary. Aqui, pegue minha outra mão. É boa também. Melhor, até.

Mary se aproximou dele. Se Patience estava certa quanto ao tempo em que Grace era a guardiã dos irmãos, era provável que Mary nem se lembrasse do pai. Pelo menos suas irmãs tinham Matt como figura paterna.

– Quem é ela e como você a conhece? – Theo quis saber.

Louisa fez uma careta.

– Pelo amor de Deus, Theodora. Pare. Ela é irmã de uma amiga, e, se você não se comportar, vou contar para a mamãe.

Theodora resmungou.

– Oh, vocês têm mãe? – Mary perguntou, como se essa ideia lhe não tivesse ocorrido.

Theo franziu a testa.

– Todo mundo tem mãe.

Sacudindo a cabeça, Mary olhou para ela.

– Eu não tenho. Eu tinha, mas ela morreu. Não me lembro dela, porque eu era muito pequena.

Theodora parou de andar.

– Quem cuida de você?

– Minha irmã, a aia e a Srta. Tallerton.

Olhando para Louisa, Theo franziu a testa.

– Acho que eu não gostaria que a minha irmã cuidasse de mim.

Mary concordou com a cabeça.

– Bem, se fosse Charlotte eu também não gostaria. Mas é Grace.

– Tive uma ideia – disse Matt, cansado de tropeçar nelas quando se inclinavam para conversar. – Que tal vocês duas ficarem do mesmo lado? Mas têm que ficar de mãos dadas.

As duas olharam para ele com caretas idênticas.

– Não.

Por sorte, tinham chegado ao parque.

– Aqui estamos. Vão brincar.

As garotas saíram correndo e Matt esticou os dedos. Para garotinhas, elas apertavam forte.

– Por que eu tive que me apaixonar pela única mulher solteira da Inglaterra que cuida de sete irmãos e irmãs?

Ele seguiu as crianças em um ritmo tranquilo. Os cachorros brincavam juntos e algumas das crianças também. As duas mais velhas sentaram num banco e conversavam. Podia ser pior. Então vieram os sons de gritos zangados. O garoto mais velho – qual o nome dele? Matt observou a cena. Walter, era o nome dele, lutava com outro rapaz.

Boa postura, mas um pouco esparramado. Walter precisava manter os braços mais perto do corpo. Pelo menos isso era algo que Matt podia consertar. Sorrindo, ele foi na direção da luta. Essa era a resposta para seus problemas. Ele mostraria para Grace o quanto ela precisava de ajuda com as crianças.

Grace tinha permanecido no escritório desde o fim do café da manhã. Pouco depois do meio-dia, ouviu uma comoção vinda da frente da casa.

— Daisy! Duque, venha — ordenou uma vigorosa voz masculina.

— Eu pagaria um bom dinheiro para ver isso. — Grace se levantou e correu até o hall de entrada. Os dois cães estavam ao lado de Worthington e centenas de crianças os rodeavam. *Caos*. Ela cobriu os olhos, olhou de novo e contou. Dez crianças? Dois dinamarqueses? E Worthington. O que ele estava fazendo ali? — Não entendo.

Ele sorriu e o coração dela derreteu.

— Philip, Theodora, Mary e você — ele apontou para um criado. — Qual o seu nome?

— Hal, milorde.

— Isso. Hal, leve estes cachorros para o jardim dos fundos. Walter, venha comigo.

Walter se separou da turba, olhou para Grace e baixou a cabeça. Um olho do irmão estava adquirindo uma interessante tonalidade de roxo, sua camisa estava rasgada, o cabelo desgrenhado e ele parecia ter rolado na terra.

Grace suspirou.

— Walter, o que você andou fazendo?

Worthington pôs a mão no ombro de Walter.

— Nada além de um pouco de atividade física. Se pudermos falar em particular, Walter vai explicar.

— Claro. No meu escritório. — Grace os conduziu pelo corredor. No escritório, ela convidou Worthington a se sentar e ocupou a cadeira atrás da escrivaninha.

Walter ficou de frente para ela. Ele olhou para Worthington, que o estimulou com um movimento de cabeça. O garoto engoliu em seco e também acenou com a cabeça.

— Sabe, foi assim. Tinha um garoto que estava provocando Philip, então outro garoto pegou a bola do Philip. Eu decidi pegar a bola de volta e ele me deu um soco. Eu devolvi e, quando percebi, estávamos lutando. Desculpe ter rasgado minha camisa.

Por mais que tentasse, Walter não conseguia evitar que seus olhos brilhassem. *Esses garotos.* Ela olhou para Worthington e arqueou as sobrancelhas.

– E como você se envolveu?

– Eu... ahn... ajudei a pegar Daisy.

Oh, não. Grace arregalou os olhos.

– O que ela fez?

Walter sorriu.

– Ela se soltou de Hal e disparou pela rua. Nós corremos atrás, mas então Matt mandou Duque pegá-la. Bem, Duque não a trouxe de volta, mas a fez parar.

– De fato, milorde – ela disse, apertando a ponte do nariz –, parece que eu devo lhe agradecer por salvar tanto minha cachorra quanto meu irmão.

– Não é justo, Grace. Eu estava indo bem. Só um pouco esparramado.

Worthington franziu o cenho.

– O que eu lhe disse sobre repetir isso para suas irmãs?

– Mas é Grace – Walter protestou.

Ela soltou uma risada abafada.

– Walter, vá se limpar. Você não começou a luta, então não vou castigá-lo.

Grace meneou a cabeça enquanto o irmão saía da sala, depois voltou sua atenção para Worthington.

– Agora você vai, por favor, me dizer o que aconteceu de verdade? E o que "um pouco esparramado" significa?

Capítulo 11

Worthington deu um sorriso jovial para Grace.

— Isso quer dizer, apenas, que ele estava com os braços muito abertos. Quanto ao resto da luta — ele deu de ombros —, foi basicamente o que seu irmão disse. Quando vi a briga, interrompi. Depois mandei um recado para o Sr. Babcock, pai do outro rapaz, que se quisesse saber os detalhes podia falar comigo. Dei meu cartão para a aia do rapaz.

Ela abriu a boca e fechou de novo. Interromper a briga foi bom, mas Worthington não deveria ter enviado seu cartão. Isso indicava que ele podia ter algum direito de... de... Grace não queria pensar nisso agora.

— Obrigada — ela respondeu em seu tom mais repressor. — Mas Walter é minha responsabilidade.

— Depois disso eu dei umas lições de boxe para Walter.

Grace precisou se esforçar para não deixar o queixo cair. Aquele danado agia como se ela não tivesse dito nada. O que ele pensava que estava fazendo? Olhando para o teto por um momento, ela bufou. Worthington não deveria se envolver com as crianças. Não seria bom para elas se apegarem a ele. Nem para elas, nem para Grace.

O calor de Worthington, e seu perfume, pareceram flutuar por cima da escrivaninha até ela, lembrando-a de como era bom ficar em seus braços. Que os céus a ajudassem, tudo o que Grace queria era que ele a tocasse. Ela iria ordenar que Matt saísse de sua casa.

Não vê-lo seria a única maneira de ela manter a sanidade. A próxima coisa que percebeu foram aqueles braços fortes tirando-a da cadeira e puxando-a para ele.

– Grace, eu sei que você acha que não quero mais me casar com você, mas eu quero. – Os lábios dele roçaram sua testa. – Não consigo viver sem você. Eu gosto de seus irmãos e irmãs. Quero cuidar de todos vocês. Por favor, me permita.

– Você não... – O sangue rugia nos ouvidos dela, dificultando seu raciocínio – ... você não sabe o que está dizendo. Eu tenho sete, *sete* irmãos e irmãs. A mais nova tem apenas cinco anos.

Ele sorriu enquanto seus lábios desciam até o queixo dela.

– Mary vai fazer seis no verão.

Grace queria afundar nele, e que ele afundasse nela. Mas lutou contra o impulso de inclinar o pescoço, facilitando-lhe o acesso.

Aquilo não estava certo!

De algum modo, ela encontrou forças para recuar um passo, saindo dos braços dele.

– Sim, e ainda vão se passar doze anos até eu apresentá-la à sociedade. – Grace cobriu a testa com a mão. Suas têmporas começaram a latejar. – Você tem alguma ideia de quanta atenção elas precisam?

– Eu tive uma noção disso hoje – ele murmurou de encontro aos lábios dela. – E não me incomodei nem um pouco. Na verdade, gostei bastante.

Ela fechou os olhos, sentindo-se frustrada. Por que ele precisava ser tão... teimoso?

– Você passou o quê? Um dia com elas? Nem mesmo isso, foi um passeio até o parque. E se nós tivermos filhos? Eu ficaria ocupada com o bebê e os outros precisariam da sua atenção. – Ela fechou os olhos diante da ideia de, de repente, tornar-se mãe e pai dos irmãos e irmãs. – Eu sei como é. Mary estava aprendendo a andar quando minha mãe morreu. – Olhando para ele, ela meneou a cabeça. – Você não pode estar querendo esse tipo de responsabilidade.

– Se está falando da possibilidade de você morrer, claro que não quero isso, mas estou pronto para assumir seus irmãos e irmãs, bem como nossos filhos.

Grace precisava colocar mais distância entre eles. Ela se afastou até o outro lado da sala. O que ele disse não fazia sentido. Por que queria ser responsável pela família dela? Que homem em sã consciência iria querer isso?

Worthington começou a diminuir, lentamente, a distância entre eles.

– Grace – ele disse, com a voz suave e envolvente –, eu seria um guardião excelente. Não prometo que vou submeter todas as minhas decisões a você. Eu não faria isso com nossos filhos. Mas vou tratar seus irmãos como se fossem nossos. Sem diferenças para com os filhos que teremos ou com minhas irmãs.

Massageando as têmporas, ela fitou os hipnotizantes olhos azuis.

– Realmente não entendo você. Por que quer nos assumir?

– Para fazer você feliz. Para fazer de nós uma família.

Parado a poucos centímetros dela, Matt estendeu a mão e enrolou uma das madeixas dela em seu dedo. Grace fitou seus olhos. As profundezas azuis combinavam humor e esperança. Ele fazia com que ela quisesse ter esperança. Embora Worthington não a estivesse tocando, Grace se sentia atraída em sua direção.

Ele baixou a cabeça.

– Deixe-me amar você.

Grace caiu nos braços de Worthington de novo e, de algum modo, suas mãos seguravam sua nuca. Seus lábios se encontraram num beijo.

– Eu não devia fazer isso.

– Fazer o quê, meu amor?

– Nada disto. Eu queria falar racionalmente com você.

– Você está falando racionalmente. Só não percebeu ainda que eu já tomei minha decisão. – Ele a puxou para mais perto e tomou sua boca. – Acho que me esqueci de lhe dizer que a amo.

Aquilo era bom demais para estar certo.

– Não é o bastante, milorde.

– Matt. – Ele mordiscou a orelha dela. – Quero ouvir você dizer meu nome.

Por que ele não a escutava? Worthington não podia querer todos eles. Devia estar louco, ou apenas não compreendia direito o que isso envolvia.

– Matt, não é o bastante.

– Grace, nós vamos fazer que seja. – Ele a beijou com intensidade, assaltando seus sentidos.

Matt não conseguia ficar na presença de Grace sem desejá-la. Sem querer possuí-la, ajudá-la a carregar seu fardo ou em qualquer coisa para a qual ela precisasse dele. Ele encontraria um modo de fazê-la mudar de ideia.

Ela reagiu, aproximando-se de modo que nenhum espaço restou entre os dois. Matt passou de leve os polegares sobre os mamilos dela. Grace estremeceu e prendeu a respiração.

– Nós devíamos parar com isso – ela disse, mas não era o que diziam seus olhos ou a rouquidão de sua voz.

– Diga que você não me quer e eu paro. – Ele acariciou o lado de baixo dos seios e ela gemeu.

Ele adorava tocá-la e ver as reações dela. Quando cobriu um seio com a mão, ela o pressionou em sua palma. Ele capturou os lábios macios dela outra vez. Levantando-a, ele a sentou no tampo da escrivaninha. Grace abriu as pernas ao tentar trazê-lo para mais perto. Lentamente, ele acariciou a língua dela com a sua, e Grace se agarrou nele.

Os dedos dela apertaram sua nuca e a boca exigia tudo o que ele pudesse lhe dar. Ela estremeceu e um lado primitivo dele se alegrou.

Matt recuou um pouco.

– Se você me disser para parar, eu paro – ele sussurrou.

– Eu... – Grace ofegava. – Eu não sei.

Ela era tão linda e parecia tão vulnerável. Mas, contra todas as possibilidades, tinha sido forte o bastante para manter as crianças juntas. Ele precisava dela, precisava torná-la sua, e, mesmo que ela não tivesse se dado conta, Grace também precisava dele.

– Grace, apenas permita. Permita que eu entre na sua vida. – Acariciando as costas dela, ele beijou a pele macia debaixo da orelha, desceu pelo pescoço e voltou aos lábios. A pele dela era quente, e os sonzinhos de desejo que ela soltava o faziam querer continuar. A língua de Grace se enrolava freneticamente na dele, e Matt desceu a mão até entre as pernas dela, acariciando-a.

– Grace, meu único amor, eu preciso de você.

Ela deslizou as palmas das mãos pelas costas dele até chegar às nádegas. Matt levantou devagar a barra das saias dela, a musselina fina subindo enquanto os dedos dele descreviam um caminho pela parte de dentro das coxas dela. Grace gemeu e inclinou os quadris para mais perto dele.

Se não fosse por algo mais, ele lhe daria prazer. Mas quando chegou aos pelos dela, Grace desabotoou as calças dele, libertando sua ereção.

Obrigado, céus pelas mulheres decididas.

Ele deslizou Grace um pouco mais para trás do tampo da escrivaninha e lentamente a penetrou. Ela estava quente e molhada, pronta para ele. Ela o envolveu com as pernas e todo o seu corpo estremeceu. Ele saiu e então entrou nela de novo. Era como se os dois fossem feitos um para o outro e ninguém mais. Grace ficou tensa ao redor dele. Matt abafou o grito baixo dela com sua boca. Ela estava em chamas, e seu clímax formou-se como um cristal fino até ela se estilhaçar, carregando-o consigo.

Depois ele a abraçou, beijando carinhosamente seu cabelo e sua testa, antes de carregá-la até o grande sofá de couro em frente à lareira. Ele sentou, puxando-a para seu colo. *Minha.*

Mesmo que Grace não conseguisse aceitar o fato no momento. Se fosse necessário, ele iria se inserir na vida dela até Grace não conseguir mais negar que era dele.

Matt não sabia dizer por quanto tempo ela ficou aninhada em seu colo, a cabeça deitada no ombro forte, fingindo dormir. Inúmeros minutos se passaram antes de ela abrir os olhos.

– Eu falhei.

Ela não podia ter pensado em outra razão para os dois ficarem separados.

– O que você está dizendo?

A expressão preocupada de Grace estava a poucos centímetros do rosto dele.

– Eu tinha a intenção de dizer que não podíamos continuar. Que amarmos um ao outro não era suficiente, que você nunca conseguiria lidar com as crianças. Eu ainda não sei se essa é uma boa ideia.

Finalmente. Ele segurou o impulso de sorrir. Matt tinha feito algum progresso.

– Não vou mentir para você – ele disse. – Eu pensei em tudo ontem, durante a noite, e hoje. Grace, eu não consigo enxergar um futuro que não inclua você. – Ele beijou de leve o cabelo dela. – O destino quis que minhas irmãs, seus irmãos e eu fôssemos todos ao parque, ao mesmo tempo. Para não falar da Daisy se soltando.

Grace estremeceu.

– Por mais que eu ame essa cachorra, às vezes tenho vontade de esganá-la.

Matt riu.

– São todos assim quando novos. – Ele pôs a palma da mão no rosto dela, e Grace a afagou com o nariz. – Eu nunca tive irmãos. E gostei.

– E quanto às garotas? Quantas irmãs você tem?

– Quatro. Louisa é da mesma idade que Charlotte. Augusta tem quinze anos, Madeline, doze, e Theodora, oito. – Ele riu alto. – Foi muito fácil com Theo e Mary; elas se entenderam bem rápido. Charlotte e Louisa já agiam como se fossem melhores amigas. É claro que vão acontecer brigas, mas nada que não possamos administrar.

Grace ergueu olhos arregalados e horrorizados para ele.

– *Onze crianças.*

Ele sorriu e a beijou de novo.

– Além das que nós tivermos.

Como ele conseguia ficar tão calmo? Ela se levantou e ficou diante dele, as mãos na cintura.

– Como você sugere que nós cuidemos de onze crianças?

– Se nós quisermos ficar juntos, vamos dar um jeito. – Matt estendeu a mão, querendo o calor macio dela em seu colo outra vez. – Nós também vamos ter a ajuda da minha madrasta.

Grace se desvencilhou dos dedos dele e começou a andar de um lado para outro, murmurando para si mesma, então parou diante da janela, de costas para ele.

– Eu não sei. Como posso ter certeza de que você não irá se cansar dos meus irmãos e das minhas irmãs e mandar todos para a escola?

Passando a mão pelo rosto, Matt a estudou. Ela tinha razão de se preocupar. Embora tivessem a mais profunda atração física que ele já tinha sentido por qualquer mulher, e parecessem concordar na maioria das questões, ela ainda não o conhecia o bastante para confiar plenamente nele.

– Eu gostaria de mandar os garotos para a escola. Acho que é uma boa experiência para eles.

Ela se virou e o fuzilou com os olhos.

– Não tão jovens. Ouvi histórias até sobre os melhores internatos. Eles precisam ter idade suficiente para saber lidar com os problemas.

Quando Matt tentou pegá-la de novo, Grace afastou suas mãos com um tapa. Ele segurou um grunhido. Não era isso que queria estar fazendo com Grace, mas era melhor terem essa conversa agora.

– Walter não é tão jovem. Ele já deveria estar na escola. Concordo quanto ao Philip; ele ainda não está pronto.

Levantando o queixo, Grace encarou Matt, desafiadora, como se estivesse puxando uma briga.

– E as garotas?

Ela iria descobrir que ele não se deixava provocar assim tão fácil.

– Não, não sou a favor de escolas para garotas. Após ficar sabendo de flertes com professores de dança e de relacionamentos com jardineiros, acho que é melhor elas ficarem em casa com uma aia.

O semblante e o tom de voz dela ficaram mais suaves.

– Matt, você quer mesmo pedir a guarda?

– Quero. – Céus, como ele queria abraçá-la, confortá-la, mas, se o fizesse, aquelas questões continuariam entre eles. – Eu jamais poderia... jamais *pediria* que você desistisse de seus irmãos e irmãs. Você está fazendo um trabalho maravilhoso com eles, ainda que tenha me ocorrido, no parque, que eu tenho conhecimento para oferecer às crianças que você não tem; um ponto de vista diferente, a experiência que só um homem pode ter.

Grace levantou o rosto e, embora continuasse um pouco tensa, uma fagulha de bom humor iluminava seus lindos olhos.

– Como ensinar a lutar boxe?

– Entre outras coisas. – Ele se levantou. – Nós vamos descobrir como fazer para alterar a guarda. – Ele diminuiu a distância entre os dois, colocando as mãos na cintura dela. – Por favor, seja minha esposa.

– Eu quero. De verdade. Eu... só não sei como. Não consigo pensar como vamos resolver tudo. São tantos os problemas. – Ela jogou as mãos para cima, derrotada. Ele as pegou.

– Nós vamos fazer dar certo. – Se ele continuasse repetindo isso, talvez ela enfim concordasse.

Eles ouviram o som de passos no corredor.

– Alguém está querendo entrar. – Matt sorriu e encostou a testa na dela. – Não vai demorar muito. Vamos contar para eles?

– Contar o quê? – Ela tentou se afastar. Como ele a manteve onde estava, Grace soltou um suspiro profundo. – Não posso tomar uma decisão até nós resolvermos os detalhes.

E imaginar que Matt tinha pensado que aquela seria a corte mais fácil da Inglaterra. Mas ele não iria desistir.

– Contar para eles que estamos pensando nisso. Nós temos que contar, Grace. Podemos pedir que jurem segredo até termos certeza.

Ela franziu a testa e ele quis alisar a ruga que isso causou. Talvez fosse errado da parte dele, mas Matt sabia que, uma vez que contassem às crianças, a decisão não seria mais dela. Fechando os olhos, Grace concordou com um leve movimento de cabeça.

– Bem, imagino que nós deveríamos ouvir a opinião deles. Afinal, qualquer decisão que tomarmos vai afetar meus irmãos e minhas irmãs.

Se não tivessem feito amor, Grace pensou, talvez tivesse a capacidade de resistir a Worthington. Pelo menos foi o que ela disse para si mesma. Ela tinha cometido um erro estratégico ao escolher Matt acreditando que uma vez seria suficiente. Uma vida inteira não seria suficiente. Mas ela não poderia ter se entregado para outro homem. Ele parecia tão confiante de que tudo daria certo. Se Grace pudesse ter a mesma certeza...

Ela afundou no sofá enquanto Matt abria a porta. Dez rostos curiosos o encararam. Ele inclinou a cabeça.

– Por favor, entrem.

Eles se amontoaram na sala. Mary foi imediatamente até Grace, subindo no colo da irmã. A garota Vivers mais nova, Theodora, sentou-se ao lado de Grace. Parecia que as duas menores já tinham feito amizade, como Matt dissera. Charlotte e Louisa ocuparam as duas poltronas em frente ao sofá, e os outros formaram um semicírculo entre as poltronas e o sofá e aguardaram. Grace poucas vezes tinha visto seus irmãos e irmãs tão solenes.

Matt sentou do outro lado de Grace. Um sorriso curvava seus lábios.

– Podemos ajudar? – Matt perguntou.

– Bem. – Walter pigarreou, olhou para as outras crianças e ficou em silêncio.

Grace esperava que nada de sério tivesse acontecido. Ela não tinha ouvido nenhum barulho horripilante. Mas, também, ela esteve bem ocupada. Quanto tempo eles ficaram no corredor?

Após alguns momentos, Mary puxou o paletó de Matt.

– Nós queremos saber se você e Grace vão se casar.

– Isso. – Theodora concordou. – Nós queremos saber.

Grace olhou para Matt, depois para as crianças.

– O que vocês gostariam que acontecesse?

Alice abriu a boca, mas fechou-a quando Walter olhou com firmeza para ela. Depois o garoto olhou para Matt e Grace.

– Eu gostaria que vocês casassem. – Ele ficou corado. – Você seria mais feliz, Grace.

Augusta, Eleanor, Madeline, Alice e Philip anuíram.

As duas mais velhas se entreolharam e Louisa disse:

– É, todos nós gostaríamos que vocês casassem.

– Theodora? – Worthington perguntou.

– Eu também – ela concordou, sorrindo. – Eu vou deixar de ser a caçula, mas vou ter mais irmãos mais velhos.

Grace tocou Mary.

– E você, querida?

– Eu gosto de ser a caçula e gosto do Matt. – Ela olhou para Grace. – Vocês vão se casar?

– Não sei. – Grace suspirou. – Nós gostaríamos, mas há tantos problemas.

Uma cacofonia de vozes interrompeu a relativa calmaria.

– Silêncio – ordenou Worthington. – Ouçam Grace.

As crianças pararam de falar com tanta rapidez que ela podia jurar ter ouvido dentes batendo.

– Nossa preocupação principal é a guarda. – Ela se voltou para seus irmãos e irmãs. – Matt vai ter que pedir a guarda de vocês. – Grace tentou manter a voz calma. – Depois que eu me casar, não vou mais poder...

Ele colocou a mão no ombro dela.

– Depois que nós nos casarmos – Matt continuou –, a lei não permitirá mais que Grace seja a guardiã de vocês. Portanto, vocês precisam decidir se querem que eu tome o lugar dela. Quem tiver 14 anos ou mais pode tomar sua própria decisão.

Uma ruga se formou entre as sobrancelhas de Charlotte por um instante.

– Não faço objeção.

– Eu também não – Walter concordou. – Não vai ser como se você não estivesse mais aqui, Grace.

Charlotte olhou para Grace.

– Você vai escrever para Charlie?

Matt se aproximou dela, roçando os lábios na orelha de Grace, fazendo-a precisar conter um suspiro.

– Se você quiser, meu amor, posso ir buscá-lo. Eton não é longe.

A cabeça dela rodava. Aquilo estava indo depressa demais. Ela ainda não tinha concordado em se casar com Matt.

– Nós estamos nos adiantando – ela respondeu, um pouco contrafeita. – A guarda é apenas uma das questões. Nós não sabemos onde vamos morar e várias outras coisas. Vocês, crianças, acabaram de se conhecer. Como sabem que vão se dar bem? E precisamos pensar em Lady Worthington. – Ela passou a mão pela testa. – Essa será uma decisão extremamente importante. Vai mudar nossas vidas de um modo irrevogável. Não podemos nos apressar. Depois que o casamento acontecer, não poderá ser desfeito. Vamos ponderar todas as consequências com cuidado. Mais uma coisa: até a decisão final ser tomada, não quero que nem uma palavra seja dita para alguém de fora da família.

Matt olhou para cada um deles.

– Vocês entenderam o que Grace acabou de dizer? – Todos aquiesceram. – Nem uma palavra para ninguém.

Felizmente, as crianças eram novas na cidade. Do contrário, ela não teria esperança de que conseguissem guardar segredo.

Capítulo 12

– Louisa. – Charlotte se levantou e alisou as saias. – Vamos levar as crianças e dar algum tempo para Matt e Grace conversarem sobre isto.

As duas jovens tiraram os irmãos e irmãs da sala.

Uma vez que a porta foi fechada, Matt virou-se para Grace.

– Meu amor, honestamente, você precisa pensar no seu outro irmão.

– Não gosto da ideia de interromper as aulas dele, mas você tem razão: para isto ele precisa vir para casa.

Uma batida na porta e Jane entrou.

– Posso lhes desejar felicidade?

– Quem me dera saber. – Grace cobriu o rosto com as mãos. Era isso que dava ser egoísta e querer coisas que não deveria.

Matt tocou-a no ombro.

– Existem alguns detalhes que precisam ser resolvidos, mas acho que estamos progredindo.

– Jane – disse Grace –, deixe que eu lhe apresente Lorde Worthington. Milorde, esta é minha prima, Srta. Carpenter.

Ela fez uma mesura e Matt, uma reverência.

– Eu já conheci suas irmãs, milorde. Se vai fazer parte da família, pode me chamar de Jane.

– Obrigado. Pelo mesmo motivo, por favor, me chame de Matt.

Jane voltou-se para Grace.

– Querida, percebi que você e sua senhoria não se conhecem há muito tempo, e tenho certeza de que não desejo saber como se conheceram. – Jane apertou os lábios. – Mas, se quer meu conselho, agarre esta chance de felicidade. Sua senhoria possui uma reputação de homem capaz e confiável, de bom irmão e bom enteado, e as crianças já gostam dele. É como se as estrelas tivessem se alinhado para você. – Um sorriso triste espreitava nos olhos de Jane. – Não é sempre que o amor aparece. Quando ele vem, agarre-o e segure-o. Talvez você não tenha outra chance. – Ela beijou o rosto de Grace. – Agora vou deixar vocês resolvendo isso e ver o que as crianças estão aprontando.

Jane saiu e fechou a porta atrás de si. Não foi a primeira vez que Grace se perguntou o que exatamente teria acontecido com o homem que Jane amou.

– Acho que sua prima lhe deu um conselho excelente.

Grace fitou Matt e se segurou para não revirar os olhos. Ele estava com o maior sorriso que já tinha visto.

– Você gostou, não?

A expressão dele ficou séria no mesmo instante.

– Você pode me confiar seu coração. E seus irmãos e irmãs.

As palavras de seus tios paternos ecoaram nos ouvidos dela.

Nenhum cavalheiro que se preze vai querer você com todas essas crianças, Grace.

Será que ela tinha encontrado o único cavalheiro que a aceitaria?

– Charlotte, aonde vamos? – Louisa perguntou.

– À sala de estudos – Charlotte falou baixo. – Onde ninguém pode nos ouvir. Vamos, todos nós. Precisamos resolver umas coisas.

Ela conduziu todos escada acima até o primeiro andar, depois continuaram até o segundo, onde ficavam a sala de estudos, os quartos das crianças mais novas, os dos preceptores, Sr. Winters e Srta. Tallerto, e os das aias.

No caminho, encontraram May, que carregava uma braçada de roupas de cama.

– May, você pode fazer o favor de mandar chá, limonada e comida para a sala de estudos?

A criada arregalou os olhos ao olhar para a escada.

– Para quantos?

– Dez. – Mais cedo no parque, e voltando para casa, Charlotte reparou que os transeuntes tinham ficado olhando para eles. Bem, as pessoas teriam que se acostumar. Matt era perfeito para Grace, mesmo que sua irmã ainda resistisse.

– Agora mesmo, milady.

Assim que todos entraram na grande e arejada sala de estudos, Charlotte bateu palmas, do modo como Grace fazia quando queria a atenção de todos.

– Alice, Eleanor e Walter, por favor, mostrem o espaço para Augusta, Madeline e Theo. Eu chamo vocês quando o lanche for trazido.

Louisa olhou para Charlotte.

– Imagino que devemos fazer o mesmo na Casa Worthington?

– Acho que seria melhor. – Charlotte franziu a testa. – Se inspecionarmos as duas casas, vamos poder fazer uma recomendação sobre onde gostaríamos de morar. – Ela deu o braço a Louisa. – Eu tenho um plano, mas quero que você tome parte. Parece, para mim, que, se resolvermos rapidamente a situação de Grace e Matt, poderemos nos concentrar em encontrar nossos maridos.

– Que ideia esplêndida. – Louisa sorriu. – Faz todo o sentido. Vai ser muito mais fácil para eles nos acompanharem se estiverem casados.

Menos de quinze minutos depois, estavam todos servidos de limonada, sanduíches e tortinhas doces. Charlotte deu início à reunião.

– Agora...

– Por que você está no comando? – Augusta perguntou.

Louisa revirou os olhos.

– Porque estamos na casa dela. Quando formos para a Casa Worthington, eu vou estar no comando. – Ela franziu o cenho. – Vamos ter que repensar essa questão quando todos estivermos morando num só lugar. Alguma pergunta antes de começarmos?

O resto das crianças negou com a cabeça.

– Muito bem, então – Charlotte disse. – Como eu estava para dizer, é óbvio que Matt e Grace estão apaixonados.

Madeline deu um suspiro feliz e juntou as mãos.

– Eles formam um casal tão lindo.

Walter retorceu os lábios, e Philip parecia ter comido algo estragado.

– Eu acho que Alice, Madeline e eu devemos começar a planejar o casamento – Eleanor sugeriu.

Alice e Madeline concordaram e as garotas começaram a discutir o que elas e todos os outros deveriam vestir. Walter e Philip começaram a falar em sussurros, provavelmente sobre boxe ou outra coisa horrível. Será que ninguém conseguia se concentrar na questão em pauta? Charlotte bateu uma régua na mesa até conseguir, mais uma vez, a atenção de todos.

– Primeiro precisamos garantir que o casamento aconteça. Se quisermos ajudar os dois, vamos ter que nos adiantar aos problemas e resolvê-los. Como...

Ela olhou para Louisa, que alisou as saias e olhou para as irmãs.

– Sim, como, por exemplo, nos entender. Somos apenas quatro e eles, sete. Precisamos concordar em *Parlé* quando acontecer de discordarmos.

– O que é *Parlé*? – Philip perguntou.

– Vem dos piratas – Louisa respondeu. – É o que eles fazem quando negociam.

– Isso, eu também li esse romance. – Charlotte ficou feliz que ela e Louisa tivessem tanto em comum. – Nós precisamos estabelecer nossas próprias regras para negociar se surgirem dificuldades.

Ela olhou ao redor para se certificar de que todos os irmãos e irmãs tinham entendido. Madeline franziu a testa.

– Você tem alguma dúvida, Madeline? – Charlotte perguntou.

– Tenho. Por que essa coisa de negociação? A gente sempre vai falar com a mamãe quando não concorda.

Louisa decidiu responder:

– Se o desentendimento for entre nós, ainda podemos ir falar com a mamãe, mas, se envolver nossos... novos irmãos e irmãs, não podemos pedir para a mamãe resolver, porque Grace é como se fosse a mãe deles.

Augusta fez uma careta.

– Isso quer dizer que a gente vai ter duas mães?

– Não – Charlotte respondeu. – Eu vou tentar explicar. Se, por exemplo, Louisa e eu discordarmos, não poderemos pedir para Grace ou sua mãe resolver, pois isso pode causar problemas entre elas. Nós duas vamos precisar nos entender. Nossas regras vão nos ajudar a resolver as nossas diferenças sem aborrecer Grace nem Matt.

– Isso mesmo – Louisa concordou. – E essa é só uma das questões que precisamos discutir. Você ouviu Grace. Ela não vai se casar com Matt até resolver todas as questões. Se nós quisermos que eles se casem, precisamos ajudar.

Walter olhou para Charlotte, em dúvida.

– Você acha que eles precisam da nossa ajuda?

– É claro que precisam. – Louisa arregalou os olhos. – É óbvio que precisam de ajuda. Se não, nós já teríamos uma data de casamento em vez da possibilidade de um noivado.

Matt observava sua noiva cavar um caminho no tapete turco. Ela andava em círculos desde que Jane tinha saído, havia mais de meia hora. Alguma coisa, além da confusão em que estavam metidos, claramente a preocupava.

– Grace, meu amor, compartilhe suas preocupações. Não posso ajudar se não souber o que está preocupando tanto você.

– Eu detesto incerteza. – Ela jogou as mãos para cima. – E, no momento, incerteza parece ser tudo o que tenho.

Ele não podia concordar com ela nisso. A única coisa que estava tornando tolerável a espera para casar com Grace era poder fazer amor com ela. Matt invocou uma visão dela nua, o cabelo dourado caindo sobre os seios fabulosos...

– Matt, você está me ouvindo?

Sobressaltado, ele voltou a atenção para ela.

– Claro, meu amor.

– Eu disse que nós precisamos parar de ter esses... esses... oh, eu nem sei como chamar. Nós precisamos esperar até estarmos casados para... para ter relações de novo.

Ele quase se distraiu com as lindas bochechas coradas dela.

– O quê?

Grace começou a massagear a têmpora.

– Você deve saber como é errado que nós estejamos... fazendo aquilo... com as crianças por perto. Se qualquer coisa sobre isso for revelada, minha reputação vai ficar arruinada e as crianças serão tiradas de mim.

Ela estava certa, claro. Worthington passou a mão pelo rosto. Maldição. Ele deveria ter pensado nisso. Cabia a ele protegê-la. O tribunal não permitiria que uma mulher de moral questionável ficasse com as crianças. Ele abafou um grunhido e a visão dos seios nus de Grace evaporou.

– Sim, meu amor, eu concordo.

O rosto dela mostrava qualquer coisa, menos felicidade.

– O que precisamos discutir agora?

A data do nosso casamento. Era melhor que ele guardasse esse pensamento para si. Por mais que pensasse estar a par das regras da sociedade, Matt precisava de ajuda.

– Nós deveríamos falar com Patience. Ela parece sempre saber o que está acontecendo e o que fazer em qualquer situação que envolva a sociedade.

Grace parou de andar.

– Muito bem. Quando você gostaria de falar com ela?

– Agora mesmo. – Ele olhou para o relógio sobre a cornija da lareira. – Acredito que ela esteja em casa. Você pode me arrumar papel, pena e cera?

Indo até a escrivaninha, ela pegou o material.

– Aqui.

Matt escreveu o bilhete e o lacrou, pressionando seu anel de sinete na cera.

Grace puxou a corda da campainha e, momentos depois, o mordomo apareceu. Ela entregou o bilhete para ele.

– Royston, por favor, mande entregar isto para Lady Worthington.

– É a casa do outro lado da praça – disse Worthington ao ver a confusão estampada no rosto do mordomo.

– Pois não, milorde.

– Se ela estiver em casa, peça ao criado que a acompanhe até aqui.

Royston fez uma reverência e saiu da sala.

Grace apertou a ponte do nariz.

– Também precisamos falar com meu tio Herndon. Ele sempre me apoiou.

– Ele é o coguardião das crianças?

Mordendo o lábio inferior, ela aquiesceu.

– Sim. Ele precisa ser informado do que nós queremos fazer. Ele me ajudou muito quando eu estava tentando obter a guarda.

Uma batida soou e Royston abriu a porta.

– Milady, Lady Worthington chegou.

Grace olhou para ele, surpresa.

– Ora, que rápido. Royston, por favor, leve-a à sala matinal e mande servir chá.

Caminhando pelo corredor até o outro lado da casa, Grace olhou para Matt, logo atrás, ao mesmo tempo que ele a observava. Será que ela finalmente teria o que queria e ainda seria capaz de manter as crianças juntas? Os olhos dele eram calorosos e amorosos. Ele iria tentar, mas seria suficiente? E se a madrasta dele se opusesse ao casamento? Ninguém poderia culpá-la por não querer mais sete crianças em sua casa. Talvez essa não fosse uma boa ideia, afinal.

Quando Grace entrou na sala, Lady Worthington sorriu, depois arregalou os olhos.

– Worthington, eu não esperava encontrar você aqui.

– Você não veio por causa do meu bilhete?

– Não. – Ela arqueou as sobrancelhas. – Eu vim porque suas irmãs e os irmãos de Lady Grace estão na Casa Worthington inspecionando a sala de estudos.

Uma gargalhada brotou dentro de Grace e transbordou.

– É claro que estão. Não tenho dúvida de que eles querem ajudar a resolver nossos problemas.

A expressão de Matt se suavizou.

– Sim, com Louisa no comando.

Os olhos de Lady Worthington foram de Grace para Matt.

– Eu creio que o comando está sendo exercido em conjunto por Louisa e Charlotte. Elas estão unidas no que eu só consigo descrever como uma conspiração.

Grace refletiu sobre as garotas por alguns instantes.

– Faz sentido. Ontem à noite elas se entenderam imediatamente.

– Fico muito feliz em saber que elas estão se entendendo – disse Lady Worthington com um sorriso confuso. – Mas posso saber o que está acontecendo?

– Eu me pergunto o que as crianças estão planejando agora – Matt murmurou para Grace. – Patience, perdoe-me. Você conhece Lady Grace?

Patience estendeu a mão, sorrindo.

– Nós fomos apresentadas quando você debutou. Eu conhecia sua mãe. Ela me foi muito prestativa e gentil quando eu saí do luto.

Grace apertou a mão de Patience.

– Sim, eu lembro que ela a mencionou. Minha lady, por favor, sente-se e fique à vontade. O chá logo será servido. Então poderemos conversar sem interrupções.

Lady Worthington sentou-se graciosamente numa cadeira com encosto de palha.

– Por favor, pode me chamar de Patience, querida.

– Obrigada, Patience.

Grace se sentou no pequeno sofá de frente para Lady Worthington. Depois que as mulheres se acomodaram, Matt se sentou ao lado de Grace. O chá foi trazido logo depois. Grace serviu as xícaras e Matt, os pratos.

– Bem. – Ele olhou para Grace. – Nós decidimos nos casar. – Ela ficou tensa. Matt desejou que ela não refutasse sua afirmação. Após um momento, ele continuou. – Considerando a guarda e outras questões, estamos em uma espécie de dilema com relação a quando deveríamos fazer a cerimônia.

– Outras questões tais como juntar as duas famílias? – Patience perguntou, franca.

Grace continuava tensa, mas seu rosto era indecifrável.

– Essa, claro, é uma das questões que precisamos acertar.

Estaria Patience aborrecida por Matt não ter discutido o casamento primeiro com ela? Bobagem; ela sabia que ele pretendia se casar com Grace assim que a encontrasse. Matt massageou o queixo.

– Nós precisamos discutir aspectos da guarda com o tio de Grace, além de consultar nossos advogados. Eu gostaria de me casar esta semana.

Patience arqueou as sobrancelhas.

– Isso vai provocar um grande falatório.

O diabo que vou esperar. Ele fez uma careta. Se fosse possível, eles se casariam amanhã.

– Você vai precisar cortejá-la por no mínimo algumas semanas. – Patience endireitou os ombros. – Então vamos planejar o casamento. St. George, imagino. Podemos realizar a cerimônia em seis semanas.

A madrasta tinha enlouquecido se pensava que ele esperaria semanas para ter Grace. Especialmente agora, quando Matt tinha concordado em não fazer amor com ela até o casamento.

– Não.

Assentindo com a cabeça, Grace vinha concordando com tudo o que a madrasta dele dizia. Ela se voltou para Matt.

— Não?

Patience apertou os lábios.

— Um escândalo afetaria suas irmãs, Grace, e Lady Charlotte.

Pense rápido. Matt se recostou nas almofadas macias. Uma ideia começava a se formar.

— Eu não quero causar um escândalo. — Permitindo-se um sorriso de convencimento, ele continuou. — Vou dizer a todo mundo que me apaixonei perdidamente, o que tem o benefício de ser a verdade, e que vou cortejá-la até que concorde em se casar comigo. — Ele olhou para Grace. — Você, meu amor, vai ser recatada o quanto for necessário antes de ceder aos meus desejos apaixonados.

Grace, que tomava um gole de chá, produziu um som de engasgo, que logo se transformou em tosse. Ela pôs a mão sobre os lábios, modulando a voz para que só ele ouvisse.

— Eu nunca fui recatada com você, e sabe disso. Se tivesse sido, não estaríamos nesta confusão.

Ele deu tapinhas nas costas dela.

— Desculpe, mas discordo. Não é nenhuma confusão.

Patience apertou os olhos.

— Perdão. Não consegui ouvir nenhum dos dois.

— Grace disse que o chá desceu pelo lugar errado. Está melhor, meu amor?

— Sim, obrigada pela ajuda — ela respondeu, cerimoniosa, antes de se voltar para Patience. — Eu tenho pelo menos uma amiga em Londres que lembra que eu tinha uma queda por Matt quando debutei. — Grace olhou de lado para ele. — Acho que, usando corretamente esse conhecimento, o plano de Matt pode dar certo.

Que notícia! Matt teve dificuldade para não ficar boquiaberto.

— Quando foi isso e por que você nunca me contou?

— Seis anos atrás. Você dançou comigo e foi encantador.

Encantador, mas não estava à procura de uma esposa. Que tolo ele foi. Matt estudou o rosto dela.

— Você precisa me contar tudo.

A face e o pescoço de Grace assumiram um tom vibrante de rosa.

– Quem sabe depois; agora não.

– Vou cobrar isso de você – ele disse, pegando as mãos dela.

Grace fitou-o nos olhos, e ele precisou de toda a sua força para não a beijar ali mesmo, na frente de Patience.

– Duas semanas.

A madrasta pigarreou e Grace tirou os olhos de Matt.

– Três – Patience contrapôs.

– Muito bem – ele concordou. – Três e nem um dia a mais. – Três semanas muito longas. – Grace, você concorda?

Ela hesitou por um momento antes de responder.

– Sim.

Ele tinha pensado que ela iria encontrar algum motivo para adiar por mais tempo. Devia haver um modo de eles se casarem antes.

– Pode dar certo – Patience disse. – Principalmente porque você seguiu Grace até fora do salão de festas, na outra noite, e pelo modo como olhou para ela. Devo dizer que chamar Lady Evesham para cuidar dela foi bem pensado. – Patience tomou um gole de chá. – Grace, como você pretende acompanhar sua irmã aos eventos enquanto Matt a corteja?

Grace pegou sua xícara.

– Minha tia Herdon é a madrinha de Charlotte. Quando contarmos que estou sendo cortejada, ela vai ficar feliz em ajudar. Ela não aceitou muito bem minha decisão de não me casar.

– Muito bem. – Patience sorriu, aliviada. – Pode ser que consigamos executar esse plano.

Grace se inclinou para a frente.

– Você gostaria de jantar conosco esta noite?

– Eu gostaria, minha cara, mas acho que vou usar esta noite para descobrir o que as garotas estão tramando. Worthington, por outro lado, deveria jantar com você.

Vozes elevadas e passos apressados ecoaram pela casa. Patience se levantou.

– Vou pegar minhas quatro e levá-las para casa. – Ela pegou as mãos de Grace. – Estou muito feliz que você vá entrar para nossa família. Compreende minha preocupação?

Claramente aliviada pela conversa ter transcorrido tão bem, Grace sorriu.

– Claro que entendo. Minha preocupação é a mesma. Como você disse, qualquer escândalo também afetaria Charlotte. O que não posso aceitar.

– Você tem uma dama de companhia, acredito?

– Minha prima, Jane Carpenter.

– Ótimo. Se Worthington pretende assombrar sua casa, e é óbvio que pretende, você precisa garantir às fofoqueiras que não fica desacompanhada.

– Sei bem disso.

As crianças entraram em massa na sala matinal. Patience arregalou os olhos, como se perplexa.

– Louisa, Augusta, Madeline e Theodora, venham comigo – ela disse.

– Mas, mamãe, nós decidimos jantar juntos – Louisa protestou.

Patience fechou os olhos por um instante.

– Esta noite, não. Venham comigo, por favor. Vocês podem se encontrar de novo amanhã.

– Sim, mamãe – disseram, em uníssono, Louisa, Augusta e Madeline.

– Mamãe – disse Theodora, de má vontade –, eu prometi para a Mary que ia ficar.

– Theodora... – Patience começou, apertando a boca.

– Theodora, obedeça à sua mãe – Matt disse, olhando feio para a menina.

– Sim, Matt. – A irmã fez beicinho, mas virou-se para Mary. – Sinto muito.

Mary abraçou Theo.

– Eu entendo. Vejo você de manhã.

– Nós vamos poder ir ao parque juntas de novo. – Ela retribuiu o abraço de Mary e acompanhou as irmãs porta afora.

Patience olhou para Matt e Grace.

– Desde que Theodora nasceu, venho fazendo por merecer meu nome.

Os irmãos e irmãs de Grace seguiram as irmãs de Matt pelo corredor. Houve muitos abraços por parte das garotas. Matt escondeu o sorriso quando as elas tentaram abraçar os meninos, que preferiram apertar a mão delas.

– Quanto tempo você acha que essa camaradagem vai durar? – Patience perguntou, arqueando as sobrancelhas.

– Bem que eu queria saber. Espero que para sempre. – Ele continuou observando as crianças. – Tente descobrir o que elas estão planejando. Seja o que for, tenho certeza, é bem-intencionado, mas pode ser que nós tenhamos que podar alguns planos antes que floresçam.

– Com certeza preciso descobrir o plano delas. Eu tremo só de pensar no que podem estar tramando.

– Preciso dizer que concordo. – Grace fez uma careta. – Essas crianças são todas inteligentes e criativas.

– Isso mesmo. – Patience observou as crianças por um momento. – Grace, por favor, venha me visitar amanhã.

– Eu irei, obrigada.

As mulheres se despediram com beijos.

Matt suspirou fundo. Até ali, tudo ia bem. Ele só esperava que seu plano de se casar logo com Grace desse certo. Ele olhou ao redor. Faltava algo. *Os cachorros!* Aonde tinham ido parar?

Capítulo 13

De volta à Casa Worthington, Patience levou as garotas para a sala das crianças.

— Imagino que vocês estejam gostando da ideia de Matt se casar com Grace.

— Nós estamos muito felizes – disse Madeline. – Não é romântico demais, mamãe?

Patience anuiu. Romântico, de fato. Embora ela se preocupasse que talvez fosse cedo demais para o casal ter certeza.

— Eu concordo – afirmou Louisa. – Grace tinha decidido não se casar por causa dos irmãos. Acho que foi uma boa ideia Matt se apaixonar por ela, porque ele é o que os garotos precisam.

— Sim – concordou Augusta. – Você precisava ter visto como ele interrompeu a luta em que Walter se meteu. Não que Walter tenha começado. Foi aquele garoto horrível.

Patience nem precisava perguntar o que Theodora achava. Havia anos sua filhinha queria uma irmã mais nova. Patience estudou as filhas por alguns momentos.

— Vocês parecem já ter pensado bastante nisso tudo.

— Nós pensamos. – Louisa sorriu e olhou para as irmãs. – Nós fizemos uma reunião com Charlotte e os outros e decidimos como resolver qualquer desentendimento que possa surgir.

Lá estava. Com medo de que seus joelhos pudessem falhar por causa do choque, Patience se sentou na velha cadeira de balanço e perguntou, em tom mais fraco do que gostaria:

– Decidiram, mesmo? Como?

– Bem – Augusta respondeu –, nós vamos negociar as disputas entre as duas famílias. No momento, Louisa e Charlotte são as mais velhas, então elas vão ajudar a resolver os desentendimentos. Conforme os mais velhos forem indo embora, os próximos de cada família vão assumir o lugar.

– Isso – Madeline disse. – Desse jeito, nem Grace nem Matt vão precisar se envolver. Eles vão ter que se preocupar só com a família deles, e você, conosco.

– Entendo. – Não era tão ruim quanto Patience tinha pensado. Embora ela se perguntasse quanto tempo aquela boa vontade toda iria durar e o que Matt e Grace teriam para dizer a respeito. Era óbvio que Charlotte e Louisa estavam destinadas a serem mulheres políticas ou diplomáticas. – Algo mais?

Louisa anuiu.

– Agora nós vamos decidir onde vamos morar.

Patience não conseguiu evitar que seus lábios se contorcessem um pouco.

– Tenho certeza de que vocês vão levar tudo em consideração.

– Obrigada, mamãe. Vamos sim – disse Theodora, solene.

– Muito bem. – Ela se levantou. – Vão todas se lavar e se vestir para o jantar.

Obedientes, as filhas saíram da sala. Patience puxou a corda da campainha e disse à criada que as garotas comeriam naquela sala, e que ela jantaria em seus aposentos. Se as crianças planejavam jantar juntas, essa podia ser a última refeição sossegada que ela faria por muito tempo. O que mais elas decidiriam?

Patience foi até a sala de visitas e serviu uma taça de xerez. Esse casamento mudaria a vida de todos. De qualquer modo, Worthington iria mesmo se casar em algum momento, e ela gostava de Grace. A mulher tinha os pés no chão e sabia assumir suas responsabilidades. Matt nunca tinha estado mais feliz. Patience se esforçou para não ter inveja dos sentimentos dele por Grace. Não que ela tivesse ciúme de Matt. Ela só desejava ter sentido esse tipo de amor pelo marido.

Bem, não adiantava ficar pensando no que nunca iria acontecer. Afinal, ela tinha suas filhas.

Os irmãos e irmãs de Grace acompanharam as irmãs de Worthington e saíram da sala matinal, onde Matt e Grace permaneceram.

– Onde estão os dinamarqueses?

Ela arregalou os olhos.

– A última coisa que eu soube foi que você mandou Hal levar os dois para fora.

– Eu também disse para algumas das crianças irem com eles – Matt respondeu, contrariado. – Isso não durou muito, evidentemente.

Ela foi até as portas que davam para o jardim.

– Veja.

Matt se aproximou dela. Daisy e Duque rolavam juntos, brincando, enquanto Hal observava.

– Parece que todos estão se dando bem.

– Pelo menos os cachorros não ficam tramando nada. – Ela sorriu para ele. – Tenho até medo de perguntar o que as crianças estão planejando.

– Deixe com Patience. Ela vai descobrir com minhas irmãs. – Ele pegou as mãos de Grace e começou a beijar os dedos dela, um por um. – Sabe, as crianças só querem vê-la feliz.

Lágrimas arderam nos olhos dela.

– Eu sei.

– Grace. – O braço forte dele a puxou para si. – Eu vou ser um bom guardião. Nós vamos criar seus irmãos juntos.

Pegando o queixo dela com dois dedos e o levantando, ele enxugou o canto dos olhos dela com um lenço.

– Confie em mim, por favor. Eu nunca faria qualquer coisa que pudesse magoar você ou as crianças.

Como ela queria confiar nele. Grace acreditava que ele nunca faria nada, intencionalmente, para magoar nenhum dos seus irmãos. Se isso acontecesse, seria por culpa dela. Em razão de seu próprio comportamento, ela não tinha escolha a não ser rezar para que ele cumprisse a palavra.

– Vou tentar.

Uma batida na porta e Jane pôs a cabeça para dentro.

– Eu vou embora se estiver atrapalhando.

Worthington beijou de leve os lábios de Grace.

– De modo algum. Eu preciso ir me trocar para o jantar.

Lançando um olhar reconfortante para Grace, ele saiu da sala.

Os olhos de Jane brilharam de alegria.

– Devo entender que Lorde Worthington se recusou a aceitar um *não* como resposta?

Baixando o olhar, Grace engoliu em seco. Ela não tinha *de fato* dito sim. Mas eles não podiam continuar como estavam. Por mais suave que tivesse sido o último beijo, os lábios dela ainda formigavam. Ele fazia tudo parecer tão fácil. De qualquer forma, três semanas não era muito tempo até a cerimônia.

Ela levantou a cabeça e sorriu para a prima.

– Isso mesmo. A sorte dele mudou hoje. Daisy escapou do criado e Worthington conseguiu pegá-la. Depois ele apartou uma briga em que Walter tinha se metido e trouxe todas as crianças de volta para defender seu ponto. E eu segui o seu conselho, Jane.

A prima passou os braços ao redor de Grace.

– Minha querida, estou muito feliz por você. Acho que está tomando a decisão certa e tenho certeza de que seus pais teriam aprovado.

Todos pareciam felizes por ela. Talvez, se pudesse ter certeza de que podia confiar nele, Grace também ficaria feliz.

– Obrigada. Eu nunca imaginei que encontraria um homem tão preocupado com as crianças quanto eu.

Enquanto falava isso, ela se deu conta de que era verdade. Talvez os temores dela não fizessem sentido.

– Quando vocês vão se casar? – perguntou Jane, sentando.

Grace soltou uma risada curta.

– Amanhã, se fosse como Worthington quer. Mas Lady Worthington o convenceu a esperar três semanas.

– Você precisa me dizer quando quer que eu vá embora.

Grace arregalou os olhos.

– Oh, não, Jane, por quê? Você quer ir embora?

– Não, mas você não vai precisar mais de uma dama de companhia. – Jane sorriu, doce.

– Jane, você é muito mais que isso.

A prima apertou a mão de Grace.

– Não se preocupe, querida. Podemos falar disso depois, quando o casamento estiver mais perto.

Grace anuiu e a prima saiu da sala. Ela nunca tinha pensado que Jane poderia ir embora. A prima tinha sido um apoio importante quando seu pai morreu ao ser atirado pelo cavalo e sua mãe ficou doente. Talvez Grace não devesse se casar. Tudo tinha sido tão repentino. Ela não havia refletido sobre o casamento tanto quanto deveria. Como isso iria afetar seus criados, sendo que muitos estavam com a família havia anos. E quanto a Jane?

Vários minutos depois, ela se aproximou da escadaria principal.

– A criadagem gostaria de lhe desejar felicidades, milady – disse Royston, fazendo uma reverência.

Forçando um sorriso, ela agradeceu e seguiu para seus aposentos. É claro que os criados mais antigos teriam percebido antes que ela lhes comunicasse. Era provável que os mais novos também soubessem. A notícia já devia ter chegado até aos estábulos.

Ela puxou a campainha, chamando sua criada pessoal. Bolton logo apareceu trazendo um de seus novos vestidos.

– Acho este ótimo para o jantar.

– Perfeito. – Grace se lavou com a água quente que já estava na bacia. Queria se sentir tão entusiasmada quanto todos pareciam estar. Afinal, durante anos ela quisera se casar com Worthington. Bolton pôs o vestido pela cabeça dela e Grace ficou parada enquanto a criada o ajustava. Mas seria essa a coisa certa a fazer agora? Passando a mão pelos olhos, ela se repreendeu não apenas por fazer amor com Matt da primeira vez, mas também por não ser capaz de se controlar quando os braços dele estavam ao seu redor. Mas, na verdade, ela ainda não tinha concordado com o casamento. Só não tinha dito *não* na última vez em que Matt a pediu ou quando ele anunciou o casamento.

– Milady, pare de se mexer. – Bolton amarrava os laços.

Enfim, Grace se deu conta de que, quando não protestou, tinha inadvertidamente concordado.

– Você acha que cometi um erro ao concordar em me casar com Lorde Worthington?

– Não, milady, acho que não.

Grace se virou.

– Mas Jane falou em ir embora.

– Milady precisa permitir que as pessoas tomem suas próprias decisões. Se houver uma posição na casa que a faça feliz, ela vai ficar, do contrário irá embora. Milady pode conversar sobre tudo isso com sua senhoria.

Ela entregou a Grace uma carta que tinha chegado. Quebrando o lacre, Grace a leu. Phoebe e Marcus viriam para o chá, esta noite. Talvez Grace pedisse a opinião da amiga. Phoebe sempre dava bons conselhos.

Levantando-se, ela se observou uma última vez no espelho antes de descer para a sala de estar. O vestido dela era de seda cor de salmão, com um decote em V na frente e nas costas. Uma trança em tom mais escuro de salmão e dourado passava por baixo dos seios e era presa por um broche. As mangas três quartos não tinham adornos. Dois babados decoravam a parte de baixo da saia. Madame Lisette sabia fazer o seu trabalho. Grace achou que sua aparência estava muito boa, de fato.

Matt estava entregando o chapéu ao mordomo quando Grace desceu a escadaria. Ele prendeu a respiração e seu coração parou. Em todas as vezes em que ele a encontrou, exceto na estalagem, quando ela usava um vestido bem-feito, mas fora de moda, Matt estava tão ansioso para falar com ela, para beijá-la, que não prestou atenção às roupas de Grace. Agora que tinha a promessa do casamento, podia se dar tempo para apreciar sua beleza. Ele ficou sem ar. O cabelo dela brilhava sob a luz das velas, e o vestido, de seda, movia-se acompanhando-a, discretamente acentuando suas formas enquanto ela descia na direção dele. Matt sentiu o peito inchar ao saber que ela era sua. Algumas mechas se derramavam sobre os ombros, vindas de um nó no alto da nuca. Cada parte do corpo dele ficou tensa. Mas sua amada parecia distante e insegura. Ele precisava tomá-la nos braços e apagar quaisquer dúvidas que Grace tivesse, com beijos.

Por que diabos eu concordei em não fazer amor com ela?

Então Charlotte, Walter e as gêmeas apareceram na escada. Ele estendeu a mão para Grace.

– Acompanhantes?

Ela colocou os dedos na mão dela. Foi possível sentir a tensão.

– Nós normalmente jantamos juntos.

Enganchando a mão dela em seu braço, ele sorriu.

– Acho uma ótima ideia, muito melhor do que você jantar sozinha. – Como seria jantar com sete, não, dez crianças? – Você precisa me mostrar o caminho.

Ela o levou até a sala de estar, onde ele viu Jane, sentada em uma poltrona perto da lareira, conversando com um homem e uma mulher, ambos com vinte e poucos anos.

– Boa noite, milorde – cumprimentou Jane, levantando-se.

Ele fez uma reverência e, sem saber quem era o casal, respondeu com a mesma formalidade que ela.

– Boa noite, Srta. Carpenter.

Jane sorriu.

– Que bom que milorde vai jantar conosco.

– Worthington. – Grace chamou a atenção dele para os outros dois, que se levantaram. – Srta. Tallerton, este é Lorde Worthington. Worthington, a Srta. Tallerton é a aia das crianças, e este é o Sr. Winters, o preceptor.

Matt inclinou a cabeça em resposta à mesura da aia e à reverência de Winters. A aia era bem alta, e simpática de um modo firme. Winters era pouca coisa mais alto que ela e tinha um aspecto agradável.

– É um prazer conhecê-los – disse Matt.

– Digo o mesmo, milorde – a Srta. Tallerton respondeu.

Matt apertou a mão de Winters.

O restante das crianças chegou e recebeu copos de limonada, enquanto ele e Grace tomaram vinho. Elas se comportaram admiravelmente bem, melhor até do que suas próprias irmãs. Mesmo a pequena Mary parecia saber o que fazer. A pequena foi se sentar ao lado dele no sofá em que Grace o tinha colocado.

– Estamos felizes por você estar aqui.

Ele sentiu um calor no peito e tocou, delicadamente, na trança dela.

– Também estou feliz por estar aqui.

Levando uma cadeira até perto do sofá, Walter se sentou.

– O senhor vai me ensinar mais sobre boxe?

Matt olhou para Grace, que pareceu dar de ombros, resignada. Talvez Matt tivesse que ir devagar ao ensinar as artes masculinas aos garotos.

– Se Grace não se importar.

– Tenho certeza de que ela não se importa. Grace?

Ela estava tomando um gole do vinho e baixou a taça.

– Claro que não. Imagino que, se papai estivesse vivo, ele mesmo teria lhe ensinado, assim como fez com Charlie.

Walter saiu para contar a Philip, e Matt olhou para seu amor.

– Se não quiser que eu ensine...

Meneando a cabeça, Grace suspirou.

– Não, você estava certo. Eles precisam de um cavalheiro que lhes ensine. Embora eu não aprove brigas, entendo que é um dos esportes de que os cavalheiros gostam.

– Obrigado. Agradeço pela confiança em mim.

Grace mordeu o lábio inferior. Ah, talvez nem tanta confiança ainda, e possivelmente também tinha relutância em ceder o controle dos irmãos e das irmãs. Afinal, tinham sido toda a vida dela nos últimos anos.

Royston anunciou que o jantar estava pronto para ser servido e Matt acompanhou Grace até a sala de jantar, sentando-se no lugar à esquerda dela. Sempre que terminava um dos pratos, ele pensava que nunca tinha comido algo tão saboroso. Eles jantaram *soupe à l'oignon* seguida por salmão escalfado, lagosta *en croûte* e galinha d'angola assada. Ele fez justiça a todos os pratos. Os acompanhamentos incluíam vagens e ervilhas no molho de manteiga com tomilho, cenoura, alho-poró e purê de batata. Ele se perguntou se a sua cozinheira chegava aos pés da de Grace e deixou isso para lá. Nunca culparia Patience por isso, mas ela não era uma dona de casa como Grace. Vários cremes e tortas, uvas e queijos compunham a sobremesa.

Matt se inclinou na direção de Grace.

– Seu chef vai ficar conosco.

Até então Grace tinha estado em silêncio, falando apenas quando se dirigiam a ela. Então, sorriu.

– Jacques é muito bom. Ele é primo do chef de Phoebe. Oh, me esqueci de lhe dizer, Phoebe e Marcus virão para o chá.

– Ótimo. Vamos poder contar nossos planos para eles. – Com um pouco de sorte, Matt conseguiria o apoio deles para um casamento rápido.

Logo após o jantar, as crianças, com exceção de Charlotte, foram para o salão de estudos. Tallerton e Winters foram com elas. Worthington arqueou uma sobrancelha para Grace.

– Charlotte não é mais uma garotinha. Ela deveria estar em todas as recepções e, para que acreditem na nossa história, ela precisa conhecê-la, para responder quando surgirem as perguntas que, com certeza, lhe serão feitas.

Ele soltou um grunhido.

– Louisa também?

– É claro. – Grace lhe deu um olhar ligeiramente exasperado. – Sua irmã vai estar na mesma situação que a minha. Eu gostaria que ela também estivesse presente. Vou pedir a Charlotte que conte para ela tudo o que planejarmos.

Sem querer beber seu vinho do Porto sozinho, ele acompanhou as mulheres até a sala de estar. Jane e Charlotte sentaram-se perto da lareira. Grace foi até as grandes portas francesas na outra extremidade da sala.

Ele parou atrás dela, o corpo formigando de expectativa. Matt perguntou-se o que aconteceria se a tocasse. Levantando a mão, ele enrolou o dedo numa das mechas de cabelo e um arrepio desceu pelas costas dela.

– Grace? – ele sussurrou.

Ela se inclinou um pouco para trás e levantou o queixo, oferecendo-lhe uma visão perfeita de seu pescoço esguio. Ele passou o polegar pelo maxilar dela. Grace engoliu em seco, e a veia na base de seu pescoço saltou. Com um breve olhar para trás, ele se certificou de que Jane e Charlotte estavam imersas numa conversa. Ele passou de leve o polegar pelo pescoço dela, pela corrente de ouro, e acariciou a elevação clara dos seios. Os mamilos já estavam duros quando Matt os tocou.

– Grace? – Matt sussurrou na orelha dela, inclinando a cabeça.

– Matt, você prometeu.

– Eu prometi não fazer amor com você. Não prometi não encorajar você a fazer amor comigo.

Grace se virou de repente, os seios roçando no peito dele. Quando levantou os olhos, estes não exibiam o desejo que Matt esperava ver, mas uma súplica.

– Por favor, não faça isso. Você sabe que concordei em me casar com você. – Lágrimas umedeciam os olhos dela.

Que pateta ele era. Matt queria aliviar o fardo dela, mas o estava aumentando.

– Sinto muito. Por favor, me desculpe.

– Isto também não é fácil para mim.

As mãos dela palpitavam na dele enquanto Matt a conduzia até o sofá. Ele se sentou em uma cadeira ao lado.

– Desculpe-me. – A voz dele estava baixa. – Não vou tentar de novo. Mas é que eu a desejo desesperadamente.

– E você acha que também não o desejo do mesmo modo? – Ela o encarou. – Eu quero você.

– Eu sei que quer. Dá para ver pelo modo como sua respiração fica acelerada e sua pele brilha. – Levando as mãos dela até os lábios, ele beijou uma, depois a outra. – Você pode me perdoar?

– Sim, sim, mas podemos falar de outra coisa antes que nós...

Como ele era tolo por estressá-la.

– Conte-me da queda que você tinha por mim.

Um rubor profundo subiu pelo peito até o rosto dela, e seus olhos azuis se suavizaram.

– Como você já sabe, eu estava debutando. Embora nós tenhamos dançado, acho que você não chegou a reparar em mim. Nenhum outro cavalheiro fez meu coração acelerar como você. – Grace olhou para ele por baixo dos cílios. – Por causa disso, eu não desisti. Recusei algumas propostas e decidi esperar até o outono. Mas, por algum motivo que não consigo me lembrar, nós não viemos para a pequena temporada. Na temporada seguinte, não vi você. É claro que no outono e na primavera seguintes eu estava de luto pelos meus pais.

Isso devia ter acontecido no ano em que ele evitara todas as festas que incluíam jovens casadoiras. Enfim, lembrando de quando a tinha visto, ele pegou a mão dela e a beijou.

– Eu reparei em você, sim. Mas eu era jovem e não estava pronto para me casar.

– Foi o que Phoebe disse.

Matt bufou.

– Aposto que não foi só isso que Phoebe disse.

Grace olhou com timidez para ele.

– Mas você não me reconheceu quando nós...

– Seria mais correto dizer que eu não me lembrava de onde a tinha conhecido. Eu sabia que a tinha visto em algum lugar.

Grace sorriu, sentindo o coração mais leve.

– Milady, Lorde e Lady Evesham chegaram – anunciou o mordomo.

Grace se levantou.

– Por favor, traga-os até aqui, Royston. E peça para servirem o chá.

Ela e Worthington foram cumprimentar as visitas.

Phoebe entrou na sala, olhou para ele e foi diretamente para Grace.

– Devo lhe desejar felicidades?

– Sim, mas nós... nós... bem, é tão repentino.

– Eu entendo. – Phoebe se sentou em uma cadeira. – Vocês precisam de um plano.

– Isso mesmo. – O sorriso de Grace tremeu em seus lábios. – Você já conhece Charlotte. Quero lhe apresentar minha prima, Srta. Carpenter.

– Milady. – Jane fez uma mesura.

Phoebe cumprimentou Jane, sorrindo.

Após todos se acomodarem em poltronas e sofás, o chá foi trazido e Grace o serviu.

– Diga, vocês já tiveram alguma ideia? – Grace perguntou, pegando sua xícara.

– De certa forma – Matt respondeu com uma careta. – Mas minha madrasta não gostou do meu plano.

Arqueando as sobrancelhas, Phoebe tomou um gole do chá.

– Bem, Lady Worthington é bastante rigorosa e está apresentando a filha. Cuidado nunca é demais. Diga-me qual o seu plano e eu lhe darei minha opinião sincera.

– Eu planejo fazer circular, e é aí que você entra, Marcus, que me apaixonei instantaneamente por Grace e que pretendo me casar com ela. Grace vai resistir por algum tempo. – Matt olhou para ela e não conseguiu evitar que sua voz ganhasse sensualidade. – Um tempo muito curto. E depois vai concordar em se casar comigo.

Grace pegou um biscoito de gengibre.

– Phoebe, você pode revelar que eu tinha uma queda por Worthington anos atrás, e que não nos encontramos mais depois da minha primeira temporada.

– Hum, pode dar certo. – Phoebe pegou um bolinho e deu uma mordida. – Eu só gostaria de acrescentar alguns detalhes. Worthington, você pode ter sentido uma atração por Grace, mas, como todos os jovens, pensou que tinha tempo. Então sucessivas tragédias atingiram a família dela e você não a encontrou de novo até a *soirée* de Lady Bellamny.

– Não tenho nenhuma objeção a isso. – Worthington anuiu. – Marcus?

– Longe de mim atrapalhar um homem em seu caminho até o altar. – Ele sorriu. – Vou ajudar como puder.

Baixando a xícara, Phoebe olhou de Matt para Grace.

– Quando vocês gostariam de se casar?

– Minha madrasta e eu concordamos com um prazo de três semanas. – Matt não conseguiu segurar um grunhido. – Eu gostaria de me casar em duas, ou antes.

Phoebe meneou a cabeça e Marcos soltou uma gargalhada. Charlotte deu uma risadinha e Jane sorriu. Sua amada levou as mãos à cabeça.

– Certo, três semanas.

– Sim, acredito que vá dar certo – Phoebe disse.

– Se ele aguentar – disse Marcus, os olhos brilhando de divertimento. – Worthington, o que você planeja fazer quando outro cavalheiro tirar Lady Grace para dançar?

Matt ficou boquiaberto. Grace dançar com outro? Não. Ele fechou a boca e rosnou.

– Como eu pensei. Meu amor, você tem que permitir que eles se casem antes.

Phoebe suspirou.

– Se você pretende agir como um cachorro com um osso, vai ter que entreter muito a sociedade.

– Se isso me permitir o que eu quero, não me importa.

– Já lhe ocorreu, meu lorde – os lábios de Grace mal se moviam enquanto ela falava –, que eu posso não querer ser uma fonte de entretenimento?

De repente, Jane baixou a xícara.

– É isso. Lorde Worthington vai agir do modo que quiser, mas Grace irá se comportar com dignidade. Recatada como deve ser, mas feliz que, após tanto tempo, ele finalmente tenha aparecido para conquistá-la.

Charlotte juntou as mãos e suspirou.

– *Nesse instante, no altar dela o coração ele depositou. Cada paixão que acalentou, cada êxtase que embalou.*

Todos olharam para ela.

Charlotte arregalou os olhos, chocada.

– Que foi? É Thomas Moore. O contexto pode não ser o mesmo, mas o sentimento é esse.

Poesia. Matt grunhiu. Isso é o que acontece quando se envolvem garotas.

Capítulo 14

— Muito romântico — disse Grace para encorajar a irmã.

— Isso mesmo — Phoebe anuiu. — E o seu romance *tem* que ser visto como passional. A sociedade adora uma história de amor tanto quanto um escândalo. Vamos lhe dar um romance sem escândalo. — Ela se virou para Grace e Worthington. — Vocês precisam ser vistos em público o máximo possível. Sugiro que os dois vão à missa em St. George, amanhã, passeiem no parque na hora em que a aristocracia está lá. Grace, você pode usar seu landau. Vou fazer uma lista dos melhores eventos para vocês irem. — Ela tomou um gole do chá e mordeu um biscoito. — Charlotte, se você e a Srta. Carpenter disserem às suas amigas que Worthington parece assombrar a Casa Stanwood, isso vai ajudar.

Charlotte concordou com um movimento entusiasmado de cabeça.

— Eu também posso dizer que ele leva todas as crianças ao parque.

Phoebe arregalou os olhos.

— Ele faz isso?

Parecendo um pouco envergonhada, Charlotte corou.

— Bem, ele fez hoje. Por acidente.

— Como aconteceu?

— Daisy, nossa cachorra, fugiu, e Matt mandou Duque, o cachorro dele, atrás...

Phoebe começou a rir e, num crescendo, continuou até chorar.

– Worthington, você precisa tornar um hábito o passeio com as crianças.

Grace juntou as sobrancelhas.

– Se ficar notório que você já cuida das crianças, isso pode ajudar com a questão da guarda.

Pegando a mão dela outra vez, Matt a beijou.

– Concordo.

Quando Phoebe tentou esconder um bocejo, Grace se levantou.

– Phoebe, é melhor você ir para casa descansar.

– Acho que vou mesmo. Temos dias cheios à nossa espera.

Marcus ajudou a esposa a se levantar e Grace fez menção de acompanhá-los até a porta.

– Não, querida – Phoebe disse. – Charlotte e a Srta. Carpenter podem nos acompanhar.

– Obrigada. – Grace abraçou a amiga.

– Fico muito feliz de ajudar. – Phoebe beijou Grace. – Esta temporada será mais interessante com isso tudo.

Embora Grace quisesse ter conversado sozinha com Phoebe, era positivo que a amiga não visse nada de indecoroso no casamento de Grace com Matt.

Depois que a porta foi fechada, Matt a tomou nos braços.

– Não consigo acreditar que tudo isso aconteceu nos últimos dias.

– Eu sei. – Grace fitou os olhos de lápis-lázuli dele. – E pensar que na manhã de ontem eu o rejeitei.

– Beije-me, mais nada. Eu sei que os beijos vão ter que me satisfazer até nos casarmos.

Grace puxou a cabeça dele para baixo e encostou carinhosamente seus lábios nos dele. Quando ela o provocou com a língua, Matt abriu a boca para ela. Grace roçou os seios no peito dele e seus mamilos ficaram duros. Ela inclinou a cabeça, aprofundando o beijo. Um latejar se espalhou por seu corpo e se acumulou entre as pernas. Grace o queria tanto que sua carência a assustou. Foi como se ela tivesse passado anos faminta e agora quisesse apenas se banquetear.

– Matt, meu amor, precisamos parar.

Ele levantou a cabeça, relutante.

– Vejo você pela manhã.

Grace anuiu e o acompanhou até a porta. Aquelas iriam ser as três semanas mais longas da vida dela, com ele tão perto e sempre disposto a tocá-la. Se Grace ao menos conseguisse parar de pensar no corpo dele e em como ele a fazia se sentir, talvez eles pudessem sobreviver.

Na manhã seguinte, Matt foi recebido na Casa Stanwood e informado, desnecessariamente, de que a família estava reunida na sala do café da manhã. Ele podia ouvir a algazarra na porta da frente, e foi seguindo o barulho até os fundos da casa. Criados corriam de um lado a outro com pratos de torradas, copos de leite e bules de chá recém-feito.

– Bom dia. – Primeiro, ele pensou estar vendo coisas. Fechou os olhos com força, mas, quando os abriu, suas quatro irmãs continuavam presentes.

A sala ficou em silêncio por um instante, depois um coro de cumprimentos foi entoado ou gritado.

À cabeceira da mesa, Grace riu e meneou a cabeça.

– Bom dia.

Céus, como era bom vê-la feliz. Ele foi até ela e a beijou de leve nos lábios.

– Oooh. – Mary arregalou os olhos.

Sorrindo, Matt puxou carinhosamente uma das tranças dela e se acomodou numa cadeira que o criado tinha colocado entre Grace e Mary.

– Isso mesmo, *oooh*. Agora termine de comer. – Ele pegou seu monóculo e olhou através dele para cada uma de suas irmãs. – Vocês disseram para sua mãe que vinham tomar café aqui?

Louisa levantou um pouco o queixo.

– Mamãe não tinha levantado. Nós avisamos a aia. Ela deve ter contado para a mamãe. Nós todas – ela olhou para as irmãs, que anuíram – decidimos que, já que vamos morar juntas, deveríamos ir nos acostumando.

– Faz todo o sentido – Walter disse. – Se você pensar bem.

– Assim fica mais fácil para nós ajudarmos – acrescentou Augusta, gesticulando com uma torrada na mão.

Worthington piscou. Não ousaria fechar os olhos por mais tempo do que isso. Só Deus sabia o que as crianças aprontariam a seguir. Ele olhou para Grace.

– Quando você quer sair? Vai usar suas carruagens?

Grace engoliu o chá.

– Vamos caminhando. Não vou sujeitar o resto da paróquia a esta turma descansada.

– Vou me casar com uma mulher muito sábia. Não ficaria bem se eles aprontassem na igreja em nossa primeira aparição. – Eles já iriam causar burburinho suficiente só de aparecer. – Não podemos nos atrasar. Quando vocês vão estar prontos?

– Em menos de trinta minutos. Estão todos vestidos por baixo das batas.

Matt passou os olhos ao redor da mesa e notou, pela primeira vez, que todos vestiam trajes parecidos com batas de pintor. Ele nunca tinha visto nada assim.

– Que boa ideia.

– Obrigada. – Ela sorriu. – Pelo menos assim eles saem da mesa do café da manhã sem manchas na roupa. Não posso prometer nada após o almoço ou o chá.

Ele torceu os lábios.

– Devido, imagino, às tortas de geleia.

– Isso mesmo. Acho que serão necessários quinze minutos para irmos caminhando até a Praça Hanover. Sua madrasta vai conosco?

– Sim. Patience vai de carruagem. Estou aqui para determinar o método de deslocamento. – Ele baixou a voz. – Eles estão se dando muito bem.

– É verdade, mas não sei quanto tempo vai durar. Você já comeu?

– Não. – Ele foi até o aparador, serviu-se e depois voltou à mesa. – Teve notícias do seu tio?

Ela comeu um bocado de ovos.

– Não. É provável que o encontremos na igreja. Olhei no calendário e percebi que o próximo domingo é Páscoa. Charlie virá passar o feriado em casa.

– Se ainda temos uma semana de Quaresma, isso quer dizer quem em nenhuma das recepções desta semana haverá dança.

Grace riu.

– Que sorte a sua, milorde.

– Não é mesmo? – Matt sorriu. Eles precisavam, pelo menos, estar formalmente noivos no começo da temporada. – Quando formos ao nosso primeiro baile, já terei tornado minhas intenções conhecidas de todos os cavalheiros da sociedade.

Meneando a cabeça, Grace mastigou um pedaço de torrada.

– Não entendo por que é tão importante para você.

– Não sei explicar. Algum instinto primitivo, imagino. – Ele tentou fazer pouco-caso, mas, a cada dia que passava, o guerreiro dentro dele se tornava mais protetor de Grace, e, por extensão, dos irmãos e irmãs dela.

As crianças estavam terminando quando Lady Worthington apareceu e foi informada de que todos iriam caminhando até a igreja de St. George.

– Patience – Matt se levantou –, eu não esperava vê-la aqui.

Ela sorriu para Grace, que lhe ofereceu chá.

– Provavelmente porque eu não esperava estar aqui. Minha curiosidade venceu. – Patience abriu mais o sorriso. – Quando acordei, recebi a notícia de que as garotas tinham decidido tomar café da manhã aqui. Eu nunca tinha visto uma mesa com tantas crianças. Também pensei que poderia parecer estranho se eu não chegasse com vocês. Está um dia agradável e não dei uma boa caminhada desde que chegamos à cidade.

Grace bateu palmas duas vezes.

– Todos vocês: vão escovar os dentes e lavar as mãos.

A mesa ficou vazia. Depois que as crianças saíram, o silêncio era ensurdecedor.

– Quanto tempo nós temos até eles voltarem? – Matt perguntou, terminando o chá.

– Cerca de quinze minutos ou menos. Cada um tem seu próprio lavatório.

– Você tem tudo bem organizado – Patience disse. – Eu queria contar para vocês dois, ao mesmo tempo, o que minhas garotas me contaram ontem à noite. Parece que as crianças decidiram poupar vocês de algumas preocupações...

Quando Patience terminou seu relato, Grace riu.

– Devo dizer que estou feliz por elas terem desenvolvido um modo de resolver seus próprios problemas. Mas não acho que cabe a elas decidir onde vamos morar.

As crianças começaram a descer a escadaria e Grace se levantou.

– Preciso pegar meu chapéu. Encontro vocês no saguão.

– Meu amor. – Matt se levantou e pôs as mãos nos ombros dela.

– Sim? – ela perguntou, olhando curiosa para ele.

– Pode usar um chapéu que me permita ver seu rosto?

Grace arregalou os olhos ao mesmo tempo que um rubor lhe subiu à face.

– Como você soube?

Matt passou o dedo pelo queixo dela.

– Demorei algum tempo para perceber na primeira vez. Na segunda, você desapareceu no ar. Algum dia precisa me contar seu truque.

Grace mordeu o lábio.

– Oh, nossa. E você ainda quer se casar comigo?

– Mais do que qualquer coisa.

Patience soltou uma risada leve.

– Estou prevendo que vocês terão uma interessante vida de casados.

Matt olhou para a madrasta.

– Espero ansioso por essa vida. Não sei como fui idiota o bastante para não me casar com Grace quando ela tinha dezoito anos.

A madrasta fez um gesto de pouco-caso.

– Vocês dois eram jovens demais.

– Talvez você tenha razão. – Ele pegou o braço de Grace e a levou até a escadaria principal.

Quando Grace entrou em seu quarto, um chapéu pequeno, com tule e uma pena, estava sobre a cômoda. Ela o colocou na cabeça e amarrou o laço debaixo da orelha. As crianças estavam todas aguardando-a quando ela chegou no saguão.

– Quero todos alinhados dois a dois. Hal e Will fecham a fila.

Worthington ofereceu um braço a Grace e outro a Patience. Eles saíram pela porta e seguiram pela rua.

Não tinham caminhado nem um quarteirão quando Grace percebeu que pessoas os encaravam.

– Talvez não tenha sido uma boa ideia. Não achei que chamaríamos tanta atenção.

– Eu não me preocuparia com isso. – Ele apertou mais o braço dela, trazendo-a para perto. – Era evidente que chamaríamos a atenção.

Ela sorriu, agradecida.

– Acho que você tem razão. Eu não poderia passar a temporada inteira sem levá-los à igreja. Em casa nós vamos todo domingo.

– Vai ser como sempre... – Matt torceu os lábios. – Os curiosos vão ficar interessados por um momento, depois deixaremos de ser novidade.

– Ele tem razão, querida – disse Patience, inclinando-se ao redor de Matt. Não se preocupe com isso.

A tia e o tio de Grace desceram de uma carruagem e se viraram, parecendo atraídos pela procissão. O sorriso de Lady Herndon foi crescendo conforme eles se aproximavam.

– Grace, Lorde Worthington, Lady Worthington. Como é bom ver vocês todos e as crianças. Para variar, parece que os boatos estão certos.

Grace arregalou os olhos e ficou pálida.

– Boatos?

O sorriso da tia Herndon sumiu.

– Ora, sim, minha querida. É disto que estão falando, não é?

Tentando controlar as mãos trêmulas, Grace inspirou fundo.

– Eu... eu não sei. Não sei o que dizem os boatos.

– Sim, Lady Herndon – respondeu Matt, com uma grande presença de espírito que parecia ter abandonado Grace. – As fofocas estão corretas. Estou fazendo o máximo para convencer sua sobrinha a se casar comigo.

– Bem, na minha opinião – o tio apertou a mão de Matt – você vai se dar bem.

– *Tio Bertrand!* – Por que os familiares insistem em nos constranger?

Ele ignorou a explosão de Grace.

– Esse é o motivo pelo qual queria conversar comigo?

– Isso mesmo, tio.

– Ótimo, ótimo, venha tomar chá na Casa Herndon esta tarde. – Ele olhou para trás dela. – Não precisa levar as crianças.

– Não, tio Bertrand. – A cabeça de Grace estava girando. O zunido nos ouvidos não parava. Aquilo estava indo rápido demais, e pela primeira vez Grace se perguntou por que só ela pensava assim.

– Lorde Worthington? – o tio se virou para Matt.

– Sim, milorde?

– Essa é uma grande responsabilidade, que não deve ser assumida com leviandade.

– Eu entendo, milorde. Se não acreditasse poder fazer justiça tanto a Lady Grace quanto às crianças, tanto os irmãos e irmãs dela como as minhas, eu não me disporia a assumi-la.

Lorde Herndon olhou para o crescente número de pessoas que entrava na igreja.

– Vamos conversar mais a respeito esta tarde.

– Precisamos entrar e acomodar as crianças – disse Lady Worthington. – Milorde, milady, gostariam de nos acompanhar?

– Claro, nós adoraríamos. – Os olhos de tia Almeria brilhavam de alegria.

– Grace, você está bem? – Matt sussurrou na orelha dela.

– Vou ficar bem. – Ela deveria estar em êxtase. Por que não estava? Ele a conduziu para dentro e garantiu que as crianças estivessem acomodadas. Grace manteve os olhos baixos, sem querer ver os olhares que os encaravam. Depois que a missa começou, uma sensação de pertencimento e o ritual familiar a acalmaram. Ela só tinha sido pega com a guarda baixa por um instante, nada mais. Não havia nada de errado. Matt estava ao lado dela, uma presença forte e estável. Seus irmãos e irmãs se comportaram. Os céus deviam ter dado uma ajudinha nisso.

Quase duas horas depois, eles saíram em fila da igreja de St. George, cumprimentaram alguns conhecidos, despediram-se do tio e da tia e foram para casa do mesmo modo que vieram. Grace era, de novo, a mesma pessoa inabalável.

Após mandar as crianças para a sala delas, Grace, Matt e Patience foram para a sala matinal.

– Isso transcorreu muito melhor do que eu podia imaginar – exclamou Patience.

Worthington apertou a mão de Grace.

– O que você acha?

– Fiquei chocada a princípio. Passei tanto tempo tomando cuidado para não ser assunto de fofocas que não me ocorreu que um boato pudesse ser bom. – Ela meneou a cabeça. – Não estou fazendo sentido, estou?

Ele a beijou na bochecha.

– De uma forma tortuosa, isso faz sentido. Afinal, a maioria das fofocas não é boa, e você sempre teve muito com que se preocupar. Nós vamos conseguir o que queremos, você vai ver.

Grace sorriu e desejou que pudessem ficar a sós.

– Vamos mesmo, não é?

– Claro, minha lady. Estou ansioso para conversar com seu tio.

– Uma coisa de cada vez. – Ela se virou para a futura sogra antes que se esquecessem que ela estava com eles. – Patience, você e as crianças gostariam de jantar conosco?

Patience sorriu.

– Eu estava esperando que você me convidasse, embora eu imagine que as meninas já tenham decidido fazer suas refeições aqui.

Não apenas as crianças e Jane estariam presentes, mas também o Sr. Winters e a Srta. Tallerton. Dezesseis para jantar. Felizmente, ela já tinha informado o chef de que as garotas Vivers comeriam com eles. A essa altura, mais um não faria muita diferença. Ela fez uma nota mental de lembrar Royston de estender a mesa e deixá-la assim pelo menos até o casamento. E talvez mantê-la assim. Ainda não tinham decidido onde iriam morar.

Capítulo 15

No começo daquela tarde, Grace ficou empolgada com o sucesso da primeira grande refeição preparada por seu novo cozinheiro. A carne assada cravejada de alho estava perfeita, assim como o pudim. Nenhum cozinheiro inglês teria feito melhor, e muitos se sairiam bem pior. O acompanhamento foi couve-de-bruxelas refogada com cebola – de que até os mais novos gostaram –, vagem com lâminas de amêndoas, salada verde com vinagrete, batatinhas e aspargos – verduras cultivadas nas estufas dela. A sobremesa incluiu queijos, frutas, geleias, tortinhas e doces variados.

Patience se recostou na cadeira.

– Oh, minha querida Grace, eu não sei quando comi tão bem. Preciso elogiar seu chef.

– Obrigada. Ele é um prodígio. Vou transmitir seu elogio.

Além do som dos talheres tocando na porcelana, as crianças não fizeram nenhum ruído, e agora escolhiam os doces.

– Matt e eu precisamos ir visitar a tia e o tio Herndon. O que as crianças gostariam de fazer enquanto estivermos fora?

– Se não for problema, nós poderíamos brincar lá fora – Alice disse.

– Vocês vão ter que trocar de roupa.

– Sim, Grace, mas e as outras?

Grace olhou para Patience, que respondeu:

– Eu também preciso me trocar. Vou levar minhas garotas para casa, e, se você não fizer objeção, depois eu as trago para cá de novo. Fico aqui enquanto vocês visitam Lorde e Lady Herndon.

Grace ficou feliz por Patience parecer se sentir em casa perto deles.

– Não faço qualquer objeção. É uma ideia perfeita.

Patience se levantou e chamou as filhas. Ao mesmo tempo, os irmãos e irmãs de Grace foram para seus quartos se trocar.

Matt a puxou para si.

– Enfim, sós.

– Sim. – Ela se aproximou dele.

– Você quer me contar o que aconteceu na igreja? – Ele franziu a testa. – Você parecia distante.

– Não sei se consigo explicar. – Grace torceu os lábios. – Nós tínhamos feito um plano, e achei que ia dar tudo errado.

– Como assim?

– As coisas começaram a ir rápido demais. Eu esperava alguma resistência do meu tio, no mínimo. Desde que a minha mãe morreu, a vida tem parecido tão mais difícil. Agora está parecendo fácil demais e isso me faz ter medo de que algo vá acontecer para nos impedir de casar. – Ela pôs a mão no peito dele. O batimento estável do coração dele a tranquilizou. – Eu sei que pareço uma boba. Agora estou bem.

– Você não parece uma boba. – Ele encostou o nariz no cabelo dela. – Nada vai me impedir de casar com você. Talvez não tenhamos decidido onde morar, ou como você vai administrar Stanwood a distância, ou uma série de questões, mas me casar com você é uma certeza.

Grace levantou os olhos para ele, sem palavras. Ela teria que confiar nele e no que tinha dito. Se não confiasse, estaria perdida.

Ele fez um movimento de cabeça como se estivesse concordando com os pensamentos dela.

– Se nós pudermos, gostaria de casar antes?

Talvez essa fosse a resposta.

– Sim, eu gostaria. Quero que toda essa incerteza acabe.

– Grace, meu amor, quando você me procurou na estalagem...

– Milady, milorde, Lorde e Lady Evesham gostariam de vê-los – anunciou Royston.

– Por favor, traga-os aqui e peça para servirem chá. – Ela se perguntou o que teria trazido seus amigos sem aviso. Teria sido errado levar todos os irmãos e irmãs à igreja? Não, isso não.

– Sim, milady. – O mordomo fez uma reverência.

Ela pegou a mão de Matt.

– Do que será que se trata? – ela disse. – Você os viu hoje?

– Vi. – Ele acariciou as costas dela. – Você estava com a cabeça abaixada.

– Acho que sim. – Grace suspirou.

Eles se levantaram quando Phoebe e Marcus entraram.

Phoebe mal conseguia se conter.

– Grace, toda Londres devia estar em St. George esta manhã. Todo mundo só fala de você e Worthington.

A sala começou a girar e a escurecer...

– Ela desmaiou – disse Phoebe, calma. – Marcus, tenho sais de cheiro na minha bolsa. Por favor, pegue para mim.

Matt olhou para o corpo inerte da noiva em seus braços. Felizmente, ele a pegou quando Grace desmaiou.

– Worthington, leve Grace para a sala de visitas e deite-a numa chaise.

Ele fez o que Phoebe disse.

– Não entendo. O que aconteceu com ela?

– Imagino que não entenda – Phoebe disse. – Vamos acomodá-la e eu explico.

Carregando seu amor até uma chaise, Matt ajeitou-a carinhosamente ali. Então se sentou ao lado dela e esfregou-lhe as mãos.

Phoebe se aproximou.

– Grace sempre foi tímida. É fácil para ela conversar com uma ou duas pessoas, mas ela tem uma tendência a entrar em pânico com multidões. Desde que debutou, ela sempre se preocupou com fofocas. Mas, depois que os pais morreram e começou a batalha pelos irmãos e irmãs, percebi, pelas cartas dela, que a questão se tornou quase uma obsessão. Ela tem medo, não, pavor de que alguém comece um boato e as crianças sejam retiradas dela e distribuídas entre outros membros da família. Isso significaria, claro, que ela teria fracassado no juramento feito à mãe e no seu dever para com os irmãos. Eu não deveria ter dito o que disse sem prepará-la antes. – Phoebe pegou os sais com Marcus e olhou para Matt. – Worthington, diga-me que entendeu.

– Acho que entendi. Pensando bem, quando notou a atenção que estávamos recebendo na igreja, ela pareceu ficar distante.

– Não é de surpreender. Tudo de que ela precisa é apoio e vai ficar bem. – Phoebe passou os sais debaixo do nariz de Grace, que despertou.

– Grace, meu amor. – Ele a puxou para si. Até então Matt não tinha entendido o tamanho do fardo que ela carregava, mas deveria tê-lo feito. Essa era mais uma razão para eles se amarrarem o quanto antes.

– Eu desmaiei?

– Sim, mas não foi nada. – Phoebe entregou um copo d'água para Grace. – Eu não deveria ter chocado você dessa forma. Sente-se. Worthington, ajude-a. Grace, você vai ficar bem logo.

Matt apoiou Grace enquanto ela bebia.

– Estou bem. – Ela baixou o copo. – Agora me diga o que aconteceu.

Phoebe se sentou, os lábios curvados.

– Todo mundo está falando sobre como Worthington a arrebatou e está agindo como deveria. Parte da conversa começou na *soirée* de Lady Bellamny, mas parte vem do modo como Worthington cuidou da pequena confusão em que seu irmão se envolveu.

O chá que Grace tinha pedido foi trazido. Phoebe o serviu antes de continuar a história.

– A Sra. Babcock contou para quem quisesse ouvir que Lorde Worthington está com as atenções fixas em você. E sua tia Herndon espalhou que Worthington vai falar com seu tio esta tarde.

Os olhos espantados de Grace voaram para os de Matt. Ele a abraçou.

– Está tudo bem – ele disse.

– Mas nós ainda temos tanto que decidir.

– Temos e decidiremos.

Patience chegou e eles a cumprimentaram.

– Passei a última meia hora com Helena Featherton e Sally Huntingdon – ela disse. – Vocês são o romance da temporada.

Matt baixou os olhos para Grace e viu que ela tinha desmaiado outra vez.

– Foi algo que eu disse? – Patience perguntou, preocupada.

Marcus entregou o frasco de sais para Matt, que o usou para despertar Grace. Phoebe puxou Patience de lado e explicou-lhe a situação.

– Ah, não, e receio que eu não tenha ajudado em nada. Eu estava tão preocupada com um escândalo, mas não pensei em Grace. – Patience olhou para o enteado. – Worthington, eu sinto muito. Grace, minha querida, por nada nesta vida eu lhe faria mal. Estou empolgada com o rumo que isto está tomando. Lady Sefton me deu os parabéns e me prometeu ingressos para o Almack's, para Louisa e Charlotte.

Worthington entregou o copo d'água para Grace e, em seguida, um xerez.

– O que eu posso fazer para convencê-la de que tudo vai dar certo?

– Eu me sinto tão estúpida – disse Grace, a voz trêmula.

Ele a ajudou a se sentar e a segurou, jurando para si mesmo que nada nem ninguém jamais a magoaria.

– Você é qualquer coisa menos estúpida. Foi só um choque.

– Que horas são?

– Você tem tempo para descansar antes de sairmos. – Ele a aninhou junto ao peito.

Marcus ajudou Phoebe a se levantar.

– Isso mesmo – ela disse. – Não vai ser bom que você apareça com o rosto pálido para Lady Herndon. Venha, vou ajudar você a ir para seu quarto.

– Espere, eu a carrego. – Matt se abaixou para pegá-la nos braços.

– Não, não, de verdade, você não deve me carregar pela casa. – Grace deu uma risada fraca. – Sou perfeitamente capaz de ir até meu quarto. Só preciso lavar o rosto com água fria.

Depois que ela e Phoebe saíram, ele olhou para a madrasta.

– Vou comprar uma licença especial amanhã. Assim que ela concordar, vamos nos casar.

– Como quiser. – Patience teve a elegância de corar. – Admito que eu estava errada em pensar que vocês deveriam esperar várias semanas.

– Não a culpo. Nós ainda temos vários problemas para resolver. Mas quero que Grace se torne minha esposa o quanto antes.

Patience franziu a testa.

– Só a família e alguns amigos no casamento?

– Isso. – Anuindo, Matt firmou o maxilar. – Não vou fazer Grace passar por um casamento grandioso. Não com a questão da guarda pairando sobre ela.

– Essa – Marcus ergueu sua xícara de chá para Matt – é uma decisão sábia. Se quiser, nós seremos suas testemunhas.

Matt apertou a mão do amigo.

– Obrigado. Agora vou ver como está Grace.

Ele foi a passos rápidos até a escadaria, que subiu dois degraus por vez. No alto, olhou em redor, imaginando onde seriam os aposentos de Grace. Felizmente, ela e Phoebe emergiram de um corredor. Phoebe acenou para ele e saiu.

Tentando manter a voz despreocupada, ele olhou para Grace.

– Você está bem?

– Sim, claro. – Ela abriu um sorriso fraco. – Não preciso descansar.

– Tem certeza? – Ele a puxou para seus braços. – Você não pode desmaiar na casa dos seus tios.

– Tenho certeza. Embora eu possa desmaiar por falta de respirar.

Afrouxando o abraço, ele a beijou de leve na testa.

– Eu amo você.

– Eu sinto o mesmo desde aquela noite. É isso que me assusta. – Ela fechou os olhos e pequenas rugas apareceram em sua testa. – Não consigo afastar a sensação de que algo ruim vai acontecer.

Ele a puxou para perto e a beijou na testa. Grace tremia em seus braços.

– Não vou permitir que nada nem ninguém tire essas crianças de você. Prometo-lhe isso. Não vou deixá-la.

– Sua madrasta está tão preocupada.

– Não, não está mais. Ela admitiu que estava errada.

– Mesmo? Que alívio. – Grace olhou para ele. – Existe mais alguma coisa que eu deva saber? Mais boatos?

Ele riu tranquilo, feliz por dar as boas notícias a ela.

– Não, meu amor. Todos os boatos e especulações estão nos ajudando.

– Então acho melhor nós irmos logo.

Worthington a beijou de leve nos lábios.

– Quer ir andando até a Praça Grosvenor? O ar pode lhe fazer bem.

– Sim, quero. – Grace pegou o braço dele. – Está um dia tão lindo, e, a não ser até a igreja, não saí para caminhar desde que cheguei a Londres.

Quer dizer, a não ser quando eu estava evitando você ou sua família.

Worthington pegou seu chapéu e colocou a mão dela em seu braço.

– Podemos ir, minha lady?

Ela anuiu. Estar com ele era o certo. Tantas vezes ela sofreu de solidão e brigou com a ideia de não poder se casar. Ele a amava e via as crianças com seriedade. Ele sabia como seria trabalhoso. Tudo ficaria bem.

Vários minutos depois, Worthington bateu na grande porta preta e brilhante da Casa Herndon. O mordomo idoso do tio dela fez uma reverência e os levou até a sala de visitas, onde os tios se levantaram para recebê-los.

– Grace, Worthington. – A tia deu o rosto para Grace beijar e apertou a mão de Worthington.

Tio Bertrand abriu um grande sorriso.

– Worthington, venha se sentar. Nós temos muito que conversar.

A tia iniciou uma conversa genérica até servirem o chá. Então o assunto se voltou para Grace, as crianças e Worthington.

– Vou falar francamente com você, milorde – começou tio Herdon. – Ficarei muito feliz de ver Grace casada. – Ele olhou para a sobrinha. – Desde que o avô dela, Lorde Timothy, morreu, tenho ouvido conversas sobre os parentes do pai de Grace acharem indecoroso que ela tenha a guarda das crianças sozinha.

Grace sentiu um aperto no coração. Ela estava tendo premonições? Sua mãe costumava tê-las.

Matt apertou a mão dela.

– Nosso casamento vai acabar com essas conversas, não acha?

O tio apertou o nariz.

– Você é um nobre respeitado e rico. Todo mundo sabe que não tomaria para si a responsabilidade pelas crianças a menos que de fato quisesse. – Ele tomou um gole de chá. – Foi um golpe de mestre levar sua madrasta com vocês à igreja. Todos sabem da reputação dela. Lady Worthington só aceitaria o casamento se estivesse convencida de que tudo está correto.

Grace manteve a respiração sob controle. Era bom que Patience não soubesse do encontro na estalagem ou dos outros.

– Não, ela não aceitaria.

A tia sorriu.

– Já marcou a data, querida?

– Ainda não. – Grace olhou para Matt. – Nós estávamos preocupados que, se casássemos cedo demais, isso poderia provocar o tipo de conversa que queremos evitar.

– Muito prudente de vocês. – Tia Almeria a lembrou um passarinho esperando, ansioso, por um pedaço de pão.

– A princípio nós tínhamos concordado em casar dentro de três semanas. – Grace inspirou fundo, preparando-se para a reação da tia. – Mas, agora, talvez em menos tempo.

A tia sorriu, calorosa.

– Milorde? – Matt voltou-se para o tio Herndon. – Quando eu posso pedir a guarda?

– Só depois do casamento. – O tio coçou o queixo. – A candidatura pode ser aceita baseada no noivado, mas nada vai ser feito até vocês estarem unidos.

– Isso não é nada bom. – Ele queria a guarda total o quanto antes.

– Grace? – Pequenas rugas se formaram ao redor da boca de Matt. Ela o fitou.

– Se é esse o caso, precisamos nos casar o mais rápido possível. Uma semana a partir de terça-feira. – Ela se virou, ansiosa, para a tia. – Se achar que não é prematuro demais, tia Almeria?

– Você quer um casamento pequeno, querida?

– Sim, família e amigos íntimos. – Grace anuiu. – É só o que eu quero. Worthington?

– Eu também.

– Diante das circunstâncias – disse tia Almeria, animada –, com a questão da guarda e duas jovens debutando, acho que eventuais fofocas que o casamento possa causar vão sumir logo. Afinal, não é como se você fosse uma debutante. Eu conheço muito bem o reitor da igreja de St. George. Se quiser, posso tomar as providências com ele. – A tia torceu a franja de seu xale. – Vou deixar para você o planejamento do almoço de casamento. Por mais que eu ame as crianças...

Grace riu ao pensar em onze crianças marchando pela Casa Herndon.
— Pode deixar comigo.
— Worthington, uma palavrinha em particular com você, se me permite — disse o tio.
O que seria agora? Grace tentou manter o rosto impassível, mas seu pânico deve ter transparecido.
— É só uma formalidade, minha cara. — Seu tio sorriu, tranquilizando-a. — Preciso discutir os acordos com Worthington.
— É claro, tio.
Matt a beijou no rosto.
— Eu volto logo.
A única coisa que ela tinha era seu dote, mas, se o tio queria se responsabilizar por garantir que tudo estivesse certo, ele era muito bem-vindo.

Matt acompanhou Lorde Herndon até o escritório.
— Por favor, sente-se. Você pode enviar suas informações para meu advogado. Eu queria lhe dizer como as partes de Grace e das crianças estão divididas.
Matt não se importava se ela não tivesse um centavo, mas Grace não pensaria assim.
— Muito bem — ele disse.
— Grace tem um dote de trinta mil libras, aplicadas em fundos de investimento, como herança da mãe. Todas as outras garotas têm a mesma quantia. Os dois garotos mais novos têm rendas confortáveis, suficientes para que se casem e desfrutem a vida. Mesmo assim, o pai deles queria que tivessem uma profissão. No clero, no direito ou na diplomacia. Algo do tipo. — Lorde Herndon se levantou e serviu conhaque para os dois. — Quando Lorde Timothy, avô materno de Grace, faleceu, dois de seus filhos já tinham morrido. Ele possuía uma pequena propriedade em Cambridgeshire e uma grande fortuna em investimentos. Antes de sua morte, ele e eu discutimos a questão. Ele decidiu que a propriedade em Cambridgeshire iria para Walter,

e a casa na Rua Half-Moon, para Philip. No momento, as duas propriedades estão amparadas.

– Entendo. – Matt ficou feliz por saber que as crianças estavam seguras.

– Grace, por ter ficado com as crianças, deveria receber uma quantia adicional quando Charlie chegasse à maioridade. Ela ainda vai receber essa herança se conseguir manter as crianças unidas. Acho que ela nunca pensou nisso. Mas o velho Lorde Timothy queria garantir que ela tivesse o bastante para viver bem, mesmo que nunca se casasse.

– Tenho certeza de que ela nunca pensou nessa herança.

Herndon fitou Matt com um olhar severo.

– Grace é uma mulher rica.

Matt colocou o copo de conhaque sobre uma mesinha e se levantou.

– E vai continuar assim. Decida o que achar certo para as filhas que ela e eu viermos a ter. Eu cuido dos nossos filhos. Grace deve ficar com todas as propriedades dela. Se alguma coisa acontecer comigo, quero que ela continue em segurança. Mande-me os números e voltaremos a conversar.

Lorde Herndon sorriu.

– Pelo que sei, você também é herdeiro de um marquesado.

– De fato, mas não imagino me tornar marquês. – Matt deu de ombros. – Meu primo ainda é jovem e muito prudente.

Herndon pôs a mão no ombro de Matt.

– Eu adoraria ouvir a história de vocês dois.

– Algum dia eu lhe conto. – Matt sorriu. Ele queria voltar para Grace e levá-la para casa, depois abraçá-la e garantir-lhe que tudo iria ficar bem.

Capítulo 16

A cabeça de Grace rodopiava. O casamento que ela pensou que nunca teria iria acontecer na semana seguinte. Mas e depois? Ela tentou respirar com calma, mas seu coração palpitava.

Respire, apenas respire. Pense em outra coisa. Em como vai ser delicioso ter Matt comigo todas as noite.

– Grace, Grace? – Tia Almeria aproximou-se dela. – Você está muito pálida, querida. Você está bem?

Grace olhou para a tia.

– Não posso acreditar que vai acontecer tão rápido.

Ela tinha passado anos pensando nele. Matt afirmava ter se apaixonado em uma noite. Ela seria mesmo aquela mulher? Bem, ela admitiu, pesarosa, parte dela era. A parte que era libertina a ponto de permitir que Matt, não, a ponto de encorajá-lo a possuí-la em qualquer lugar. Estaria ele confundindo paixão com amor?

– Grace, posso ajudar você com alguma coisa? – Tia Almeria esfregou uma das mãos da sobrinha.

Grace passou a mão livre pela testa.

– Não, quero dizer... não sei o que eu quero dizer. Worthington diz que me ama... mas como ele pode saber em tão pouco tempo?

– Não é o mesmo com você?

– Não... eu me lembro dele de quando debutei. Ele nem se lembrava de mim.

– Minha querida, ele tinha seus vinte anos na época. Um garoto em muitos sentidos. Estou certa de que hoje ele não é o mesmo cavalheiro que era.

Isso queria dizer que ela não o amava de verdade? Grace amava apenas quem ela pensava que Matt era?

– Sim, eu entendo. Acho que tudo vai dar certo.

– É claro que vai, minha querida. Não fique preocupada se o ardor dele esfriar depois que vocês estiverem casados por algum tempo. É normal que os cavalheiros, mesmo os melhores, tenham suas *chères amies*, e, claro, você não deve esperar que ele dê tanta atenção às crianças. Depois que vocês se casarem e a questão da guarda for estabelecida, Worthington não vai ter que passar tanto tempo com elas.

Grace não tinha pensado nisso, mas deveria. Acontecia com tantas mulheres. O ânimo dela afundou ainda mais. Como podia ter sido tão idiota de acreditar que poderia ter o que Phoebe e Anna tinham? Ela estava presa numa armadilha. E a pior parte era que ela mesma tinha se aprisionado. Grace imaginou se conseguiria desfrutar do pouco tempo que tinham antes que ele se voltasse para outra mulher.

– Tem razão, tia Almeria. Não posso esperar muito. – Ela se levantou e foi até a janela. Grace fez força para não chorar, mas as lágrimas se acumularam em seus olhos. Ela pegou seu lenço. Não seria bom deixar que Worthington a visse assim. Ele a desprezaria mais cedo caso ela se tornasse uma dessas mulheres que estão sempre chorando e desmaiando. Talvez ela devesse se distanciar dele. Assim não seria tão difícil lidar com a inevitável traição.

– Grace, meu amor – a voz grave dele a envolveu.

Buscando forças, ela sorriu novamente antes de se virar para ele.

– Está pronto?

– Se você estiver. – Ele estreitou os olhos. – Pensei que você poderia querer descansar um pouco.

– Não, não – ela respondeu com frieza. – Eu nunca durmo à tarde. Mas eu gostaria de algum tempo para mim.

A confusão nos olhos azuis dele a dilacerou por dentro.

– Muito bem, se é o que deseja. Vou acompanhá-la até sua casa.

– Obrigada, Worthington – ela anuiu, mantendo um sorriso frio.

Eles então se despediram dos tios.

– Lembre-se do que eu disse e não irá se decepcionar – disse tia Almeria.

Grace sentia o sorriso em seu rosto rígido, como se estivesse a ponto de rachar se ela não tomasse cuidado.

– Obrigada, tia Almeria, vou me lembrar.

Matt – não, Worthington (Grace precisava se lembrar de se distanciar dele) – olhou para ela, juntando as sobrancelhas. O coração de Grace falhou uma batida e ela quis fugir. Mas continuou a sorrir.

Matt teve vontade de bufar. Ele preferia sua lady às vezes feliz, às vezes em pânico, mas sempre passional ao contrário da mulher fria e distante pendurada em seu braço. O que a tia teria dito para Grace? Como ele poderia descobrir? Matt duvidou de que ela lhe diria. Mas ele conhecia três mulheres a quem podia perguntar.

No caminho de volta à Praça Berkeley, eles conversaram sobre nada. Quando chegaram à Casa Stanwood, ele descobriu que sua madrasta tinha voltado para casa após a prima Jane lhe garantir que podia tomar conta das crianças. A casa estava estranhamente quieta. Ele sentiu falta das vozes agudas e dos pés correndo. Matt beijou a mão de Grace e a deixou no saguão.

Seus passos longos o levaram através do gramado da praça até sua casa.

– Thorton, onde está sua senhoria?

– Saiu, milorde. E só vai voltar mais tarde.

Ele começou a se afastar, mas se virou.

– Pode me desejar felicidades. Lady Grace aceitou se casar comigo na próxima terça-feira.

O mordomo fez uma reverência.

– Então, desejo-lhe felicidade, milorde.

Matt deu um sorriso juvenil.

– Você não precisa sorrir – ele disse ao mordomo.

– Sorrir, milorde? – o rosto de Thorton era uma máscara.

– Você é um velho dissimulado.

– Se está dizendo, milorde.

Matt afastou-se. A notícia do casamento se espalharia como fogo pela casa. Ele consultou o relógio. Nem estava na hora do chá. Depois de algumas horas, suas irmãs voltaram. Ele lhes deu boa-noite com um beijo. Escolhendo um livro, Matt começou a ler, mas logo pegou no sono.

Na manhã seguinte, a madrasta ainda não tinha saído do quarto quando ele acordou. Louisa bateu na porta dele.

– Matt, depressa, nós vamos nos atrasar.

– Atrasar para quê?

– Café da manhã. Estão nos esperando e você vai nos fazer atrasar.

Ela devia ser a única mulher que insistia em ser pontual.

– Já vou descer.

Ele devia ter se dado conta, pelo que Walter tinha dito, de que agora fariam todas as refeições juntos. Quem tinha tomado essa decisão, ele não fazia ideia.

Quando chegaram, Grace já estava à mesa orquestrando seus irmãos e irmãs. Matt sentou-se ao lado dela.

– Bom dia, milorde – ela o cumprimentou com um sorriso contido.

Algo continuava errado. Se pelo menos ele soubesse o que era.

– Bom dia. – Ele gesticulou para estender o cumprimento a todos na mesa. – Isto irá acontecer todos os dias?

– Sim. Você se incomoda?

Ele sorriu.

– De modo algum. A ideia de que poderei ver seus rostos encantadores todas as manhãs me encanta.

– Ótimo. – Grace fungou.

O que ele tinha dito?

– Podemos conversar depois do café da manhã?

A cabeça dela fez pequenos movimentos de negação.

– Hoje, não. Eu tenho que... verificar umas contas.

Algo simplesmente errado estava rapidamente se tornando muito errado.

– Muito bem, então. Mais tarde ou amanhã?

– Sim, claro. Talvez mais tarde.

Depois que ele comeu, deixou as crianças na Casa Stanwood e voltou atravessando a praça.

– Na sala de visitas, milorde – o mordomo avisou.

Maldição, Thorton! Como diabos ele...?

– Obrigado.

Matt entrou sem bater.

— Worthington, o que houve? — Patience olhou para ele, aflita. — Nada de errado, espero.

— Algo está errado, mas não faço ideia do que seja. — Ele se sentou em uma cadeira delicada com encosto de palha, que rangeu de leve com seu peso.

Patience franziu o cenho.

— Sua conversa com Lorde Herndon foi boa?

— Foi, melhor do que eu esperava. Parece que alguns dos parentes do pai dela estão falando da guarda. Lorde e Lady Herndon sugeriram que nos casemos assim que possível. Nós escolhemos a terça-feira depois da Páscoa.

— Matt! Tão cedo?

— Sim. Apenas família e amigos íntimos. Vou comprar a licença pela manhã. Herdon e eu discutimos o contrato. — Ele fez uma pausa. — Depois disso, Grace estava diferente. Acho que foi algo que a tia dela disse. — Ele encarou Patience. — Você sabe o que poderia ser?

— Não seja tolo. — Patience arqueou as sobrancelhas. — Como eu poderia saber?

— Sua mãe lhe disse algo antes de você se casar?

— Disse. — Ela levantou o queixo, altiva. — Ela me deu alguns bons conselhos que eu teria feito bem em seguir. Mas não é o caso aqui.

— Patience, me desculpe. Eu sei que você não foi feliz...

— Matt, isso não é verdade, e nunca mais repita isso. Eu fui uma lady casada, com uma mesada mais do que suficiente para cuidar de todas as minhas vontades. Eu tive filhos e você para me fazerem companhia. Agora, se me dá licença, acredito ter alguns deveres de que cuidar. — Ela saiu da sala de nariz empinado.

Ele meneou a cabeça. Não era verdade. Ela amava seu pai, mas ele não correspondia. Quando estava em casa, seu pai era atencioso, mas ele sempre quis mais filhos, e Patience só lhe deu filhas. Matt discutiu com o pai uma vez, depois que este se casou com Patience. O pai admitiu que não conseguia ficar no Solar Worthington sem pensar na mãe de Matt, e que nunca levava Patience para Londres porque a Casa Worthington tinha sido o orgulho e a alegria da falecida.

A viuvez tinha apagado as lembranças ruins do casamento de Patience com o pai dele. Diziam que as viúvas eram as mulheres mais felizes. Ele não queria que isso fosse verdade para Grace. Matt queria

173

que ela fosse feliz no casamento. Ele precisava de respostas o quanto antes, e se levantou. Voltando ao saguão de entrada, vestiu o casaco. Thorton lhe entregou o chapéu e a bengala. Ele foi rapidamente até a Praça Grosvenor e bateu na porta da Casa Dunwood.

O mordomo fez uma reverência.

– Sinto muito, milorde. Lorde e Lady Evesham tiveram um assunto urgente para resolver em Charteries. Espero que estejam de volta no fim de semana.

Droga. O que ele faria agora?

– Faça-me a gentileza de me arrumar papel e uma pena. Preciso deixar uma mensagem.

O mordomo fez nova reverência.

– Com prazer, milorde. Se quiser me acompanhar.

Matt escreveu um bilhete informando a data do casamento.

– Por favor, faça com que isto seja entregue a Lorde Evesham assim que possível.

– Milorde, Lady Evesham pediu-me que lhe desse isto. – O mordomo lhe entregou uma folha de papel dobrada. Matt a abriu... ah, a lista de eventos da temporada. Ele a guardou no bolso interno que tinha insistido que Weston pusesse em seu casaco.

– Obrigado.

Descendo rapidamente os degraus da entrada, ele virou na direção da Rua Green, onde os Rutherford moravam. Se tivesse um pouco de sorte, Anna estaria lá, e ele lhe perguntaria.

Matt foi conduzido ao escritório, onde encontrou os dois trabalhando numa mesa grande.

Rutherford se levantou para recebê-lo.

– A que devo o prazer?

Worthington fez uma reverência para Anna.

– Eu queria contar para vocês que Lady Grace e eu vamos nos casar na próxima terça-feira. Eu... também tenho uma pergunta para Anna. – Esperançoso, Matt olhou para ela.

Dando-lhe um olhar curioso, ela se levantou.

– Venha até aqui e fique à vontade. Rutherford, por favor, peça chá. – Ela se voltou para Matt. – A menos que você prefira vinho?

– Não, não. Chá está ótimo.

Anna se sentou em uma namoradeira com Rutherford a seu lado.

– Como posso ajudar?

Matt sentiu o rosto ficar quente. Droga, fazia anos que não ficava vermelho.

– Não preciso pedir que isto fique apenas entre nós três.

– Claro – Anna respondeu, dando de ombros.

Rutherford aquiesceu.

– Nós, Grace e eu, estávamos na casa de Lorde e Lady Herndon ontem. Lorde Herndon e eu fomos até o escritório dele para discutir o contrato de casamento. Quando voltei para perto de Grace, ela estava diferente. Mais fria. Pouco antes de sairmos, a tia disse para Grace se lembrar do que tinha dito. O que quer que a tia tenha falado, afetou Grace. – Ele esfregou os olhos. – Vocês têm alguma ideia do que ela pode ter dito para fazer Grace ficar distante de mim?

Um sorrisinho apareceu no rosto de Anna.

– Acho que eu sei. É um conselho dado com frequência por ladies cujo casamento... não saiu como esperavam.

Ele não gostou daquilo.

– Continue.

Anna fez uma careta.

– Lady Herndon, com a melhor das intenções, deve ter dito a Grace para não esperar que você seja fiel.

– *Como?* – Ele passou as mãos pelo cabelo. – Por quê? Eu não entendo que razão ela teria para dizer algo assim.

– Não é incomum. Lady Herndon provavelmente queria poupar Grace da decepção que ela própria sentiu em algum momento.

Rutherford pareceu ficar furioso.

– Sua mãe lhe disse isso?

Pegando a mão dele, Anna a acariciou.

– Claro – ela respondeu, com serenidade. – Mas eu já sabia que você não queria ninguém além de mim.

– E nunca vou querer – ele comentou, bravo.

– Fico muito feliz por vocês dois – Worthington disse, tentando manter a exasperação sob controle. – Mas como faço para apagar esse conselho? Está deixando Grace muito infeliz.

– Você vai pensar em algo. – Anna sorriu. – O melhor seria pedir para ela lhe contar o que a tia disse, para poderem falar francamente a respeito.

Worthington voltou bufando para casa. De todas as bobagens para se dizer para uma mulher que já tem muito com que se preocupar... Mas como ele abordaria o assunto com Grace?

– Thorton, vou estar no escritório. Não quero ser perturbado a menos que a casa esteja em chamas, ou se Lady Grace aparecer para me visitar. Atenção: só ela.

– Sim, milorde. – Thorton fechou a porta e Matt recostou-se em sua cadeira, massageando as têmporas com a ponta dos dedos. Agora ele sabia que conselho a mãe de Patience tinha lhe dado. Infelizmente, nesse caso a mãe estava certa. Ele precisaria dar a Grace todo o afeto e toda a compreensão que seu pai não tinha dado a Patience.

O amor de Grace e Matt era mais parecido com o de seu pai e sua mãe. Matt tiraria Grace do seu mau humor com carinho. Ele a protegeria. Mas, para fazer isso, precisava descobrir como mudar o que se passava naquela cabeça linda, mas confusa.

Jane precisava de uma caminhada. Grace estava aborrecida e não parecia pronta para discutir o que a estava incomodando. As crianças tinham suas lições e a prima precisava fazer algumas coisas fora de casa. Pelo menos essa era a desculpa que daria se alguém perguntasse. Ela sempre teve esperança que Grace se casasse, mas, agora que isso estava para acontecer em cerca de uma semana, Jane precisava considerar seriamente o que gostaria de fazer. Embora tivesse ido para Solar Stanwood para ajudar a mãe de Grace e ficado após a morte dela, Jane não era uma *parente pobre*. Ela riu consigo mesma. Talvez devesse contratar sua própria acompanhante e viajar. Por mais que Grace pensasse que Jane queria ficar com a família, estava na hora de ela viver sua própria vida.

– Ei, lady, olhe por onde anda.

Antes de perceber o que acontecia, Jane foi levantada e afastada da rua. Uma carruagem esportiva passou rápido por onde ela tinha estado momentos antes. Condutor estúpido, inconsequente. Ninguém olhava para onde ia? E por que alguém ainda continuava a segurá-la?

O aroma de verbena-limão misturado a menta acariciou seu nariz. Não era perfume de mulher. Apenas um homem que ela conhecia usava esse aroma, mas ele tinha partido anos antes. Lentamente, ela foi baixada na calçada. No momento em que seus pés tocaram o solo, ela se virou. Um homem, poucos centímetros mais alto que ela, encarava-a com olhos cinzentos e sérios. Da mesma cor que uma nuvem de tempestade, tão volúvel quanto.

– *Hector?*

– Jane? – ele disse, como se houvesse apenas uma "Jane" no mundo. – Por tudo que é sagrado, é você mesmo.

Memórias havia muito abafadas tomaram-na de assalto, roubando seu fôlego.

– Há quanto tempo você voltou?

– Menos de uma semana. – Ele a encarou, mas ela não soube como interpretar aquele olhar.

Ele tinha engordado nos últimos vinte anos. Seu rosto, de um marrom avermelhado, carregava resquícios da Índia. Fora isso, o semblante querido continuava o mesmo. Um pouco mais redondo e alegre. Mais velho, claro, mas ela também estava. Com certeza estaria casado, mas Jane percebeu que não conseguiria fazer essa pergunta.

– Como você está?

– Estou muito melhor agora. – Ele pendurou o braço dela no dele. – Aonde você está indo? Vou acompanhar você. – Quando ela hesitou, Hector perguntou: – A menos que esteja casada, claro.

– Não. Eu nunca me casei. E você?

Os olhos dele brilharam com o bom humor de sempre.

– Também não. Nunca encontrei uma mulher que chegasse aos seus pés, *Janie*.

O apelido pelo qual só ele a chamava levou-a de volta à sua primeira temporada, antes de o pai dela jogar Hector para fora de casa por ter a ousadia de pedir a mão de Jane. Se pelo menos ela tivesse tido a força de caráter necessária para fugir com ele. Mas até isso teria sido difícil, porque Hector não chegou a lhe propor a fuga.

– Eu saí de casa para pensar um pouco.

– É tão barulhento assim onde você mora?

Ele perguntou como se ela morasse numa pensão. Jane não resistiu à tentação de provocá-lo.

– São muitas crianças, e há mais a caminho.

Hector parou. Ele a encarou, a expressão preocupada. Ela teve que fazer força para não rir.

– Não vá me dizer que você é governanta de um orfanato!

Jane deu tapinhas no braço dele.

– Não, nada tão drástico. Eu tenho servido de dama de companhia para uma das minhas primas, que tem a guarda dos irmãos. Que são muitos. – Ele abriu a boca para falar, e Jane se apressou. – Agora parece que ela vai se casar, e está na hora de eu cuidar da minha vida.

Eles recomeçaram a andar.

– Uma acompanhante paga. – Ele parecia horrorizado. – Que diabos seu pai estava pensando?

– Não é isso. Você entendeu mal. – Uma risadinha escapou dos lábios de Jane. Como era bom passear outra vez com Hector.

– Estou com a sensação de que está caçoando de mim, Srta. Carpenter.

Hector ficou sério, mas seus lábios logo se viraram para cima. Ele nunca ficava bravo por muito tempo.

– Bem, talvez um pouquinho. Eu ofereci ajuda. Minha prima precisou de auxílio depois que o marido morreu, e eu estava disponível na época. Fiquei na casa quando ela faleceu e sua filha, Grace, assumiu. Papai me deixou uma renda generosa. Na verdade, antes de morrer ele me pediu desculpas por não nos deixar casar.

– Eu pensei que ele tivesse escolhido um marido para você. – Os cantos da boca de Hector se viraram para baixo, numa rara demonstração de irritação. – Se eu tivesse alguma noção de que estava sozinha esse tempo todo... bem, vamos apenas dizer que eu teria procurado você.

– Não dá para dizer que estou sozinha quando moro numa casa com sete crianças.

– Você sabe o que eu quero dizer – ele disse, a voz áspera. – O que aconteceu com o marido?

– Eu me recusei a me casar com aquele homem. – Jane se sentiu endurecer um pouco. Como tinha acontecido quando, pela primeira vez na vida, ela desafiou o pai. – Ele se recusou a acreditar em mim e me arrastou para a igreja. Então eu disse que não, que não aceitava aquele homem como meu marido.

A gargalhada de Hector começou no estômago. A mesma risada da qual ela sentia tanta falta.

– Eu adoraria ter visto a cara dele. O tiro saiu pela culatra.

– Exatamente. O vigário perguntou por que eu tinha mudado de ideia, e eu disse que não, que nunca tinha concordado com o casamento. O rosto dele recuperou o ar jovial.

– Espero que ele não tenha tentado bater em você.

– Não, você conhece, ou conheceu, papai. – Ela suspirou. – Ele nunca teria recorrido à violência. O bate-boca foi imenso. Basicamente, meu pai gritando. Ele ameaçou me expulsar de casa, mas a tia da minha mãe, não sei se você a conheceu, uma intelectual que organizava salões semanais de artistas e escritores, disse que me acolheria. Bem, isso encerrou a questão.

– Ele alguma vez tentou lhe arrumar outro marido? – Hector baixou os olhos para Jane.

– Não. Ele fazia sugestões, claro, mas eu as recusava. – Ela engoliu o caroço que sentia na garganta. – Afinal, como eu poderia me casar com um homem quando amava outro? – Eles iam andando pela Rua Maddox e chegaram à Rua Davies. Hector estava em silêncio desde que ela, basicamente, disse ter esperado por ele. O estômago de Jane fazia acrobacias. – Eu moro na Praça Berkeley.

– Vou me conceder a honra de acompanhá-la até sua casa.

Ela aquiesceu. Talvez Jane não devesse ter sido tão aberta, mas ver Hector outra vez fez todos os sentimentos e lembranças voltarem numa enxurrada.

– Janie, eu gostaria de cortejá-la – ele disse quando chegaram à praça. – Eu sei que não sou o mesmo homem... sou um solteirão com os problemas decorrentes dessa condição, mas se você puder...

O rosto dele ficou vermelho. Lágrimas arderam nos olhos de Jane.

– Eu também não sou a mesma. Sou uma solteirona com hábitos enraizados, mas não há nada de que eu gostaria mais do que você me cortejar.

Enquanto os dois se encaravam, os anos passaram voando. Hector bateu carinhosamente na mão dela.

– Não sei como fazer isso.

– Você pode me convidar para passear no parque, ou me levar para tomar sorvete no Gunter's.

– Eu encomendei um cabriolé que será entregue hoje. Gostaria de passear comigo no parque amanhã, Srta. Carpenter?

Onde estava o lenço quando ela precisava? Jane fungou e sorriu.

– Eu ficaria encantada, Sr. Addison.

Capítulo 17

Charlotte acenou para Louisa de um banco no meio da Praça Berkeley.

— Não adianta. Eu bati na porta da Grace e ela me mandou embora.

— Matt fez a mesma coisa. — Louisa mordeu o lábio. — Ele se trancou no escritório e nosso mordomo nem nos deixa passar no corredor. Eu tentei ir pelo jardim, mas me pegaram. — Ela desabou ao lado de Charlotte, no banco. — Será que eles brigaram?

— Espero que não seja nenhum problema com a guarda — Charlotte disse, endireitando-se.

— Isso ia deixar os dois aborrecidos, mas eles iam ficar emburrados juntos.

— Não consigo entender. Se eles não resolverem logo, nós vamos ter que fazer alguma coisa. Você vai à festa de Lady Huntington amanhã?

— Vou. — Louisa sorriu. — Nosso primeiro evento de verdade. Mal posso esperar para ir ao nosso primeiro baile!

Uma carruagem esportiva parou diante da Casa Worthington e um cavalheiro de sobretudo desceu, entregando as rédeas para um garoto de uniforme.

— Louisa, alguém acabou de chegar à sua casa.

Louisa olhou na direção em que Charlotte apontava, depois voltou a se recostar no banco.

— Ele? É só o Merton.

– Gostei da carruagem, e os cavalos são muito bonitos. Parecem formar um par perfeito.
– Claro que sim. – Louisa deu um suspiro de tédio. – Ele faz questão de que *tudo* seja perfeito.
Charlotte olhou para a amiga.
– Isso parece um pouco assustador. Qual é o problema dele?
– Não é que haja algo de muito *errado* com ele – respondeu Louisa. – É só que ele é um marquês e *nunca* deixa ninguém se esquecer disso. E ele é nosso primo, então estamos sempre sendo lembrados disso.
– Hum, nesse caso, acho que não vale a pena conhecê-lo – disse Charlotte. – Eu não gosto de quem se julga, muito importante.
– Ele com certeza se julga. É uns dois anos mais novo que o Matt, e muito arrogante.
– Detesto gente que nunca está satisfeita. – Charlotte olhou de novo para a Casa Worthington.
– Estou de pleno acordo. O que você vai usar amanhã à noite? – Louisa perguntou.
– Acho que vou usar meu vestido de musselina verde com borboletas. Você quer ver?
– Já que vamos passar boa parte da noite juntas, vamos combinar nossos vestidos.
Charlotte se levantou e acenou para seu criado.
– Isso vai ser mais produtivo do que qualquer outra coisa que possamos fazer no momento.
– Concordo. – Louisa se levantou e passou o braço no de Charlotte.
– Se Grace e Matt não voltarem a se falar logo, acho que Walter deveria pular o muro do jardim.
– Enquanto nós mantemos o mordomo de Matt ocupado na porta da frente.
– Isso deve funcionar.

– Não acredito, Thorton – Matt disse, fuzilando o mordomo com os olhos – que uma visita do Marquês de Merton esteja no nível de "casa pegando fogo".

– Não, milorde, mas ele insistiu muito.

– Ele sempre insiste. – Matt resistiu ao impulso de passar os dedos pelo cabelo. Não bastava que Grace estivesse sendo fria com ele; agora tinha que lidar com o primo. – Era de imaginar que um mordomo da sua estatura fosse capaz de evitar que arrivistas entrassem no meu escritório.

Thorton rilhou os dentes ao fazer uma reverência.

– Sim, milorde.

– Seus lábios estão tremendo. Estou vendo. – Droga, nenhuma reação.

– Milorde. – Ele fechou a porta atrás de si.

O Marquês de Merton se acomodou com elegância em uma poltrona.

– Então, Dom, o que você quer? – Matt perguntou, franzindo o cenho.

– Isso são modos de tratar o chefe da família? – Merton perguntou, ofendido.

– Você vai começar com isso de novo? – Matt, cujos pés estavam sobre a escrivaninha, colocou-os no chão e apoiou os cotovelos no tampo da mesa, inclinando-se para a frente. – Como você parece ter esquecido outra vez, vou lembrá-lo: *você* não é o chefe da *minha* família. Os títulos são separados. Sempre foram. Peço licença para lembrá-lo de que meu título é mais antigo que o seu. Além disso, se vai falar comigo nesse tom, pode ir embora.

– O que o deixou com esse mau humor? – Merton perguntou, abrindo sua caixa de rapé com uma mão.

– Já que precisa saber – Matt se levantou e foi até o aparador, onde serviu dois copos de conhaque, entregando um para Merton, depois voltou à sua cadeira –, tem a ver com uma mulher.

O primo levantou uma sobrancelha delicada. Worthington não ficaria surpreso se o primo pedisse ao criado para lhe fazer a sobrancelha.

– Meu caro primo – disse Merton –, mulheres nunca valem toda essa preocupação.

Matt ia torcer o pescoço do primo. Esse seria o ponto alto do seu dia. E, provavelmente, um favor para toda a Inglaterra.

– Agradeço se mantiver suas opiniões maldosas para si mesmo. Eu vou me casar com a mulher em questão.

Merton teve um sobressalto, quase derramando seu uísque.

– *O quê?*

Matt deu um sorriso maldoso para o primo. Se ele não podia ver Grace, pelo menos podia se divertir um pouco.

– Isso esvaziou sua empáfia.

– Mas é claro. – Merton tentou mas não conseguiu retomar a pose lânguida. – Quando isso aconteceu?

Massageando a testa, Matt olhou para o primo. Por que diabos Merton teve que aparecer?

– Eu deveria ter me casado com ela anos atrás.

– Eu a conheço? – Merton pegou a caixa de rapé, abriu-a com um dedo, como se estivesse praticando, e pegou uma pitada.

– Provavelmente não. É Lady Grace Carpenter.

– Stanwood? – O primo franziu o cenho.

– Sim. É a irmã mais velha do atual conde. – *E ela não aceita me ver no momento.*

Merton ergueu o copo.

– À sua saúde.

Matt sorriu.

– À minha. Você vai me dizer o que o trouxe a Londres? Pensei que tivesse decidido viajar para o exterior.

– Minha mãe. – Merton suspirou. – Ela colocou na cabeça que eu preciso me casar. Consequentemente, estou aqui para observar a última safra de jovens ladies.

– Você só tem vinte e oito anos. Qual a pressa dela?

– Céus, bem que eu queria saber. – Merton se recostou na poltrona. – Você acha que ela ficou sabendo do seu noivado?

– Tudo é possível. Desde que você fique longe das duas jovens pelas quais sou responsável, desejo-lhe sorte com o restante. Não deve ser difícil. É só fazer que saibam que você é um marquês.

Merton passou os dedos pelo cabelo perfeitamente penteado.

– Será que as pessoas nunca vão se esquecer disso?

– Não nesta família. – Worthington sorriu.

– Que belo modo de tratar o chefe da família – Merton resmungou.

O bom humor de Matt desapareceu e uma sensação de raiva borbulhou dentro dele.

– Você – ele rosnou, apontando para o primo – não é o chefe da *minha* família.

Por que ele estava aturando aquele sujeito? Matt não queria Merton ali no momento. Precisava descobrir o que fazer a respeito de Grace. De modo nenhum ele iria tratar o primo com aquela civilidade opressiva por sabe-se lá quanto tempo.

– Eu disse que eles iriam deixar o marquês entrar. – O som da voz contrariada de Theodora veio do outro lado da porta do modo que só as crianças conseguem.

Matt riu quando Merton massageou as têmporas. Graças aos céus por Theo.

– Qual delas é essa? – Merton perguntou, com uma expressão de dor.

Ótimo, que ele tivesse uma dor de cabeça. Ele já tinha lhe causado muitas.

– Theodora e, provavelmente, Mary deve estar com ela.

– Mary?

Merton ia ver o que era bom. Theo não gostava nada dele.

– Sim, uma das irmãs de Grace.

– Nós queremos ver meu irmão. – Theo devia estar falando com Thorton. Ninguém mais gastaria tanto tempo argumentando com ela. – Se você deixou o marquês entrar, nós também podemos.

Merton grunhiu e engoliu o conhaque.

– Ela não deve ter mais do que três ou quatro anos. Ninguém se esquece de nada na sua família?

Matt riu.

– Parece que não. – Ele deu um sorriso largo. – Thorton, deixe-a entrar.

Theodora, com Mary logo atrás, entrou correndo. A irmã encarou Merton, estreitou os olhos e se voltou para Matt.

Embora ele tivesse gostado da atitude da menina, Patience iria comê-lo vivo se deixasse Theo ignorar o primo daquela forma.

– Theo, pare e cumprimente Lorde Merton.

Ela apertou ainda mais os lábios.

Matt olhou feio para ela.

– Se não fizer o que estou dizendo, vai ter que ir para o seu quarto e ficar lá até amanhã de manhã.

Olhando de lado para ele, ressentida, Theo fez uma mesura.

– Bom dia, *seu* marq...

– Theodora. Com educação.

– Milorde.

Merton se levantou e fez uma reverência. Seu rosto não demonstrava nenhum sinal de constrangimento.

– Bom dia para você também, Lady Theodora. Por favor, apresente-me sua amiga.

– Mary, permita-me lhe apresentar Lorde Merton. Meu lorde, esta é minha amiga Lady Mary Carpenter.

As duas meninas não perderam tempo em correr para trás da escrivaninha. Theo ficou ao lado de Matt, enquanto ele ajudou Mary a subir em seu colo. Ele olhou de uma garota para outra.

– Agora digam-me: o que é tão importante?

Mary o encarou com seus grandes olhos azuis.

– Grace não está feliz e não quer ver ninguém. – Ela brincou com um dos botões da jaqueta dele. – E você também não deixava ninguém entrar. Nós não podemos ir ao parque sem permissão, e precisamos ir correr para não deixarmos todo mundo maluco.

– Ah. Muito bem. Eu levo vocês. – Ele fez uma careta. – Vocês vieram andando sozinhas?

– Não, nós viemos com um criado – a irmã bufou.

– Boas meninas. Agora voltem e digam a todos para estarem prontos dentro de dez minutos. – Ele beijou Mary na cabeça. Theo o beijou no rosto. Depois de pôr Mary no chão, Matt se levantou.

– Existe apenas uma questãozinha. – Merton se levantou, dirigindo-se, hesitante, a Matt. – Eu gostaria de saber se posso ficar com você por algum tempo.

Droga, droga e droga dupla.

– Por quê?

Merton baixou os olhos para suas unhas antes de responder.

– Minha mãe não vem para Londres e não quero abrir a Casa Merton para ficar vagando por lá sozinho, feito uma assombração.

Matt crispou os dentes. *Demônio!*

– Por quanto tempo?

– Não sei muito bem – Merton respondeu, recusando-se a encarar Matt.

– Você pode ficar aqui por duas noites. Depois disso, vamos conversar. Você não escolheu a melhor hora para aparecer, sem nem mesmo uma carta para me avisar.

– É claro, obrigado. Se não der certo, eu vou para um hotel.

Se Merton ficasse muito tempo, não seriam as crianças que enlouqueceriam Matt e Grace.

– Nós precisamos ir. – Ele pegou Duque, saiu da casa e atravessou a praça. Merton foi logo atrás dele. Quando entrou na Casa Stanwood, as crianças estavam reunidas no saguão de entrada. Matt contou.

– Estão faltando duas.

– Não, milorde. – Royston, o mordomo, curvou-se. – Lady Charlotte e Lady Louisa foram às compras.

Matt arqueou uma sobrancelha.

– Milorde, elas levaram suas criadas pessoais e dois criados. Acredito que não devem demorar para voltar.

– Muito bem – Matt aquiesceu. – Daisy está pronta?

Daisy apareceu correndo no saguão e, ao tentar parar, deslizou no chão de mármore encerado e aterrissou sem elegância alguma aos pés dele. Matt olhou para ela e teve que se conter para não soltar uma gargalhada quando a cachorra o encarou, toda feliz.

– Guia?

– Aqui, milorde. – Um criado a entregou para Matt.

– Obrigado. Você leva Duque. Vou ver se consigo ensinar boas maneiras para esta dama. – Ele se virou para os outros. – O resto de vocês, dois a dois, de mãos dadas. Quero quatro criados.

Enquanto as crianças saíam da casa, seguidas pelos criados uniformizados, Merton fazia uma expressão de sofrimento.

– Oito crianças?

– Onze. Como você deve ter ouvido, as duas garotas mais velhas foram às compras. Lorde Stanwood está na escola, em Eton.

– Este tipo de passeio não está muito abaixo do seu título?

– De modo algum. – Matt abriu um sorriso maléfico. – E se você acha que está abaixo do seu, pode voltar à Casa Worthington, ou fazer o que preferir. Mas provavelmente vai ficar malvisto.

– Não vou desistir. – Merton passou o dedo entre a gravata e o pescoço. – Uma boa caminhada pode me fazer bem.

Quando chegaram ao parque, Matt pensou que tudo estava indo tão bem que ele se viu até fazendo algo positivo pelo primo.

– Boa garota, Daisy. – Matt fez carinho na cachorra. Enfim ela estava obedecendo.

As crianças se agruparam. Philip, Theo e Mary começaram a chutar uma bola. O garoto que tinha começado a briga com Walter se aproximou, disse algo e estendeu a mão, que Walter apertou. *Bons rapazes.*

Matt decidiu passar algum tempo treinando Daisy. Após alguns minutos, ela desfilava delicadamente ao seu lado, exibindo suas novas habilidades. Matt não entendeu por que Grace tinha tantos problemas com a dinamarquesa. Ela só precisava de uma mão firme.

Tinham quase chegado onde as garotas mais velhas estavam sentadas quando o braço de Matt praticamente foi arrancado do ombro e ele quase caiu. Ele puxou a guia de Daisy quando ela pulou de novo atrás de um esquilo.

– Matt, você está bem? – As gêmeas, Augusta e Madeline, correram até ele.

Matt encurtou a guia quando ela tentou atacar o esquilo, agora num galho mais baixo de uma árvore.

– Daisy! – Ele se afastou da árvore, virando a cachorra para que ela não conseguisse evitar o olhar dele, e usou seu tom de voz mais severo. – Uma jovem lady bem-comportada não tenta deslocar o ombro do dono.

Ela lhe deu um olhar de arrependimento e ele quase se iludiu acreditando que ela o tinha compreendido. Mas nesse momento o maldito roedor desceu da árvore e ela tentou correr atrás dele. Dessa vez Matt estava pronto.

Arreios de cavalo teriam sido uma boa ideia.

Grace ficou fechada no escritório a maior parte do dia. Ela estava tentando – e falhando – verificar suas contas quando o som de Worthington voltando com as crianças ecoou pela casa.

Ela tinha se sentido infeliz antes do café da manhã, durante e depois. Worthington ficara magoado com a frieza dela. Talvez sua tia pudesse estar certa quanto a ele perder o interesse um dia. Mas talvez Grace devesse esquecer o conselho da tia e aproveitar a companhia dele enquanto Matt continuava atraído por ela, e guardar os bons momentos como lembranças para aquecê-la no futuro.

A porta foi aberta e Worthington apareceu na entrada, olhando para ela. Com o cabelo um pouco desgrenhado, ele estava ainda mais atraente que de costume. O coração de Grace batia forte enquanto ela o encarava. Tinha sentido tanta falta dele, e ficado irritada com todo mundo por não ter a companhia de Matt. Sem falar do toque.

Ele entrou, decidido, e a tomou nos braços fortes.

— Não consigo viver com você tão distante.

Grace inclinou o rosto para cima e seus lábios encontraram os dele. Ela demorou um pouco para se lembrar de que vestia um velho traje matinal e pouca coisa mais. Ele acariciou o rosto dela enquanto a beijava com mais intensidade. Grace passou os braços ao redor do pescoço dele e retribuiu, desesperadamente, o beijo. Suas línguas se enroscaram, e ela cedeu o controle a Matt. Na ponta dos pés, Grace pressionou o corpo no dele. Uma das mãos de Matt desceu para acariciar o seio firme. Apenas três camadas finas de musselina separavam os dedos curiosos dele de sua pele nua. Com o cérebro sendo dominado pelo desejo, ela começava a perder a luta para não fazer amor com ele.

— Sem espartilho? — ele murmurou contra os lábios dela.

— Sim. — Ela passou as mãos famintas por baixo do paletó dele.

— Você está com roupas demais.

— Estou mesmo. — Ele riu. — Você, por outro lado, está vestida com perfeição.

Ele afrouxou o corpete dela e afastou cada camada de tecido que cobria os seios dela.

— Eu sonhei com eles e com seu o sabor. — Matt inclinou a cabeça dela para trás e desceu a boca até os seios.

Um fogo acendeu e um desejo intenso a capturou. A resolução de se negar o prazer de fazer amor com ele desapareceu quando Matt chupou seu mamilo.

— Oh, Matt.

— Não vou fazer nada além disto. Prometo.

A dor entre as pernas a dominou. Oh, céus, como tinha sentido falta dele. Respirar se tornou cada vez mais difícil.

— Por favor, eu quero você — ela ofegou.

Worthington levantou a cabeça e perscrutou os olhos dela.

— Tem certeza?

Sem saber por quanto tempo ainda o teria, Grace aquiesceu.

– Sim, sim, tenho certeza.

– Venha, vamos tentar algo novo. Eu queria muito ter você numa cama outra vez. – Ele desceu a mão e libertou sua ereção. Virando-a para que ficasse de frente para a escrivaninha, ele disse: – Apoie a cabeça nos braços.

Matt levantou as saias dela tão devagar que Grace pensou que ele nunca terminaria. As mãos fortes dele esquentaram as coxas de Grace, disparando fagulhas de expectativa pelo corpo dela. Quando os dedos dele chegaram ao seu centro, e a umidade se acumulou entre as pernas dela, Grace quis gritar para que ele a possuísse, mas Matt continuou devagar, acariciando-a com os dedos, provocando surtos de desejo que a enlouqueciam. Um gemido alto escapou dos lábios dela.

– Matt, por favor. Eu quero você.

Quando ele finalmente terminou de levantar a saia dela, e afastou suas pernas, ela tremia de desejo.

– Você está tão molhada. – Matt deu uma risada grave. – Grace, você tem ideia do quanto eu senti sua falta?

Com os dentes, ele mordiscou a orelha de Grace, que se apertou contra ele.

– Tanto quanto eu senti a sua – ela respondeu.

Ela o queria tanto. Um alívio a banhou quando a ereção de Matt lentamente começou a preenchê-la e possuí-la. Ela teve dificuldade para respirar. Uma chama se acendeu no íntimo dela, e as estocadas longas, profundas, foram aumentando a tensão até seus joelhos dobrarem e ela entrar em convulsão à volta dele.

O grunhido de Matt, e o modo como ele a segurou quando gozou, deram esperança a Grace de que ele não a abandonaria tão cedo.

Ele alisou as saias dela e a carregou até o sofá. Abraçando-a em seu colo, Matt acariciou com delicadeza o pescoço dela e deu beijos leves em sua testa. Grace podia ficar assim com ele para sempre.

– Eu imagino se você sabe o quanto eu a amo. – Matt nunca tinha precisado de uma mulher para se sentir completo. Mas ele precisava de Grace. Não só para fazer amor. Embora a forma como ela reagia provocasse e acalmasse sua fera interior. Ele sentia um impulso de protegê-la e adorá-la. Matt nunca quis uma mulher que fizesse tudo sozinha. Embora Anna e Phoebe fossem boas amigas, e ele as estimasse, Grace era diferente, uma mulher forte que ainda assim precisava dele. Que lhe dava objetivo na vida.

Ele a virou, ajeitou-lhe o vestido e as anáguas e amarrou os laços que tinha soltado. Será que ela lhe diria, afinal, o que a estava incomodando? Embora ele tivesse certeza de que Anna estava certa, Matt queria que Grace confiasse nele o bastante para dizer qual era o problema.

— Querida, você está bem? Nós nos distanciamos um pouco.

— Foi algo que a minha tia disse. – Ela se aconchegou nele. – Vou tentar não deixar que isso me preocupe.

— Não quer me contar?

— Não. Não é algo com que você precise se preocupar.

Mas ele queria que ela lhe dissesse. Como poderia fazê-la feliz se não soubesse qual era o problema?

— Se você insiste.

— Eu insisto. – Ela riu.

Matt tentou abraçá-la mais apertado, para que Grace soubesse que podia confiar nele.

— Eu gostaria de saber – ele tentou de novo.

— Não é importante. – Ela meneou a cabeça.

O diabo que não era. Aquilo tinha deixado os dois infelizes. Ele descobriria o que era mais tarde.

— Meu primo Merton chegou hoje implorando por um lugar para ficar. Eu disse que não sabia quanto tempo ele podia ficar, que precisava primeiro conversar com você. Eu ficaria feliz em chutá-lo para longe, se você quiser.

— Ele é muito difícil?

— Completamente insuportável. Nunca deixa de me irritar, e você vai ouvir minhas irmãs se referirem a ele como o "seu marquês".

Grace sorriu.

— Não acredito que Patience permita isso.

— Normalmente ela não permitiria. Mas ele não conseguiu ganhar a simpatia dela. Ele veio nos visitar alguns anos atrás, se achando todo importante. Pensou que todo mundo ficaria impressionado por ele ser um marquês, e agiu como se estivesse visitando, por obrigação, os parentes pobres. – Matt sorriu. – Ele nos garantiu que, como chefe da família, estaria sempre disposto a nos ajudar.

– Ele é? – Grace franziu a testa. – O chefe da sua família, quero dizer. Como é possível?

– Não, um antepassado meu se casou com uma lady que possuía o título. Depois que ela morreu, o filho deles se tornou conde. O lado da família de Merton nunca superou o fato de que o nosso lado se tornou uma nova casa.

– Não entendo. Se ele costuma vir a Londres para a temporada, por que tem que se hospedar na sua casa?

Ele preferia que Merton não ficasse com eles.

– Ele queria ter saído pra viajar, para fazer seu *Grand Tour*, mas a mãe o mandou vir a Londres para encontrar uma esposa.

Grace franziu o cenho.

– Quantos anos ele tem?

– Vinte e oito – Matt respondeu, ajeitando-a em seu peito. – Você precisa conhecer minha tia Merton.

Ela se virou.

– Perdão, milorde, mas eu a conheço. Ela é uma espécie de parente minha, e não é nenhum monstro. – Grace torceu o rosto por um momento. – O nome de família dele é Bradford?

– É. Meu antepassado adotou o sobrenome da esposa. Os cavalheiros da minha linhagem fazem qualquer coisa pela mulher que amam. – Matt voltou ao assunto original. – Eles podem ter ouvido falar de nós, e meu primo não quer que eu encha o berçário antes dele. – Ele a beijou na testa e não conseguiu resistir a segurar um dos seios dela.

Grace corou, linda.

– Pode ser. Mas a notícia precisaria ter viajado com muita rapidez.

Ele se cansou de falar do primo.

– Sabia que você fica ainda mais linda quando seu rosto está corado?

O tom de rosa do rosto dela se tornou mais vivo.

– Você não precisa me fazer elogios.

– Está enganada, milady. Elogios são essenciais. – Matt recapturou os lábios dela.

Grace relaxou nos braços dele, seus olhos vidrados de desejo.

– Nesse caso, sabe que você fica atraente com o cabelo desgrenhado?

Ele passou a língua pelo queixo dela.

– Você deveria convidá-lo para jantar conosco.

– Grace, ele é um tédio.

– De qualquer modo, ele é parte da sua família e está hospedado na sua casa. É o correto. Além disso, o que é uma pessoa a mais na nossa mesa?

– Até que você tem razão. – Ele pegou um papel no bolso. – Nós precisamos dar uma olhada na lista de eventos que Phoebe fez.

– E compará-la com os lugares aonde Charlotte e Louisa vão. Que horas são?

O estômago dele escolheu aquele momento para roncar.

– Hora do chá.

Grace inclinou a cabeça para trás a fim de ver o relógio, dando a Matt acesso perfeito ao seu pescoço. Foi impossível para ele não mordiscá-lo. A risadinha dela tremeu em seus lábios. Se ele conseguisse mantê-la assim relaxada...

Capítulo 18

Dominic Sylvester Henry, Décimo Marquês de Merton, Décimo primeiro Conde de Scarsdale e Barão Bradford, franziu a testa para o espelho.

— O que foi, milorde? — perguntou Witten, seu criado.

— Pensei ter visto uma mancha, mas acredito que tenha sido uma sombra.

O criado olhou de perto a gravata branca como a neve.

— Deve ter sido. Não estou vendo nada, milorde, e inspeciono cada peça de roupa que vem da lavanderia.

Merton ajustou no corpo o monóculo, o relógio de bolso e a corrente de ouro. Sem exageros, claro. Ninguém gostaria de pecar pelo excesso.

— Acredito estar pronto.

Witten abriu a porta e Dominic saiu para o corredor, seguiu até o alto da escadaria, desceu-a e foi até a sala de visitas, onde tinha sido instruído a esperar até que a família se reunisse. No fim, ele foi o último a chegar.

— Você está atrasado.

Ele se virou e encontrou uma lady alta, vestida com elegância, olhando feio para ele.

— Perdoe-me. — Fez uma reverência. — Lady Louisa, certo?

Ela fez uma mesura.

– Agora nós precisamos ir. – Ela segurou no braço de Worthinton e os dois seguiram à frente das outras três irmãs até o saguão de entrada antes de sair pela porta.

Lady Worthington, a única que restou, fez uma mesura e Merton lhe ofereceu o braço.

– Boa noite, milady.

– Boa noite, milorde – ela respondeu, com um pouco de frieza.

Estar na Casa Worthington devia ser parecido com estar num campo inimigo. Por que ele se preocupava em honrá-los com sua presença?

Eles seguiram os outros pela praça e subiram os degraus da entrada da Casa Stanwood, parando na sala de visitas.

Uma mulher belíssima, não em sua primeira temporada, veio cumprimentá-lo. Pelo modo como Worthington a olhava, devia ser sua noiva. Ela fez uma mesura.

– Lorde Merton, que gentileza a sua vir jantar conosco. Minha mãe conhecia a sua. Vamos considerá-lo como sendo da família.

Graças aos céus. Alguém que sabia tratá-lo de acordo com seu título. Ele pegou a mão que ela ofereceu e a beijou.

– Lady Grace, como eu poderia não vir?

– Mas é claro. – Ela sorriu com educação.

– Você tinha que vir, se quisesse comer – debochou Worthington.

Claro que o primo tinha que arruinar o clima.

– Obrigado, Worthington, por sua feliz observação.

Lady Grace olhou feio para Matt.

– Vou apresentar-lhe os outros. Acredito que já tenha conhecido alguns deles.

Dominic foi apresentado formalmente às crianças que tinha conhecido antes. Ele se virou para a irmã que tinha ido às compras mais cedo e ficou bobo. Diante dele estava a jovem mais linda que já tinha visto. O cabelo era igual ao da irmã mais velha e seus olhos tinham o mesmo tom arrebatador de azul-celeste, mas a semelhança terminava aí. O que era estranho, pois as duas eram de fato muito parecidas. A pele dela parecia brilhar com mais luminosidade. Bom humor se escondia em seu olhar quando ela terminou a mesura. A jovem não era mais alta do que Lady Grace, mas era uma sílfide em sua postura. Dominic pegou a mão dela e a beijou, depois esqueceu de soltá-la.

– Lady Charlotte, estou encantado.

Os lábios perfeitos dela se curvaram num sorriso.

– Obrigada, milorde. Que bom que veio jantar conosco.

A voz dela era musical, e ele teve a esperança de uma noite muito agradável em companhia de Lady Charlotte. Então sua prima Louisa se aproximou, pegando o braço de Lady Charlotte.

– Venha, Charlotte. Ele é bonito, mas não perca seu tempo.

Lady Charlotte fez uma careta.

– Perdoe-me, milorde. Louisa... – Ela foi puxada antes que pudesse terminar.

Ele ficou parado ali, sozinho, sentindo-se um tolo por alguns momentos. Então, a garota mais nova, Mary era seu nome, aproximou-se dele.

– Não importa o que as outras digam, acho você simpático.

– Obrigado. – Ele sorriu. – As outras?

Mary o levou pela mão até um sofá.

– O outro lado da família. As irmãs de Matt.

– Ah. E o que elas dizem? Eu devo perguntar?

– Só que você é muito convencido da sua impro... import... Não lembro o resto.

– Tudo bem. Acho que entendi. Lady Mary, posso acompanhá-la até a sala de jantar?

Mary empinou o queixo.

– Pode, sim. E também pode me perguntar sobre a Charlotte, se quiser.

Dominic ficou atônito. O que diziam sobre o que vinha da boca de bebês?

– Obrigado pela oferta generosa.

Grace deu o braço a Matt. O comportamento de Charlotte e Louisa tinha sido constrangedor.

– Não me importa o que vocês acham dele. Enquanto estiver em minha casa, ele vai ser tratado com respeito. O que Louisa fez não foi apenas grosseria, foi maldade. Charlotte vai ter que me escutar a respeito de seu comportamento. – Grace olhou por sobre o ombro. – Por outro lado, não poderia estar mais orgulhosa de Mary. Ela foi a única que se comportou como deveria, e tem apenas cinco anos.

Matt franziu o cenho.

– Se eu soubesse que ele iria causar um problema, teria sugerido que jantasse no clube.

– *Ele* não causou nenhum problema. – Grace esperou até Lorde Merton chegar à porta da sala de jantar. – Milorde, estamos jantando *en familie*. Mas pode se sentar ao meu lado. Mary, você pode ficar de frente para Lorde Merton.

Mary ficou radiante.

– Obrigada. Era o que eu queria.

Merton, com Mary em seu braço, foi até onde Grace tinha indicado.

Matt se virou e sussurrou no ouvido de Grace.

– Pelo menos a conquista dele é nova demais para pensar em casamento.

– Para sua informação – ela deixou sua irritação transparecer no tom de voz –, nenhuma mulher é nova demais para pensar em casamento. Procure se comportar. Onde está Patience?

Matt olhou ao redor.

– Ali. – Ele apontou para um canto da sala de jantar.

Patience estava falando baixo com Louisa, que, por sua vez, estava de cabeça baixa. Grace aprovou com um movimento de cabeça.

– Ótimo.

Pela primeira vez ficou claro que ela também poderia agregar algum valor à família de Matt.

Quando Charlotte entrou na sala de visitas, não esperava ver Lorde Merton. Ele era até mais bonito de perto. O cabelo loiro-dourado dele estava muito bem penteado, em estilo soprado pelo vento, à la *vent*. O paletó caía perfeitamente sobre os ombros largos. Merton não era alto como Matt, mas ainda assim era muito mais alto que ela. Ele fez uma reverência com elegância e, quando ela o fitou, os olhos dele mudaram de cor, de cinza para azul. Ela teria ficado de bom grado, mas Louisa a puxou. Charlotte ficou feliz que a irmã menor o tivesse pegado pela mão, e tentou não ficar olhando para ele durante o jantar. Ela pediria desculpas assim que possível. Com certeza era o que Grace esperava.

Matt havia declinado o vinho do Porto na sala de jantar, e assim ele e Merton acompanharam as mulheres à sala de visitas.

Charlotte foi até onde Merton estava.

– Milorde?

– Sim, milady?

– Eu... queria dizer que não deveria ter deixado Louisa me levar, aquela hora.

Ele arregalou os olhos e pareceu relaxar.

– Obrigado.

– Não tem de quê. Fico feliz que Mary o tenha feito se sentir bem-vindo. Ela conseguiu, não?

– Sim, conseguiu. Ela é muito encantadora.

Charlotte riu baixinho.

– Ela é mesmo, embora às vezes seja constrangedor o modo como vai direto ao ponto.

Ele ficou um pouco corado.

– Estou vendo que ela vai se tornar uma daquelas pessoas que sabem como ajudar todo mundo.

– Acho que tem razão. Diga-me, você passa muito tempo em Londres? – Ela o conduziu até uma poltrona e se sentou no sofá ao lado.

– Eu procuro estar sempre presente nas sessões do parlamento.

– Que bom. Eu me interesso muito por política. A que partido milorde pertence?

Ele ficou um pouco rígido.

– Ora, ao Conservador, claro.

– Oh. – Que decepção.

– Imagino que sua família apoie o partido Liberal?

Charlotte sorriu com educação.

– Sim. E Lorde Worthington também.

Merton arqueou, desdenhoso, uma sobrancelha.

– Eu não quero falar mal do meu primo, mas ele tem o que considero posições extremas.

Charlotte se esforçou para manter uma expressão agradável. Era isso que Grace queria dizer sobre ter bons modos quando a pessoa preferiria ser desagradável.

– Mesmo? E quais dessas posições milorde considera extremas?

– Vou lhe dar um exemplo. Toda essa conversa de reforma social. Por que homens comuns deveriam votar? Eles não saberiam o que fazer com esse direito. Existe um motivo para nossa sociedade ser organizada do jeito que está.

Charlotte conversou com ele por mais de meia hora antes de o chá ser servido. Embora Merton fosse um dos cavalheiros mais atraentes que ela tinha conhecido, não parecia ter um único pensamento original. Será que acreditava mesmo nas coisas que dizia? Era como se vivesse no século passado. Que pena. Ela permitiu que Merton a acompanhasse até onde Grace servia o chá e aceitou a xícara que ele lhe entregou. Encontrar um marido não seria tão fácil quanto Charlotte tinha imaginado.

Cedo na manhã seguinte, Charlotte bateu de leve na porta do quarto da irmã.

– Grace?

– Charlotte, pode entrar. – Grace estava sentada diante da penteadeira e Bolton arrumava seu cabelo.

– Grace, o que você acha de Merton?

– Achei-o muito bem-educado. Principalmente depois da provocação que Worthington e Louisa fizeram.

– Concordo que aquilo foi feio. Mas você não acha ele um pouco... bem, um pouco maçante?

Bolton terminou e Grace fez sinal para a criada sair.

– Sim, acho que maçante é a palavra que eu usaria.

– Não é como se ele fosse velho.

– Ele é jovem e bonito, mas maçante. – Ela sorriu. – Algumas pessoas nascem assim, outras aprendem a ser desse modo. – Grace deu um sorriso torto para Charlotte. – Eu a aconselho a não esperar que ele mude. Não perca a esperança. Ele é apenas o primeiro cavalheiro casadouro que você conheceu. Haverá muitos mais.

Charlotte não conseguiu evitar juntar as sobrancelhas.

– O que você acha que eu devo fazer?

– Olhe para o mundo. Não há necessidade de você se casar este ano, a menos que queira. Tenha em mente que um rosto bonito e boas maneiras não são tudo, e podem, mesmo, esconder vários defeitos. Você e seu futuro marido devem concordar sobre como desejam viver suas vidas.

– Você e Worthington concordaram?

Grace pensou antes de responder.

– Nós temos sorte de ser, os dois, muito liberais.

Charlotte anuiu, pensativa. Grace estava quase sempre certa, como agora. A menos que algo de mágico acontecesse e mudasse as opiniões de Merton, ele não serviria para ela.

– Obrigada.

– Disponha, minha querida. – Grace sorriu ao se levantar. – Venha, vamos tomar café antes que a criançada apareça.

– Grace?

– Sim, amor?

– Nós vamos morar na Casa Worthington?

A irmã soltou um suspiro.

– Eu não gosto da ideia de deslocar todo mundo. Preciso encontrar algum tempo esta semana para visitar as duas casas e discutir o assunto com Matt. Também preciso levar em conta Lady Worthington.

– Isso é o que dificulta ser uma mulher, não é? – Charlotte fez uma careta. – Nossa casa não é de fato nossa. Nunca pensei que sairia de Stanwood. Vejo agora que, mesmo que você não se case com Matt, ou que eu não me case, quando Charlie casar, a casa não vai mais ser minha.

Grace a abraçou.

– É verdade. Ou se você é uma viúva e seu filho se casa. Embora, nessa hipótese, haja a opção da residência da viúva. Mas sempre existem mulheres como Lady Beaumont mãe, que tem condições de manter seu próprio lar. Antes de você se casar, vamos discutir detalhadamente como será seu contrato de casamento. Ele é a proteção da mulher em qualquer união.

– Não que eu pensasse em fazer algo assim, mas e quando um casal foge para casar?

– Nesse caso – os cantos dos lábios de Grace viraram para baixo –, a mulher fica dependendo completamente da boa vontade do marido, pois ele passa a ser dono de tudo o que era dela, incluindo seus objetos pessoais.

– Acho que eu não gosto disso. – Charlotte beijou a irmã. – Obrigada.

Essa era a melhor parte de ter Grace como irmã. Ela não fazia pouco-caso das preocupações dos outros.

– Fico feliz que você vá se casar com Matt. Você o ama muito, não é?

Algo passou pelo rosto de Grace, e quando ela sorriu, foi o sorriso mais lindo que Charlotte já tinha visto.

– Amo, sim.

Matt já tinha tomado sua primeira xícara de chá. Estava prestes a mandar chamar Grace quando ela e Charlotte entraram.

– Você chegou cedo, meu amor – ela disse.

Ele se levantou, pegou as mãos dela e a beijou de leve nos lábios.

– Sim, eu queria falar com você antes que a horda chegasse.

Nada parecido com um sorriso surgiu nos lábios dela.

– Horda?

Ah, isso entrava na categoria de "Eu posso criticar minha família, mas ai de quem fizer o mesmo." Ele a beijou de novo.

– Não, não, não fique brava comigo, querida. Você tem que admitir que é impossível manter uma conversa séria com todos presentes. Incluo nisso minhas quatro irmãs e madrasta.

Enfim, um sorriso pesaroso apareceu nos lábios dela.

– Tem razão. Não posso negar isso.

– Ótimo. – Matt a ajudou a se servir. Se ele pudesse acordar com ela todas as manhãs, sua vida ficaria perfeita. – Minha governanta gostaria de saber quando você vai inspecionar a casa.

Grace inspirou fundo.

– Eu estava pensando nisso. Depois do café, eu acho.

– Perfeito. Assim riscamos esse item da nossa lista. – Ele acenou para um dos criados. – Por favor, mande alguém à Casa Worthington dizer à Sra. Thorton que sua senhoria estará lá dentro de uma hora. A Sra. Thorton deve estar pronta.

– Sim, milorde.

– Uma hora? – Grace sacudiu a cabeça. – Não vou conseguir me aprontar em uma hora. – Ela começou a enumerar as razões com os dedos. – As crianças mal terão terminado de comer. Eu preciso passar os afazeres de Charlotte, colocar as crianças na sala de estudos, me vestir, falar com o cozinheiro... e tenho certeza de que esqueci de alguma coisa.

Nesses momentos, Matt sentia como se estivesse empurrando uma pedra morro acima. Ele puxou a cadeira para ela.

– Você já está vestida. E de modo muito atraente, devo dizer. Você pode dar suas instruções para Charlotte enquanto come. O cozinheiro pode esperar e eu posso ajudar. Tenho certeza de que posso fazer as crianças irem para a sala de estudos. Depois disso, encontro você na Casa Worthington. – Grace serviu chá para ele, que pegou a xícara. – De boa vontade eu lhe ajudo com qualquer coisa que você queira redecorar.

– Você vai precisar fazer algo com a sala de estudos e os quartos das crianças. – Charlotte fez uma careta. – São muito escuros.

– Isso mesmo. – Louisa disse ao entrar na sala do café da manhã. – Os quartos não são nem um pouco bons como os daqui. A sala de estudos, então.

O restante das crianças apareceu logo depois, de olhos quase fechados e bocejando. O que tinha acontecido? Elas geralmente tinham energia demais pela manhã.

– Por que vocês todos parecem tão cansados?

– Acho que é porque foram dormir tarde, milorde – respondeu a Srta. Tallerton. – As crianças estavam tão agitadas que nenhuma delas conseguiu dormir logo. Acho que os horários da cidade não combinam com eles.

– Oh, céus. – Grace franziu as sobrancelhas, consternada. – Eu não tinha pensado nisso. Acho que devemos continuar com os horários do interior quando jantarmos sozinhos.

Matt recostou-se na cadeira e tomou um gole do chá.

– As crianças podiam jantar na sala de estudos.

– Não podiam, não. – Grace lhe deu um olhar irritado.

– Matt? – Louisa disse, usando um tom de alerta. – Você já viu a sala de estudos?

Ele teve a sensação de que aprenderia uma lição de humildade.

– Não.

– Não tem lugar para uma mesa grande o suficiente para acomodar todo mundo – disse Grace. – Quando tivermos convidados, eles jantarão aqui mesmo, mais cedo.

– Desculpe. Acho que eu deveria ter visto a sala primeiro. – Ele tinha se saído mal nisso. – Como quiser, minha querida.

O café da manhã foi mais silencioso do que de costume. Grace tocou os lábios com o guardanapo e se levantou.

– Charlotte, eu gostaria que você praticasse sua música. Talvez Louisa possa acompanhar você. Agora preciso ir me arrumar para a Sra. Thorton.

Ah, ele ficaria cuidando das crianças. Depois que Grace saiu, Matt olhou ao redor da mesa com um sentimento de satisfação. Ela estava, enfim, aceitando o casamento e tomando decisões de novo.

– Depois que terminarem de comer, podem todos voltar para a cama e tirar um cochilo. Não vou levar crianças ranzinzas para o parque.

Ele esperou até todos subirem e foi até a Casa Worthington.

A porta foi aberta antes de Grace bater.

– Milady. – O mordomo de Worthington fez uma reverência. – A Sra. Thorton está à sua espera na sala matinal.

– Obrigada, Thorton.

Grace observou o grande saguão de entrada, revestido de mármore preto e branco. Uma escadaria entalhada dominava o ambiente, elevando-se até uma galeria no primeiro andar, e continuando até outra galeria no piso acima. A casa era maior e mais antiga do que a Casa Stanwood. Flanqueando o saguão de entrada havia duas salas. Dois corredores, um de cada lado, levavam aos fundos da residência. Ela seguiu Thorton por um deles até uma sala agradável, ensolarada, com portas francesas que davam para um terraço e, mais à frente, um jardim.

Embora Thorton, o mordomo, fosse alto, sua mulher, a Sra. Thorton, era baixinha. Roliça com um aspecto jovial, ela parecia ter cerca de cinquenta anos. Grace teve esperança de que lidar com ela fosse tão fácil quanto parecia. A governanta fez uma mesura rápida.

– Bem-vinda, milady. Eu trouxe lápis e caderno. Por onde quer começar?

Grace sorriu.

– Pela sala de estudos. Imagino que o lugar vá precisar de uma bela reforma.

– Eu soube, milady, que tem vários irmãos e irmãs – disse a governanta enquanto levava Grace escada acima.

Era uma das formas de dizer aquilo.

– De fato. Sete. Três garotos, embora o mais velho esteja em Eton, e quatro garotas. A mais velha está debutando este ano. Vou precisar de pelo menos cinco quartos para as crianças e duas suítes, para o preceptor e a aia.

A Sra. Thorton arqueou as sobrancelhas.

– Então vai ser preciso reformar o andar inteiro.

Grace seguiu-a por três lances de escada até a sala de estudos. Ela consistia em um salão e dois quartos interligados na frente da casa. Um corredor com quartos dos dois lados levava aos fundos. A maioria dos quartos eram ou muito pequenos, ou vazios, ou, ainda, usados como depósito.

– Onde a criadagem dorme?

– No andar de cima, milady. O Sr. Thorton e eu ficamos num quarto no outro corredor, deste lado.

Isso era estranho. Normalmente os aposentos do mordomo ficavam no térreo. Grace apertou os lábios.

– Você está feliz neste andar?

– Bem, milady, para ser sincera, éramos mais felizes nos aposentos do térreo.

– Como esses aposentos estão sendo usados agora?

– Como depósito.

Então não havia motivo para esse problema não ser solucionado rapidamente.

– Pense no que precisa ser feito para torná-los habitáveis outra vez e me envie a lista. Enquanto isso... – Grace abriu as portas dos dois apartamentos da frente, que eram espaçosos. Cada um possuía quarto, sala de vestir e sala de estar. – Estes vão servir para a aia e o preceptor. Eu gostaria que fossem limpos e pintados. Hum... se juntarmos os quartos dois a dois, não vão ficar tão apertados. – Grace levou os dedos às têmporas. – Sala de arte com muitas janelas e luz, sala de estar das crianças. O que mais?

– Um berçário?

Grace sentiu o rosto esquentar.

– Na outra ponta do corredor, com aposentos para uma ama e criadas.

A Sra. Thorton ia anotando.

– Um novo lavatório? – ela sugeriu,

– Excelente ideia. Dois novos lavatórios, e podemos transformar um dos quartos pequenos numa sala de banho.

Quando elas terminaram, a lista tinha crescido assustadoramente. Passeando pelo andar outra vez, Grace esperou que houvesse espaço para fazer tudo aquilo.

– Quando foi a última reforma desta casa? – ela perguntou.

– Eu trabalho aqui há trinta anos e esta vai ser a primeira vez que será feito algo além de redecorar os aposentos principais.

– Bem, acho que até agora não houve muita necessidade.

– Não, milady. Não desde que a mãe de sua senhoria morreu.

Já era quase uma da tarde quando elas desceram para o térreo.

– Sra. Thorton, vou deixar que almoce. Podemos nos encontrar de novo mais tarde.

– Como quiser, milady. – Ela fez uma mesura e se afastou.

Grace ficou olhando ao redor e imaginando quanto tempo até ela poder morar ali. Estavam os dois fazendo a coisa certa ao se casarem, quando cada um tinha responsabilidades com os irmãos e as irmãs? Charlie ainda precisava conhecer a fundo e aprender a administrar todas as propriedades Stanwood. Ela levou a mão à testa. Como aquilo iria funcionar?

Capítulo 19

Matt entrou na sala do café da manhã quando Grace e as crianças estavam se levantando após almoçarem. Ele a beijou rapidamente sob um coro de *oohs, aahs* e pelo menos um *argh*. Perguntando-se se aquelas manifestações sempre ocorreriam toda vez que beijasse Grace, ele encarou as crianças com um olhar severo.

— Vocês podem guardar suas opiniões para si mesmos.

Grace colocou seu guardanapo sobre a mesa.

— E onde você esteve toda a manhã? Pensei que fosse me acompanhar na inspeção com a Sra. Thorton.

Ele entrelaçou o braço no dela.

— Eu ia, mas decidi que a prioridade era obter nossa licença especial, o que ainda não consegui fazer. Eu soube que vocês não terminaram.

— Acho que não. Você já comeu?

— Já, e você precisa completar a inspeção. — Ele a tirou da sala do café da manhã.

Grace levou a mão à cabeça.

— Matt, não posso sair sem meu chapéu.

— Você só vai atravessar a rua.

Thorton abriu a porta e fez uma reverência.

— Diga à Sra. Thorton que vamos começar pela sala matinal — Worthington disse por sobre o ombro.

Quando chegaram à sala, ele a puxou para dentro, fechou a porta e a trouxe para seus braços.

– Eu estava querendo fazer isto a manhã inteira. – Seus lábios desceram sobre os dela. Quando Grace abriu a boca para protestar, ele capturou os lábios dela. – Não fale. Apenas me beije – ele murmurou dentro da boca de Grace. – Vou ouvir Thorton chegando.

Quando os braços dela envolveram seu pescoço, ele sorriu. Céus, ele amava o modo como Grace lhe correspondia. Pondo as mãos sobre o traseiro dela, Matt a apertou contra si, fazendo-a sentir seu desejo. Grace sentiu a pele esquentar; ela estava pronta para ele. Se pelo menos tivessem tempo. Mas a governanta estava vindo pelo corredor. Relutante, Matt a soltou quando a Sra. Thorton bateu. Talvez Matt dissesse à criada que ele mesmo mostraria a casa para Grace. Talvez pudessem começar pelo quarto dele. Seu braço ainda estava na cintura de Grace quando a Sra. Thorton entrou, observou a cena e estreitou os olhos para ele.

– Se vier comigo, milady, podemos continuar a inspeção.

Com os lábios ainda um pouco inchados, Grace sorriu, encantadora.

– Claro, Sra. Thorton.

Matt sorriu.

– Eu posso assumir o *tour*, se a senhora preferir.

A governanta arqueou as sobrancelhas, do mesmo modo que tinha feito quando flagrara Matt trazendo um dos cães de caça para dentro da casa.

– Não, milorde, eu não prefiro. O que eu *prefiro* é terminar aquilo que começamos esta manhã, o que não vai acontecer se milorde assumir.

– De fato, Sra. Thorton – Grace concordou, espantada. – Worthington, por que você não olha o desenho que eu fiz das mudanças necessárias para o andar das crianças?

Ele colocou a mão na parte inferior das costas de Grace e fez um carinho para baixo.

– Mais tarde. Primeiro quero estar com você quando vir seus aposentos.

– Se prefere assim – ela disse, quase sem respirar. – Chamo você quando chegarmos lá.

Ele fez uma careta enquanto Grace examinava a sala matinal. Depois ela saiu com a Sra. Thorton. Matt tinha planos para a noiva. Planos que não incluíam a governanta. Ele as seguiu. Grace podia discutir a reforma com ele mais tarde. A distância, ele notou como Grace lidava com a Sra. Thorton. Ela escutava as sugestões da governanta, misturava-as às dela e chegava a um consenso. Ele imaginou quanto aquilo tudo iria lhe custar, mas decidiu não se preocupar. Era muito mais importante manter a família feliz.

Quando chegaram aos quartos, Grace se voltou para ele.

– Onde estão suas irmãs?

– Tendo aula com a Srta. Tallerton.

– Onde está a aia delas?

– Por algum motivo ela não veio. Ontem, Patience me disse que nossa aia tinha aceitado um emprego mais perto da família. – Ele e Grace não tinham falado das aulas de suas irmãs. Ela compartilharia a aia? O melhor era permitir que Grace decidisse. – Acho que vou ter que contratar uma nova.

– Não seja tolo. Não precisamos de duas. Winters e Tallerton podem dar as aulas. O pai era clérigo, e ela aprendeu com os irmãos que se preparavam para Oxford. Ela também tem todos os talentos: sabe desenhar, tocar piano e harpa, fala francês e italiano. Winters é formado em teologia em Oxford. Ele ensina latim, matemática avançada e o restante.

– Entendo. – Pelo que Matt soubesse, sua antiga aia não possuía metade dessas qualificações. – Desde que a Srta. Tallerton e o Sr. Winters não tenham objeções.

– Por que teriam? – Grace deu de ombros. – As garotas têm idades próximas.

Matt continuou acompanhando-as até chegarem ao último aposento da lista. Ele abriu a porta para a sala de estar da condessa. Estava limpo, mas, obviamente, não era usado fazia anos. De um lado da sala havia uma porta que dava para um grande quarto de vestir, com outra porta para o dormitório, que se debruçava sobre o jardim dos fundos.

Grace se virou para Matt.

– Sua madrasta não usa estes aposentos?

– Não. – Ele se virou para a Sra. Thorton. – Acho que podemos continuar daqui.

A governanta aquiesceu.

– Sim, milorde. Milady, vou organizar as listas.

Ele fechou a porta.

– A última pessoa a usar esta suíte foi minha mãe.

Grace arregalou os olhos, confusa.

– Não entendo.

Puxando-a com delicadeza para seus braços, ele a beijou de leve.

– Meu pai e minha mãe eram quase inseparáveis. Na verdade, não me lembro deles sem estarem juntos, mesmo à noite. Depois que ela morreu, ele nunca mais dormiu nesta cama. Nem na cama do Solar Worthington. E eu não ocupei estes aposentos porque estava esperando uma esposa para dividi-los comigo. – Matt a beijou de novo. – Meu pai me disse, uma vez, que casou com Patience porque se sentia solitário, mas que ela não conseguiu preencher o vazio que a morte da minha mãe tinha causado. Ele nunca trouxe Patience aqui porque não a amava.

– Meus pais também se amavam muito. Se mamãe tivesse morrido primeiro, não acredito que meu pai fosse casar de novo. Não sei se sinto mais pena de Patience ou do seu pai.

– Acho que tenho mais pena de Patience. Meu pai teve a oportunidade de conhecer um amor profundo, sem fim. A Patience foi negada essa chance. – Matt meneou a cabeça. *Os homens Vivers deveriam se casar só uma vez.* – Não existe quarto separado para a condessa.

– Entendo. – Grace passou o braço pela cintura dele.

– Mesmo?

Ela o encarou.

– Mesmo. Meus pais sempre dividiram o quarto. Eles não aguentavam dormir separados.

Talvez agora ela lhe contasse o que Lady Herndon tinha dito, e então ele faria Grace entender que não precisava se preocupar com nada.

– Você me ama desse modo, Grace? Porque é assim que eu a amo.

Lágrimas afloraram nos olhos dela.

– Sim, eu amo você desse mesmo modo.

Com dedos ágeis, ele desamarrou o corpete dela e puxou o vestido pelos quadris de Grace. A musselina fez um ruído suave ao cair.

– Matt, o que você está fazendo?

– Eu preciso ver você. Toda você. – Ele lhe tirou as anáguas. Matt bem que gostaria de se demorar fazendo isso, desembrulhando-a como uma daquelas bonecas russas, uma peça de cada vez. Após desamarrar a chemise dela, Matt recuou um passo. – Você é a mulher mais linda que eu já vi.

O espartilho foi parar no chão, juntando-se ao resto das roupas dela. Então ele lembrou de pegar o vestido e o colocou sobre uma cadeira. Grace corou mas permaneceu imóvel, permitindo que ele a observasse, pois não tinha podido naquela primeira noite. Os seios dela eram generosos e firmes. Ele passou um dedo pela costela de Grace, e desceu até a cintura, depois pela curva do quadril. Os pelos entre as pernas eram da mesma cor do cabelo. Ela lhe tirava o fôlego.

Ele precisava possuí-la. Encontrar seu lar dentro dela. Matt pegou Grace nos braços e tomou os lábios que ela lhe oferecia. Grace abriu a boca e, com a língua, levou-o às alturas. O membro dele, já inchado, latejava e implorava para ser libertado.

Grace se inclinou para trás, a respiração curta e ofegante.

– Você não tem que ir a algum lugar esta tarde? – ela perguntou.

– Não. – Matt sorriu e soltou a gravata.

Grace abriu o paletó dele, puxando-o. Ele percorreu o corpo dela com as mãos. Era tão macio quanto a seda mais suave. Os mamilos se arrepiaram em bicos tesos quando ela fechou os olhos, permitindo que ele a possuísse.

– Você é perfeita.

Um sorriso sensual moldou os lábios dela.

– E você, milorde, tem roupas demais. Fique quieto um instante enquanto desaboto seus punhos.

Depois que Matt tirou a camisa pela cabeça, Grace ficou na ponta dos pés e tomou os lábios dele. Até eles falarem de seus pais ela se deu conta do tamanho de seu amor por ele. A próxima coisa que ela percebeu foi que a ereção dele estava livre, e as calças, no chão.

Matt os aproximou da cama e se sentou, tirando as botas e meias. Quando se levantou, estava nu e lindo. Grace estendeu a mão, colocando seus dedos no peito musculoso, estudando-o antes de descer as mãos pelos cabelinhos sedosos até a barriga. Matt ficou tenso com o toque dela. Mas ficou imóvel quando a mão foi até suas costas e desceu até o traseiro. O corpo dele era todo sólido.

Grace baixou os olhos para a ereção e a tocou. Dura e tão macia ao mesmo tempo e, oh... o prazer que lhe daria. A dor difusa entre as pernas aumentou, e ela estremeceu pela antecipação. Grace não queria perder mais nenhum segundo para senti-lo dentro de seu corpo. Passando as mãos pelo peito dele, ela tocou seus mamilos e os beijou. Eles a recompensaram ficando duros.

— Faça amor comigo — ela pediu.

Ele a pegou, segurando-a, e subiu na cama. Os pelos do peito dele friccionaram os mamilos já sensíveis dela. Matt se ajeitou entre as pernas de Grace, e ela esperou que ele a penetrasse.

— O que foi? — ela perguntou, quando ele demorou, arqueando os quadris para estimulá-lo.

Ele respondeu, mas não com palavras. Movendo os lábios em beijos suaves como o toque de penas pelo pescoço dela, Matt desceu pelos seios, chupando um mamilo, depois o outro. A tensão cresceu dentro dela e Grace arfou em busca de ar. Ela tremia com um desejo mais forte, mais profundo, que nem sabia existir. A necessidade escaldante que tinha dele começava na junção de suas pernas e se espalhava por todo o corpo.

— Matt, preciso de você dentro de mim.

Rindo sensualmente, ele desceu com os lábios pela barriga dela. Grace sentiu a boca secar, e sua respiração ficou difícil. Quando ele lambeu seu centro, Grace gritou e quase caiu da cama.

— Você gosta assim, meu amor?

Essa era uma das perguntas mais tolas que ela já tinha ouvido. Grace tentou encontrar fôlego para responder, mas só conseguiu emitir um gemido agudo.

— Vou entender isso como um sim.

Agarrando-o, Grace tentou puxá-lo para cima. Por mais que gostasse do que ele estava fazendo, ela precisava dele nesse instante. Só de pensar ela estremeceu de novo.

— Por favor, Matt.

Ele foi lambendo o corpo dela em direção ao pescoço e, quando Grace pensou que morreria se tivesse que esperar mais, Matt a penetrou, tirou e penetrou de novo. Ela passou as pernas ao redor dele, soluçando de carência. Chamas a engolfaram e seu núcleo pegou fogo. Grace se agarrou nele e se desfez quando ele arremeteu uma última vez e estremeceu.

Matt a abraçou enquanto ela relaxava braços e pernas.

– Não consigo acreditar na sorte que tenho por ter encontrado você. Aqui é seu lugar.

Ele a aninhou, lânguida e saciada, ao seu lado.

– Meu lugar? – ela balbuciou.

Ele encostou os lábios na cabeça dela.

– Ao meu lado. Você se encaixa perfeitamente.

Quando refletiu a respeito, Grace percebeu que ele estava certo. Ela se sentia segura e à vontade abraçada por ele desse modo. Ela se virou só o bastante para ver o rosto dele.

– No que você está pensando?

Ele sorriu para ela, os olhos ainda mais verdes agora.

– Eu estava me perguntando se nós vamos escandalizar os criados, como meus pais faziam.

– O que eles faziam para escandalizá-los? – ela perguntou com a voz mais sensual que conseguiu, passando os dedos de leve pelo peito dele.

Ele a beijou e acariciou um seio.

– Eles faziam amor sempre que queriam, onde quisessem.

Ela puxou a cabeça dele para baixo e passou a língua pelos lábios de Matt.

– Acho que estamos no caminho certo. Até que as crianças venham, claro.

– Não vou pensar nos nossos irmãos e irmãs agora. – Ele a beijou devagar, hipnotizando-a. Ele tentava não ir rápido demais, mas Grace não aceitava isso. Eles estavam na cama pela primeira vez desde aquela noite e ela pretendia se aproveitar ao máximo disso. Pressionando o corpo contra o dele, ela passou uma perna por cima do quadril de Matt.

– De novo? – ele perguntou, os olhos ardentes.

– De novo.

Grace vestiu-se com esmero nessa noite. Ela escolheu um vestido de seda *joquille*. O decote era quadrado e bem baixo; a cintura alta, circundada por uma faixa, renda e pérolas. As mangas curtas quase deixavam os ombros à mostra. A saia fluía e terminava numa meia cauda. Ela deu três voltas no pescoço com um longo cordão de pérolas, deixando uma parte mais baixa. Nas orelhas, pérolas penduradas em fios de ouro.

Bolton penteou o cabelo dela para cima, deixando fios pendentes sobre os ombros e prendendo o coque com pentes. Grace pegou seu xale de seda Norwich, o leque e a bolsa.

– Nós não a vestimos com tanta elegância desde sua última vez em Londres.

Grace observou seu reflexo no espelho.

– Acho que você tem razão.

Bolton começou a sair, mas olhou por sobre o ombro.

– Milady pode dizer a sua senhoria que eu agradeceria se ele não amarrotasse seu vestido.

– *Bolton!* – O rosto de Grace ficou vermelho no mesmo instante.

– Igualzinha a seus pais, milady. Agora vá. Ele está à sua espera.

Grace tentou manter a dignidade.

– Você é incorrigível.

– Sim, milady.

Matt *estava* à espera ao pé da escada. Quando chegou perto dele, a expressão em seu rosto era tudo o que ela podia desejar. Os olhos, calorosos e amorosos. Os lábios bem desenhados se arquearam num sorriso.

Ele pegou a mão dela, ainda sem luva, e a beijou.

– Você está incrivelmente bela. Essa cor lhe cai bem. Embora o corpete pudesse ser mais alto.

Os dedos dele pairaram sobre o decote dela, como se Matt fosse puxá-lo para cima. Ela bateu em sua mão com o leque.

– Achei que você iria gostar.

– Eu gosto. – Ele se aproximou e sussurrou: – E gostaria de tirá-lo do seu corpo.

Passando a língua pelos lábios repentinamente secos, ela precisou se lembrar de respirar.

– Depois de nos casarmos, você poderá fazer isso.

– Vou lhe cobrar, milady. Você sabe que daqui a uma semana seremos marido e mulher.

Grace estava para responder quando ecoou uma batida e os tios dela entraram.

– Tia Almeria, tio Bertrand, acho que os outros já estão na sala de estar.

Matt fez uma reverência para a tia e apertou a mão do tio.

– Sim, as garotas e minha madrasta. – Ele se virou para Grace. – As crianças mais novas queriam ver você e as irmãs antes de irmos. É claro que sim.

– Eu me lembro de esperar para ver minha mãe vestida para festas. – Ela acenou para o mordomo. – Royston, por favor, traga-os.

– Sim, milady.

Um criado abriu a porta da sala de estar quando Grace e Matt se aproximaram. Ela tinha visto Charlotte antes, mas não Louisa. O vestido de Charlotte era verde-salgueiro, e o de Louisa, azul-claro. As duas estavam lindas.

Matt sorriu.

– Eu sei que já disse isso antes, mas vocês duas estão encantadoras.

As garotas coraram.

Grace passou os olhos pela sala.

– Onde está Merton? Achei que ele iria conosco.

– Eu o peguei fumando dentro de casa e o mandei embora. Acredito que esteja no Limners.

Grace apertou o braço dele.

– Melhor assim. Não aguento fumaça de charuto. É um hábito nojento. Espero que a moda não pegue.

– Eu também disse a ele – Matt disse, com a voz gelada – para não tentar conquistar a atenção de Charlotte ou de Louisa.

Grace arqueou as sobrancelhas.

– Obrigada. Só não diga para elas. A pessoa passa a querer imediatamente o que é proibido.

Um brilho malicioso cintilou nos olhos dele.

– É mesmo?

Um tipo de pavor cresceu dentro dela. Grace tentou manter o tom leve.

– E o que acontece quando não é mais proibido?

Matt a despiu com os olhos antes de puxá-la para si.

– Este encanto nunca vai acabar.

O coração dela bateu mais rápido e Grace rezou para que ele estivesse certo. Mesmo assim, as palavras de sua tia ecoaram em sua cabeça. Era nesses momentos que Matt sabia que a autoconfiança de Grace inexplicável e repentinamente desaparecia. A compulsão por abraçá-la e reconfortá-la cresceu. Ele ficaria feliz em pegar Grace nos braços e carregá-la até sua casa, até o quarto deles, e mantê-la lá até que se casassem. Mas nem podia pegá-la nos braços com o tio e a tia dela presentes.

Patience pigarreou.

— Vocês nos acompanham ou têm planos diferentes?

Grace se voltou para ela.

— Nós vamos ao jantar de Lady St. Eth esta noite. Amanhã iremos à *soirée* de Lady Featherton.

— É um bom plano — Patience anuiu. — Vocês passarão uma noite tranquila falando de política, deixando que o resto de nós fale de seu romance. Então, amanhã estarão presentes no maior evento da noite.

O resto das crianças apareceu na sala. As garotas se encantaram com os vestidos das irmãs, enquanto os meninos se aproximaram de Matt.

— Elas estão muito bonitas. Para irmãs, eu quero dizer — disse Walter.

— Estão mesmo. — O olhar de Matt foi parar em Grace.

Philip fez uma careta.

— Se você gosta desse tipo de coisa. Eu tenho mais o que fazer do que ficar olhando para vestidos.

— Imagino que tenha. — Matt teve dificuldade em manter a seriedade. As ideias de Philip mudariam dramaticamente dentro de alguns anos.

Royston anunciou que todas as carruagens estavam prontas. Grace e Matt esperaram todos os outros saírem antes de descer os degraus até o veículo dela.

Ele subiu depois de Grace e deu a ordem de partida.

— Você está pronta?

— É melhor que eu esteja. Nós não temos escolha.

Capítulo 20

Meia hora mais tarde, Matt e Grace estavam à frente da fila de recepção na Casa St. Eth. Lorde e Lady St. Eth os cumprimentaram, depois os convidaram a entrar no salão de bailes.

Worthington passou os olhos pelo ambiente, reconhecendo a maioria dos presentes.

— Vou apresentá-la a quem você não conhecer.

— Obrigada. Eu conheço muitos dos convidados, mas já faz algum tempo.

Entrelaçando seu braço no de Grace, Matt a manteve perto de si. Ele não queria que ninguém pensasse que seria um marido complacente. Se algum dos cavalheiros da sociedade quisesse flertar, que encontrasse a esposa de outro.

Um instante depois, dois de seus amigos se aproximaram.

— Meu amor, permita-me lhe apresentar Lorde Huntley e Lorde Wivenly. Lady Grace Carpenter, minha noiva.

Surpreso, Huntley arqueou uma sobrancelha e sorriu.

— Lady Grace, Worthington, desejo-lhes muita felicidade.

Nesse momento, Wivenly, que tinha ficado boquiaberto, fechou a boca.

— Sim, muitas felicidades, sem dúvida.

Grace fez uma mesura e estendeu a mão.

– Fico feliz em conhecê-los. Qualquer amigo de Worthington será bem-vindo em nossa casa.

– Obrigado, milady. – Huntley pegou a mão dela, mas olhou para Matt. – Eu beijaria sua mão, mas Worthington pode me desafiar para um duelo.

Ele ficou surpreso ao perceber que estava mesmo observando Huntley com intensidade e soltou uma risada curta.

– Desde que você não faça nada além de cumprimentá-la, está tudo bem.

Um sorriso malandro apareceu no rosto de Wivenly quando ele fez uma reverência para Grace.

– Quando é o casamento?

Então o maldito beijou a mão de Grace, e Matt teve dificuldade em não deixar um rugido escapar. Pelo menos ela estava usando luvas.

– Daqui a uma semana.

– Que repentino – Wivenly disse, incapaz de esconder a surpresa.

– Não, nem um pouco – Matt respondeu, prendendo melhor a mão de Grace em seu braço. – Nós nos conhecemos há alguns anos, mas as circunstâncias nos mantiveram afastados. – Matt ficou feliz ao ver Grace olhando apaixonadamente para ele. – No instante em que a revi, percebi que nenhuma outra mulher serviria para mim. Nós não temos motivo para esperar, mas temos várias razões para não aguardar.

Huntley arqueou uma sobrancelha, indagando.

– A irmã de Lady Grace está debutando, assim como a minha. Casarmo-nos antes que a temporada comece vai tornar muito mais fácil para nós acompanharmos as duas.

– Faz sentido – Huntley disse. – Quatro olhos enxergam melhor que dois.

Wivenly, contudo, sorriu com uma alegria irreverente.

– Você? Acompanhante?

Estreitando os olhos, Matt o encarou.

– Eu me recordo de que você também tem uma irmã.

O sorriso do amigo sumiu e ele fechou a boca. Ótimo, Grace não precisava saber dos pecadilhos de Matt. Ainda mais depois do que a tia tinha dito a ela. E, afinal, pertenciam ao passado.

Huntley soltou uma gargalhada.

– Ele pegou você, Will. Quando ela debuta? Ano que vem, não é?

Wivenly emitiu um som que lembrava um rugido baixo.

– Isso. Mas não precisava falar.

Sorrindo, Matt se voltou para Grace.

– Vamos andar, amor?

Os olhos dela brilharam, e Grace inclinou a cabeça para os amigos dele.

– Como quiser, meu amor.

Quando começaram a sair, uma mulher de vinte e tantos anos se aproximou deles.

– Lady Grace, Lorde Worthington, que bom encontrá-los aqui.

Grace a observou por um instante, como se tentasse se lembrar da mulher, então sorriu.

– Lady Fairport. Que ótimo vê-la outra vez.

A Condessa de Fairport era uma das irmãs mais velhas de Phoebe.

– Fairport está aqui? – Worthington perguntou.

– Está. Ele já vai aparecer. Phoebe nos pediu para cuidar de você, e ficaremos felizes em ajudar. – Ela olhou para Grace. – Eu soube que vocês dois estão interessados em ser mais ativos no partido. Sempre é bom termos mais algumas boas anfitriãs políticas.

Grace anuiu.

– Essa é uma das coisas que queremos fazer. Você sabe, claro, temos as crianças. Ainda assim, desejamos ser o mais ativos possível.

Quando Fairport se juntou a eles, Matt o cumprimentou. O pai de Fairport tinha sido um de seus padrinhos quando Matt assumiu seu assento na Câmara dos Lordes.

Momentos depois, Grace e Lady Fairport fizeram uma pausa na conversa. Aproveitando a interrupção, Fairport fez uma reverência.

– Lady Grace, ficou feliz de vê-la em Londres.

– Obrigada, milorde. Posso dizer que você não mudou nada? Nem você, milady.

Fairport baixou a cabeça ligeiramente e disse, em voz baixa:

– Chegou a hora... Aí vem Lady Bellamny.

O braço de Grace ficou tenso e ela olhou para Matt.

– Lady Bellamny vai querer todos os detalhes.

– Nós devíamos ter ensaiado nossos papéis. – Ele tentou fazer pouco do destino que os aguardava. – Não se preocupe com nada – ele disse, tentando demonstrar mais coragem do que sentia. – Acompanhe-me que tudo vai dar certo.

– Com prazer. – Os olhos dela cintilaram. – Você é muito mais criativo do que eu.

– É charme, meu amor. Vou encantá-la com meu charme. – Matt fez sua reverência mais elegante para o velho dragão.

– Milady, como é bom vê-la.

Lady Bellamny fixou seu olhar de lagarto nele.

– Não tente me adular, Worthington. Eu o conheço desde que usava andador. Você não gosta nada de me ver. Devo acreditar que os boatos são verdadeiros?

– A que boatos se refere, milady? – ele disse com o que pensou ser suficiente sangue-frio.

Ela bateu a bengala no chão, não acertando o pé dele por um fio de cabelo.

– Vocês estão ou não noivos?

Com os lábios tremendo, ele se esforçou para não rir.

– Sim, estamos.

– Ótimo. – Ela se virou para Grace. – Eu nunca apreciei sua decisão de permanecer solteira. Sua mãe não iria querer isso. Quando é o casamento?

– Terça-feira – Matt respondeu, antes que Grace pudesse dizer qualquer coisa.

Os queixos de Lady Bellamny chacoalharam quando ela riu.

– Não quer dar chance a ela de escapar, pelo que vejo. Muito bom, meu garoto. O que você vai fazer com os irmãos e irmãs de Lady Grace?

– Vou pedir a guarda deles. – Conversar com Lady Bellamny era o mesmo que ser interrogado pela polícia.

Os olhos astutos dela o estudaram por um instante.

– Excelente. As crianças precisam de um homem. E você também, minha cara.

Grace ficou muito vermelha, e Matt se perguntou se ela estava se lembrando daquela tarde.

Sorrindo com bondade, Lady Bellamny deu tapinhas no braço de Grace.

– Logo, logo você vai entender do que estou falando. Agora, que história devo espalhar?

Grace pigarreou, a voz um pouco tímida.

– Eu tive uma queda por ele na minha primeira temporada... e, agora que nos reencontramos, não vemos razão para esperarmos.

– Vai funcionar. – Lady Bellamny aprovou com a cabeça. – Qualquer um que valha alguma coisa sabe que os homens Vivers se apaixonam rápida e intensamente. Eu vou fazer minha parte. Desejo-lhes felicidade. Vocês dois formam um casal muito bom.

Grace fez uma mesura e Worthington, uma reverência quando Lady Bellamny se afastou.

Lady Fairport cobriu o rosto com o leque e riu.

– Ela é a lady mais constrangedora que conheço.

Também abrindo seu leque, Grace o pôs à frente do rosto.

– Mas ela é bem-intencionada. E, se alguém pode afastar boatos indesejáveis, é ela.

Fairport riu baixo.

– É mesmo. Ninguém tem coragem de contradizê-la. Acho que sua história está em boas mãos.

Matt cobriu a mão de Grace com a dele.

– Você está bem?

Ela baixou o leque. Seus olhos dançavam de alegria.

– Não sei o que pensar da observação dela, de que preciso de um homem.

– Eu sei o que ela quis dizer – ele murmurou no ouvido dela, baixando a cabeça. Matt não conseguiu evitar um sorriso, convencido, quando ela corou de novo.

Eles jantaram, depois procuraram Lady St. Eth e se despediram.

– Estava tudo muito bom, milady.

– Estava mesmo – Grace disse quando Lady St. Eth a abraçou.

– Se eu puder ajudar em algo... – Ela deu um olhar significativo para Grace. – ... é só dizer, minha querida. Sua mãe foi uma boa amiga da minha, e a de Worthington também. Não hesite em me pedir.

– Não hesitaremos, obrigada – Grace respondeu, agradecida.

O plano deles estava indo muito melhor do que esperavam. Ter Lady Bellamny do lado deles era uma bênção.

Várias horas depois, Matt ajudou Grace a subir na carruagem.

– Nada de escândalo. Isso a faz se sentir melhor?

– Sim. – Grace lhe deu um meio sorriso. – Devo admitir que estava um pouco nervosa. Ainda mais quando seus amigos começaram a fazer perguntas.

Ele deu a ordem de partir e a carruagem começou a se mover. Matt não perdeu tempo para pegá-la nos braços.

– Prometo que nada irá magoar você.

Por alguns instantes Grace pareceu preocupada em alisar as saias, então levantou o rosto.

– Eu sei que você não faria nada proposital para me magoar.

Então, eles voltaram a isso. Matt queria que ela lhe contasse o que a tia tinha dito, para que pudesse desfazer seus receios. Tudo que ele podia fazer era mostrar a ela. Matt a beijou intensamente, tentando fazer Grace entender como era preciosa para ele.

Royston abriu a porta quando eles subiam os degraus da entrada.

– Milady, milorde, Lady Worthington, Ladies Charlotte e Louisa, Lorde e Lady Herndon estão na sala de estar. O chá acaba de ser servido. A Srta. Carpenter me pediu para avisá-la para não esperar por ela.

– Aonde será que Jane pode ter ido? – Grace entregou a capa para Royston.

– Deve estar visitando uma amiga – Matt disse.

Um criado pegou o chapéu dele. Os dois foram até a sala de estar, curiosos para saber como tinha sido o evento das garotas.

Patience entregou uma xícara para Grace.

– Como foi sua noite?

– Foi bem. – Grace passou os olhos pela sala. – E a de vocês?

A tia abriu um grande sorriso.

– Faz anos que não me divirto tanto. Charlotte e Louisa eram, sem dúvida, as jovens mais lindas do local. Prevejo que cavalheiros aparecerão às dúzias para visitar e deixar seus cartões.

– Várias mães me perguntaram sobre o romance de vocês – Patience disse, animada. – Naturalmente, eu disse estar muito feliz por vocês dois terem se reencontrado, e que o casamento seria muito íntimo por causa dos deveres de ambos para com as irmãs e as outras crianças.

Lorde Herndon se dirigiu a Worthington.

– Um dos lordes da lei estava na sala de carteado. Ele recomendou que você dê entrada no pedido antes da Sexta-Feira Santa. Vai precisar de duas testemunhas do seu noivado. Eu serei uma.

– Obrigado, milorde. – Worthington disse.

– É uma honra. Leve as crianças para passear esta semana. Não para o tribunal, mas para a sociedade.

– É verdade – disse Matt, franzindo a testa, pensativo. – Talvez uma visita ao museu com Louisa e Charlotte. E uma ida à Gunter's com os mais novos.

– Matt – Louisa protestou –, eu e Charlotte também queremos ir à Gunter's.

Grace pegou a mão dele.

– Que tal um passeio a Richmond e um piquenique? Seria perfeito com meu landau.

Ele sabia dessa carruagem, mas não conseguia entender por que uma jovem iria querer um landau.

– Por que você comprou essa carruagem?

– Eu decidi que precisava de uma quando Phoebe me levou ao fabricante de carruagens. Ele tinha uma pronta que quase comprei, mas pensei bem e encomendei um landau em que coubessem todas as crianças ao mesmo tempo. – Grace levantou o queixo. – Entendo que são veículos pensados para ladies mais velhas, mas a minha é muito moderna, eu garanto, e estou cansada de todo mundo fazer graça com isso.

– Bem – ele sorriu –, seu landau moderno vai precisar do meu brasão nele. Isso me lembra, Lorde Herndon, que precisamos finalizar o contrato. Amanhã ou depois?

– Sim, sim. De fato. Recebi todas as suas informações e estou com uma proposta pronta. Grace?

– Sim, tio?

– Venha amanhã, depois do café, e eu lhe explico tudo. – Ele sorriu e tomou um gole de vinho.

– Não posso. Tenho uma reunião com o arquiteto que vai reformar a Casa Worthington logo cedo. Posso ir depois?

Bebendo seu conhaque, Matt não estava prestando muita atenção à conversa de Grace com o tio, mas a menção à reforma o fez engasgar.

– Arquiteto?

Sua noiva arregalou os olhos.

– Ora, sim. Você disse para eu fazer como quisesse. Não se lembra? Foi quando tentei mostrar os desenhos para você.

Foi quando ele tentava levá-la para sua cama. Mas Matt não tinha a intenção de contrariá-la nesse momento.

– É claro que me lembro. Posso participar?

O sorriso dela o encantou, e ele teve vontade de vê-la sorrir com mais frequência.

– Eu adoraria que você participasse – ela disse.

– Worthington – Patience perguntou –, você já publicou o anúncio no *Post*?

– Não. Eu não vi motivo para anunciar o noivado esta semana e o casamento na próxima.

– Concordo, meu amor. – Grace pegou a mão dele. – Todo mundo que está em Londres já sabe, e o resto vai ficar sabendo do nosso casamento.

Ele olhou para as irmãs. Louisa e Charlotte se esforçavam para não bocejar. As duas garotas precisavam se recolher.

– Patience, por que você não leva Louisa para casa? Ela ainda não está acostumada aos horários da cidade.

Charlotte se levantou, beijou os tios, depois abraçou Patience e Louisa.

– Acho que também vou para a cama. Tia Almeria e tio Bertrand, obrigada. Minha noite foi maravilhosa.

Patience estendeu a mão para os Herndon.

– Boa noite, milorde, milady. Grace, você se importa se eu levar Charlotte às compras conosco, amanhã?

– Claro que não. – Grace beijou o rosto de Patience. – Vejo vocês no café da manhã?

Patience sorriu constrangida.

– Não vamos incomodar?

– Absolutamente. Boa noite.

– Também precisamos ir, querido. – Tia Almeria se levantou. – Foi uma noite muito divertida. Espero um dia vir a um dos seus cafés da manhã.

Tio Bertrand pegou o braço dela.

– Então, querida, você vai ter que se levantar mais cedo do que costuma.

Ela bateu na mão dele com o leque.

– Worthington, Grace, tenham uma boa noite.

Depois que a carruagem dos Herndon partiu, Matt se virou para ela.

– Eu também preciso ir. Você vai me mostrar os desenhos no café da manhã?

– Venha um pouco antes. Se eu mostrá-los com as crianças por perto, todo mundo vai querer palpitar.

Ele olhou ao redor, no saguão, e para a rua, pela porta ainda aberta. Royston estava ocupado com o armário dos casacos, e a rua estava vazia. Então, Matt a tomou nos braços.

– Tem razão. Virei mais cedo. – O rosto dela estava virado para ele, e seus lábios eram tentadores demais para serem ignorados. Ele a beijou. – Boa noite, meu amor.

– Boa noite, meu querido.

– Você gostou dos meus amigos? – Hector tinha convencido seus bons amigos, os Robinson, conhecidos na Índia, a oferecer um jantar com o único objetivo de ter alguma razão para estar com Jane. Os dois caminhavam pelos poucos quarteirões entre a Rua Hill e a Praça Berkeley. Hector agradeceu à divindade que tinha impedido que chovesse.

– Gostei demais. – O rosto de Jane brilhou de contentamento quando eles passaram debaixo de uma das lâmpadas a gás que iluminavam a rua. – Fazia muito tempo que eu não conversava sobre tantos assuntos diferentes. Grace, claro, é muito culta, mas, com a propriedade e as crianças, ao fim do dia ela geralmente está exausta demais para qualquer conversa mais intensa. Você tem muitos amigos em Londres?

– Não só em Londres, mas também outras regiões. Principalmente em Bristol e Edimburgo. – A questão não era onde seus amigos estavam, mas onde Jane gostaria de morar. Ele tinha esperado vinte anos para revê-la. Desta vez Hector não a deixaria escapar.

– Você já pensou no que gostaria de fazer agora que voltou para casa?

– Ainda estou pensando nas minhas opções. Muita coisa vai depender de uma certa lady.

Ela diminuiu o passo.

– Vai mesmo?

– Por que você não me diz o que gostaria de fazer?

– Se essa guerra acabasse, eu gostaria de viajar – ela disse, em tom sonhador.

– Eu não me importaria de viajar para lugares civilizados, mas, se você quiser ir para o Levante, ou algum lugar do tipo, vou ser obrigado a protestar.

– Oh, não. – A risada dela o lembrou do tilintar de sinos de prata. – Não tenho vontade de viajar por lugares selvagens.

Isso foi um alívio. Após tantos anos na Índia, ele não queria peregrinar muito longe de casa.

– Onde você gostaria de morar?

– Eu acho – ela disse lentamente – que isso vai depender da minha fortuna somada à do meu marido.

Se Jane achava que ele a deixaria gastar o dinheiro dela nas despesas da casa, tinha perdido o juízo. Talvez estivesse na hora de ele lhe contar que era um nababo, uma pessoa que retorna da Índia com uma fortuna. Mas a Jane que ele tinha conhecido dava mais valor à honestidade e ao amor do que à fortuna. Do contrário, havia muito teria se casado. Mas como abordar o assunto? Ele não podia apenas falar que podia doar milhares de libras para a Associação dos Veteranos.

– Acho que uma casa em Londres e uma propriedade aconchegante no interior não é uma ideia impossível.

– Parece... um sonho lindo. Talvez fosse melhor alugar uma casa durante a temporada.

Ele precisava dizer logo para ela, mas não em público, na rua. Talvez fosse melhor mostrar.

– No momento estou morando em Pulteney e ficando cansado de não ter meu próprio lugar. Combinei visitar algumas propriedades amanhã. Eu ficaria honrado se você me acompanhasse e desse a sua opinião.

A essa altura eles já estavam na Praça Berkeley, e Jane tinha parado diante de uma grande casa. A porta foi aberta. Um homem alto vestido de preto aguardava pacientemente. Hector deu a volta nela, para ficar entre Jane e a porta.

– Você quer ir comigo, amanhã?

Um pouco encabulada, ela olhou para ele.

– Sim, parece que vai ser um bom passeio.

Pegando a mão dela, ele a levou aos lábios.

– Passo para pegá-la às dez horas, se não for cedo demais.

– Dez horas está ótimo.

Hector esperou até ela entrar na casa e a porta ser fechada. Ele aguardaria ansioso o dia seguinte, quando enfim teria algum tempo a sós com ela. Hector precisava encontrar algo para os dois fazerem à noite. Cortejar Jane agora parecia exigir muito mais reflexão e planejamento do que quando eram mais novos.

Capítulo 21

O Sr. Edgar Molton apresentou-se no escritório de Chiswick & Chiswick Advogados pouco depois das nove horas. Um funcionário pegou seu chapéu, sua bengala e casaco, depois o recebeu numa sala com uma mesa comprida. Ele olhou ao redor. O escritório consistia em uma recepção pequena e um corredor com pelo menos três portas. Todas fechadas. Ele deveria ter feito Chiswick ir até ele. O problema era que Edgar não queria que o outro visse onde estava morando. Mas isso logo ia mudar.

Em seguida, o funcionário o levou até uma sala com duas janelas pequenas e forrada de livros.

– Se o senhor puder esperar aqui, vou ver se o Sr. Chiswick pode vê-lo.

O jovem saiu, fazendo Edgar esperar sem nem mesmo lhe oferecer um chá. Ele tamborilou os dedos na mesa de mogno muito encerada. Se esse era o modo como pretendiam tratá-lo, ele com certeza trocaria de advogados. Edgar era um homem rico agora, e não havia motivo para que tolerasse tratamento tão incivilizado. Fazia quase um ano que seu pai tinha morrido. Claro que o velho tinha passado anos com um pé na cova. Edgar demorou quase três meses para voltar depois que vendeu tudo que possuía nas Índias Ocidentais. Que alívio estar de volta à Inglaterra. Finalmente, ele era um cavalheiro com recursos.

A porta foi aberta sem ao menos uma batida para alertá-lo. Foi a gota que transbordou o copo. Chiswick & Chiswick não o representariam mais.

– Sr. Edgar Molton? – perguntou um homem bem-vestido com expressão confusa.

Edgar não ofereceu a mão, apenas ergueu uma sobrancelha altiva.

– Sr. Chiswick, imagino. Vamos terminar logo com isto?

Chiswick deu um passo à frente e fez um gesto para Edgar se sentar.

– Sim, claro. Estou com os documentos para sua assinatura. Desculpe mantê-lo esperando. Faz vários meses, e eu não sabia que viria nos visitar hoje.

– Sua carta demorou bastante tempo para me alcançar, e eu precisava encerrar meus negócios nas Índias Ocidentais antes de voltar para a Inglaterra.

O advogado abriu os documentos sobre a mesa e o funcionário trouxe pena e tinteiro. Depois que tudo estava em ordem, Chiswick levantou os olhos, ajustando os óculos.

– É verdade. Estou um pouco surpreso que o senhor tenha voltado para a Inglaterra. Nós teríamos de bom grado resolvido as questões bancárias.

Edgar franziu o cenho. O homem era um idiota. Por que seu pai tinha mantido essa firma, ele não conseguia compreender.

– Eu não sei como você imagina que eu pudesse administrar a propriedade estando nas Índias Ocidentais.

– Propriedade? – O advogado ficou boquiaberto por um instante.

– Minha nossa. Isso não é nada bom. Parece-me que o senhor não recebeu minha primeira carta. Me dê um instante. Eu já volto. – O Sr. Chiswick saiu da sala. O funcionário trouxe uma xícara de chá e um prato de biscoitos. Alguns minutos depois, Chiswick voltou.

– Esta é uma cópia do testamento de seu finado pai. O senhor tem consciência de que a propriedade não estava vinculada?

Edgar tentou ignorar a sensação de peso na boca do estômago.

– Sim, claro, mas sou o único filho e meu pai era um homem rico.

– Sim, sim, ele era. – O advogado ajustou os óculos outra vez.

– Contudo, ele dividiu a propriedade entre os herdeiros. Sua parte é uma renda de mil libras por ano.

– *Mil libras?* – Devia haver algum engano. – Como diabos eu vou viver com isso? O que aconteceu com o restante?

Chiswick apontou o documento sobre a mesa.

– O senhor gostaria de ler o testamento?

Edgar pegou os papéis. Sua mão tremia enquanto lia o documento. Ele não tinha recebido nada, exceto pela renda de certos investimentos, mas não poderia tocar no principal. Se morresse sem herdeiros, a renda voltaria ao espólio para ser redistribuída igualmente. O resto dos bens do velho tinha sido dividido por igual entre os outros herdeiros. Suas irmãs e seus fedelhos ficaram com tudo. Para ser franco, isso não era bem verdade. A filha mais velha da tia falecida de Edgar receberia uma renda de dez mil libras por ano, mantidas num fundo de investimento, até se casar ou completar trinta anos, desde que mantivesse os irmãos unidos.

Edgar se esforçou para não fazer uma careta de escárnio. Era típico daquele maldito velhote tornar sua vida o mais miserável que conseguisse. Ele pensava ter recebido a maior parte da herança, e viveu nessa expectativa por meses. Suas contas se acumulavam, e agora ele não tinha quase nada. Edgar precisava encontrar um modo de pôr as mãos em pelo menos parte daquele dinheiro. A voz de Chiswick interrompeu sua reflexão.

– Sr. Molton, sua renda trimestral dos últimos nove meses lhe é devida, e o próximo trimestre está se encerrando. Se quiser, posso providenciar para que o valor seja transferido para sua conta, bem como os próximos pagamentos.

Pelo menos ele conseguiria pagar seus compromissos mais urgentes.

– Vou precisar desses trocados agora. Você pode abrir uma conta para mim no Hoare's. Imagino que esse continue sendo o banco da minha família?

– Sim, senhor, continua.

– Ótimo. Depois mando meu endereço. – Ele se virou para sair e esperou que o Sr. Chiswick abrisse a porta. Edgar podia não ter dinheiro, mas de jeito nenhum iria deixar que aquele sujeito reles o tratasse como se não fosse ninguém.

O Sr. Chiswick abriu a porta e desapareceu no corredor. Edgar colocou o chapéu e ficou satisfeito ao ver o rolo de notas bancárias nas mãos de Chiswick quando este voltou.

– Aqui está, Sr. Molton. Este dinheiro é a quantia que lhe é devida pelos últimos três trimestres.

Edgar pegou o dinheiro, o casaco e a bengala e foi embora. *Mil libras por ano.* Que diabos tinha acontecido com a casa na Rua Half-Moon? A ideia de pedir um adiantamento de fundos à irmã passou brevemente por sua cabeça, mas o sovina do marido dela iria debochar dele. Quem sabe ele não conseguiria comover a sobrinha, Grace? Ela não era casada. Pobre garota, provavelmente ficaria feliz por ter o tio para ajudar com todos aqueles fedelhos. Era melhor estudar o terreno antes. Edgar não via a garota desde que ela era uma criança. Podia muito bem ter se transformado numa megera igual à mãe.

Ele estava voltando para o quartinho que tinha alugado numa pensão quando sentiu um puxão no bolso do sobretudo.

Agarrando uma mão pequena, ele baixou os olhos para encontrar um garotinho vestindo uma camisa suja e calções.

– O que acha que está fazendo?

O menino ficou vermelho e tentou se soltar.

– Eu não acho nada, não senhor. Foi um acidente.

– Acidente, é?

– Sim, senhor. – O garoto anuiu várias vezes com a cabeça.

Molton podia apostar que esse menino faria muito pelo pouco que lhe pagasse.

– Você gostaria de ganhar uma moeda em vez de roubá-la?

– O que eu tenho de fazer? – o menino perguntou, desconfiado.

– Só olhar uma casa. E depois me dizer quem entra e quem sai.

– Quanto tempo? – perguntou o garoto, estreitando os olhos.

– Acho que só hoje – Molton respondeu, coçando o queixo. – Talvez mais. Depende do que você vir.

O trombadinha estendeu a mão.

– Eu quero meio feijão agora.

– Muito bem. – Edgar lhe entregou meio guinéu. – Aqui está. Encontre a Casa Stanwood na Praça Berkeley, em Mayfair. Volte a este lugar amanhã. Qual é o seu nome?

– Jem. Deixe comigo, chefe. – Ele saiu correndo pela rua.

Molton entrou na pensão e subiu dois lances de escada até seu quarto. Sua sorte ia mudar. Ele podia sentir. Logo estaria morando em acomodações melhores.

Logo cedo na manhã seguinte, Matt e atravessou a praça até a Casa Stanwood. Quando abriu a porta do escritório de Grace, ela estava debruçada sobre a escrivaninha, oferecendo-lhe uma vista excelente das apetitosas nádegas.

– Bom dia.

Ela olhou por cima do ombro, sorrindo deliciosamente.

– Bom dia para você também. Venha ver isto. – Grace afastou-se, abrindo espaço para ele. – Estes são os desenhos...

Ele não conseguiu tirar os olhos do exuberante traseiro dela. A respiração dele ficou apressada quando imaginou as saias levantadas e as nádegas expostas. Ele parou atrás dela.

– Eu prefiro ver outra coisa – ele disse, a voz baixa.

Matt se encostou no traseiro firme. Apertando-a contra si com uma mão, ele passou a outra pelos seios e entre as pernas dela. A respiração de Grace ficou entrecortada e sua pele, vermelha. *Quase lá.* Debruçando-se sobre ela, Matt passou a ponta da língua na dobra mais externa da delicada orelha dela. Grace suspirou.

– Precisamos estudar os desenhos – ela disse, com a voz abafada.

– Grace, por favor? – Matt implorou, levantando as saias dela. Ele acariciou a parte interna das coxas. As pernas dela tremeram quando a mão dele mergulhou em seus pelos.

– Nós... – um gemido escapou de Grace. – Nós não temos muito tempo.

– Nós não precisamos de muito tempo. – Ele enfiou dois dedos no núcleo quente e úmido dela. – Você está pronta. – Ele sorriu, satisfeito consigo mesmo.

– Oh, céus, quando eu não estou? – Grace apoiou a cabeça nos braços.

Worthington riu e levou as mãos aos botões da sua calça.

– Essa é uma das muitas coisas que amo em você.

Houve uma exclamação do lado de fora. Ele se virou para o som e viu o que parecia uma criança se afastar da janela. Era melhor que não fosse uma das crianças deles. Por que, em nome dos céus, ele não tinha pensado nisso?

– Fique aqui.

Irrompendo pela porta do jardim, ele correu até o canto da casa bem a tempo de ver um garotinho passar pela grade de ferro da cerca e sair para a rua.

– Que porcaria foi essa?

– Quem era? – Grace veio correndo atrás dele.

– Não sei. Algum menino de rua. Pelo modo como estava vestido, não mora em Mayfair.

– Matt, você acha que alguém está nos vigiando?

Ele franziu a testa.

– Não sei o que pensar. Não se preocupe. – Vendo a preocupação no rosto dela, Matt pôs o braço ao redor dos ombros de Grace e a levou para dentro de casa. – Venha me mostrar os desenhos.

Ele não conseguiu pensar em ninguém que pudesse estar espionando. Herdon disse que os parentes dela estavam aliviados e felizes com o casamento. O outro tio de Grace vivia fora do país. De qualquer modo, futuras atividades amorosas teriam que ser confinadas à cama dele. Pelo menos até estarem casados. Melhor se precaver do que se arrepender.

Alguns minutos mais tarde, Matt estava analisando os desenhos do arquiteto da reforma que ela tinha feito na Casa Stanwood. Eram impressionantes. Grace havia pensado em tudo.

– Foi uma grande reforma.

– O que eu gosto é que atende tão bem às nossas necessidades.

– Posso ver os aposentos?

– Claro. Venha comigo.

Eles subiram a escada até o andar da sala de estudos. As crianças deram bom-dia a Matt. Apesar do grande número de vozes – que incluía as irmãs dele –, tudo estava em ordem. As áreas comuns eram grandes e bem iluminadas pelo sol que entrava pelas janelas que iam do chão ao teto no lado leste da casa. Observando melhor, ele reparou que a disposição das janelas garantia que os quartos receberiam luz até o sol se pôr. Havia uma sensação de arejamento que ele não sentia nem no Solar nem na Casa Worthington.

– É bem diferente do que eu esperava.

Grace sorriu, orgulhosa.

– Você gosta? As crianças e os tutores consideram a área bem adequada.

– Eu acho impressionante. Não tem nada do salão de estudos a que eu estava acostumado, e os dormitórios são maiores. O que tem aqui?

– Esta é a sala de artes. Ao lado há um espaço para costura, brincadeiras e leitura. – Ela pegou a mão dele. – No fim do corredor ficam as suítes dos tutores, uma de cada lado. As duas têm dormitório, quarto de vestir e sala de estar. Duas salas de banho, também. Ele olhou para dentro das salas com ladrilhos e banheiras de cobre.

– Impressionante. Foi isto que você planejou para a Casa Worthington?

– Algo assim. O andar do salão de estudos lá é maior. O que você acha?

– Acho perfeito. Quanto tempo para fazer a reforma?

– Precisamos conversar com o Sr. Rollins. – Ela olhou para ele e franziu o nariz. – Esta reforma demorou o fim do verão e todo o outono. Não acredito que a reforma possa ser terminada nesta temporada.

Era evidente que ela conhecia o assunto. Ele a virou na direção da escada.

– Onde você acha que devemos morar?

– Pensei que podíamos morar aqui, na Casa Stanwood, durante esta temporada – ela respondeu enquanto desciam. – Tem lugar suficiente para todo mundo. É claro que Patience teria que concordar. Mas, se começarmos o trabalho na Casa Worthington imediatamente, ela ficaria pronta a tempo da pequena temporada. – Grace olhou para ele, preocupada. – Você não se incomoda que fiquemos com as crianças enquanto estamos em Londres, não é?

Matt parou. Muita gente deixava os filhos na casa de campo durante a pequena temporada e, às vezes, durante a temporada principal. Mas a ideia de deixar a turma deles apenas com criados e tutores lhe parecia um presságio.

– Não, eu acho que não conseguiria dormir se não os tivéssemos conosco.

A risada de Grace foi musical. O único problema com o plano dela era que Matt não gostava da ideia de Grace não estar em sua casa, em sua cama.

– Onde nós dormiríamos?

Ela mordeu o lábio inferior, como se pensasse.

– No meu quarto?

Imaginando qual seria o tamanho da cama dela, Matt a encarou, cético.

– Vamos ver como é, então.

Grace o conduziu por um corredor e parou diante de uma porta.

– Aqui está. – Ela abriu a porta de sua sala de estar e continuou, passando pelo quarto de vestir até entrarem no dormitório.

Era pequena a possibilidade de que ele coubesse na cama, mas Matt estava disposto a tentar.

– Posso?

Ela olhou para ele, depois para cama, e fez uma expressão cética.

– Claro.

Matt se deitou e seus pés ficaram de fora da cama.

– Céus – ela exclamou.

– Minha lady... – Bolton veio do quarto de vestir, parou e olhou para ele. – Isso não vai dar certo, vai?

Worthington sorriu pesaroso.

– Não.

Grace coçou a testa.

– Nós podemos mandar fazer uma cama maior.

– Ficaria tão grande que milady não conseguiria andar ao redor da cama. – Bolton franziu o cenho. – Milady, por que quer ficar aqui?

– Nós vamos reformar a sala de estudos e alguns dos outros aposentos da Casa Worthington. Não podemos morar lá com tudo isso acontecendo. Eu pensei que seria melhor se nossos irmãos e irmãs morassem aqui até a outra casa conseguir acomodar todo mundo.

Franzindo a testa, pensativa, Bolton anuiu.

– Entendo que não queira morar na outra casa com toda a confusão, mas milady e milorde poderiam dormir lá.

Matt deu seu melhor sorriso para ela. Que mulher maravilhosa sua noiva tinha como criada.

– Bolton, é uma ideia maravilhosa.

Franzindo a testa, Grace olhou para a criada.

– Mas e se uma das crianças cair ou tiver pesadelos?

– Milady pode ser chamada imediatamente se for necessário.

Worthington fez uma prece silenciosa para sempre permanecer nas boas graças de Bolton.

– Sim, acho que pode dar certo – disse Grace, apertando a ponte do nariz.

Matt, que estava sentado na borda da cama, se levantou e foi até ela.

– Se não der, meu amor, vamos encontrar um modo de ficar aqui.

Os olhos de Grace amoleceram ao fitá-lo.

– Muito bem, vamos tentar.

Bolton voltou para o quarto de vestir e ele pegou Grace nos braços.

– Nós *vamos* fazer dar certo. Mesmo que eu precise instalar uma campainha na porta para acordar Thorton no meio da noite.

– Pobre Thorton. – Os olhos dela dançavam, alegres.

O estômago de Matt roncou.

– Nós precisamos tomar o café se não quisermos nos atrasar para a reunião com o Sr. Rollins.

Eles tinham quase terminado de comer quando Patience e Louisa entraram na sala do café da manhã.

A madrasta parecia estar à espera de más notícias.

– Bem, como as crianças se portaram?

– Elas foram ótimas – Grace disse, tranquilizando-a. – Todos se acomodaram e não tivemos nenhum problema. Nem mesmo pesadelos. As crianças logo devem descer. Louisa, por favor, vá ver por que Charlotte está demorando.

Depois que Louisa saiu, Patience soltou um suspiro de alívio.

– Não consigo dizer o quanto estou feliz. A única coisa que me preocupava nesse casamento eram as crianças. Mas parece que elas decidiram se comportar.

Grace arqueou as sobrancelhas.

– Elas têm sido impressionantemente compreensivas. Está sendo quase fácil demais.

Matt pôs sua mão sobre a dela.

– Não vamos procurar problemas.

– Não, você tem toda a razão. – Ela serviu uma xícara de chá para Patience. – Vamos aproveitar enquanto durar.

O som de um estouro de boiada ecoou escadaria abaixo. E ele achava que *suas* irmãs eram barulhentas.

– Acredito que todos vão estar aqui em breve.

Ele imaginou o que Grace tinha feito na reforma para evitar que os tetos caíssem.

– Milorde – Royston apareceu na porta. – Chegou uma mensagem informando que o Sr. Rollins está na Casa Worthington.

– Obrigado, Royston. Vou agora mesmo.

Matt se levantou, beijou Grace no rosto e se preparou para os comentários que geralmente acompanhavam suas demonstrações de afeto por ela. Mas ninguém disse nada, embora Philip estremecesse e Madeline suspirasse.

– Termine de comer, meu amor. Eu acompanho o arquiteto. Quer que eu leve a planta desta casa comigo?

– Não precisa. Diga para ele que quero, basicamente, o mesmo projeto. Eu também fiz outras observações. – Ela tirou várias folhas de papel do bolso. – Aqui, leve-as com você. Eu já vou.

Matt pegou as anotações e saiu. Era bom ele estudar todas as mudanças que Grace estava propondo para sua casa.

Capítulo 22

— Grace, o que você e Matt estão fazendo? — Augusta perguntou.

— Nós estamos reformando a Casa Worthington para que o andar da sala de estudos seja quase igual ao desta casa.

Alice e Eleanor se entreolharam.

— Mas nós todos decidimos morar aqui.

Todos os olhos ao redor da mesa se voltaram para Grace.

— Nós vamos morar aqui nesta temporada. Da próxima vez que viermos à cidade, vamos morar na Casa Worthington. Prometo que vocês vão gostar, quando tudo estiver pronto.

Patience fez uma careta.

— Receio que vá demorar muito tempo para terminar.

Com certeza iria demorar. Mas Grace não podia culpar Patience pela falta de modernização da construção, já que ela nunca tinha sido encorajada a fazer nada com a casa.

— Concordo. — As crianças ainda pareciam céticas. — Vocês gostariam de participar da decoração de seus quartos?

— O meu pode ser rosa? — Mary perguntou.

— Pode ser da cor que você quiser, querida.

Esse anúncio foi motivo de muita conversa entre as garotas.

— Grace, se quiser ir se reunir com Worthington e o arquiteto, eu fico com as crianças — Patience disse, sorrindo.

Ela olhou para o prato vazio e ficou em dúvida se devia comer mais. Por algum motivo, andava com muita fome ultimamente.

– Eu vou daqui a alguns minutos. Quero que Matt fale à vontade com o arquiteto. É a casa dele, afinal, e ele precisa se sentir à vontade com Rollins.

– Grace? – Louisa perguntou. – Como isso tudo vai funcionar?

– Eu também gostaria de saber. – Patience também olhou para ela.

– Algumas das garotas mais novas terão que dividir o quarto. Louisa vai ficar com os aposentos ao lado dos de Charlotte, e Matt e eu vamos dormir do outro lado da praça. Patience, você pode dormir ou morar onde preferir, mas precisa saber que vai haver muito barulho e muita poeira durante o dia na Casa Worthington.

Jane, que tinha chegado alguns momentos antes, voltou-se para Patience.

– Quando viemos ver a obra no começo de novembro, o barulho era tanto que não se conseguia ouvir os próprios pensamentos. Para não falar da sujeira e dos pedreiros entrando e saindo da casa.

Patience brincava com a franja do seu xale.

– Você tem um lugar para mim?

Embora Grace sempre soubesse que a madrasta de Matt seria afetada com o casamento e as mudanças na família, não tinha se dado conta de como a outra mulher deveria estar se sentindo deslocada.

– Nós temos um apartamento muito bom que, eu acho, seria ótimo para você. Jane, você pode mostrar o apartamento amarelo para Lady Worthington quando terminar seu café?

– Com prazer.

Grace tomou o último gole de chá e se levantou.

– Vejo vocês mais tarde.

Alguns minutos depois, Thorton abriu a porta e fez uma reverência para ela.

– Eles estão na sala de estudos, milady.

– Obrigada, Thorton. Por favor, diga à Sra. Thorton que eu gostaria da lista de tecidos de que vamos precisar, se já estiver pronta.

– Pois não, milady.

Grace encontrou Matt e o Sr. Rollins conversando animadamente.

– Sr. Rollins, que bom vê-lo outra vez.

Os dois homens se levantaram. Rollins fez uma reverência.

– Milady. Obrigado por se lembrar de mim.

Ela se sentou numa cadeira baixa perto da mesa com as plantas.

– Você vai conseguir fazer aqui o que foi feito na Casa Stanwood?

– Vou sim. Eu estava revendo as plantas com sua senhoria. Gostaria de lhes dar meus votos de que sejam muito felizes.

Apesar de antes já ter recebido parabéns, votos de felicidade e ouvido que os dois formavam um belo casal, uma sensação de alegria a inundou. Era como se conseguisse acreditar em tudo pela primeira vez.

– Obrigada. Acredito que seremos. – Ela procurou os olhos de Matt. Havia tanto amor neles que seu coração bateu mais rápido. Talvez sua tia estivesse enganada. Talvez o casamento deles fosse diferente, afinal.

– Meu amor? – Matt disse.

– Desculpe. – Ela pegou sua caderneta de anotações. – Você disse alguma coisa?

Os olhos dele brilharam de júbilo.

– Eu disse que, após terminarmos este andar, gostaria que o Sr. Rollins fizesse outras reformas. Como uma sala de banho para nós.

– Que ideia ótima. Eu adoraria.

Rollins apertou os lábios.

– Milorde, milady, eu gostaria de ficar e tirar medidas. Vou ter um desenho completo para vocês depois do feriado.

Matt apertou a mão do arquiteto.

– Obrigado, Rollins. Estou ansioso para ver como vai ficar. Vamos, milady?

Ela pegou a mão que ele oferecia e se levantou.

– Antes que me esqueça, preciso visitar o depósito de tecidos hoje. Você gostaria de ir comigo?

– Não há nada que eu gostaria mais de fazer – ele disse, como se os dois estivessem saindo para um piquenique que seria uma grande diversão.

– Você já esteve em um armazém de tecidos? – Grace perguntou, estreitando os olhos.

– Não. – Ele abriu um grande sorriso. – Mas imagino ter ótimos momentos.

Ele seria o primeiro cavalheiro a pensar assim.

– Vamos ver. Como você vai estar comigo, eu gostaria de ir também a um armazém de mobília. A menos que você goste do padrão egípcio.

Ele fez uma careta.

– Você está me dizendo que temos dessa coisa horrível aqui? Onde?

– Em duas das maiores salas de visitas. – Ela fechou os olhos por um momento. Como é que ele...? – Worthington, você seguiu a Sra. Thorton e a mim por essas salas. Como não reparou?

Os olhos dele desceram lentamente da cabeça dela para os seios e pés.

– Eu estava prestando atenção em outra coisa.

O rosto de Grace ficou quente e seu pulso acelerou. O danado sempre provocava essa reação nela.

– Entendo. – Para controlar o próprio desejo, ela se apressou a mudar de assunto. – Depois que as reformas estiverem prontas, e estivermos aqui para a pequena temporada, vamos precisar de mais criados.

– Vou avisar ao Thorton. – O olhar dele continuou nela.

– Pensei que podíamos manter os que eu contratei para a temporada. – Ela tentou ignorar Matt quando os olhos dele faiscaram, sensuais, e o corpo dela reagiu. Talvez se ela continuasse falando... – Matt, eu lhe contei que Charlie virá para casa amanhã? Pretendo conceder um feriado às crianças enquanto ele estiver na cidade. Vou dizer para a Srta. Tallerton e o Sr. Winters que eles podem ficar e aproveitar Londres ou voltar para casa durante essa semana. – Apesar de tentar ignorá-lo, ela baixou o olhar para os lábios dele. De fato, Matt estava sendo impossível. Eles nunca conseguiriam realizar tudo que precisavam se Grace o deixasse fazer o que queria. – Nós precisamos ir, se pretendemos encontrar meu tio após o almoço.

Matt abriu uma porta e, antes que ela soubesse onde estavam, ele a puxou para seus braços e, usando os lábios, fez Grace abrir os dela. O fogo se espalhou enquanto ele a acariciava, explorando sua boca. A junção das pernas dela começou a latejar.

– Matt, meu amor...

– Eu mal consegui pensar em outra coisa que não você desde que acordei, esta manhã. Preciso tanto de você, Grace.

Como alguma mulher poderia não reagir a isso?

– Nós não podemos demorar.

Ele a conduziu por uma espécie de valsa pelo quarto até Grace parar com as costas numa parede. Ele a ergueu.

– Passe as pernas ao meu redor e segure.

– Matt, não amasse minha saia. Bolton reclamou da última vez.

– Não vou amassar. – A respiração entrecortada dele fez cócegas na orelha dela, que se somaram às sensações provocadas pela mão de Matt. – Eu preciso manter Bolton do meu lado.

Ele acariciou aquele lugar que a fazia desejá-lo e colocou dois dedos dentro dela, massageando-a. Fagulhas saltaram dentro de Grace, e sua respiração ficou tão difícil quanto a dele.

– Por favor, agora. – Ela tentou abafar o grito de prazer quando ele a penetrou. Fagulhas se transformaram em chamas e ela gritou seu nome.

Matt evitou que ela caísse e deu mais duas estocadas.

– Oh, Grace, meu único amor.

O calor da semente dele se espalhou dentro de Grace, que sentiu a falta de Matt assim que ele saiu de dentro dela. Se esse amor continuasse assim, ela seria a mulher mais feliz da Inglaterra e da Europa.

Lentamente, ele baixou os pés dela no chão, abraçando-a apertado, os corações batendo um contra o outro.

Ele a beijou com lentidão e intensidade, enquanto suas mãos acariciavam as costas dela.

– Tem certeza de que quer ir às compras?

O homem era danado. Olhando para Matt, Grace levou a mão ao rosto dele, retribuindo seus beijos com ardor, antes de murmurar:

– Eu *não* vou viver com padrões egípcios.

Ele gemeu e levantou a cabeça.

– Acho que você tem razão.

Matt mandou aprontarem seu cabriolé, mas, quando saíram, uma carruagem urbana pequena os aguardava. Ele olhou para o cocheiro e franziu o cenho.

– O que aconteceu com o cabriolé?

O cocheiro olhou com desconfiança para o céu e fungou.

– Vem chuva aí, milorde. Vossa senhoria não vai querer que milady se molhe.

Um criado baixou os degraus. Matt estendeu a mão para ajudá-la a subir e entrou logo atrás, fechando a porta.

Grace inclinou a cabeça para observar o céu através da janela.

– Não parece que vai chover.

Ele se acomodou ao lado dela.

– Se o cocheiro Tim diz que vai chover, é porque vai. Eu nunca o vi se enganar.

Matt era tão grande que ocupou a maior parte do assento. Desistindo de tentar manter distância, ela se apoiou no ombro dele.

– Tudo bem. Nesta carruagem vou conseguir trazer mais pacotes.

Afastando-a, ele franziu a testa.

– Quanto isso vai me custar?

Se ela soubesse que ele iria causar problemas, nunca o teria convidado a ir. Mas os dois precisavam aprender a trabalhar juntos. Ela não podia esperar pela aprovação dele toda vez que comprasse algo para a casa.

– Não tenho ideia. – Grace deu uns tapinhas no joelho dele. – Se você está sem dinheiro, eu lhe faço um empréstimo. Mas vou querer ser paga em até quinze dias.

– Diabinha.

Jane lançava olhares disfarçados pela janela da bela suíte no primeiro andar que estava mostrando para Lady Worthington. Nossa, estava quase na hora de Hector chegar. Apesar disso, quando Patience lhe pediu, Jane não pode se recusar a lhe mostrar o restante da casa. Um cabriolé elegante parou em frente à casa.

– Patience, você pode me dar licença? Tenho que tratar de outros assuntos.

– Claro, minha querida. Por favor, não me deixe afastá-la de seus afazeres.

Jane apressou-se até seu quarto, abrindo a porta com tanta rapidez que ela rebateu na parede.

– Meu chapéu de palha com fita verde.

Sua criada, Dorcus, foi apressada para o quarto de vestir e voltou correndo com o chapéu.

– O que a deixou tão aflita?

– O Sr. Addison chegou. Nós vamos passear de carruagem. – Que Jane ia olhar casas com Hector, ela guardou para si. Os dois estiveram tão perto de casar da última vez que ele a cortejou, que Jane não queria criar expectativas em ninguém. Principalmente nela própria. Talvez fosse tarde demais para isso.

A criada colocou o chapéu na cabeça de Jane.

– Não o deixe escapar desta vez.

Não foi bem isso que aconteceu da última vez. Se pelo menos os dois tivessem demonstrado um pouco mais de iniciativa quando o pai dela recusou a proposta de Hector, e o pai *dele* o mandou trabalhar para um tio na Índia. Agora ela não precisava obedecer a ninguém exceto a si mesma.

– Vamos ver.

Assim que ela chegou ao saguão, a porta foi aberta. Antes mesmo que ele pudesse perguntar por ela, Jane pulou à frente, pegou seu braço e desceu com ele os degraus da entrada.

– Existe algum motivo para você não querer que eu entre na casa? – ele perguntou, um pouco ofendido, enquanto a ajudava a subir no cabriolé.

– Não é nada disso. – Jane ajeitou as saias. – Até nós... – Como ela podia explicar? – Você tem alguma ideia do que é morar numa casa com dez crianças curiosas?

Ele colocou os cavalos em movimento.

– Não tenho como saber, mas só de imaginar tenho medo.

Ela o fitou de canto de olho. Os lábios dele tremiam, como se estivesse pronto para soltar uma gargalhada a qualquer momento.

– E deve ter mesmo – ela disse. – É de admirar que alguém consiga ter um pensamento particular nessa casa.

– Você gosta muito deles.

A tensão de escapar da casa antes que alguém a visse começou a ceder.

– Eu gosto. Sinto como se fossem meus próprios sobrinhos.

Ele virou o cabriolé para o norte, indo à direita na praça e seguindo pela Rua Bruton. O veículo parou diante de uma casa elegante de três andares, com fachada em pedra branca, na esquina da Bruton com a Barlow. Duas janelas em arco flanqueavam a porta da frente.

– Chegamos.

Pobre Hector. Tinha ficado longe tanto tempo que não devia saber como essa casa deveria ser cara.

– É linda.

– Foi isso que pensei quando passei por ela ontem. Mas você precisa ser sincera comigo se gosta mesmo dela.

Como poderia não gostar? Mas iria ferir o orgulho dele se Jane adorasse a residência e ele não pudesse comprá-la. Talvez a melhor ideia fosse encontrar defeitos. Jane manteve a boca fechada quando entraram no saguão de mármore rosa; as colunas e a escadaria larga e curva eram do mesmo material.

– Que lindo! – ela exclamou sem pensar.

Com as mãos atrás das costas, Hector parecia um gato que tinha comido o canário.

– Achei que você ia gostar. Quando o corretor a descreveu para mim, achei que iria destacar suas cores.

– Destacar minhas... – No que ele estava pensando?

– Sim, a casa me lembra da parte de dentro de uma concha grande que eu vi uma vez. – Ele entrelaçou seu braço no de Jane. – Vamos ver o resto.

Por mais que quisesse, dos quartos bem decorados à cozinha moderna, Jane não conseguiu encontrar nenhum defeito. A casa tinha até um salão de festas imenso. Hector abriu as portas francesas e saiu com ela para o jardim murado. Serpenteando pelo caminho de pedra, ela se apaixonou pela propriedade. Mas ele estava cometendo um erro e ela precisava dizer algo.

– O que você vai fazer com uma casa tão grande?

– Morar nela.

– Mas Hector...

Ele a levou até um banco de pedra. Depois que Jane se sentou, ele se ajoelhou.

– Eu deveria esperar mais, mas sinto que... nós já perdemos muito tempo. Jane Carpenter, você me daria a honra de ser minha esposa?

As palavras da criada ecoaram na cabeça de Jane. Amor e consternação apareceram nos lindos olhos azuis de Hector.

– Sim. Sim, eu quero ser sua esposa.

Da mesma forma que antes, ele encostou delicadamente os lábios nos dela.

– Você me tornou o mais feliz dos homens.

A testa de Hector estava encostada na sua quando ela falou.

– A casa é linda, mas acho que um pouco... – Mesmo nesse momento ela não conseguiu falar.

– Cara? – Ele sorriu.

Um pouco de franqueza era necessária.

– Bem, é. Para falar com sinceridade.

– Meu amor. – Ele encostou os lábios na testa dela. – Primeiro, saiba que não vou deixar que você desista.

– Claro que não vou desistir. – Ela não entendeu. Por que desistiria?

– Eu me dei muito bem na Índia. Além disso, meu tio me deixou a fortuna dele. Nós podemos não só comprar esta casa mas quantas propriedades rurais você quiser.

– Quão rico você é? – Ela ficou sem fôlego.

– Vamos apenas dizer que sou um dos homens mais ricos da Inglaterra.

Isso era horrível. O coração dela foi parar no estômago.

– Como você pode se casar com uma solteirona velha como eu? Você deve saber que poderia se casar com praticamente qualquer lady que quisesse. Uma que pudesse lhe dar filhos.

– Lembre-se da sua promessa. Eu disse a verdade quando falei que nunca encontrei mulher igual a você. Se necessário, tenho muitos sobrinhos e sobrinhas para quem deixar minha riqueza. – Ele pontuou essa declaração com um beijo. – Eu amo você, Jane.

Capítulo 23

As batidas na porta enfim ecoaram na cabeça atordoada de Edgar Molton.

– Senhor, senhor. Quer saber o que eu vi? – a voz aguda e penetrante de Jem atravessou as têmporas de Edgar. Depois que conseguisse o dinheiro, ele compraria um conhaque de melhor qualidade.

Ele esfregou os olhos e vestiu o robe antes de abrir a porta.

– Chegou cedo. – Ele acenou para o garoto entrar e se sentou em uma cadeira. – Desembuche.

– Ontem à noite teve um monte de *mocreia* e *cupincha*. Eles *tinha* três *chacoalho*. Eu esperei como você disse, e depois todos eles voltaram. Um *chacoalho* ficou na rua. Depois, teve um *veio* e uma *mocreia* que *raparam*, e duas *mocreia* atravessou a rua com um *cata-peido*.

Molton meneou a cabeça, tentando entender o que o garoto falava.

– Você está me dizendo que dois homens e várias mulheres saíram em três carruagens. Depois eles voltaram e o casal mais velho deixou a carruagem esperando e duas mulheres atravessaram a rua com um criado?

– Mas foi o que eu falei – Jem disse, contrariado. – Aí, a última *mocreia* ficou com o *cupincha* e foi só *pega-pega*.

– A última lady deixou que o cavalheiro a beijasse?

– *Num* sei por que *ocê* fica repetindo tudo.

Edgar coçou o rosto com a mão e quis ter tomado uma xícara de café antes de escutar tudo aquilo. Pelo menos sua cabeça não estava doendo tanto quanto ele achou que doeria.

– O que aconteceu depois?

– O *cupincha* saiu e atravessou a rua.

Molton se recostou e franziu o cenho.

– Não acho que isso seja interessante.

Jem se remexeu.

– Num foi só isso. Eu achei um lugar perto da casa pra dormir, e de manhã o mesmo *cupincha* que beijou a *mocreia* pegou ela pra *trepá*.

Molton despertou.

– O que você disse? Eles iam copular?

Jem fez uma careta.

– Num sei o que isso quer dizer, mas a mão dele tava embaixo da saia dela e...

– Certo, certo. Bom trabalho. Aqui – ele jogou uma moeda para o garoto –, você ganhou mais meio guinéu. Continue de olho na casa que eu tenho mais moedas para você. – Tirar dinheiro da sobrinha, supondo que fosse ela, e de seu amante, seria mais fácil do que Molton tinha pensado.

Matt entrou no armazém, pegou seu monóculo e examinou os rolos e mais rolos de tecido dispostos nas prateleiras junto às paredes e sobre as mesas. Havia de tudo, de sedas e cetins a brocados e veludos. Aquilo não era o que ele esperava.

– Como é que você espera encontrar alguma coisa aqui?

Olhando para ele, Grace pegou seu braço.

– Os funcionários vão ajudar.

Um homem baixo e magro, de óculos, apareceu do nada.

– Milady – ele exclamou –, é ótimo vê-la de novo.

– Obrigada, Sr. Quimby. – Grace sorriu com educação. – Eu fiz esta lista. Você vai ver que os materiais estão relacionados pelas cores e metragem.

Worthington olhou para as folhas de papel que ela entregou ao vendedor. Quanto tecido eles iam comprar? E quanto tudo isso ia lhe custar? Não que ele não pudesse comprar. Alguma vez Grace pensou em economizar? Ele rezou para que ela não fosse como Patience, sempre tendo que ser contida.

– Algo errado com os materiais que comprou aqui ano passado? – perguntou o Sr. Quimby, preocupado.

– De modo algum. São perfeitos. Eu vou me casar com Lorde Worthington. Esta compra é para a casa dele.

O vendedor fez uma reverência.

– Se me permitem, milady, milorde, desejo-lhes muita felicidade.

– Obrigada, Sr. Quimby.

Matt também murmurou um agradecimento. Aquilo podia ser muito aborrecido, mas ele gostou de ter ido. Ela passaria o dia inteiro ali se ele não tivesse vindo para apressá-la.

– Se quiserem se sentar, milorde, milady – Quimby fez outra reverência –, vou buscar alguns rolos de tecido para que possam ver.

– Obrigada. – Grace se voltou para ele. – Acredito que Lorde Worthington gostaria de um café enquanto esperamos.

O homem fez nova reverência. A única pessoa que Worthington tinha conhecido que se dobrava tanto quanto Quimby foi um chinês que conheceu.

– Claro, será um prazer. Chá para milady?

– Sim, obrigada. – Grace inclinou a cabeça.

Matt imaginou se devia se preocupar pelo vendedor conhecê-la tão bem. Quanta compra ela fazia ali?

Após ajudar sua noiva a se sentar e também se acomodar, Matt se inclinou na direção dela.

– Você vem bastante aqui, não?

Grace baixou os cílios.

– Bem, não seria bom deixar que ele se esquecesse de mim. – Você achou que estivesse se casando com uma mão de vaca?

– Acho que você está caçoando de mim – ele respondeu, olhando desconfiado para ela.

– Ora, é claro que sim. – Ela sorriu. – Se você vai agir como se eu estivesse gastando toda a sua fortuna em tecido, vou lhe dizer, milorde, que eu sei administrar uma casa, o que tenho feito há vários anos.

– Muito bem, então. – Ele soltou o ar que estava segurando. – Continue.

Com mais rapidez do que ele esperava, vários rolos de tecido apareceram sobre uma mesa comprida. Quimby sinalizou para que Matt e Grace se aproximassem.

– Milady, se quiser dar uma olhada.

Worthington seguiu Grace, observando as peças por cima do ombro dela.

– Está vendo alguma coisa de que gosta? – Grace olhou para ele.

Matt não esperava que ela lhe pedisse sua opinião. Talvez o passeio não fosse tão aborrecido, afinal.

– Eu tenho permissão de escolher?

Grace olhou para o teto por um instante.

– Não seja bobo. É claro que sim.

Ele pegou o monóculo e estudou os tecidos com maior interesse.

– Muito bem, eu gosto destes dois.

Ela fez um bico muito beijável enquanto refletia.

– Para que aposentos?

– Meu escritório e a biblioteca.

– Acho que são perfeitos. – Os olhos dela brilharam, aprovando a sugestão.

Ele não soube dizer se era alívio por saber que podia confiar nela, ou um daqueles sentimentos que vinham com o amor, mas Matt quis estufar o peito. A sessão de compras estava indo extraordinariamente bem.

– Com que frequência precisamos fazer isto?

– Alguns anos. – Ela se virou dos tecidos para Matt. – As cortinas, em especial, precisam ser trocadas quando desbotam ou começam a ficar puídas. Eu gosto de ter dois conjuntos para cada sala e trocá-los no outono e na primavera. Dá um ar novo para a casa e o material dura mais.

Ele tentou visualizar o que ela dizia. Então ocorreu-lhe um pensamento que não o agradou.

– Com que frequência você muda a mobília?

Grace riu.

– Eu não gosto nada de mudar a mobília. Quero dizer, depois que organizei os aposentos do modo que eu gosto. – Ela pegou a mão dele. – Vamos fazer isso juntos quando chegar a hora.

Ele gostava que ela o tocasse daquele modo. Desde a primeira noite na estalagem, ele sabia que estavam destinados a ficar juntos.

– Se possível, eu gostaria de levar você até o Solar Worthington por alguns dias, para conhecer a criadagem e decidir o que gostaria de fazer.

Grace levou-o até outra mesa.

– Seria maravilhoso. Isso me daria a oportunidade de passar no Solar Stanwood e ter certeza de que as coisas estão como deveriam.

Quando eles terminavam suas escolhas numa mesa, eram levados para a próxima. Concluíram a compra em um tempo surpreendente.

– Conseguimos ir ao armazém de móveis? – ele perguntou.

Grace consultou seu relógio.

– São onze e meia. Podemos pelo menos começar.

Eles demoraram mais examinando móveis do que com os tecidos. Matt ficou feliz ao descobrir que sua amada gostava das linhas mais limpas de Sheraton e Hepplewhite. Mais uma vez, ela o surpreendeu ao ter uma lista dos itens de que precisavam.

Matt lhe deu total liberdade para escolher cadeiras, sofás e mesas. Ele descobriu que gostava dos pés estilo pata de leão, que estavam na moda. Mas, quando Grace escolheu um divã estreito, ele se opôs.

– Você tem algo mais largo? – ele perguntou.

– Sim, milorde. – O vendedor fez uma reverência. – Se puder me acompanhar.

– Por que mais largo? – perguntou Grace, sem acompanhar o raciocínio dele. – Não sei se vai ficar bom.

– Vai ficar perfeito com você sobre ele – murmurou Matt, aproximando-se.

Grace ficou vermelha e boquiaberta.

– O motivo para você querer mais largo é ter espaço para você também?

Ele acariciou as costas dela da nuca ao traseiro, apreciando a reação de Grace enquanto tentava manter a compostura.

– Como você me conhece bem – sussurrou Matt na orelha dela, sorrindo com malícia.

Às duas horas, Matt bateu na porta da Casa Herndon. Ele e Grace foram levados até o escritório de Lorde Herndon.

O tio de Grace se levantou e os cumprimentou com uma expressão séria.

– Minha cara Grace. Worthington. Tenho más notícias para lhes dar antes de discutirmos o contrato. – Ele entregou uma carta para ela.

– Oh, céus. – Ela passou os olhos pelo texto com uma expressão cada vez mais preocupada. – Isto não pode ser bom.

Matt leu por cima do ombro dela.

> Caro Lorde Herndon,
>
> Lamento informá-lo que o Sr. Edgar Molton chegou à Inglaterra. Ele não tinha recebido minha carta informando-o sobre a disposição do espólio de Lorde Timothy e não ficou nada satisfeito. Concordei em abrir uma conta bancária para ele, embora, como vossa senhoria bem sabe, não o representarei em nenhuma questão legal.
>
> Seu obediente criado,
>
> Jos Chiswick

O salafrário. Matt desejou saber mais sobre esse tio.

– Minha querida – disse o tio Herndon quando ela levantou os olhos da carta –, não permita que ele entre na sua casa. Se entrar, vai ser quase impossível tirá-lo. – O tio fez uma careta. – Tenho motivos para afirmar isso.

– Vou informar a criadagem – Grace respondeu, mordendo o lábio.

– Não permita nem mesmo que ele entre numa sala para esperar por você. – Herdon fez uma careta. – É algo terrível para se dizer do irmão da sua tia, mas ele não é nem um pouco confiável.

Grace mordeu o lábio inferior.

– Eu entendo. Minha mãe me avisou sobre ele quando disseram que ele estava na Inglaterra, pouco depois que meu pai morreu.

Quando era mais novo, ele roubou um broche de que ela gostava muito para pagar dívidas de jogo.

— Esse foi o menor dos pecados dele — o tio disse num tom frio. — Ele trabalhou com agiotagem e se aproveitou de muitos inocentes.

Maldito canalha. Matt quis trazer Grace para perto de si. Molton não podia ter escolhido um momento pior, aparecendo agora que podia causar mais danos. Matt tinha estado preocupado com o porquê daquele garoto os espionar. Será que ele tinha algo a ver com o ressurgimento do tio? Se tivesse, o que Molton estava tramando? Matt não gostava nem um pouco disso, e o único modo de proteger Grace era se casando com ela. A dúvida era se Grace ou o tio concordariam em antecipar novamente a cerimônia.

— Meu amor — ele disse, fitando-a —, acaba de me ocorrer que seu tio pode estar por trás do garoto que nos espionava.

Ela massageou a testa.

— Mas por que meu tio faria isso?

— Worthington está certo, querida — disse o tio. — Ele pode estar planejando um roubo.

Matt ficou grato a Herndon. Era muito melhor que ela não pensasse que ele estava atrás das crianças.

— É uma possibilidade que não podemos descartar. Você não pode confiar nele de modo nenhum. — Ele pegou as mãos dela e olhou para Herndon. — Grace, milorde, o que vocês acham de antecipar o casamento?

Os olhos assustados de Grace voaram para ele.

— O que você está pensando? Com a Páscoa chegando, o único dia possível seria amanhã!

— Isso. Se conseguirmos terminar o contrato, milorde, Grace e eu podemos passar na igreja de St. George e tomar as providências.

O tio juntou as sobrancelhas enquanto pensava.

— Não precisa falar com o reitor. Eu envio uma carta para ele. Minha mulher não é a única que tem contatos em St. George. Um dos clérigos é meu sobrinho. Você tem a licença?

— Tenho. — Matt agradeceu aos céus por ter se prevenido e providenciado uma.

Grace o encarou, preocupada.

— Mas e Charlie? Ele só volta para casa amanhã.

251

Sem ligar para o tio, Matt a puxou em seus braços.

– Vamos mandar buscá-lo esta tarde. Tenho certeza de que ele não vai ligar para sair da escola um dia antes.

– Mas quem vai ficar comigo no altar? Phoebe me enviou um bilhete dizendo que vai estar fora da cidade por alguns dias.

– Chartier não fica longe. Eu mando um mensageiro esta tarde, se necessário. – Ele alisou a sobrancelha dela com o polegar. De algum modo Matt iria compensá-la por aquele casamento apressado.

Herndon abriu os papéis do contrato sobre uma mesa pequena, e Matt puxou a cadeira para Grace se sentar diante dos documentos. Ela os pegou e, depois de alguns momentos, olhou para ele.

– Tem certeza de que é isto que você quer?

Matt tinha falado com Marcus e Rutherford sobre os contratos que fizeram com as respectivas esposas. Nenhum dos dois tinha um herdeiro mais próximo que um primo em segundo grau, e manifestaram preocupação sobre como suas esposas seriam tratadas se algo acontecesse com eles, pois tinham um contrato matrimonial normal. Matt não queria confiar os cuidados com Grace a seu primo. O janota convencido adoraria tratá-la como uma dependente pobre. Esse tipo de tratamento de segunda classe nunca aconteceria com Grace. Matt tinha decidido que faria mais sentido permitir que Grace colocasse todas as suas propriedades em um fundo independente.

– É o que eu desejo – ele respondeu.

– Como você me deu poderes de advogado – Herdon disse para a sobrinha –, já coloquei todas as suas propriedades no fundo, querida.

Inspirando fundo, Grace molhou a pena no tinteiro e assinou os contratos.

Depois que Matt também assinou, seu estado de espírito ficou mais leve. Ele estaria casado amanhã. Nada ficaria em seu caminho.

Grace olhou para ele com ar inocente.

– Oh, querido, se meu landau continua sendo minha propriedade, vou ter que colocar seu brasão nele?

O tio soltou uma gargalhada.

– Fico feliz em ver que está brincando de novo, minha querida, mas eu não provocaria demais este cavalheiro.

Matt meneou a cabeça e sorriu. Estava começando a apreciar o senso de humor de Grace.

– Não, senhor, ela já me provocou bastante hoje. Venha, meu amor.

– Grace – o tio disse –, quem vai ficar com você no altar?

– Lady Evesham – ela deu um sorriso preocupado. – Mas creio que tenhamos que mandar buscá-la.

Herndon guardou o contrato na gaveta da escrivaninha.

– Esse é um problema a menos. Eu vi carruagens chegando à Casa Dunwood pouco antes de vocês chegarem.

Grace deu um suspiro de alívio.

– Obrigada pela boa notícia.

Pegando-a pelo braço, Worthington fez uma reverência para o tio dela.

– Vamos ver se Phoebe e Marcus podem nos receber.

– Só me dê um instante. Preciso enviar uma permissão para Charlie ser trazido para casa. – Grace escreveu uma mensagem rápida e a entregou para o tio. – Obrigada por cuidar disso para mim. Você tem me ajudado muito em tudo. – Ela se esticou e o beijou no rosto. – Eu não teria conseguido sem você.

Herndon a abraçou e pigarreou.

– Vou enviar a permissão agora. Depois que falar com meu sobrinho na igreja, mando informar a vocês a hora do casamento.

Grace beijou o tio de novo.

– Muito obrigada. Você é o melhor tio que existe.

– É o que você sempre me diz, querida.

Matt concordava. Se não fosse pela eficiência do tio, eles teriam que esperar, e Matt tinha uma estranha sensação de que isso seria perigoso. Algo estava em andamento.

O mordomo da Casa Dunwood curvou-se para Grace e Matt, depois levou-os à sala matinal nos fundos da casa. Marcus ajudou Phoebe a se levantar.

– Grace, Worthington, estamos felizes de ver vocês.

– Phoebe, que bom que você voltou. – Grace e a amiga se abraçaram e se beijaram no rosto. – O dia do casamento foi adiantado de novo. Vamos nos casar amanhã.

Phoebe fitou-a com os olhos arregalados.

– O que aconteceu? Por que tão cedo?

– Molton, irmão da minha mãe, voltou a Londres. Ele é um encrenqueiro conhecido e não recebeu o que esperava no testamento do meu avô.

– Entendo. – Phoebe apertou os lábios. – Imagino que você já tenha discutido isso com Lorde Herndon.

– Já. – Grace deu um sorriso preocupado.

– Nesse caso, não temos tempo a perder. – Phoebe firmou o queixo e uma luz iluminou seus olhos. – Nós precisamos ir ao ateliê de madame. – Ela se virou para Matt. – Pegue sua madrasta, Charlotte e Louisa. Encontre-nos no ateliê de Madame Lisette, na Rua Bruton.

Grace fazia rapidamente, de cabeça, uma lista do que precisava ser providenciado para o dia seguinte.

– Preciso avisar o cozinheiro e a criadagem das duas casas.

– Worthington pode fazer isso. Vamos logo. – Phoebe olhou para fora. – Ora, bolas. Começou a chover.

– Vocês podem ir com a minha carruagem. Eu volto andando.

– Não. – Grace tocou o braço dele. – Nós deixamos você em casa. É nosso caminho.

Após deixarem Matt na Casa Stanwood, elas seguiram até a Rua Bruton. Grace tinha acabado de provar seu vestido quando Patience e as garotas chegaram.

– Matt contou para você?

– Contou. Não há outra coisa a ser feita. – Patience abraçou Grace. – Confio no seu tio e concordo com ele. Matt pediu para avisá-la de que mandou buscar Charlie e que instruiu a sua criadagem a não permitir que Molton entre na casa.

Parte do fardo que oprimia Grace começou a ficar mais leve.

– Obrigada.

– Alguma de vocês tem compromisso esta noite? – Phoebe perguntou.

– Sim, a *soirée* de Lady Featherton.

– Vocês têm que ir, não há como evitar. – Phoebe andava de um lado para outro. – Eu não mencionaria o casamento. Não vai haver nenhum evento entre sexta e segunda-feira, e vocês iam mesmo se casar na terça.

Criados seguraram guarda-chuvas para as ladies quando estas saíram do ateliê da modista e desceram a rua apressadas até a loja de chapéus, para escolher peças que combinassem com os novos vestidos.

– Espero que as criadas possam terminar os vestidos das garotas.

– As irmãs dela e as de Matt ficariam tão chateadas se não tivessem vestidos novos para usar. – A costureira pretendia terminá-los até a Páscoa, mas nós precisamos deles três dias antes.

– Tudo vai dar certo. – Phoebe segurou a mão de Grace. – As coisas sempre se acertam. Vejo vocês à noite.

– Nós vamos ajudar, Grace – Charlotte disse.

Ao lado dela, Louisa anuiu.

– Vamos fazer tudo o que pudermos para ajudar, e não se preocupe com nossos vestidos. Nós podemos usar um dos novos.

Grace sentiu um aperto na garganta. O que ela tinha feito para merecer irmãs tão maravilhosas?

– Obrigada. Patience e Phoebe, vocês também. Não sei o que eu faria sem todas vocês.

– O prazer é meu. – Os olhos de Phoebe brilharam. – Não lhe disseram que nós, casadas, gostamos de ajudar as solteiras a casar? Agora precisamos escolher um chapéu digno do seu vestido. – Em voz baixa, Phoebe falou no ouvido de Grace. – Sorria, você vai se casar com o homem que ama, e que ama você.

– Sim, eu sei. – Grace inspirou fundo e sorriu. Ela nunca tinha estado tão feliz e nervosa ao mesmo tempo em sua vida. – Um chapéu é do que eu preciso.

Capítulo 24

No instante em que Grace entrou na Casa Stanwood, Matt a puxou de lado.

— Pedi ajuda à Srta. Tallerton, a Jane e a um amigo dela para endereçar os convites para o almoço de casamento. Estão na sala matinal.

— Amiga de Jane? — Grace repetiu. — Bem, imagino que ela deva ter uma, mas quem é?

— Venha comigo até a sala de visitas. — Os lábios dele se curvaram num sorriso misterioso. — Eu conto depois que falarmos do casamento.

Ela riu baixo e permitiu que ele a conduzisse.

— A que horas vai ser a cerimônia?

— Dez da manhã. Parece que vai haver outro casamento às onze. — Ele sorriu, mas depois meneou a cabeça. — Eu não deveria estar feliz, pois é bem chocante. Um casal jovem foi trazido à força depois de tentar fugir para Gretna Green, na Escócia, e vai se amarrar depois de nós.

Grace arregalou os olhos. Era seu pior pesadelo que uma de suas irmãs quisesse fugir com um namorado.

— Você conhece esse casal?

Matt serviu duas taças de vinho e entregou uma para Grace.

— Não, seu tio não perguntou. — Ele apertou os lábios. — Mas não duvido que vamos ficar sabendo esta noite, a menos que tenham conseguido manter segredo. Só espero que Louisa e Charlotte não achem isso romântico.

Grace massageou o próprio pescoço, repentinamente tenso.

– Só posso esperar que eu tenha conseguido fazer Charlotte entender o perigo e a falta de decoro que é fugir para casar – ela disse e tomou um gole do vinho. – Fico espantada que tenham conseguido abafar o caso. Esse tipo de coisa tende a vazar. – Ela olhou para Matt. – Por mais que seja triste, isso deve ofuscar nosso casamento apressado.

Ele largou a taça e pôs um braço ao redor dela.

– Grace, mandei uma mensagem para nossos advogados. O pedido de guarda das crianças vai ser feito logo após o casamento.

Ela se aproximou do calor e da força dele.

– Tio Herndon vai ajudar.

Encostando o rosto no cabelo dela, Matt sorriu.

– Acho que ele já tem planos de falar com um dos lordes da lei.

– Agora, qual é o segredo sobre a amiga de Jane?

– Amigo. Sr. Hector Addison. Eles vão se casar em breve.

– Não me diga que ele é o amor dela de anos atrás? – Grace exclamou e teve que se segurar para não dar uns pulinhos.

– Ele mesmo, pelo que entendi.

– Mas pensei que ele tivesse morrido no mar.

– Ele passou um tempo na Índia e voltou há pouco.

Ela jogou os braços ao redor de Matt.

– É uma notícia tão boa. Você não sabe como eu estava preo-cupada com ela.

– Acredite em mim, eu faço ideia. – Matt a beijou. – E sei que você não vai sossegar até o conhecer.

– Como ele é?

– Parece jovial, e, pelo modo como olha para Jane, ele a ama muito.

– É melhor você me contar tudo de que sabe, para que eu não os deixe sem graça com perguntas demais.

– Não sei de muita coisa. – Matt segurou a mão dela enquanto caminhavam pelo corredor. – Eles estão comprando uma casa perto daqui, e, pelos planos de comprar uma propriedade no campo, acre-dito que ele esteja bem entusiasmado. Quanto a deixá-lo sem graça, espere até que as crianças o conheçam.

Molton recebeu Jem em seu quarto e lhe entregou uma toalha.

– Eu fiquei até começar a chover. Num aconteceu nada, só de manhã. Aquele *cupincha* foi pra casa da *mocreia* logo que eu voltei.

– Você a viu sair?

– Ela saiu com ele num *chacoalho*. Eu ia atrás, mas um *cata-peido* foi no banco de trás.

– Entendo. Parece que minha sobrinha arrumou um amante.

– Molton coçou o queixo. – O tribunal não vai gostar disso. Onde você disse que era a casa do cavalheiro?

– Do outro lado da praça. Quer que eu volte lá?

Edgar caminhou até a lareira.

– Não, preciso de alguém que sirva de testemunha. – Ele enfiou a mão no bolso. – Aqui está o resto do seu dinheiro e um bônus.

O rosto do garoto se acendeu.

– Beleza, chefia. Sempre que precisar, é só me chamar.

– Sim, obrigado. Eu chamo. – Edgar sorriu para si mesmo. Não demoraria muito para que ele não precisasse de mais nada. Mulheres não eram mesmo muito inteligentes. Ele gostaria de saber quem era o amante. Nunca tinha frequentado muito a Praça Berkeley.

Depois que Jem saiu e a chuva amainou, Molton vestiu seu sobretudo, um chapéu de castor e pegou sua bengala. Ele foi até a biblioteca mais próxima e encontrou uma cópia velha do *Debrett's*. Pouco depois, Molton encontrou sua resposta. Que indiscreto da parte deles. Um plano começou a se formar em sua cabeça. Ele poderia extrair uma bela quantia tanto de sua sobrinha quanto de Lorde Worthington.

Algumas quadras além da biblioteca, ele viu uma placa anunciando HARVEY COMBS, INVESTIGADOR. Exatamente o tipo de pessoa que Edgar estava procurando. Entrou no edifício e subiu a escada até o segundo andar, bateu e entrou.

– Sr. Combs?

– Quem quer saber?

Molton olhou para o terno seboso e a gravata desbotada que o Sr. Combs usava. Ele parecia ainda um pouco menos respeitável que suas roupas.

– Meu nome é Molton. Edgar Molton. Voltei recentemente do exterior e descobri que minha sobrinha, que tem a guarda dos meus sobrinhos mais novos, tornou-se uma mulher de moral livre. Pretendo entrar com uma ação na vara da família, mas preciso de um homem íntegro que possa ser testemunha da depravação dela.

Combs se endireitou um pouco.

– Esse homem sou eu. Onde encontro essa mulher?

– Praça Berkeley, Mayfair, na Casa Stanwood. – Molton fez uma pausa para observar se havia alguma mudança na atitude do homem. Uma expressão ligeiramente selvagem passou pelo rosto de Combs. Edgar imaginou o que seria aquilo, mas não se preocupou demais. De que importava? – O nome dela é Lady Grace Carpenter. Fui informado, com certa credibilidade, de que ela é amante de Lorde Worthington.

– Dez libras agora e dez depois.

O idiota estava achando que Edgar era um otário.

– Cinco agora e dez depois. Se regatear comigo, vou diminuir a oferta.

– Eu tenho despesas – choramingou Combs, com uma expressão de sofrimento.

– Eu também. – Edgar encarou Combs. – Você pode aceitar minha oferta ou eu posso encontrar outro.

– Muito bem, negócio fechado. Quando quer que eu comece?

– Amanhã de manhã. Com o que eu acho que está acontecendo, você vai ter que vigiar a noite toda e o dia seguinte. – Molton entregou cinco libras para o investigador. – Nem pense em fugir de mim.

– Nem brincando. – O homem embolsou o dinheiro. – Sou tão honesto quanto o dia é longo.

Edgar não acreditou nisso nem por um minuto, mas iria garantir que o homem não o enganasse.

Continuava chovendo quando Matt tirou seu grupo de casa e ajudou as mulheres a entrar nas carruagens para a curta viagem até a Rua Curzon. Parecia que a notícia de seu casamento com Grace tinha se espalhado. Lady Featherton os cumprimentou com entusiasmo, desejando-lhes muitas felicidades.

Ele acompanhou Patience e as irmãs até um sofá e poltronas, depois passeou pelo salão com Grace. Aproximando-se de um grupo de cavalheiros com suas esposas, eles ficaram sabendo dos fatos a respeito do casal que tinha tentado fugir para casar.

– Consegue acreditar, minha cara Lady Grace? Encontraram o casal a apenas um dia de Gretna Green.

Grace apertou os lábios.

– É chocante. Uma desgraça. Espero que não seja uma história romântica. Quem são os dois, Sra. Stanley?

– Receio que você vá se desapontar. – A Sra. Stanley juntou as sobrancelhas. – A garota é uma certa Srta. Snow, que ia debutar este ano. O cavalheiro é o mais novo do Alvanley, Lorde William Hunt. Você sabe como é essa família. Lorde William não tem um gato para puxar pelo rabo. Mas a moça é uma herdeira.

– Lembro-me de ser apresentada a ela. – Grace levou um dedo aos lábios. – Ela estava na festa de Lady Bellamny.

Matt não gostou disso. Se Grace tinha conhecido a jovem, Louisa e Charlotte também teriam sido apresentadas à Srta. Snow. Ele só esperava que as garotas não achassem o comportamento da Srta. Snow aceitável.

– Eu não tinha ideia de que Lorde William era tão ganancioso – disse Matt.

A Sra. Stanley arregalou os olhos, chocada.

– Oh, nossa, não mesmo, eu não acreditaria se alguém o acusasse de ser um caça-fortunas. Parece que os dois se conhecem desde crianças. Com a aparência e a fortuna da Srta. Snow, o pai dela queria um casamento brilhante para a filha. Afinal, ela é mesmo uma preciosidade. – Estando no centro das atenções, a Sra. Stanley olhou para todos antes de continuar. – Acredito que o Sr. Snow sabia da atração e os proibiu de conversar. Depois surgiram boatos de que ele estava tentando arranjar um casamento para a filha.

– Como resultado – Grace disse, revoltada –, Lorde William agora parece um herói para ela.

– Bem, se a filha do Sr. Snow é uma herdeira – disse um dos cavalheiros presentes –, entendo por que Snow não queria que Alvanley fosse seu parente.

– Para mim – Matt acrescentou –, lidaram de forma muito ruim com o assunto.

– O Sr. Snow não tem escolha a não ser permitir que sua filha e Lorde William se casem – continuou a Sra. Stanley. – Antes que conseguisse alcançá-los, os dois jovens foram vistos por Lady Cavendish numa estalagem.

Grace meneou a cabeça.

– Bem, se esse é o caso, não havia esperança de abafar o caso.

– De fato, milady. – A Sra. Stanley fez uma pausa e sorriu. – Oh, mas eu esqueci de lhes desejar felicidades. Vocês combinam muito bem. E ouvi dizer que vai ser um casamento discreto. – Ela sorriu. – Imagino que vocês estarão muito ocupados com suas irmãs debutando. Mas Worthington talvez não precise se esforçar tanto.

Olhando na direção em que a Sra. Stanley olhava, ele abafou um gemido. As garotas estavam com um grupo de vários rapazes e moças. Apenas a pressão maior da mão de Grace em seu braço o impediu de ir até lá e bancar o bobo. E eles estavam apenas no começo da temporada. Até o fim Matt estaria em frangalhos.

Grace inclinou a cabeça.

– Sra. Stanley, sem dúvida ainda nos veremos esta noite. Obrigada pelas novidades.

– Quando eu a vir de novo, milady, você provavelmente já será Lady Worthington.

Sorrindo com educação, Grace puxou Matt e o conduziu até outro grupo. Mas a atenção dele não estava aonde eles iam, e sim em Charlotte e Louisa.

– Meu amor, você não pode ficar tão preocupado toda vez que um rapaz falar com uma das garotas.

– Não gostei dessa conversa de fuga apaixonada. – Matt franziu o cenho. – Parece algo romântico demais.

Grace acenou para uma conhecida.

– Você está com medo de que uma de nossas irmãs pense assim?

– E você não?

Ela olhou para ele, pensativa.

– Não. Assim que elas entenderem que o casal vai ter que se recolher ao interior e não vai poder das as caras nas próximas temporadas, não vão achar a ideia tão atraente.

A expressão no rosto de Grace mais sua autoconfiança tranquilizaram Matt.

– Ainda assim, eu gostaria de ir para casa o mais cedo que a educação permitir.

Sorrindo, Grace olhou para as garotas.

– Primeiro precisamos separá-las de seus admiradores sem que elas percebam o que estamos fazendo. – Ela fez uma pausa. – Charlie é a desculpa que vamos usar. Charlotte não vai querer perder a oportunidade de receber o irmão e apresentá-lo para Louisa.

Quando voltaram para perto de Patience, as garotas estavam em um círculo com os novos amigos, todos falando com animação. Grace fez uma careta de reprovação.

– Estão falando dos fugitivos?

– Estão – Patience apertou os lábios. – A história aumenta a cada instante.

– Não vamos ajudar – Grace observou. – Quanto menos falarmos a respeito, mais fácil vai ser esquecida.

– Você tem razão, claro – Patience concordou. – Quando o assunto surgir, vamos fingir que não estamos interessadas.

Suprimindo um grunhido, Matt inspirou fundo e observou com calma os rapazes com Charlotte e Louisa. Ele não conhecia nenhum deles. Mas o bom da sociedade era que a informação viria sem esforço.

– Grace, elas deveriam jantar conosco.

– Sim, querido.

Enquanto ele teria mandado que as irmãs os acompanhassem, Grace olhou casualmente para elas.

– Louisa, Charlotte, vocês vão jantar conosco.

– Ah, sim. – Charlotte se virou. – Que bom que vocês voltaram. Louisa e eu temos tanta coisa para contar.

Grace sorriu.

– Então vamos nos sentar para eu poder ouvir tudo.

Um cavalheiro de cabelo preto e pele bem morena, que não estava com o grupo de jovens, fez uma reverência. Pelo menos Matt conhecia esse.

– Lady Charlotte, pode me dar o prazer de acompanhá-la no jantar?

Charlotte olhou para Grace, que arqueou as sobrancelhas com autoridade.

– Perdão. Acredito que não tenhamos sido apresentados.

O jovem gaguejou e fez nova reverência.

– Oh... oh, milady. Perdoe-me. Eu fui apresentado a Lady Charlotte mais cedo.

– Meu amor – Matt disse –, posso lhe apresentar Lorde Harrington? Harrington, esta é minha noiva, Lady Grace Carpenter.

Grace inclinou a cabeça.

– Lorde Harrington, estou encantada por conhecê-lo. Estávamos indo jantar em família. Você gostaria de nos acompanhar?

Pegando a mão que ela oferecia, Harrington curvou-se mais uma vez.

– Seria um prazer, milady. Posso lhe desejar felicidades?

– Obrigada.

Quando se endireitou, Harrington se voltou para a irmã dela.

– Lady Charlotte?

– Lorde Harrington. – Ela sorriu entusiasmada. – Eu ficaria encantada de ter sua companhia.

Eles se viraram para ir e Worthington quase tropeçou em outro jovem.

– Bentley?

– Milorde, eu... eu queria saber se Lady Louisa aceitaria me dar o braço até a sala de jantar.

Bentley tinha estatura pouco acima da média e cabelo castanho--claro, penteado com cachos. Worthington se esforçou para não rir. Ele nunca tinha visto Bentley gaguejar.

– Você precisa perguntar a ela.

Bentley curvou-se.

– Lady Louisa, você me...

– Sim, eu adoraria. – Ela estendeu a mão.

Charlotte sussurrou para Louisa:

– Deixe-o terminar a frase.

– Ele estava demorando demais – ela sussurrou de volta, pondo a mão no braço de Bentley.

Grace apertou os lábios para não rir e cometeu o erro de olhar para Matt, que se esforçava para se controlar. Ela pegou o braço dele e o segurou, deixando que Patience e as garotas fossem na frente.

– Há sabedoria na inocência.

– Não sei se vou aguentar isso – ele respondeu, meneando a cabeça.

Grace deu tapinhas no braço dele.

– Nós iremos nos acostumar. Afinal, estamos apenas no começo da temporada. – Grace olhou para o grupo, depois para ele. – O que você sabe dos rapazes?

– Bentley é herdeiro do Duque de Covington. Harrington é herdeiro do Marquês de Markham. Os dois têm vinte e tantos anos. Velhos o bastante para pensar em lançar raízes. Bentley depende do pai. Harrington tem seu próprio dinheiro, além do que irá herdar. Vou descobrir mais se o interesse deles for sério.

– Eles devem ter conhecido as garotas em um evento anterior. Vou ver se deixaram cartões em casa. Nosso dia foi tão cheio que não pude ver antes.

Um criado se aproximou com um bilhete numa salva de prata.

– Lady Grace Carpenter?

A mão dela começou a tremer, e Grace se preparou para o caso de más notícias.

– Sim, o que foi?

O homem se curvou.

– Mensagem para milady. Gostaria que eu esperasse?

– Por favor. – O coração de Grace bateu forte em seu peito enquanto ela abria a carta. Graças aos céus. Ela inspirou fundo e se acalmou. – Charlie chegou à nossa casa, em segurança. Eles se atrasaram um pouco devido às condições da estrada, mas acabaram de chegar. – Ela olhou para o criado. – Não há resposta.

– Obrigado, milady.

Depois que o homem se afastou, Matt olhou para ela.

– Você pareceu assustada por um momento.

Apavorada era a palavra mais precisa. Inspirando fundo, ela ficou contente com a segurança que ele lhe dava.

– Eu nunca tinha recebido uma mensagem em uma festa. Eu... eu pensei, por um instante, que tivesse acontecido algum acidente.

Ele colocou a mão dela em seu braço quando entraram na sala de jantar.

– Você gostaria que eu a levasse para casa?

Ela queria ir para casa ver o irmão, mas Grace também precisava pensar nas garotas.

– Vamos ter que perguntar a Patience. Eu não quero arrastá-las para casa se desejarem ficar.

– Vou pegar algo para você comer e uma taça de champanhe. Vamos ver como nossas irmãs estão se saindo.

Aliviada por ter Matt com quem dividir seus pensamentos e preocupações, Grace sorriu.

– Obrigada. Assim será perfeito.

Matt a acompanhou até a mesa em que Patience e as irmãs tinham se sentado.

Patience olhou para Grace.

– O que foi?

– Nada de mau. Charlie chegou bem. Eles atrasaram por causa do tempo ruim.

– Charlie chegou? – O rosto de Charlotte se iluminou em um sorriso. – Oh, Grace, podemos ir para casa?

Grace ficou aliviada por a irmã preferir ir embora, mas havia uma questão de boa educação.

– Charlotte, você sabe que não é possível. Agora que aceitou a companhia de Lorde Harrington, tem que ficar com ele durante o jantar. Vamos ficar um pouco mais, depois iremos embora.

– Sim, é claro. – Charlotte suspirou. – Eu só queria ver Charlie.

– Eu sei. – Grace apertou o braço da irmã. – Eu também quero.

– Imagino que todas as crianças devem estar acordadas, agora. – Charlotte se virou para Patience. – Este é o primeiro ano dele em Eton. Nenhum de nós se acostumou com ele longe.

– Entendo. – Patience sorriu. – Se Louisa quiser ficar, é claro que fico com ela. Do contrário podemos sair depois do jantar.

Louisa se inclinou sobre a mesa.

– Eu também quero ir.

Worthington, seguido por Harrington e Bentley, aproximaram-se seguidos de um criado.

– Acho que escolhemos as melhores opções para vocês.

Charlotte pegou o prato que Lorde Harrington lhe oferecia.

– Obrigado, milorde. Parece delicioso.

Ele se sentou ao lado dela.

– Nós pegamos a lagosta antes dos outros. E pegamos várias. Espero que você goste. Worthington não sabia se você gostava.

Olhando para Louisa, Grace ficou feliz por ver Lorde Bentley debruçado, solícito, sobre ela, fazendo sugestões.

– Meu amor – Matt murmurou, aproximando-se. – Você também quer experimentar a lagosta? – Os lábios dele roçaram sua orelha. – Você pode comer tudo desta vez. E terminar o champanhe.

Bandido! Como ousava lembrá-la disso? Ainda assim, ela sorriu, sentindo-se tão feliz que lágrimas afloraram em seus olhos. A última vez em que ela esteve em um jantar comendo lagosta e bebendo champanhe foi na noite em que ele a encontrou.

— Eu adoraria.

Com os jovens casais acomodados, Patience se voltou para Grace e Matt.

— Acabei de pensar que o modo como vamos morar será bem estranho para nossos vizinhos.

Matt se recostou na cadeira e brincou com a taça de champanhe.

— Bem, desde que ninguém comece a atravessar a praça de camisola, eles não vão se incomodar.

Grace engasgou de rir.

— Isso seria motivo de comentários. Patience, você já se instalou?

A madrasta de Matt tomou um gole de champanhe e confirmou com a cabeça.

— A maior parte das minhas coisas já tinha chegado quando nós voltamos, esta tarde. Acho que as coisas de Louisa também já estão lá. Grace, o quarto de Louisa está lindo, e foi ótima ideia que ela e Charlotte dividissem uma sala de estar. Elas parecem ter tanto em comum, e se tornaram ótimas amigas.

Matt tinha providenciado para que a maior parte do trabalho fosse feita enquanto eles estavam fora, durante o dia. Grace olhou de lado para ele e o encontrou sorrindo.

— Foram elas que escolheram assim. Mas fico feliz que você tenha gostado. Como são seus aposentos?

— Perfeitos. Tenho mais espaço agora do que na Casa Worthington.

Ela esteve preocupada com a possibilidade de Patience não se sentir à vontade na Casa Stanwood.

— Que bom. Por favor, diga-me se quiser redecorar ou reformar seus aposentos na Casa Worthington.

— Que oferta generosa. — Patience sorriu. — Vou aceitá-la. Mas primeiro vamos cuidar do casamento e das crianças.

Grace viu Phoebe e Marcus se aproximando para se juntar a eles. Ela se levantou e abraçou Phoebe.

Depois que se sentou, Phoebe sorriu.

– Aqui está tão movimentado que até agora não tive a chance de vir até você. Vai gostar de saber que quase não ouvi pergunta nenhuma sobre você. Parece que a sociedade encontrou um novo assunto.

Marcus fitou Matt.

– Vejo que você tem candidatos.

– Pois é. Não sei quem está mais nervoso, eu ou eles.

– Que bom que eu tenho algum tempo antes que as minhas sobrinhas debutem. – Marcus riu.

– Marcus, o que você acha da vida de casado? – Matt perguntou ao amigo em voz baixa, mas não tão baixa que Grace não conseguisse ouvir.

– Não há nada melhor.

– Acho que vai ser a mesma coisa para mim.

Phoebe cutucou Grace.

– Você parece distante.

– Eu só estava pensando. Amanhã vou me casar com o cavalheiro com que sempre quis e tudo está indo tão bem.

A amiga concordou com a cabeça.

– E você sente como se não pudesse ser verdade?

Talvez daí viesse o medo que ela sentiu quando recebeu o bilhete durante a festa.

– Isso mesmo. Como se algo fosse surgir para estragar tudo.

Phoebe colocou a mão sobre a de Grace.

– Você e Worthington têm forças diferentes. Confie nele quando estiver em dúvida.

Parecia fazer muito tempo que ela não tinha em quem se apoiar, e Matt já estava cuidando dela e das crianças. Grace notou que alguns convidados já saíam da sala de jantar.

– Louisa, Charlotte, agora nós vamos para casa ver Charlie.

Charlotte se voltou para Lorde Harrington.

– Por favor, me desculpe. Meu irmão voltou da escola para casa e faz muito tempo que nós não o vemos.

Ele a ajudou a se levantar e se curvou.

– Então não irei detê-la, milady. Posso convidá-la para passear de carruagem amanhã à tarde?

Charlotte procurou Grace com os olhos.

– Desculpe. Nós... nós temos planos em família.

– E depois de amanhã?

– Sim, eu ficaria feliz em passear com você.

Ele beijou a mão dela e um leve rubor brotou na face de Charlotte.

– Passarei para buscá-la às cinco da tarde.

Embora Grace não conseguisse ouvir, ela teve certeza de que conversa semelhante se desenrolava entre Louisa e Bentley.

Matt se levantou, pegou a mão de Grace e se dirigiu a Bentley.

– Nós precisamos ir. Embora tenhamos um dia cheio amanhã, tenho certeza de que as garotas estarão em casa no dia seguinte.

O jovem fez uma reverência.

– Obrigado, milorde.

Grace sorriu para si mesma e Matt os conduziu até a anfitriã, para se despedirem, e pediu as carruagens.

A chuva tinha finalmente cessado, deixando um céu claro para o casamento deles pela manhã.

Capítulo 25

Nem bem Matt, Grace e Patience entraram na Casa Stanwood, ouviram gritos do andar superior chamando-os para ver Charlie. As crianças deviam estar espiando pela janela.

Charlotte e Louisa subiram a escada correndo, segurando a saia de maneira pouco adequada a jovens ladies. Matt chegou à sala de estudos a tempo de ver Charlotte e Louisa sendo abraçadas por um jovem alto e magro de dezesseis anos com o cabelo e os olhos típicos dos Carpenter.

O garoto afastou Charlotte para admirá-la.

– Char, olhe só para você. Está vindo de um baile?

– Não, bobo, de uma *soirée*. Este é um vestido de noite, não de baile.

Charlie a abraçou de novo.

– Bem, você está bonita como uma pintura. – Ele olhou para a irmã de Worthington. – E você é Louisa. Vai ser minha nova irmã? Char me escreveu sobre você. Que bom que vocês duas estão debutando juntas.

Alice o puxou de lado.

– Este é Matt – a menina disse.

Mary pulava sem parar.

– Nós todos vamos casar amanhã.

– Vamos mesmo? – Charlie a pegou e a rodopiou.

De repente, os dois cães dinamarqueses entraram pela porta. Daisy tentou se enrolar nele.

– Certo, certo, garota. – Ele acariciou a cabeça dela. – Mas o que nós temos aqui? Um amigo da Daisy? – Charlie estendeu a mão e acariciou as costas do Duque. – Como você está? É um belo garoto. – Duque bateu o rabo com tanta força na parede que Matt ficou preocupado que a parede ou o rabo fosse quebrar.

Ver Charlie com os outros fez Matt compreender, de um modo que ainda não tinha entendido, o motivo para Grace lutar tanto para os irmãos ficarem juntos. Agora ele estava ali para ajudá-la e proteger Grace e as crianças, as dele e as dela.

Charlie se soltou para abraçar Grace.

– Me disseram para eu lhe desejar felicidades.

Anuindo, ela respondeu com a voz apertada de emoção.

– Isso mesmo. Charlie, este é Matt, Lorde Worthington.

O garoto estendeu a mão.

– É um prazer, milorde. Mas sinto como se já nos conhecêssemos. As gêmeas e Walter disseram que vai nos manter juntos.

– Eu vou. – Matt apertou a mão de Charlie. – É uma promessa.

Charlie olhou para as crianças.

– Obrigado por concordar em ficar conosco e por minhas novas irmãs.

– Não me agradeça – respondeu Matt, rindo. Eu não ia conseguir sua irmã se não ficasse com todos vocês.

Charlie riu.

– É duro negociar com ela.

O Conde de Stanwood podia ter apenas dezesseis anos, mas levava a família a sério. Matt imaginou como seria, para ele, ser o chefe da família e não ter controle sobre o bem-estar de todos. Matt e Grace teriam que discutir com Charlie as providências que tinham tomado.

– Acho que todos vocês precisam ir dormir – Grace disse enquanto beijava cada uma das crianças mais novas. – Charlie vai ficar conosco por três semanas, e nós teremos muito que fazer pela manhã. Vocês vão estar com olheiras no casamento se não forem para a cama agora.

Eles colocaram as crianças na cama e depois desceram ao térreo com Charlie, Louisa e Charlotte.

Matt olhou para Charlie.

– Você ficou sabendo do casamento hoje?

– Não. – Ele sorriu. – Eu tenho recebido cartas.

– É mesmo? – Isso era estranho. – Quem tem escrito para você?

– Todo mundo. – Charlie olhou sério para Matt. – Que bom que você está ensinando boxe para Walter.

– Ele aprende rápido. – Então ocorreu algo a Matt. Se as crianças contaram para Charlie tudo o que aconteceu durante o curto noivado dele com Grace, Matt não queria que essas cartas caíssem em mãos erradas. Ele arqueou uma sobrancelha. – E as cartas?

– Eu as trouxe para casa, para queimá-las. – Charlie fez uma careta. – Você sabia que eles ficam escutando pelo buraco das fechaduras?

Matt resistiu ao impulso de cobrir o rosto com as mãos. Pela primeira vez ele imaginou o que as crianças podiam ter ouvido quando ele estava no escritório de Grace. Matt suspirou.

– Eu acho que me lembro de Alice dizendo algo a respeito no primeiro dia em que vim aqui. Mas depois me esqueci. Acho que vou mandar lacrar todos os buracos de fechadura da Casa Worthington.

Ao descer do andar das crianças, eles encontraram Patience esperando ao pé da escada.

– Patience, por que você não subiu? – Grace perguntou.

– Eu não queria incomodar. A Srta. Tallerton e o Sr. Winters estão na sala de visitas. Vamos falar com eles?

– Sim, estávamos indo mesmo até lá. Eles provavelmente foram acordados pelo barulho.

Um criado abriu a porta. Grace entrou com Patience, seguidas por Matt, Charlie, Louisa e Charlotte. Jane e Hector conversavam com Winters e Tallerton.

– Eles estavam fazendo tanto barulho, mesmo?

Os olhos de Jane brilharam.

– Está um caos desde que Charlie chegou. Antes disso nós pensamos que estivessem dormindo.

Matt pôs a mão no ombro de Grace.

– Vinho?

– Quero, por favor. As garotas e Charlie também podem tomar uma taça. – Grace se sentou no sofá. Charlie ajudou Matt a servir o vinho. Ela demorou algum tempo para aceitar que, com ele por perto, agora formavam uma família mais completa. Foi difícil admitir que ela precisava da ajuda dele com as crianças.

Charlie olhou com curiosidade para o Sr. Addison.

– Acredito que não tenhamos sido apresentados.

Jane ficou corada.

– Charlie, este é meu noivo, Sr. Hector Addison. Nós nos conhecemos há muitos anos. Hector, este é o irmão de Grace, o Conde de Stanwood.

Charlie apertou a mão de Hector.

– Por favor, pode me chamar de Charlie. Jane é muito querida por todos nós e fico feliz por ela.

Matt entregou uma taça a Grace e se sentou ao lado dela.

– Meu amor, é melhor contarmos para todos o que decidimos.

– Bem – Grace tomou um gole antes de começar –, alguns de vocês já sabem, outros, não. Worthington e eu vamos reformar a casa dele. Desse modo, Lady Worthington e suas filhas irão morar aqui, conosco. Worthington e eu vamos dormir na casa dele, mas fora isso vamos morar aqui. – Ela fez uma pausa e Matt passou o braço pelos ombros dela. – Meu tio do lado da minha mãe voltou, e Lorde Herndon acredita que esse tio vai tentar causar problemas. Por causa disso e do pedido de guarda, Worthington e eu vamos nos casar amanhã de manhã. – Todos aquiesceram, sem se surpreender com o anúncio. – O advogado de Worthington está instruído para pedir a guarda logo após o casamento. Meu advogado vai concordar imediatamente. Srta. Tallerton, Sr. Winters, se quiserem, podem tirar férias nas próximas duas semanas. – Ela fez uma careta. – Duvido que eles vão querer estudar com Charlie em casa e todas essas mudanças.

– Obrigada, milady – respondeu a Srta. Tallerton. – Se não se importar, vou visitar minha família durante alguns dias, na Páscoa. Depois eu volto.

– Eu farei o mesmo – acrescentou o Sr. Winters.

– Claro. Não sintam como se tivessem que dar aulas.

– Eu e o Sr. Winters conversamos a respeito – disse a Srta. Tallerton. Gostaríamos de levar as crianças para os locais mais importantes de Londres.

Grace e seus irmãos tiveram tanta sorte de encontrar aqueles dois.

— Vocês têm certeza?

— Absoluta. – A Srta. Tallerton sorriu. – Assim também teremos a oportunidade de visitar esses lugares históricos.

— E vocês, Jane? – Grace olhou para a prima. – Já decidiram quando vão se casar?

— Vai demorar cerca de uma semana para terminarmos a compra da casa. Vamos casar depois disso. – Os lábios dela formaram um bico. – Infelizmente, o proprietário atual não deu uma procuração ao advogado, e assim precisamos esperar que ele assine os documentos. Enquanto isso, também preciso fazer umas compras.

— Se vocês concordarem, eu gostaria de oferecer seu almoço de casamento aqui. Até lá vamos ter muita experiência.

Inclinando-se sobre o sofá, Jane pôs sua mão sobre a de Grace.

— Eu adoraria. Se eu ficar por aqui pelo menos ainda por uma semana, darei a você e Worthington a opção de ficarem mais tempo juntos.

Matt olhou para Charlie.

— Stanwood, você gostaria de acrescentar algo?

— Acho que vocês tomaram uma boa decisão para desfrutarem de pelo menos um pouco de paz e tranquilidade. Depois que nos mudarmos para sua casa, sugiro alugarmos a Casa Stanwood para a temporada até eu ter idade suficiente para morar aqui.

— Tem certeza de que não vai se importar? – perguntou Grace, franzindo a testa.

— Não. – Ele meneou a cabeça. – Não é como se eu estivesse indo embora para sempre. – Ele foi até Grace e a beijou no rosto. – Se vocês me derem licença, eu vou para a cama.

Louisa e Charlotte também deram boa-noite e saíram atrás do irmão.

Então a Srta. Tallerton e o Sr. Winters se levantaram.

— Nós também vamos nos recolher – ela disse. – Espero que as crianças tenham finalmente dormido.

— Parece que estamos todos cansados. – O Sr. Addison deu a mão para Jane se levantar. – Boa noite. Vejo vocês pela manhã.

Depois que a porta foi fechada atrás de Jane e Addison, Grace deitou a cabeça no ombro de Matt. Ele beijou sua testa. Essa seria a última noite que ele dormiria sem tê-la ao seu lado.

273

– Marcus e Rutherford virão me buscar pela manhã. Vamos levar os garotos conosco.

Ela colocou a mão no rosto dele.

– Eu amo você.

– Eu amo e adoro você. – Ele a beijou com delicadeza. – Até amanhã, meu amor.

– Até amanhã.

Ele saiu, sabendo que ela o observava atravessar a rua. Worthington entrou em sua casa vazia e se sentiu repentinamente só. Nada de passos apressados perturbando o silêncio. Ele se deu conta do quanto queria ter todo mundo ali, debaixo do seu teto. E Grace como sua esposa administrando o caos. Dali a um ano sua casa estaria cheia de irmãos e irmãs, e, ele esperava, um filho dos dois para se juntar à loucura.

Grace acordou na manhã seguinte com Bolton remexendo nas coisas.

– O que você está fazendo? – ela perguntou, afastando o dossel.

– Suas malas, com tudo de que não vai precisar para o casamento. Nós fizemos a mudança das meninas Worthington ontem.

– Entendo. Vou descer para tomar o café da manhã. Quando quer que retorne?

– Se estiver aqui às oito e meia, terei tempo suficiente para arrumá-la, milady. Vou pedir seu banho para esse horário.

– Muito bem. – Grace tirou suas pernas da cama. Era a última vez que acordava sozinha. Ela estava ansiosa para dormir ao lado de Matt. Ainda que não tivesse passado muito tempo ali recentemente, essa era sua casa. – É uma sensação estranha, ir embora.

– Entendo, milady. Mas, como sabe, era o destino. Além do mais, milady só vai ficar fora à noite.

– É verdade. – Ela riu com certa melancolia.

Bolton ajudou-a a colocar o vestido matinal e Grace desceu, encontrando a sala do café da manhã vazia.

– Royston, onde está todo mundo?

– Já comeram e saíram, milady. Não tiveram permissão para usar as roupas novas durante o café, nem mesmo com as batas. Aproveite o silêncio enquanto pode.

Após se servir de chá, ela pegou ovos assados e torrada, e imaginou que outras mudanças o dia traria. Tinha terminado sua terceira xícara de chá quando o mordomo entrou.

— Milady, Bolton diz que já pode subir.

— Obrigada, Royston.

Ela afundou na água quente enquanto Bolton arrumava diversos itens sobre a penteadeira. Grace viu um brilho.

— O que foi isso?

Bolton lhe mostrou um delicado colar de ouro com ametistas e diamantes.

Olhando de perto, Grace meneou a cabeça. Não era dela nem da mãe.

— De onde isso veio?

— Sua senhoria enviou esta manhã com um par de brincos, uma tiara e uma pulseira.

— É tudo perfeito. Que surpresa maravilhosa. — Ela se levantou, espalhando água, e Bolton lhe entregou uma toalha.

— Tem um pacote da Rundell & Bridges na minha cômoda. Por favor, abra-o e compare com o colar.

A criada encontrou o pacote, abriu e sorriu.

— Combina perfeitamente, milady.

— Que homem talentoso. — Grace sorriu. — Eu fui até lá procurando algo para Lorde Worthington. Tinha quase escolhido uma corrente de relógio quando o vendedor disse que tinha o que eu precisava. Passei para pegar no dia seguinte. — Ela nunca tinha comprado presentes para um cavalheiro, e estava preocupada se Matt iria gostar.

— Se quer minha opinião, foi uma boa sugestão do vendedor.

— Foi mesmo. — Grace se virou para a criação de Madame Lisette pendurada na porta. — Gostou do meu vestido?

— É lindo. A renda é o toque perfeito.

Bolton pegou a toalha. Grace vestiu a *chemise* e o espartilho.

— Vamos colocar isto em milady e cobrir enquanto faço seu cabelo.

Grace levantou os braços e a seda macia, cor de creme, caiu flutuando à sua volta. O corpete tinha um decote em V na frente e atrás, decorado com uma faixa dourada bordada. O vestido tinha uma meia cauda. Em seguida ela colocou um sobrevestido em renda dourada pontuada por pequenas pérolas, com mangas em camadas até os cotovelos. Bolton ajudou-a a vestir um robe e então penteou o cabelo de Grace num coque na nuca, preso com pentes perolados. A criada puxou vários fios de cabelo, deixando-os soltos sobre os ombros. Em seguida, Bolton prendeu um chapeuzinho de seda e renda na cabeça de Grace.

– O alfinete que prende o chapéu pertence a Lady Evesham – disse ela. – Assim milady tem algo emprestado, algo antigo e algo azul.

Uma batida ecoou na porta.

– Milady, Lorde e Lady Herndon e Lady Evesham a estão esperando.

– Obrigada, Royston. Eu já desço. – Grace pôs os brincos que Worthington tinha enviado e Bolton prendeu o colar em seu pescoço.

– Fiquei bem, não?

– Sim, milady, ficou. Agora vá.

Grace se levantou e surpreendeu Bolton com um beijo no rosto.

– Obrigada.

– Vá. Fora daqui.

Grace saiu apressada pela porta, desceu a escada e entrou na sala de visitas.

– Estou pronta.

Tio Bertrand sorriu.

– Então vamos andando. As crianças já saíram há vários minutos. Vão estar acomodadas quando chegarmos. – Ele pegou o monóculo. – Posso dizer que você está linda? Essas são as joias que Worthington lhe deu? Perfeitas.

Os olhos da tia nadavam em lágrimas quando abraçou com cuidado a sobrinha.

– Minha querida. O conjunto de joias que sua mãe deixou para você ainda está em manutenção. Ele seria entregue no fim desta tarde. Você está linda. – Uma lágrima escapou do olho da tia. – Ela teria ficado tão feliz por ver você.

– Pare com isso, Almeria – disse o tio, irritado. – Não precisamos que todo mundo comece a chorar.

Enxugando os olhos com o canto do lenço, ela sorriu, nostálgica.

– Sim, querido, você tem razão, é claro.

– Está com o alfinete de chapéu? – Phoebe perguntou.

– Estou. – Grace sentiu o coração crescer de felicidade. – Obrigada por pensar nisso.

– Não por isso – Phoebe disse. – Mas é melhor nós irmos agora. Não queremos que o cavalheiro pense que você fugiu.

Matt estava conversando com Marcus, Rutherford e Anna. Ao ouvir sons na outra extremidade da nave, ele se virou. Grace entrou com a tia, o tio e Phoebe. Após entregar sua capa a um criado, Grace virou-se e sorriu. Matt sentiu o coração acelerar e a garganta contrair. Com sorte ele conseguiria dizer seus votos. Ela era a mulher mais linda que Matt conhecia, e era *dele*.

Grace veio flutuando em sua direção, e ele estendeu a mão sem conseguir tirar os olhos dela. Matt agradeceu aos céus e ao destino por tê-la encontrado. Não havia outra mulher com quem ele gostaria de passar a vida. Ela o fitava nos olhos e sorria para ele.

– Vamos começar? – perguntou o vigário.

Com o canto do olho, Worthington pôde ver o sorriso do jovem clérigo.

Lady Herndon se sentou com Patience e as crianças. Todas estavam acomodadas, em silêncio e sorrindo, aguardando. Charlie, Louisa e Charlotte estavam distribuídos entre os mais novos.

– Está pronta, querida? – perguntou Matt, olhando para Grace.

– Estou – ela aquiesceu.

– Muito bem, então, vamos começar – disse o vigário. – Queridos presentes, estamos reunidos aqui, diante de Deus...

Quando Marcus entregou o anel para Matt, houve movimento e risadinhas das crianças. As gêmeas tinham conseguido pegar um dos anéis de Grace para que ele soubesse o tamanho. O anel que ele tinha finalmente escolhido era aquele que o pai dele tinha dado à sua mãe, e se encaixava perfeitamente em Grace.

Ela baixou os olhos para a argola intrincada de ouro e diamantes em seu dedo e depois olhou para ele. Lágrimas afloraram de seus olhos, mas Grace estava sorrindo. Depois que o vigário os declarou marido e mulher, ele a pegou nos braços e a abraçou até o barulho vindo dos bancos lembrar-lhes onde estavam.

Phoebe e Marcus os acompanharam para assinar o livro de registro.

– Vou precisar de uma cópia da certidão de casamento – disse Matt.

– Você pode levar uma cópia agora. – O vigário sorriu. – O tio Bertrand disse que você precisaria, então já está pronta.

– Muito obrigado.

– O prazer foi meu, eu garanto. – O jovem ficou corado. – Preciso lhe dizer; esta é minha primeira cerimônia de casamento.

Matt sentiu seu sorriso ficar maior.

– A nossa também. Eu lhe desejo muitas mais.

O clérigo sorriu.

– E eu só lhe desejo esta.

– Vamos, milorde meu marido. – Grace riu. – Você pode me levar para casa.

– Com prazer, milady esposa.

Tia Almeria soluçava no lenço.

– Vocês dois são muito bobos. Agora precisamos levar as crianças para casa.

O nível de ruído cresceu e ecoou pela igreja.

– Sim, sim, todos querem ver Grace, mas vamos ter que esperar até voltarmos para casa – Charlotte disse, pastoreando sem pena os mais novos.

Charlie estava com o rosto sério, mas os cantos de seus lábios subiram quando ele pegou as mãos de Mary e Theodora.

– Escute, Charlotte. Nós precisamos ir. Jacques preparou delícias para nossa volta. E eu estou com fome.

– Você sempre está com fome – Mary disse. – Espero que ele tenha feito torta de limão.

Marcus se aproximou de Grace e Matt.

– Isso mesmo, compre-os com comida.

Louisa pegou as irmãs remanescentes pelas mãos.

– Augusta, Madeline, venham.

– Quantas crianças você disse mesmo que queria? – Rutherford sussurrou para Anna. Ela meneou a cabeça e sorriu, mas preferiu não responder.

Depois que as crianças estavam nas carruagens, Grace deu um suspiro profundo.

– Acho que correu tudo bem.

– Concordo. – Phoebe pegou o braço de Marcus. – Agora, se conseguirmos ser tão comportados quanto as crianças, vamos voltar para casa sem demora.

– Concordo – Anna disse e olhou para Rutherford, que a pegou pelo braço.

– Sinto como se estivesse sendo manipulado de novo.

– Não, meu amor. – Anna arqueou uma sobrancelha. – Só vou manipular você se não vier agora mesmo. Vai acontecer outro casamento às onze horas.

– Ah – Rutherford exclamou. – O casal de Gretna Green.

Capítulo 26

Grace e Matt chegaram à Casa Stanwood e logo foi organizada uma fila de cumprimentos. Eles ficaram com a tia, o tio e Patience. Phoebe, Anna e os maridos se encarregaram das crianças.

Lady Bellamny foi a primeira convidada a chegar.

— Worthington, Lady Worthington, parabéns.

Lorde e Lady St. Eth, e Lorde e Lady Dunwood foram os próximos num fluxo contínuo de convidados para o almoço. Após cerca de meia hora, tio Bertrand, tia Almeria e Patience entraram para ficar com os convidados.

Foi só então que Grace percebeu que ninguém tinha lhe perguntado sobre a recepção.

— Matt, por favor, me diga que alguém ficou a cargo de planejar isto. Pensei que receberíamos apenas a família e amigos íntimos.

— A Lady Worthington viúva e seu chef planejaram tudo. Ou melhor; nosso chef.

— Para quantas pessoas?

— Não mais que cem.

O sangue sumiu da cabeça de Grace e ela fraquejou.

— Eu já lhe disse que não me dou bem com surpresas?

— Grace, você vai desmaiar? Venha, apoie-se em mim e respire fundo. — Ele olhou para Royston. — Água. — Depois que ela deu alguns goles, Matt continuou. — Não entendo como você nem pisca um olho para as travessuras dos seus irmãos, mas uma mudança de planos a faz desmaiar.

– É muito simples, na verdade. Eu espero o pior deles. Assim, fico sempre aliviada quando o pior não acontece. Royston, quantos faltam?

O mordomo consultou a lista de convidados.

– Dois, Lordes Huntley e Wivenly.

– Eles estão sempre atrasados – disse Matt com franqueza. – Huntley e Wivenly podem entrar sozinhos. Nós vamos cuidar dos outros convidados.

– Ouvi meu nome? – Huntley entrou pela porta. – Desculpe, Worthington, Wivenly já está vindo. Eu e ele estávamos procurando um presente de casamento perfeito. Encontramos, afinal, mas só vai ficar pronto amanhã.

– É melhor que seja algo apropriado. – Matt estreitou os olhos.

Lorde Huntley era o retrato da inocência.

– É claro que, considerando todas as crianças pelas quais você agora é responsável, nós pensamos numa vaca leiteira. Mas achamos que seria algo estranho de se ter no quintal. Sem falar na necessidade de contratar uma ordenhadeira para cuidar do animal.

Grace começou a rir e teve que cobrir a boca para não gargalhar.

Wivenly enfim chegou.

– Sim, então soubemos que estão reformando a casa e isso nos deu uma nova ideia. Vocês verão do que se trata num futuro não muito distante. – Com tranquilidade, ele pegou a mão de Grace. – Lady Worthington, é um prazer. Como favor pessoal, peço que ignore os faniquitos de Worthington. Geralmente eles não demoram muito.

– Obrigada pelo conselho – Grace respondeu, sem conseguir evitar que a voz tremesse com o riso. – Vou me lembrar disso.

Wivenly curvou-se, beijou-lhe a mão e Huntley o imitou. Os olhos ainda desconfiados de Worthington os acompanharam.

– Eu não me preocuparia, amor. – Grace pegou o braço dele. – Estou certa de que será apropriado e se não for, podemos guardar o presente e só tirá-lo quando eles nos visitarem.

As grandes portas do salão de festas, bem como as do terraço, foram abertas. Um quarteto de cordas tocava música suave, e mesas compridas foram arrumadas na sala ao lado com canapés e outros aperitivos. Não houve tempo para encomendar um bolo de casamento, portanto várias tortas e bolinhos quadrados com cobertura, que Jacques chamava de *petits fours*, bem como trufas, decoravam uma mesa. Taças de champanhe, limonada, vinho e licor passavam em bandejas carregadas por criados.

Worthington pegou duas taças de champanhe e entregou uma para Grace.

– A nós e nossa família.

– Sim – ela brindou –, a nós e nossa família.

Tio Bertrand deve tê-los visto, pois chamou a atenção dos convidados para o primeiro brinde. Ele foi seguido por Marcus e Rutherford. Grace e Matt fizeram questão de conversar um pouco com cada convidado.

– Eu vou me trocar – ela sussurrou para Matt. – Encontre-me na porta da frente.

Ele beijou a ponta dos dedos de Grace, que escapuliu do salão de festa. Alguns minutos depois, ele encontrou Royston.

– Nós vamos sair agora.

– Vou informar apenas Lorde Herndon e, creio, a Srta. Carpenter.

– Obrigado.

Grace se aproximou dele num vestido matinal simples de musselina e pegou sua mão.

– Está pronto?

Admirando o corpo exuberante da esposa, entrelaçando seus dedos os dela, o desejo o tomou, tensionando seus músculos. Eles teriam pelo menos o resto da tarde e toda a noite a sós. Visões de Grace nua debaixo dele inundaram sua mente, e ele passou a mão pelas costas dela. Matt a puxou para si.

– Sem espartilho? – ele murmurou.

Ela lhe deu um olhar provocador.

– Achei que não iria precisar.

Ele estava mais do que pronto. Matt tinha sonhado com isso por dias.

Matt a puxou para fora da casa, contendo-se para não atravessar a praça correndo até sua.

Thorton abriu a porta e curvou-se.

– Milady, bem-vinda à sua nova casa.

– Obrigada, Thorton.

Depois disso, a Sra. Thorton veio cumprimentá-la. Eles precisavam demorar tanto? Matt deveria ter dado folga para o mordomo e a governanta, para que ele e Grace pudessem ficar a sós.

Fazendo uma careta, ele a puxou pela mão e começou a subir a escada. Thorton fez nova reverência.

— Estaremos à disposição caso precise de alguma coisa, milady.

Matt quase teve certeza de que viu seu mordomo rir.

Alguns momentos depois, eles entraram no quarto dele. Não, no quarto *deles*. Matt fechou a morta e a encarou. Seu coração batia forte. Grace enfim era sua, e ele não conseguia pensar em nada para dizer. O silêncio só não era absoluto pelo crepitar do fogo.

Grace estava parada, encarando-o.

— Eu sei que é tolice — ela falou —, mas eu me sinto tímida, por algum motivo.

Ele tocou o rosto dela de leve com a palma da mão. Um calor se esparramou dentro dela, e Grace virou a cabeça sobre a mão dele, beijando sua palma.

Inclinando-se, ele a beijou de leve nos lábios.

— É só porque esta é a primeira vez que nós planejamos.

Grace meneou a cabeça lentamente. Ele estava enganado.

— Não. Da primeira vez eu planejei.

— Mesmo? — Distribuindo beijos suaves no queixo dela, Worthington seguiu seus lábios. — Você pode ter planejado, mas eu não.

— Não? — Ela levantou os olhos para o caloroso olhar de lápis-lázuli.

Ele a puxou para mais perto, do mesmo modo que tinha feito naquela noite, na estalagem.

— Não. Quando você me beijou, eu soube que nunca tinha sido tocada. Minha intenção era pedi-la em casamento antes de fazermos amor.

— Foi por isso que me deixou no meu quarto. O beijo foi tão ruim assim?

Worthington passou os braços ao redor dela.

— Foi inocente e perfeito. Eu soube que estava me apaixonando por você.

Grace relaxou, entregando-se à sensação de amor e segurança. Era isso que ela queria pelo resto da vida.

– Grace, por que você foi me procurar? – Ele a beijou no alto da cabeça. – Por que se arriscar tanto?

Ela sentiu a garganta fechar de constrangimento.

– Eu... eu achava que nunca iria me casar.

– Por causa das crianças? – Matt perguntou, acariciando suas costas.

Ela anuiu, colocando os braços ao redor do pescoço dele.

– Eu pensei que, se pudesse ter apenas uma noite com você, isso seria suficiente. Então eu poderia voltar para casa, cuidar das crianças e não me importar se nunca me casasse.

Ele deu um sorriso amargo.

– Mas uma vez nunca teria sido suficiente para mim. Eu precisava encontrar você. – Beijando-a de leve nos lábios, ele apertou o abraço. – Brown negou que você tinha estado lá. Se eu estivesse sozinho, poderia ter pensado que você era um fantasma. Por sorte meu cavalariço estava comigo. Eu a procurei por toda a estrada até em casa.

As lágrimas e o desespero frio pareciam tão distantes.

– Eu chorei até chegar ao Solar Stanwood.

Ele a afastou um pouco e encarou seus olhos.

– Você deveria ter ficado, Grace. Fiquei tão só sem você.

Lágrimas encheram os olhos dela. Ela precisava dizer. Se não dissesse agora, talvez nunca conseguisse, e isso ficaria entre eles. Engolindo em seco, ela tentou endireitar as costas, mas não conseguiu encará-lo.

– Eu... eu só quero que você entenda... que toda essa paixão pode não durar. – Ela fechou os olhos e se obrigou a continuar. – Que... que quando acabar, você vai querer amantes. – A voz dela falhou e lágrimas começaram a escorrer por sua face.

E lá estava. Enfim ela estava lhe contando.

– Você acha que vou ficar com outra mulher? O que lhe deu uma ideia dessas? Ou devo perguntar *quem*?

– Minha tia disse que até o melhor dos cavalheiros...

Ele só queria reconfortá-la, mas precisava ouvir aquilo, e ela precisava dizer.

– O que mais sua tia disse?

– Que... que você vai perder o interesse nas crianças.

Malditas todas as tias bem-intencionadas.

– Grace, meu amor, não posso falar do casamento dela, mas, minha amada, minha querida, querida amada. Eu nunca vou perder o interesse em você ou nas crianças.

Quando ela levantou os olhos para Matt, seu rosto desolado fez o coração dele doer. Ele franziu o cenho.

– Foi por isso que você ficou tão fria comigo quando nós saímos de lá?

– Sim, mas depois eu decidi que aceitaria todo o amor que você tinha para me dar até... até se cansar de mim.

– Minha pobrezinha – ele disse, trazendo-a para perto de novo.

– Se pelo menos tivesse me contado.

– Como eu poderia? Eu estava cheia de dúvidas, e tudo acontecendo tão depressa.

– Eu sei que a intenção dela era boa. – Matt a beijou. – Mas eu queria que sua tia não tivesse falado com você. Meu amor, meus pais não tiveram esse tipo de casamento, e não é o que eu quero com você. – Ele a beijou na testa e jurou para si mesmo que todos os dias demonstraria para Grace o quanto ela era importante. Ela e as crianças. – Mas meu pai fez isso com Patience. Eu nunca causaria esse tipo de dor em você.

– Tem certeza? Porque, se eu baixar a guarda...

– Não há nada mais garantido do que isso. Quero você como esposa, amiga e amante.

Matt beijou-a carinhosa e profundamente, com todo o amor que conseguia instilar num beijo.

– Eu jurei hoje venerá-la com meu corpo e me guardar apenas para você. Vou manter para sempre essa promessa.

Ele limpou as lágrimas dos cantos dos olhos dela, depois tomou-lhe os lábios, fazendo-os se abrir. Sua língua acariciou a dela, explorando sua boca, alimentando um fogo que ele queria que durasse pelo resto de suas vidas.

– Eu a amo.

– E eu o amo.

– Grace, quero fazer amor com você.

– Sim.

Matt desatou o vestido dela e encontrou apenas uma *chemise* por baixo. Devagar, ele foi desfazendo os laços e baixou o corpete até o vestido ficar pendurado nos quadris dela, expondo os seios perfeitos. Ele os segurou com reverência antes de baixar as mãos até a curva da cintura e, depois, o quadril. A *chemise* e o vestido caíram farfalhando.

— Sua vez.

Grace desamarrou a gravata, deixando-a cair. Ela desabotoou o colete e empurrou o paletó.

— Eu preciso de ajuda. O paletó não sai.

— Puxe pelas mangas.

Colocando-se atrás dele, ela puxou o paletó enquanto Matt ajudava com os braços. Ele tirou a camisa pela cabeça. Em seguida, Grace desabotoou a abertura da calça, que caiu no chão. Ele tirou os sapatos e as meias, ficando nu diante dela. Grace arregalou um pouco os olhos e um pequeno sorriso pareceu arquear seus lábios. Ela esticou os braços e passou as mãos pelo corpo dele.

— Adoro seu peito.

— Você acha que poderia admirá-lo da mesma forma estando deitada? — Worthington a pegou nos braços e a carregou para a cama.

Grace tirou seus sapatos com um movimento dos pés.

— Minhas meias — ela disse.

— Em um minuto. — Ele fez chover beijos no pescoço de Grace, cuja pele esquentou e corou. Ele acariciou seus lábios com a língua, provocando-a até ela colocar os braços ao redor dele e capturar sua boca. O conhecido calor mútuo cresceu. Matt aprofundou o beijo, percebendo que seus sentidos ameaçavam sobrepujá-lo. Seu membro estava duro desde que eles chegaram ao quarto, mas esse não era o momento de possuí-la com pressa. Ele queria redescobrir o corpo dela. Matt sentiu o coração disparar. Segurando a cabeça de Grace nas mãos, ele levou a paixão mútua a um novo patamar, até ela estar ofegante e se contorcendo debaixo dele. Envolvendo-o com as pernas, ela implorou que ele a possuísse.

— Ainda não — Matt conseguiu murmurar.

Os lábios dele abandonaram os dela e desceram até os seios. Ele segurava um em uma mão enquanto a boca cuidava de outro. Grace tremia de desejo. Mas os beijos e lambidas dele acrescentavam uma nova camada de prazer ao que ela queria. Grace soltou um grito, e dessa vez ele não lhe pediu silêncio. Ele deixou os seios e desceu pelo abdômen até seu púbis. Oh, ele não fazia isso desde a primeira noite, e como ela queria. Quando Grace gemeu, seu marido devasso riu enquanto ela arqueava os quadris, querendo mais.

Grace estremeceu e gritou quando a língua dele a acariciou e penetrou.

– Matt, Matt, por favor.

– Ah, então é isso que eu preciso fazer para você gritar meu nome? Matt embarcou em seu desejo por ela. Ele não imaginava que a união deles seria tão intensa assim tão cedo. Deitando-se ao lado dela, ele passou a mão pelo corpo nu de Grace. Essa era a mulher destinada a ser sua, com quem ele passaria a vida. Sua mulher, seu amor. Pela segunda vez, Matt a ajeitou do seu lado e puxou as cobertas sobre eles.

A pele dela continuava quente e suada. Grace se aninhou nele.

– Foi diferente, não foi?

– Sim. – Ela a beijou na testa. – Foi diferente. Como tinha que ser.

– Eu gosto de ficar na cama com você. – Grace virou-se nos braços de Matt e capturou-o com seu profundo olhar azul. – Não vou embora desta vez. Quero saber como é acordar com você ao meu lado.

Matt nunca tinha imaginado que conheceria tal alegria.

– Ótimo. Eu não quero ter que sair à sua procura.

O Sr. Combs acordou cedo com o nariz entupido. Sua esposa lhe trouxe um lenço aquecido e o colocou sobre o lugar. Isso sempre parecia ajudar. O trabalho teria que esperar até ele poder respirar de novo. Combs voltou a dormir. Quando acordou novamente, a manhã estava adiantada e ensolarada, e ele conseguia respirar. Combs se vestiu e encontrou a esposa na pequena sala de estar, remendando roupas.

– Eu vou sair. – Ele se inclinou e a beijou no rosto.

– Só um instante. Eu fiz umas tortinhas para você. – Ela foi apressada até a cozinha e voltou em seguida. – Aqui estão. Mais tarde eu mando um dos garotos para ver como você está.

– Não quero falar muito agora. – Combs piscou um olho. – Mas este serviço pode nos render mais do que o de costume.

– Dinheiro sempre ajuda. – A esposa sorriu.

Alguns momentos depois, Combs pegou um carro de aluguel até a Rua Davies, ao lado da Praça Berkeley.

Foi no começo da tarde que Combs conseguiu chegar à Praça Berkeley, para cumprir seu acordo com o Sr. Molton, seu novo cliente. Carruagens ocupavam as ruas e homens de uniforme conversavam.

– Vocês podem me dizer qual dessas é a Casa Stanwood?

Um dos homens apontou para uma residência a duas casas da esquina. Ele desceu pela rua e parou para conversar com dois criados jovens.

– O que está acontecendo aqui?

Um homem maior e mais velho, usando uniforme diferente, aproximou-se.

– O que está acontecendo aqui não é da sua conta. Se fosse, você saberia.

– Desculpe, não quis me meter – disse Combs, dando de ombros. – Só estava puxando conversa.

– Então vá puxar conversa em outro lugar. Nós estamos trabalhando, aqui.

Combs foi até um lugar no meio da praça, encostou-se numa árvore e ficou observando a porta da Casa Stanwood. Depois de algum tempo, uma mulher cuja descrição batia com a que Molton tinha lhe dado atravessou a praça às pressas com um cavalheiro elegante.

– Como são descarados. No meio do dia – ele murmurou.

Depois, o casal entrou numa casa do outro lado da praça. Ele se ajeitou com o máximo de conforto que conseguiu e ficou esperando, sem nunca tirar os olhos da casa, até seu filho aparecer.

– Fique de olho naquela porta. – Ele apontou para a Casa Worthington. – Estamos vigiando uma mulher jovem com cabelo dourado. É uma descarada. Passou a maior parte do dia aí. Não é de espantar que nosso cliente queira tirar as crianças dela. Vai ensinar os pequenos a serem depravados como ela. A mulher se daria bem no Miss Betsy's, não é?

– Eles pagariam um bom trocado por ela, e o senhor sabe que precisamos do dinheiro – o filho concordou. – É melhor você ir para casa. Mamãe disse que vai esperar você para jantar.

Combs se levantou e se esticou.

– Eu venho render você à noite.

Matt deve ter caído no sono. Quando olhou pela janela, o sol já tinha se posto. Ele beijou o cabelo de Grace, que se espreguiçou junto dele.

– Estou faminta.

– Hum. Eu também – Matt disse e se colocou sobre ela.

– Por comida. – O estômago dela roncou.

Matt deu um suspiro.

– Acho que não quero ninguém dizendo que matei minha mulher de fome.

– Vamos chamar alguém?

– Espere aqui. – Matt vestiu seu robe e entregou para Grace o colorido penhoar indiano de seda bordada que lhe tinha comprado. Saindo para a sala de estar, ele viu uma mesa posta com pratos cobertos, vinho, água e limonada. – Alguém pensou na sua fome.

Grace pareceu flutuar até a sala de estar. Ela levantou uma das tampas.

– Frango assado. O que mais nós temos aqui?

Ele descobriu o restante dos pratos.

– Pão, queijo, frutas. Você quer vinho?

– Por favor. Você corta o frango?

– Com prazer. Pelo jeito, parece que ninguém está nos esperando para nada.

– Parece que não. Será que vão nos trazer o café da manhã ou vamos comer com nossa família?

Grace pegou uma uva do cacho, passou-a pelos lábios inchados e a mastigou. Worthington sentiu o sangue esquentar e seu desejo cresceu outra vez. Ele queria que ela tirasse o penhoar. Embora talvez fosse demais esperar que ela jantasse nua, ou que lhe permitisse comer uvas de entre seus seios. Bem, talvez comer as uvas fosse possível de conseguir.

– No que você está pensando? – Ela pegou outra uva, mastigou e engoliu.

– Venha cá. – Ele a chamou e, quando Grace se aproximou dele, tinha outro pedaço de fruta entre os lábios. Ele mordeu a fruta e lambeu o suco dos lábios dela. – Eu pensava nas coisas que precisamos fazer.

– Oh, como a questão da guarda.

– A guarda, claro, entre outras coisas. – Ele baixou as pálpebras e sorriu antes de falar. – Eu deixei ordens de que só devemos ser incomodados se houver algum problema com a petição. Porque neste dia, e nesta noite, pretendo me concentrar na minha esposa, e não quero que ela fique preocupada.

Grace arregalou os olhos e deu um sorriso sensual.

– Oh, sua esposa não pode se preocupar, milorde?

Descendo a pele macia da fruta pelos lábios e pescoço dela, antes de colocá-la na boca, ele sorriu.

– Minha esposa fica nervosa. É o jeito dela. Meu objetivo é deixá-la menos ansiosa.

– Então prevejo que sua esposa será uma mulher extremamente feliz.

Ele cortou o frango.

– Você se lembra daquela primeira noite, quando eu lhe disse que lhe daria prazer?

Ela engoliu em seco e anuiu.

– Lembro.

Colocando um grande pedaço de frango no prato dela, Matt sorriu.

– Você precisa comer.

Grace acordou e se encontrou aninhada em Matt do mesmo modo que naquela primeira manhã. Quando começou a sair da cama, o braço dele a envolveu.

– Aonde você pensa que vai?

– Só até a sala de banho. – Ela sorriu. – Eu já volto.

Ele grunhiu. Embora o quarto estivesse um pouco frio, ela não vestiu o penhoar. Ao voltar, percebeu que ele tinha alimentado o fogo. Voltando para a cama, ela se aconchegou junto a ele para se esquentar. Pensando bem, ele estava quente da última vez.

– Você nunca sente frio?

– Na verdade, não. Mas você está com frio. – Matt a virou de modo que ficasse com as costas em seu peito e puxou as cobertas sobre eles.

Em poucos minutos ela estava quente o bastante para pensar em outros desejos e empurrou o traseiro no membro duro dele. Matt beijou o cabelo e mordiscou a orelha dela. Grace pode senti-lo sorrindo quando ele beijou seu queixo.

– Você quer alguma coisa, amor?

– Quero, se você não se importar. – Ele deslizou a mão até os pelos de Grace e a acariciou enquanto seus lábios desciam sobre os seios dela, descendo pela barriga até chegar ao botão teso no púbis.

Ela gritou o nome dele quando a tensão cresceu, deixando-a retesada.

– Adoro quando você grita. – Matt riu.

Grace tentou rir e não conseguiu. Ela gritaria o quanto Matt quisesse, se ele lhe desse o alívio de que ela precisava. Fagulhas quentes chispavam dentro dela. Ele se colocou sobre o corpo dela, penetrando-a com sua ereção, então saiu e entrou de novo. Arrepios de prazer a sacudiram. Grace se enrolou nele e um turbilhão a envolveu, fazendo-a pensar que iria morrer. Ele gritou e deu estocadas profundas. Ele era dela. Matt tinha feito seus votos durante a cerimônia, mas os repetia agora. Um vínculo que ela nunca soubera que poderia existir os envolveu, e ela jurou nunca deixar ninguém mais tê-lo. Nada jamais os separaria.

Quando ela acordou novamente, o sol entrava pela janela.

– Estou com fome. – Grace começou a se levantar, mas ele a deteve.

– Eu vou. – Matt arrumou as cobertas ao redor dela e foi até a sala de estar. Voltando ao quarto, ele disse – Nada. Acho que isso significa que somos esperados para o café da manhã do outro lado da praça.

Ela lhe deu seu sorriso mais sensual.

– Hum. Bem, até Bolton e seu criado chegarem para nos vestir, você pode voltar para a cama, milorde.

Os olhos dele passearam pelo corpo dela e Matt sorriu.

– Que ideia excelente, milady.

Até então, o casamento estava sendo muito divertido.

Capítulo 27

Matt fechou a porta após falar com o criado, então se virou para Grace.

– Eu não só fui avisado de que somos esperados do outro lado da praça como também fui lembrado que é Sexta-Feira Santa e nós temos que ir à igreja. – Matt admirou, sorrindo, aquela que devia ser a condessa de aparência mais sensual de Londres. Seu cabelo, um redemoinho de madeixas desgrenhadas, estava espalhado sobre os travesseiros e ela, deitada nua sobre os lençóis. – Bolton está aqui e seu banho está pronto.

– Estou com fome. – Grace se sentou na cama, colocando o cabelo para trás.

Ele deu uma gargalhada. Além de fazer amor, a única outra coisa que eles fizeram foi comer. Matt pegou a mão dela e a puxou.

– Você está sempre com fome. Se quiser comida, vai ter que tomar banho. Não posso deixar minha condessa aparecer na igreja com aspecto menos que respeitável.

Grace arregalou os olhos.

– Menos que... o que você quer dizer?

Matt a virou para o espelho. Sua esposa estava deliciosa, mas ele duvidou que ela concordaria.

– Oh, não. Estou medonha. E você não disse nada.

– Você está com a aparência do que é: uma esposa bem saciada. – Ele entregou o penhoar a Grace. – Eu e minha esposa adoramos você do jeito que está.

Ela fez uma careta ao se observar no espelho.

– Você deve estar bêbado se gosta da minha aparência agora.

Matt a beijou.

– Considerando que eu deixei você assim, não posso reclamar.

– Não. Você tem razão. – Ela se virou em seus braços.

– Milady – a voz de Bolton ribombou através da porta –, sua água está esfriando.

– Estou indo, Bolton. – Grace fechou os olhos por um momento, depois olhou para ele.

– Milorde? – Timmons, o criado de Matt, chamou. – Precisa se vestir se deseja ser pontual.

Matt sorriu e imaginou que essa conversa se repetiria em muitas manhãs.

– Sim, eu sei. Já vou.

Pegando-a, Matt a beijou.

– Vejo você daqui a pouco.

– Sim. – Grace derreteu nos braços dele.

– Imagino que sua senhoria não podia deixar milady fazer uma trança – grunhiu Bolton ao escovar o cabelo de Grace. Ela riu.

– Não me lembro de discutirmos o assunto. – Mas ela se lembrava de outras coisas. – Posso perguntar para ele, se você quiser.

– Eu ficaria surpresa se adiantasse de algo. – Bolton meneou a cabeça. – Lembro bem da criada da sua mãe reclamando.

Grace pôs o mesmo vestido matinal que tinha usado no dia anterior, dessa vez com espartilho, então voltou ao quarto deles. Como ela gostava de pensar nisso. *O quarto deles.* Ela se encostou na porta e o observou amarrar a gravata.

– Você vai demorar?

– Não, só falta a gravata. Eu já vou. – Ele notou o vestido matinal. – Você vai usar isso?

– Claro que não, mas nunca me visto por completo até as crianças terem comido. Não vou demorar para me arrumar, depois.

– Ela jogou um beijo para ele, saiu de casa e atravessou a praça. De Royston à garota que limpava a sala de estar, toda a criadagem da casa dela estava enfileirada para lhe desejar felicidades. Seu mordomo curvou-se.

– Milady, a criadagem gostaria de lhe felicitar pelo casamento. Lágrimas de alegria afloraram nos olhos dela enquanto cumprimentava e agradecia a cada um dos criados.

– Nossa. Eu não esperava por isto. Muito obrigada.

Alguns minutos depois, Matt entrou e também foi felicitado.

– Venha, querida. Precisamos comer e ir para a igreja.

Quando entraram na sala do café da manhã, o Sr. Winters e a Srta. Tallerton se levantaram e começaram a aplaudir. As crianças os acompanharam.

– Estamos tão felizes por vocês – disse Charlotte, levantando-se.

Ela cutucou Charlie, que se levantou com um pulo. Louisa entregou-lhe uma folha de papel.

– Sim, estamos, e todos nós temos um brinde a fazer. – Ele levantou a xícara de chá. – Para Matt, nosso novo irmão, e Grace, nossa nova irmã, nós desejamos um casamento feliz e... só um momento... vocês querem mesmo que eu diga isto?

– Sim – Louisa sibilou e retomou seu sorriso.

Charlie arqueou as sobrancelhas.

– Tudo bem. "Nós lhe desejamos uma vida de felicidade e muitos filhos, porque queremos ser tios e tias."

Os rostos de irmãos e irmãs brilharam. Naquele momento Grace não conseguia pensar em mais crianças. Ela olhou para Matt, que lutava uma difícil batalha para manter a seriedade. Ele falou pelo casal:

– Obrigado a todos vocês pelos votos. Agora, vocês precisam terminar o café. Nós vamos de novo à igreja.

Após fazer seu prato, Grace sentou-se na ponta da mesa. Seu marido se inclinou sobre ela.

– Eu tenho que sentar na cabeceira?

– Não durante o café da manhã. – Ela estendeu a mão para ele.

– Ótimo. – Matt pegou a mão dela e a beijou antes de ir se servir no bufê. Ele voltou com um prato mais cheio que o dela.

Na manhã do dia anterior ela tinha se sentido tão sozinha que quase não tinha apetite; nesta manhã ela comeu tudo e ainda repetiu.

– Adoro fazer meu desjejum com todos vocês. Só espero que, quando vocês partirem para viver suas vidas, nós tenhamos mais crianças para se juntar a nós.

Todos concordaram com a cabeça. Matt empalideceu um pouco.

– De fato, meu amor, devemos ter esperança.

Grace comeu o último bocado e tomou o último gole de chá.

– Se você puder ficar e ajudá-los a se aprontar, eu volto dentro de quinze minutos.

– Claro. Eu cuido deles e faço todo mundo se aprontar.

Ela o beijou e saiu.

– Senhor – Philip perguntou –, por que sempre tem que beijar Grace?

Matt pegou sua xícara. O que se pode dizer para um garoto de oito anos sobre beijar?

– Ela ficaria triste se eu não a beijasse. – O garoto juntou as sobrancelhas, como se não tivesse entendido. Talvez uma explicação mais direta fosse necessária. – É obrigatório beijar a própria esposa.

– Bem, nesse caso – Philip fez uma careta –, vocês não se importam se eu não me casar, certo? Acho que não vou gostar de estar sempre beijando uma mulher.

Louisa e Charlotte esconderam o rosto nas mãos enquanto seus ombros tremiam de tanto rir. Matt lhes deu um olhar severo e reparou que Walter e Charlie se concentravam diligentemente em seus pratos. Matt voltou sua atenção para Philip.

– De modo algum. Se, quando você tiver idade para casar – Matt deu um tapa nas costas de Louisa, que fez um som de que engasgava –, ainda não quiser beijar uma mulher, com certeza Grace e eu não faremos objeção a que continue solteiro.

– Obrigado, senhor. – Philip sorriu e deu um suspiro de alívio.

– Ei, Philip, você pode me chamar de Matt se quiser. Eu *sou* seu irmão agora.

– Hum, sim, senhor. Quero dizer, Matt. Obrigado.

Walter olhou sério para Matt.

– Estou muito feliz que tudo tenha dado certo. Você se casar com minha irmã, quero dizer. Eu não gostava muito de Grace agindo como um regador e se escondendo.

Matt anuiu, concordando totalmente com Walter.

– Entendo como você deve ter se sentido mal. Eu também não gosto de ver Grace chorando.

– Muito bem, turma – disse Charlie, se levantando. – Está na hora de terminar de comer e de se aprontar.

– Ela vai demorar pelo menos meia hora. – Matt se recostou na cadeira.

Charlie se virou para ele, uma expressão divertida no rosto.

– Vejo que você ainda tem algumas coisas para aprender sobre Grace. Quero ver sua cara quando ela voltar e nós ainda estivermos à mesa.

– Como assim? – Matt perguntou, sem conseguir acreditar no que estava ouvindo.

Charlie sorriu.

– Quando ela diz quinze minutos, está falando sério.

– Muito bem, vão se arrumar. Não pretendo me complicar no meu primeiro dia como marido.

– Decisão sábia, meu senhor – Walter disse.

Grace apareceu exatamente quinze minutos depois que saiu. Matt teria passado a mão pela testa, aliviado, mas estava ajeitando a roupa de Philip.

– Estão todos prontos? – Grace perguntou, prendendo o chapéu com um alfinete.

– Estamos – Matt respondeu, virando-se para o rebanho. – Deem-se as mãos e façam fila.

As crianças se organizaram rapidamente.

– Milady. – Ele fez uma reverência. – Depois de você.

– Onde está Patience? – Grace perguntou, segurando no braço dele.

– Ela já foi com seus tios.

– Muito bem, então vamos.

– Meu amor – disse Matt –, nós iremos caminhando até a igreja todas as vezes?

– Você pode escolher – disse ela, em tom excessivamente doce. – Nós podemos caminhar, ou você pode ver quanta energia eles têm quando pegarmos as carruagens. Você se lembra de ontem?

Ele franziu o cenho.

– Lembro, mas foi só porque era o casamento.

Grace olhou de lado para Matt.

– Se realmente acredita nisso, vamos de carruagem aos domingos.

Matt imaginou onze crianças ativas na igreja de St. George – *suas* crianças ativas – e se rendeu.

– Você fez um trabalho muito bom com Charlie. Ele parece levar seus deveres a sério, mas com leveza.

– Ele tornou tudo mais fácil – ela disse, sorrindo. – Quando nós passamos pelo processo de guarda, ele logo entendeu que se tornaria responsável pelas crianças e propriedades quando chegasse à maioridade. – Grace fez uma pausa. – Eu queria que ele tivesse a oportunidade de desfrutar de um pouco de liberdade antes de assumir seus deveres, mas não é possível.

Matt pôs a mão sobre a dela.

– Muitos jovens que tomam essa decisão são maçantes. Charlie não é. Acredito que ele vai saber se divertir de um modo que não prejudique seus dependentes.

– Não, ele não é um tédio. – Inclinando a cabeça, ela sorriu para ele. – E acho que você tem razão. Ele vai encontrar um modo de desfrutar a vida sem fazer mal a ninguém.

– Não se esqueça que agora ele tem a nós dois para recorrer. – Matt faria seu melhor para garantir que Charlie não tivesse que aguentar responsabilidades para as quais ainda não estivesse pronto. Todos os jovens precisam de oportunidade para fazer algumas loucuras.

Combs rendeu o filho e, às sete horas da manhã seguinte, viu a mulher voltar à Casa Stanwood. O cavalheiro a seguiu alguns minutos depois.

– Agora ele já tem o que precisa, e talvez nós possamos ajudá-lo um pouco mais livrando-o da sobrinha. – Combs saiu da praça andando rapidamente em direção à pensão do Sr. Molton.

Molton ouviu as batidas na porta e se esforçou para diferenciá-las das batidas em sua cabeça. Ele tinha estado no Clube Daffy à noite, voltando a conhecer as diversões de Londres. Planejava ser um homem muito rico.

– Sr. Molton. Eu tenho as informações de que precisa.

Combs. É claro, quem mais podia estar batendo tão cedo?

– Me dê um minuto.

Ele se arrastou da cama e despejou água na bacia. Após lavar o rosto e escovar os dentes, Molton vestiu um robe. Em sua razoável experiência, pessoas que acordavam com o raiar do dia não gostavam de sentir o cheiro de gim ou conhaque nos outros, e ele precisava da total cooperação de Combs.

Molton abriu a porta, cumprimentou o Sr. Combs e gesticulou para este sentar. Depois disso, pediu café. Depois que Molton serviu uma xícara para si e outra para o investigador, ele se sentou.

– Diga-me o que descobriu.

Combs tomou um grande gole de café e baixou a xícara.

– É como você tinha dito. Aquela sua sobrinha é uma concubina contumaz. Passou a noite toda na casa do cavalheiro e saiu totalmente despudorada esta manhã. Eu posso testemunhar. Não podemos permitir que um lixo como ela crie almas inocentes.

– Eh... obrigado. Muito bem. – Molton passou a mão pelo rosto. *Não me diga que este homem é uma droga de religioso?*

– Obrigado. Quando contei para minha mulher o que sua sobrinha está fazendo, ela disse que meu dever é claro.

– Sim, sim, é claro. – Molton coçou o queixo. – É claro que vou tentar conversar primeiro. Mas, se ela não desistir das crianças, vou entrar com um processo na vara da família.

– É só me dizer quando e vou estar lá. Vi com meus próprios olhos. Eu e o meu mais velho. – Combs confirmou com a cabeça, enfático.

– Obrigado mais uma vez, e agradeça ao seu filho. Eu passo mais tarde para lhe pagar.

– Não precisa, não precisa mesmo. Não vou estar no escritório hoje, pois é Sexta-Feira Santa. Mas minha mulher e eu achamos que é uma missão de Deus salvar aqueles inocentes.

Céus, o homem era um religioso. Ele nunca tinha conhecido gente mais beata.

– De fato, é o trabalho do Senhor. – Molton disse, com devoção que esperava ser apropriada. – Tenha um bom dia com sua família.

– Vejo você mais tarde, eu imagino. – Combs apertou a mão de Molton.

– Sim, sim, se ela não for razoável. – O destino devia estar ao lado dele. Pelo menos ele tinha economizado um pouco de dinheiro. Embora Molton não fosse ter que se preocupar em conter despesas outra vez, não depois de falar com Worthington e fazê-lo saber que os amantes tinham sido descobertos.

Quando Matt e Grace chegaram à igreja com o resto da família, Charlie, Louisa e Charlotte ajudaram a acomodar as crianças. Patience e Lorde e Lady Herndon se juntaram a eles. Alguns momentos depois, os Evesham e os Rutherford foram cumprimentá-los.

Vendo as esposas dos amigos em condição delicada, Matt imaginou quanto tempo levaria para Grace engravidar. Ele devia estar ficando louco, mas desejou que ela já estivesse esperando seu bebê. A igreja estava com metade da ocupação, e ele deu graças por aqueles que tinham ido passar a Páscoa fora de Londres. Os remanescentes prestavam pouca atenção a eles.

Depois, a família voltou para casa, onde eram aguardados pelo rosbife e pelo pudim Yorkshire de Jacques. Com toda a certeza eles iriam ficar com o chef. Depois do almoço, Charlie o puxou de lado.

– Eu queria lhe agradecer.

– Por quê? – Matt ficou surpreso.

Charlie fez uma careta.

– As crianças, embora eu imagine que não deva mais chamar Louisa e Charlotte de crianças, me disseram que Grace o rejeitou a princípio, mas você insistiu até ela dizer sim.

Dando-lhe um tapa nas costas, Matt encarou com seriedade o cunhado.

– É preciso lutar pelo que se quer.

– Sim, bem, eu sabia que ela queria se casar. – Ele movimentou os pés um pouco. – Mas Grace tinha desistido dos sonhos dela por nós.

– O destino tem um modo estranho de ajeitar as coisas. – Matt apertou o ombro de Charlie.

– Acho que sim. – Ele fez uma pausa. – Quando eu chegar à maioridade, vou tirá-los das suas mãos.

Essa não era uma discussão que Matt pretendia ter no momento.

– Vamos ver como as coisas acontecem. – Olhando ao redor e vendo Grace ocupada com as garotas mais velhas, Matt baixou a voz. – Você não gostaria de me dizer, de homem para homem, de conde para conde, como ficar sempre bem com a Grace?

– Não faça surpresas. – Charlie sorriu. – Ela segurou nossas mãos enquanto nos costuravam e nos consertavam os ossos, e outras coisas que fariam uma mulher desmaiar. Mas, se lhe fizer uma festa

surpresa, ela cai dura. Eu não entendo o que é. Mas não tem o que entender. Ela é assim.
— Gosta de jogar bilhar, Stanwood?
— Acho que sim. Não tive ninguém com quem jogar desde que meu pai morreu.
Matt bateu no ombro de Charlie.
— Então venha comigo, jovem, e vamos ver o quanto você sabe.
Walter e Philip se juntaram a eles. Charlie sabia jogar e só precisava de prática e alguns conselhos. Ele ajudou Matt a ensinar os dois mais novos. Por mais que amasse suas irmãs, Matt gostou de ter irmãos mais novos.
Ele agradeceu em silêncio por Grace aparecer em sua vida.

Lorde Bentley e Lorde Harrington foram conduzidos à sala de visitas. Grace sorriu quando eles fizeram suas reverências e Louisa e Charlotte, suas mesuras.
— Eu sei que não é costume visitar num dia santo — Bentley disse, puxando a gravata —, mas a cidade está tão vazia...
Harrington anuiu.
— ... que nós pensamos em visitá-las.
Resistindo ao impulso de rir, Grace apontou para o sofá.
— Estamos muito contentes que tenham vindo. Por favor, sentem-se que eu vou pedir chá.
— Não precisa. Não por nossa causa — Harrington disse.
— Isso mesmo — Bentley confirmou. — Não queremos dar trabalho.
Essa devia ser a primeira visita daquele tipo que esses jovens cavalheiros faziam.
— Obrigada por sua preocupação. — Grace puxou o cordão da campainha. — Mas nós costumamos tomar chá a esta hora.
— Claro. — Bentley engoliu em seco.
Embora Grace os tivesse convidado a sentar, eles permaneceram em pé, claro, até ela se sentar no sofá.
Quando Matt se juntou a eles, Charlotte estava servindo o chá. Ele ocupou o lugar ao lado de Grace.

– Espero que os dois superem o nervosismo em algum momento – ele sussurrou para a esposa.

Observando os jovens remexendo nas correntes dos relógios, Grace desejou, para o bem deles, que isso acontecesse logo.

– Não faça piada deles e diga para Charlie não fazer também – ela disse. – Eles foram muito corajosos sendo os primeiros a cortejar as garotas.

Matt franziu a testa.

– Você acha que eles ficaram na cidade por causa de Charlotte e Louisa?

Grace olhou para ele por cima da borda da xícara.

– Bastaria uma olhada no *Correio da Manhã* para saber que os pais deles estão em suas propriedades rurais oferecendo grandes festas.

– E isso significa que ficaram por causa delas.

– Eu acho que é uma suposição válida.

Um latido alto e batidas vieram do andar de cima. Matt levantou os olhos.

– Se você tem tudo sob controle aqui, vou levar as crianças e os cachorros até o parque.

Mais batidas e outro latido mais alto ecoaram pela escadaria.

– Boa ideia.

Ele saiu da sala e, alguns momentos depois, os sons de crianças, criados e cachorros pôde ser ouvido. Matt retornou à sala de visitas e pegou a mão de Grace, roçando de leve seus dedos com os lábios dele. Então ele se virou para sair.

– Se não se importa que eu pergunte – Bentley começou –, que raça de cachorro é essa?

– Cachorros. Dois dinamarqueses. Um é nosso e outro é da família de Grace – Louisa respondeu e sorriu. – Mas acho que agora devo dizer que são nossos cachorros, já que somos uma só família.

– Não diga. – Harrington olhou para ela. – Eu gostaria de ver os cachorros – ele disse, acrescentando com nervosismo: – Se não se importar, é claro.

Charlotte se levantou, um pequeno sorriso curvando seus lábios.

– Não, nós não nos importamos. Worthington vai descer com eles e as crianças dentro de alguns minutos.

– Nós geralmente vamos ao parque todos juntos – Louisa acrescentou.

Em pouquíssimo tempo, Daisy irrompeu na sala.

– Daisy, pare – ressoou a voz grave de Matt.

Bem, ela não chegou a parar, mas diminuiu muito a velocidade.

– Worthington, ela está se comportando muito melhor. – Grace sorriu, aliviada.

O marido resmungou algo, que Grace supôs ser uma imprecação, e entrou na sala com Duque. Bentley e Harrington se levantaram para ver os cachorros.

Grace deu crédito aos dois jovens por não se preocuparem que os cachorros encostassem neles.

– Meu avô tinha dinamarqueses – disse Bentley, que acariciava Daisy. – Cães maravilhosos. Ela é bem nova, não é?

Charlotte se aproximou.

– Ela tem pouco mais de um ano. Duque tem quatro.

– Você vai sofrer mais alguns anos com ela, então. – Harrington sorriu. Olhando para Bentley, ele perguntou: – Vocês se importariam se nós as acompanhássemos ao parque?

Louisa e Charlotte trocaram olhares empolgados.

– Nós só precisamos de um instante – Charlotte disse. – Matt, você nos espera?

– Espero, claro. Mas apressem-se.

Antes que Grace saísse da sala atrás das garotas, ela olhou para Matt.

– Acho que eu também vou.

Ela conseguiu manter Louisa e Charlotte em silêncio até chegarem ao antigo quarto de Grace, onde estava um de seus chapéus. Foi boa a ideia de Bolton de manter algumas das roupas de Grace nessa casa.

– O que está acontecendo?

– Grace – Charlotte disse, animada –, eles nos pediram para reservar uma valsa no baile de Lady Sale.

– Acho que foi muito bom eles terem vindo até aqui. – Os olhos de Louisa brilharam. – Eles ficaram na cidade só para nos pedir uma dança.

Grace estava tão feliz por elas. As duas jovens seriam um grande sucesso nessa temporada.

– Eles passaram a perna no resto dos jovens cavalheiros.

Enquanto as crianças, Louisa, Charlotte, Charlie e os convidados saíam da praça e desciam a rua até o parque, Grace observou os dois jovens. Harrington e Bentley pareciam decididos a manter a liderança diante a concorrência. Os dois davam atenção não apenas às garotas, mas também a seus irmãos, irmãs e aos cachorros. Walter, contudo, tinha decidido se divertir fazendo caretas e olhares apaixonados.

– Não faça isso – Matt disse. – Um dia você vai estar na mesma situação.

– E também não provoque as garotas – Grace completou.

Walter deu um sorriso tranquilo.

– Vocês dois estão acabando com a minha diversão. – Ele ficou quieto por alguns minutos, depois disse, como se a ideia tivesse acabado de lhe ocorrer: – Charlotte poderia se casar este ano.

– Sim. – Grace observou o irmão. – Se ela conhecer o cavalheiro certo, pode se casar antes do verão.

– Quem vem depois a Augusta?

Matt anuiu e, de repente, seu rosto assumiu uma expressão de pânico.

– Céus. Você se deu conta de que teremos as gêmeas e Madeline debutando no mesmo ano?

Charlie soltou uma gargalhada.

– Você ri agora – Matt disse, preocupado. – Mas não vai achar graça quando for convocada a bancar a acompanhante das garotas.

Walter ficou consternado.

– Imagino que você não tenha uma torre na sua propriedade, tem? – o garoto perguntou a Matt.

Capítulo 28

Após voltarem do parque, Grace foi ao seu escritório para organizar a correspondência que tinha ignorado nos últimos dois dias. Ela estava respondendo a uma carta de seu administrador quando Patience bateu na porta.

— Posso entrar?

— Mas é claro. — Largando a pena, Grace salpicou areia no papel.

— Você está conseguindo se acomodar?

Sentando com elegância numa cadeira perto da escrivaninha, Patience sorriu.

— Estou sim. Eu gosto de não ter muitas responsabilidades. Você está com os livros de contabilidade da Casa Worthington?

Procurando entre os livros-razão na prateleira ao lado da escrivaninha, Grace negou com a cabeça.

— Ainda não. Você gostaria de discutir algo comigo?

— Na verdade, não. — Patience fez uma careta. — Eu achei que deveria lhe dizer que eles não estão atualizados. Eu nunca conseguia fazer a contabilidade deles, então desisti.

Seria esse o motivo de Matt andar tão preocupado com os gastos de Grace?

— Oh, céus. Quanto tempo faz que você não os examina?

Patience olhou para o teto e fez um gesto vago com a mão.

— Não tenho muita certeza. Provavelmente uns seis anos.

Será que Matt desconfiava de que as contas de sua casa eram ignoradas havia tanto tempo? Grace temeu a resposta para sua próxima pergunta.

– Você ainda tem os recibos?

– Cada um deles. – Patience animou-se, com evidente orgulho de si mesma. – Eu pensei que poderia precisar deles em algum momento. Durante algum tempo eu os guardei em uma gaveta, mas, quando o espaço acabou, distribuí-os em caixas.

– Já é um começo. – Apesar do temor de ter que organizar anos de gastos, Grace manteve o tom sereno. – Diga-me, Louisa sabe administrar uma casa?

– Ah, não muito bem. – A outra franziu a testa. – Eu nunca soube ensinar para ela, e não quis incomodar Worthington.

Grace não quis pensar no que Matt iria dizer. Mas agora ela podia matar dois coelhos com a mesma cajadada.

– Se você mostrar para os criados onde estão os recibos, e fazer com que tragam as caixas aqui, vou usá-los para ensinar Louisa a conciliar as contas.

– Obrigada, querida. – Patience se levantou. – Eu tinha esperança de que você diria isso. Vou tratar desse assunto agora mesmo.

Um pouco depois, Patience, acompanhada de dois criados, foi até a Casa Worthington. Ela lhes mostrou onde estavam as caixas. Quando estavam saindo de casa, um cavalheiro, com o rosto avermelhado de quem tinha passado boa parte da vida bebendo, aproximou-se dela.

– Lady Worthington?

Quem quer que fosse, era muito ousado para se dirigir a ela sem ser apresentado. Arqueando uma sobrancelha ofendida, ela usou seu tom de voz mais frio.

– Perdão?

– Peço desculpas. – Ele fez uma reverência. – Por favor, permita que eu me apresente. Sou Edgar Molton, a seu serviço.

Com muito esforço, ela manteve uma expressão despreocupada. Matt precisava ser avisado imediatamente.

– Muito bem.

Pensando no que fazer a seguir, Patience encarou o homem. Lady Herndon tinha avisado que ele poderia tentar se aproximar, mas

Patience não pensou que fosse possível. Não importava o que aquele homem quisesse, não receberia qualquer ajuda dela.

– Como posso ajudá-lo, Sr. Molton?

Um sorriso vincou o rosto dele.

– É o contrário, milady. Existe um assunto do qual tenho conhecimento que pode ser do seu interesse.

Levantando a outra sobrancelha, ela tentou pensar no que dizer. Não importava o que fosse, ela precisava dispensá-lo. Seria o melhor a fazer.

– Duvido muito disso. Tenha um bom dia, Sr. Molton.

Quando ele se aproximou dela, os criados puseram as caixas no chão, ficando ao lado de Patience, protetores.

O homem recuou dois passos.

– Milady tem alguma ideia de quem eu sou?

– Sr. Molton, eu sei muito bem quem você é, e fui instruída a não interagir consigo de modo algum. – Ela se virou para um dos criados. – Por favor, vamos pegar as caixas e seguir em frente.

– Seu marido está?

Ela se voltou para ele. Por um momento, Patience ficou confusa, então lhe ocorreu que o homem pensava que ela fosse a atual Lady Worthington. E, se ele tinha visto Grace com Worthington... Molton devia estar querendo complicar a vida de Grace.

– Lorde Worthington não está em casa no momento. Imagino que vá voltar no fim do dia. Agora, se me der licença.

Patience passou por ele. Ela deveria alertar Grace? Não, isso só a preocuparia. Worthington saberia como lidar com o patife, provavelmente sem que Grace soubesse de nada. Com certeza, seria melhor assim. Patience inspirou fundo para acalmar seu coração agitado e instruiu os criados para que entregassem as caixas a Lady Worthington. Ela então mandou um recado para que o enteado a procurasse assim que possível e foi para a sala matinal, onde pediu chá. Por sorte ela não teve que esperar muito.

Worthington entrou na sala com uma expressão preocupada.

– Patience, você queria me ver?

Ela se levantou e estendeu as mãos.

– Oh, Worthington – ela exclamou quando ele pegou suas mãos. – A coisa mais horrível; Molton, o tio de Grace, me abordou quando eu estava saindo da Casa Worthington.

O rosto de Worthington ficou sombrio.

– O que ele disse?

– Sinceramente, não lhe dei chance de dizer muita coisa, mas ele parece acreditar que sou sua esposa.

– Mas que diabo? – Levando-a até o sofá, ele continuou seguran-do as mãos dela, para acalmá-la. – Pronto, sente-se e conte-me tudo.

Patience narrou o acontecido.

– É evidente que ele não tem uma cópia do *Debrett* nem se mantém atualizado.

– É evidente que não. – Worthington meneou a cabeça. – Quan-do foi isso?

– Não faz muito tempo. Menos de uma hora. Eu disse que você voltaria mais tarde. Aonde você tinha ido?

– Eu recebi uma mensagem para ir ver Lorde Herndon. – Essa foi uma boa notícia. Matt tinha recebido os documentos de guarda assinados e ainda lhe foi prometido que receberia uma cópia assim que possível. No fim do dia anterior ele tinha recebido a guarda dos irmãos de Grace. Ninguém poderia fazer mal a eles ou a ela.

– Worthington, você está me escutando? Eu disse que não contei a Grace.

Ele voltou sua atenção para Patience.

– Obrigado. Isso foi bom. Se eu puder cuidar dele sem que ela saiba, não existe motivo para preocupá-la.

– Foi o que pensei – Patience anuiu, satisfeita.

– Onde ela está?

– No escritório, cuidando da correspondência. – Olhando para ele, Patience fez uma expressão de constrangimento. – Eu... também entreguei os recibos da casa para ela.

– Boa ideia. – Ele sorriu. – Patience, eu nunca a culpei por não conseguir contabilizá-los. Eu só queria que tivesse me contado antes.

– Você sabia? Oh, Worthington, fiquei com tanta vergonha por não conseguir cuidar disso. Mas pelo menos Louisa não vai ser tão burra quanto eu. Grace prometeu ensinar a ela.

– Nesse caso, você não vai mais ter que se preocupar com isso. Tudo vai dar certo. – Ele a beijou no rosto. – Se alguém perguntar, vou estar na outra casa.

Cerca de três horas mais tarde, Matt estava em seu escritório lendo uma carta de seu administrador quando Thorton bateu.

– Milorde, o Sr. Molton está aqui, como vossa senhoria disse que viria.

Matt sorriu para si mesmo. *Vamos ver o que o sujeitinho quer.*

– Pode trazê-lo.

Alguns instantes depois, Thorton voltou com o tio de Grace. Estando em posição privilegiada, Matt descobriu que foi surpreendentemente fácil sorrir quando cumprimentou o salafrário.

– Sr. Molton, por favor, sente-se. – Ele esperou até que o outro se sentasse na poltrona de couro. – Agora, a que devo a honra da sua visita?

– Milorde pode não ficar tão feliz quando eu disser o que vim dizer.

Matt arqueou uma sobrancelha.

– É mesmo, meu senhor? E por quê?

Molton franziu o rosto.

– Eu sei o que você tem aprontado com minha sobrinha, e acredito que não queira que sua esposa fique sabendo.

Aquilo ia ser mais divertido do que Matt tinha pensado. Ele fez uma expressão de perplexidade.

– Sua sobrinha, meu senhor? Eu sei que tem várias. A qual delas está se referindo?

– Grace, Lady Grace Carpenter. – Ficando agitado, o homem cuspiu o nome dela.

Matt apoiou os cotovelos na escrivaninha e encarou Molton com falso interesse.

– Oh, Grace, é mesmo? Entendo... E o que você desconfia que estou fazendo com ela?

A essa altura, o rosto de Molton estava adquirindo um interessante tom de roxo-avermelhado. Matt imaginou se aquela cor teria um nome.

– Você a arruinou – o tio de Grace proclamou, dramático.

Matt juntou a ponta dos dedos e arregalou os olhos por cima deles para o Sr. Molton.

– Arruinei? Acho que o senhor devia falar claramente. Não estou com vontade de ficar dando voltas nesse assunto. Como acha que arruinei Grace?

– Banque o inocente o quanto quiser. – Molton estreitou os olhos. – Você não vai se safar dessa perfídia.

– Até eu saber de que perfídia está falando, não sei como poderia me safar, como afirma com tanta elegância. – Matt se perguntou por quanto tempo aquilo continuaria. Mas era como brincar com um peixe no anzol.

Espuma se formou nos cantos da boca do sujeito.

– Eu pus um homem vigiando esta casa, e ele viu Grace entrar ontem à tarde e não sair até esta manhã.

Ah, agora eles estavam chegando a algum lugar. Seria o controle do dinheiro das crianças ou chantagem que o homem queria? Matt se recostou na cadeira e sorriu.

– Você não nega? – Molton ficou boquiaberto.

Matt arregalou os olhos.

– Mas, meu bom homem, por que eu negaria? Ela passou mesmo a noite comigo. Por que isso é da sua conta, você vai ter que me explicar. – Matt levantou a mão e fez um movimento de *vamos lá*. – Você pretende me contar, não? Ou está só desperdiçando meu tempo?

Fazendo menção de se levantar da poltrona, Molton se inclinou para a frente.

– Eu sei que ela é apegada àqueles fedelhos.

De repente, a graça de brincar com aquele homem desapareceu, e Matt teve que se conter para não pular por cima da escrivaninha e agarrar o canalha pelo pescoço.

– Imagino que esteja se referindo aos irmãos e irmãs dela.

– Estou – ele respondeu, voltando a se acomodar na poltrona. – Parece-me que, diante destas circunstâncias, você compreende, não seria difícil tirar as crianças dela.

Interpretando seu papel, Matt franziu o cenho.

– Você não me parece o tipo de homem que se preocupa demais com crianças ou com o comportamento da sobrinha.

– Eu não poderia ligar menos para um bando de crianças. Quanto à minha sobrinha, ela pode abrir as pernas para quem quiser. – A boca do homem se contorceu num sorriso de deboche. – Não são as crianças que eu quero.

– Sua noção de afeto familiar me espanta – Matt disse. Herndon estava certo. O tio de Grace era um vagabundo e safado. – Por que você não fala logo o que quer?

– Dinheiro. Vou cuidar da minha própria vida em troca de um depósito na minha conta bancária, trimestral, digamos, até minha sobrinha se casar ou Stanwood atingir a maioridade. Então vou querer as dez mil libras que ela deveria receber.

Matt curvou os lábios como se achasse graça.

– Sr. Molton, as descrições que ouvi a seu respeito não lhe fazem justiça. Contudo, o inferno vai esfriar antes que eu lhe dê uma mísera moeda.

Molton se levantou com uma expressão de escárnio.

– Você vai pagar, milorde, ou ela pagará. Vou espalhar pela cidade que ela é sua amante. De um jeito ou de outro, vou conseguir o que quero.

Houve movimento no vestíbulo e soou a voz clara de Grace.

– Não se preocupe, Thorton, não vou incomodá-lo muito tempo.

Matt foi rapidamente até a porta e colocou a mão, protetora, na cintura de Grace quando ela entrou. Ela parou, surpresa.

– Desculpe-me, eu não sabia que você tinha visita. Eu volto mais tarde, se quiser.

Ele pôs o braço ao redor dela e a puxou para perto.

– Não tem problema, meu amor. Ele já estava de saída.

Grace franziu a testa ao olhar para Molton.

– Eu o conheço?

– Você cresceu e se tornou uma bela mulher – o tio disse.

– Quem é ele? – Grace olhou para Matt.

– Grace, permita-me apresentar-lhe seu tio, Sr. Edgar Molton – ele respondeu com um sorriso maldoso. – Molton, esta é minha esposa, a Condessa de Worthington.

Molton empalideceu e agarrou as costas da poltrona mais próxima.

– Esposa? – ele murmurou, a voz fraca.

– Esposa – Matt confirmou, com o olhar duro.

– Mas... mas não houve anúncio.

Mantendo o braço ao redor de Grace, ele serviu taças de vinho para si e para ela. Que Molton ficasse com sede.

– O anúncio foi enviado, mas não impresso, ainda. O feriado, você compreende.

Grace pegou sua taça e olhou para o marido.

– Worthington, eu não entendo o que está acontecendo.

– Seu tio, meu amor, decidiu nos chantagear. Ele pôs um homem vigiando a casa ontem. A pessoa viu você entrar e não sair até de manhã.

– Chantagem? Não as crianças? – Ela deu um suspiro de alívio.

– Não era isso que eu pensei que ele fosse fazer.

Sorrindo, ele a abraçou mais apertado. Chantagem não era o que ela temia. Era perder as crianças.

– Não. Parece que as necessidades dele são muito mais simples.

– Ele se virou para o tio. – Não que você mereça uma explicação, mas vou lhe dar uma. Vamos reformar a casa para as crianças. No momento, minha família, incluindo minha madrasta, a mulher que você abordou mais cedo, e nossos irmãos e irmãs, estão morando na Casa Stanwood. Grace e eu dormimos aqui.

Molton pareceu encolher.

– Todos os meus planos, meu dinheiro... sumiram. Eu deveria saber que era bom demais para ser verdade.

Matt puxou o cordão da campainha.

– Sr. Molton, se não tem mais nenhum assunto, sugiro que vá embora.

Molton parecia ter envelhecido dez anos. Ele se levantou.

– Sim, sim.

– Pelo que sei, pode ser muito mais barato viver no exterior. Sugiro que pense nisso. Pois, se eu o vir perto das nossas casas, ou se souber que está nos rondando, irei tornar sua vida extremamente difícil.

Thorton veio e levou Molton até a porta.

– Tudo o que ele queria era dinheiro? – Grace meneou a cabeça sem conseguir acreditar.

Ele pegou a taça dela e a colocou sobre a escrivaninha antes de puxá-la para si.

– Sim, ele não tinha nenhum interesse nas crianças, a não ser como meio para conseguir o que queria de verdade.

– Então sua petição será concedida sem contestação.

Matt pegou Grace nos braços e rodopiou com ela antes de beijá-la apaixonadamente.

– Já foi concedida. Herndon mandou me chamar mais cedo.

Derretendo-se nos braços do marido, ela retribuiu cada carícia lânguida que ele lhe fez com a língua. Ele a estava levando na direção do divã que tinha comprado quando Grace se afastou e arregalou os olhos.

– Então... então não temos mais com que nos preocupar?

Ele soltou uma gargalhada.

– Se você acha que ter duas jovens debutando não é motivo de preocupação, está certa. Eu, contudo, não estou tão tranquilo.

Sua esposa abriu os lábios para falar, mas ele se inclinou para tomar posse deles. Após beijá-la com intensidade, Matt levantou a cabeça.

– Vou confiar no seu bom senso. Enquanto isso, temos questões mais importantes para cuidar.

– De fato, milorde. Mas quais seriam?

Ele baixou o vestido e o espartilho dela antes de tomá-la nos braços outra vez.

– Escandalizar os criados.

Bateram discretamente na porta quando Grace ajustava o corpete.

– Milorde – disse Thorton –, logo mais Harold vai trazer Daisy para suas aulas. Pensei que milorde gostaria de estar pronto.

Matt beijou de leve os lábios de Grace.

– Ele quer dizer "apresentável".

– Imagino que sim. Como Daisy está indo?

– Melhor agora que estou usando Duque como exemplo.

– Vejo você depois, na Casa Stanwood.

Ele a acompanhou até a porta.

– Não vou demorar. Ela é incapaz de prestar atenção por mais do que vinte minutos.

Os cachorros estavam atravessando a praça com Harold quando Grace desceu os degraus da frente até a calçada.

– Milorde?

– Sim, Thorton? – Matt fechou a porta.

– O Sr. Timmons gostaria de saber quando milorde...

Um grito de mulher cortou o ar.

Grace!

Matt abriu a porta às pressas e desceu correndo os degraus, mas uma carruagem preta e velha já estava virando a esquina, com os dois dinamarqueses a seguindo.

O criado atravessou a rua correndo.

– Milorde, levaram sua senhoria!

Matt sentiu o sangue gelar.

– Harold, eles disseram algo?

– Só ouvi alguma coisa sobre uma Miss Betsy.

Droga. Se Matt não a encontrasse logo, quem sabe o que fariam com ela. Quem estivesse por trás disso iria pagar, e caro. Com passos largos, ele voltou à casa.

– Thorton, traga meu cavalo agora. Não temos tempo a perder.

– Worthington. – Jane ofegava ao se aproximar correndo. – Nós vimos o que aconteceu. Hector está seguindo aquela carruagem no cabriolé dele.

Matt anuiu, tenso.

– Cuide das crianças até nós voltarmos.

– Pode deixar. Só se preocupe em resgatar Grace.

Matt atravessou o gramado rapidamente e chegou ao estábulo nos fundos quando o cavalariço tinha acabado de preparar o cavalo. Sem dizer nada, ele montou no grande animal. Se Harold estava certo e os sequestradores estavam levando Grace para o Miss Betsy, Matt conseguiria chegar à Rua Regent antes deles. Embora a rua não estivesse terminada, essa seria a rota mais rápida até Covent Garden, bairro onde ficava o bordel. A única coisa a seu favor era que a carruagem não seguia na direção certa. Ele cavalgou em trote acelerado pela viela de trás da casa e saiu na Rua Bruton.

Com um pouco de sorte, ele conseguiria interceptá-los.

Capítulo 29

O chapéu de Grace continuou torto enquanto ela baixava as saias e se endireitava. O coração acelerado a fazia se sentir um pouco enjoada. Era isso ou o cheiro dos dois homens. A não ser pela diferença de idade, eles eram muito parecidos.

Os latidos desesperados dos dois lados do veículo tinham cessado. Os cachorros continuavam atrás deles ou não?

De repente o condutor gritou e a carruagem diminuiu a velocidade.

– Vão embora, malditos animais.

– O que está acontecendo aí fora? – gritou o homem mais velho ao lado dela.

– Essas porcarias de cachorros estão mordendo o cavalo.

– Mande seus cachorros pararem – grunhiu o canalha.

A carruagem balançou para a direita, e Grace teve que se agarrar para não cair do assento.

– Mesmo que os animais me atendessem, por que eu iria querer que eles parassem?

De repente Duque pulou, e apareceu rosnando na janela. O canalha agarrou o braço nu dela, enfiando seus dedos na pele de Grace.

– Faça o que estou dizendo ou eu te machuco.

A última coisa que ela iria fazer era mandar os cachorros embora. Se conseguisse escapar daqueles dois, os cães provavelmente seriam sua única proteção.

– Ele só escuta Lorde Worthington.

– Quem? – o vagabundo ladrou.

– O nobre com quem ela está trepando.

– Meu marido – ela disse, com o máximo de dignidade que conseguiu.

O homem mais velho começou a ficar vermelho.

– Seu o quê?

– Eu já disse, o no...

– Cale a boca. Perguntei para ela.

– Meu marido. – Grace levantou o queixo e mudou de opinião sobre o boxe. Ela ficaria feliz de ver Matt esmurrar aqueles homens.

– Ela está mentindo.

Grace encarou o homem mais novo e disse, com a voz gelada:

– Se alguém está mentindo, não sou eu. Se sabem o que é melhor para vocês, vão me soltar agora mesmo.

Grace controlou uma onda de medo e náusea, e rezou para que Matt a encontrasse logo. A carruagem parou de repente.

– O que você está fazendo? – o maldito ao lado dela gritou. – Ande com isso.

– Você não está me pagando o suficiente para acabar com o meu cavalo – o condutor gritou de volta.

O homem mais novo pôs a cabeça para fora da janela e um punho acertou seu nariz, espirrando sangue para todo lado. Grace começou a enxergar pontos pretos. Ela não podia desmaiar. Não agora que precisava fugir.

O salafrário ao lado dela gritou quando Duque pulou, tentando entrar pela outra janela.

Abruptamente, a porta da carruagem foi arregaçada com tanta força que Grace pensou que seria arrancada das dobradiças.

Os braços fortes de Matt a envolveram, puxando-a para fora da carruagem. Grace se agarrou a ele, tremendo da cabeça aos pés. Ele a segurou com força enquanto a levava até uma parelha de cavalos.

– Peguei você. Agora está a salvo.

Os batimentos cardíacos dela começaram enfim a desacelerar, e ela passou a tremer.

– Eu nunca mais quero passar por nada como isso. O que eles queriam?

– Eu vou descobrir. – Matt respondeu, com a voz áspera, enquanto a acalmava passando a mão em seu braço. – Addison vai levar você para casa. Espere por mim na Casa Worthington.

– Mas eu quero...

– Grace, o que você não quer é um escândalo. Confie em mim para cuidar disso.

Ela abriu a boca para argumentar, mas ele tinha razão. Qualquer coisa que refletisse nela também refletiria em suas irmãs.

– Tudo bem.

Ele a ergueu e a colocou no cabriolé.

– Vá até o estábulo e entre por trás.

Hector entregou uma folha de papel para Matt.

– Caso você os queira longe da nossa bela ilha.

Matt esperou até a carruagem virar na Rua Bourdon antes de voltar sua atenção para os canalhas que tinham sequestrado sua esposa. A rua tinha pouca gente, mas não estava deserta. Mac e três outros cavalariços seguravam os homens, enquanto Daisy e Duque rosnavam e mostravam seus impressionantes dentes. Matt desdobrou a folha de papel.

Capitão Brumhill Navio Cabalva

Ele se aproximou da carruagem dos bandidos e falou com o condutor.

– O que eles lhes falaram sobre isto?

O homem coçou o nariz.

– Que ela era uma fugitiva.

O maxilar dele doeu, e Matt tentou relaxá-lo para diminuir a dor enquanto fitava os sequestradores com um olhar implacável.

– Quem contratou vocês para sequestrar a lady?

– Não é uma lady. – O mais novo, cujo nariz Matt já tinha quebrado, cuspiu. – Não passa de uma prostituta.

Matt enfiou o punho no estômago do sujeito.

– Ela é minha esposa.

O cretino mais velho empalideceu.

– Esposa? – a voz dele era um lamento. – Nós não sabíamos...

Eles deviam ser os homens que o tio de Grace tinha contratado para vigiar as casas. Se descobrisse que Molton tinha planejado aquilo, Matt iria caçar e matar o vagabundo.

– Quem contratou vocês? – ele disparou, abrindo o punho que estava fechado.

– Ninguém. Nós pensamos... em dinheiro.

A última palavra foi dita num sussurro. Eles teriam vendido Grace a um prostíbulo porque queriam dinheiro. Uma névoa vermelha envolveu Matt. Se ele batesse em um daqueles canalhas outra vez, não iria parar até que estivessem mortos. Bem, em breve iriam preferir a morte. Matt entregou o papel para Mac.

– Use essa carruagem e leve esses montes de estrume para o Brumhill, antes que eu os mate.

Matt montou no seu cavalo.

– Duque, Daisy, venham.

Os dois cachorros foram trotando ao lado dele. Alguns minutos depois, ele entregou as rédeas de sua montaria para um cavalariço.

Thorton esperava no corredor quando Matt entrou na casa pela porta do jardim.

– Sua senhoria está nos aposentos dela, milorde.

Matt subiu a escada dos fundos três degraus por vez. Quando chegou à porta dos aposentos dela, ele parou. Que diabos iria dizer para Grace? Ou ela já sabia o que os bandidos pretendiam?

A porta foi aberta e ela voou para os braços dele. Matt segurou o rosto dela e a beijou, inspirando o aroma de limão de sua esposa.

– Por que eles me sequestraram?

– Eles trabalharam para seu tio e acabaram se entusiasmando. – Foi o mais perto da verdade que Matt conseguiu chegar . Ele não a desonraria com o resto da história. – Não irão importuná-la mais. Eu cuidei disso.

Ela anuiu, encostando a testa na gravata dele.

– Matt.

– Grace. – Os dois disseram o nome do outro ao mesmo tempo.

– Primeiro as mulheres.

– Eu quero você. Agora. – Ela se esticou, colando os lábios aos dele.

Graças à divindade. Era isso mesmo que ele queria ouvir dela.

– Quem sou eu para dizer não à minha esposa?

Ele a carregou até a cama, depositando-a delicadamente sobre as cobertas. O penhoar que ela tinha vestido se abriu e ele não conseguiu tirar as próprias roupas rápido o bastante. Céus, se algo tivesse acontecido com ela...

Deitando-se ao lado de Grace, ele a puxou para cima de si, devorando os lábios dela, saqueando sua boca, até que os pequenos suspiros e gemidos dela formaram uma sinfonia. Ele a rodou para o lado, ficando por cima, e penetrou em seu calor úmido.

Grace enrolou as pernas ao redor de Matt, apertando-o. A neblina de medo que a envolvia se dissipou, deixando apenas o amor que sentia por ele e o fogo que ardia dentro dela. Ele nunca a tinha possuído com tanta intensidade. A tensão que a afligia a fez atingir o maior clímax de todos, e ela estremeceu de alívio ao mesmo tempo que ele grunhia e desabava ao lado dela, aninhando-a nos braços.

Grace raspou os dedos no peito dele, brincando com os pelos macios. Apesar do que tinha acontecido, ela nunca se sentiu mais segura. Quando Grace precisou de Matt, ele apareceu, como ela sabia que apareceria. Anos de medo e preocupação desapareceram. Havia apenas ele e a família.

Família. Irmãs. Oh, não. Que horas eram?

Ela ajeitou o penhoar e puxou o cordão da campainha.

– O que foi? – Matt estava deitado de lado, fitando-a com os olhos azuis.

– Temos um baile esta noite.

Bolton entrou no quarto.

– Sim, milady.

– O baile.

– Está tudo sob controle. Lady Worthington viúva e Lady Herndon levaram Lady Charlotte e Lady Louisa para jantar na Casa Herndon antes do baile. A Srta. Carpenter providenciou tudo. Agora, se estiver com fome, aviso o chef.

Grace desabou de novo na cama.

– Sim, por favor.

Matt massageou as costas dela.

— Eu gostaria de contar o sequestro em linhas gerais para as crianças, e também acredito que conversarei com Marcus e Phoebe sobre aulas de defesa pessoal para você e as outras.

— Nunca concordei com isso – Grace inclinou a cabeça enquanto ele continuava a massagear seus ombros –, mas agora acho que é uma ótima ideia. Duque e Daisy foram magníficos.

— Vi os dois perseguindo o cavalo da carruagem como se fosse um javali selvagem. Os instintos deles afloraram. – Matt parou com a massagem e ela contorceu as costas, para que continuasse. – Você está bem, meu amor?

— Eu nunca estive melhor – ela disse e sorriu.

Duas semanas depois, Grace entrou no quarto de Jane. A prima estava linda num vestido amarelo de seda com detalhes em renda.

— Você me chamou? – Grace perguntou.

— Sim. – A expressão de Jane era de constrangimento, e rugas emolduravam sua boca. – É uma bobagem, mas vou me casar dentro de uma hora e não tenho ideia do que acontece num leito matrimonial. Você é a única pessoa a quem posso perguntar.

Grace inspirou fundo. Essa não seria a última vez que ela teria que lidar com o assunto. Era melhor se acostumar.

— Vocês já se beijaram bastante?

O rosto da prima se suavizou com um sorriso leve.

— Ah, sim. E – um rubor subiu pelo pescoço de Jane – algumas outras coisas também.

— Ele é atencioso?

— Sempre, e muito delicado.

— Então acho que posso deixar para o seu marido lhe mostrar. Não se preocupe se houver um pouco de dor quando vocês se unirem. Só acontece uma vez. – Grace abraçou a prima. – Vai ser muito bom.

Jane anuiu. Era um pouco assustador, mas sua prima estava certa. Hector seria delicado.

— Sim. Obrigada.

Uma batida leve ecoou na porta, e a cabeça de Charlotte apareceu.

— Nós lhe trouxemos algumas coisas.

— Entrem, por favor.

As garotas das duas famílias entraram.

Jane tentou conter as lágrimas de felicidade quando Charlotte e Louisa prenderam um colar de pérolas em seu pescoço.

— São de todas nós. Algo novo.

Augusta colocou um par de brincos na mão de Jane.

— Isto é algo emprestado.

As gêmeas e Madeline prenderam um broche turquesa no corpete de Jane.

— E algo antigo. Você pode ficar com ele.

Jane não conseguiu impedir a umidade de aflorar em seus olhos quando Mary e Theo se aproximaram trazendo violetas.

— Estas são azuis, para o seu cabelo — Mary disse, entregando as flores ligeiramente desfiguradas.

— E uma fita — Theo acrescentou.

— Vou pedir para minha criada colocá-las no meu cabelo agora mesmo. — Jane abraçou uma por uma conforme as garotas e Grace iam saindo do quarto.

— Agora venha, senhorita. — Dorcus levou Jane até a penteadeira. Era difícil acreditar que esta noite ela passaria com Hector no novo lar deles.

— Nada de chorar agora. — A criada lhe entregou um lenço. — Seus olhos vão ficar vermelhos.

— Estou sendo boba.

Dorcus arrumou as violetas, prendendo-as com pequenos alfinetes de pérolas.

— Pronto.

Jane desceu pela escadaria principal onde sua prima e Matt a aguardavam. Ela ficou aliviada por ele ter se oferecido para assumir a negociação do contrato de casamento e dar a mão dela. Menos de uma hora depois, ela estava com Hector no mesmo lugar em que Grace e Matt tinham se casado duas semanas antes.

Hector a fitou no fundo dos olhos enquanto recitava seus votos. A voz forte e firme. Esse dia tinha demorado tanto para chegar. A felicidade inflou sua voz quando ela fez suas promessas para ele. Depois de declarados marido e mulher, as crianças se juntaram ao redor deles.

— Nossa casa vai parecer quieta demais depois disto — Jane disse.

Com sua grande mão, Hector a conduziu pela porta da igreja.

— Talvez, se tivermos sorte, tenhamos alguns também.

Mais tarde, depois que os convidados do almoço de casamento foram embora, Charlotte entrou no escritório de Grace segurando uma carta. Quando baixou as mãos, estava com o semblante triste.

– O que foi? – perguntou Grace.

– Dotty não pode vir para Londres. A mãe dela quebrou a perna. Agora não vamos poder debutar juntas, como tínhamos planejado.

Grace evitou dizer para a irmã que ela tinha Louisa. Não era a mesma coisa. Charlotte e Dotty eram amigas desde que aprenderam a andar.

– Deixe-me ver.

Depois de ler a carta, uma ideia se instalou na cabeça de Grace. Claro que ela precisava perguntar a Matt se ele se importava de assumir mais uma garota na temporada, mas, devido às circunstâncias, imaginou que ele não se oporia. Talvez ela sugerisse como ensaio para quando as gêmeas e Madeline debutassem.

– Não posso prometer nada, mas vamos ver se encontro uma solução.

O rosto de Charlotte se abriu em um sorriso.

– Se alguém pode pensar em algo, é você.

Depois que Charlotte saiu, Grace puxou a campainha. Alguns minutos depois, Royston entrou.

– Milady?

– Por favor, peça para sua senhoria vir falar comigo.

– Vou procurá-lo.

Esse era o problema de morar em duas casas. Era raro ela saber onde estava o marido.

Ela estava no meio de um artigo de jornal quando a porta foi aberta. Um sorriso malicioso torcia os lábios de Matt.

– Você me queria?

Ela se levantou, encontrando-o no meio da sala.

– Queria. Infelizmente, não para isso.

O sorriso dele sumiu.

– Que pena. Talvez eu possa interessá-la nisso mais tarde. O que é, então?

– Charlotte recebeu uma carta de Dotty, sua amiga. – Grace explicou a amizade da irmã com a jovem e como elas aguardavam a temporada havia anos.

Ele refletiu por vários momentos antes de falar.

– Convide-a para ficar conosco.

Era exatamente isso que Grace esperava que ele falasse.

– Obrigada. Eu queria que a decisão fosse sua. Você precisará escrever para o pai dela. Vou escrever para Lady Sterne e contar para Charlotte.

Um sorriso se formou na boca de Matt.

– Vou escrever agora mesmo, depois ajudo você a se vestir para o jantar.

Grace deslizou os braços pelos ombros largos do marido.

– Você vai ter que esperar para me despir. Nós temos um baile para ir esta noite.

– Temos? Patience também vai?

– Acredito que sim, por quê?

– Quem sabe eu não encontro outra sala vazia, milady?

Epílogo

Duas semanas depois. Casa Worthington, Mayfair, Londres.

Matt e Grace atravessaram a praça da Casa Stanwood até a Casa Worthington. A porta da frente foi aberta quando eles subiram os degraus. A outra casa estava uma agitação total, pois Dotty, a amiga de Charlotte, e agora também de Louisa, iria chegar essa tarde. Infelizmente, esconder-se dos guinchos agudos que anunciariam esse evento não era uma opção. O único momento sossegado que ele teria com Grace seria a próxima hora. Mas até esse momento tinha sido roubado.

– Milorde, dois presentes de casamento chegaram – disse Thorton, e fez uma reverência.

Com certeza Matt nunca tinha visto seu mordomo com aspecto tão carrancudo. Algo não estava certo. Ele e Grace estavam recebendo presentes desde o casamento. O que poderia...

– De quem?

A voz de Thorton veio com um tom de sofrimento.

– Lordes Huntley e Wivenly.

Matt grunhiu.

– Diga que não temos animais no jardim.

Thorton deu um suspiro profundo.

– Não, mas milorde teria preferido os animais quando vir o que foi entregue.

Grace entrou no saguão, parou e soltou uma exclamação engasgada.

– Oh, nossa!

Logo atrás dela, Matt acompanhou seu olhar.

– O que diabo é *isso?*

Ele pegou seu monóculo e examinou a grande estátua feita inteiramente de jade, ouro e outras pedras preciosas. Parecia ser uma mulher, praticamente nua, com vários braços e olhos. O mordomo lhe entregou um cartão.

– Isto acompanhava a peça. Também veio um vaso interessante, que coloquei no seu quarto, pois não queria que nenhuma das crianças o visse.

Matt abriu o cartão.

Meu caro Worthington,

Wivenly e eu procuramos por toda parte um presente de casamento digno de você e sua nova condessa. Felizmente nós tropeçamos – literalmente, no caso de Wivenly – nesta linda senhora. Ela é a deusa chinesa da fertilidade e dos recém-casados, bem como várias outras coisas. Pensamos que podia ser útil.

A estátua é da Dinastia Ching, bem como o vaso que encontramos – para o caso de você precisar de um incentivo extra.

Felicidades nos seus esforços para encher seu berçário.

Seus criados,

Gervais, Conde de Huntley,

William, Visconde Wivenly

– Eu mato aqueles dois – resmungou Matt.

Grace pegou o cartão e, um momento depois, riu.

– Oh, céus. Imagino que este não seja o melhor momento para lhe contar que estou grávida.

Graças à sua grande família aumentada e um namoro não convencional, os Worthingtons viveram a sua dose de escândalo e excitação. Mas nada os preparou para isto...

A Viúva Lady Worthington não tem bem certeza do que se passa com a jovem Dorothea Sterne. Como neta do Duque de Bristol, Dotty é instruída nos modos e meios da nobreza. Mas a inteligência e a natureza afiada da jovem deixa a todos em estado de tensão. Especialmente o primo deles, Dominic, o Marquês de Merton.

Desde cedo enfadonho, Dom foi criado pelo seu amargo tio para desconfiar de uma série de coisas, incluindo novidades, valsas e o maior perigo de tudo: o amor verdadeiro. Ainda assim, há algo em Dotty, além de sua beleza, a que Dom não consegue resistir.

Mas as probabilidades estão contra ele, se pretende conquistá-la como sua noiva. Dom escolherá a lealdade à família ou arriscará tudo pela única mulher que ele acredita ser o seu par perfeito...

Vem aí...

Quando um marquês escolhe uma noiva.

Conheça os Worthingtons

Mattheus, Conde de Worthington – Matt está na casa dos trinta anos e passou a maior parte da vida se divertindo, exceto quando estava agindo mais como um pai para suas quatro meias-irmãs, com idades entre oito e dezoito anos. No entanto, à medida que o livro avança, sua mente volta-se para o casamento.

Lady Grace Carpenter – Quando Grace tinha apenas vinte e um anos, sua mãe morreu de parto. O pai dela faleceu oito meses antes. A mãe da jovem fez um último desejo, de manter todos os filhos juntos, e Grace prometeu realizá-lo. Infelizmente, nenhum dos seus tios do lado do pai pensa que ela é capaz de criar sete irmãos; o mais novo ainda muito pequeno. Mas Grace persevera, e, mesmo que isso signifique que nunca se casará, ela está determinada a criar e manter todos os Carpenter juntos.

Patience, Lady Worthington viúva – Patience foi casada com o pai de Matt na tenra idade de dezessete anos. Ela esperava um grande amor, mas não era para ser. Lorde Worthington nunca deixou de amar a sua primeira mulher. Desde que o seu ano de luto terminou, Patience se tornou uma dona de casa exemplar.

As Crianças: Da mais velha para a mais nova.
Lady Charlotte Carpenter e Lady Louisa Vivers – Charlotte e Louisa têm ambas dezoito anos e estão prontas para fazer o seu debute.

Charles, Conde de Stanwood – Charlie é irmão de Grace. Ele tem dezesseis anos e frequenta a escola Eton, mas já leva a sério o seu papel como chefe da família Carpenter.

Lady Augusta Vivers – Aos quinze anos, ela ainda está na escola e não tem certeza se realmente quer sair dela. Os idiomas são muito interessantes para ela.

Walter Carpenter – Walter, de catorze anos, está mais do que pronto para se juntar ao irmão em Eton. Ele se interessa por cavalos, boxe e ultimamente descobriu uma paixão por idiomas. Augusta tornou-se uma amiga muito bem-vinda.

Ladies Alice e Eleanor Carpenter e Lady Madeline Vivers – Alice, Eleanor, e Madeline têm doze anos e são muito ingênuas. Elas se tornaram inseparáveis. Matt teme o dia em que elas farão o seu debute.

Philip Carpenter – Aos oito anos, Philip sente a falta do pai que já se foi. Apesar da diferença de idade, ele e Walter são muito próximos.

Lady Theodora Vivers – Theo, com oito anos de idade, era o bebê da família Viver até se juntarem aos Carpenter. Ela se tornou grande amiga de Mary.

Lady Mary Carpenter – Aos cinco anos de idade, Mary demonstra uma empatia notável para com todos à sua volta. Vai ser interessante ver o que a vida lhe trará.

Os animais de estimação:

Duke e Daisy são dois grandes dinamarqueses. Aos quatro anos, Duke é um cavalheiro bem comportado. Daisy, por outro lado, não tem nem um ano e meio e seu comportamento não é dos melhores.

Agradecimentos

Todo livro enfrenta uma jornada, desde as primeiras palavras do autor até a publicação. Eu tenho que agradecer a muita gente.

Às minhas leitora beta, Doreen, Margaret e Jenna. Vocês sempre me dão conselhos e orientações fantásticas, garotas.

À minha querida agente, Elizabeth Pomada, e ao meu maravilhoso editor, John Scognamiglio.

À equipe de comunicação da Kensington – Jane, Alex, Vida e Lauren, por todo o seu trabalho de promoção dos meus livros.

Às fabulosas autoras de *The Beau Monde*, por responderem às minhas perguntas de modo rápido e preciso.

Finalmente, agradeço aos meus fantásticos leitores. Não tenho palavras para expressar o quanto seu apoio significa para mim.

Este livro foi composto com tipografia Electra Std